LES TERRES ABANDONNÉES

Du même auteur
aux Presses de la Cité

LES LABOURS D'HIVER – roman – 1995
Prix Emile Guillaumin 1995

aux éditions de l'Armançon

LE VOL DE LA BUSE – roman – 1991
Prix Sully Olivier-de-Serres 1992

LA CROIX DU CARAGE – roman – 1994

aux éditions Solar

LES VOSGES – 1991

LE PAYS NIÇOIS ET LE MERCANTOUR – 1991

LA HAUTE-PROVENCE – 1992

LES CÉVENNES – 1992

LES VOLCANS D'AUVERGNE – 1992

LA MARGERIDE ET L'AUBRAC – 1992

LE LIMOUSIN – 1993

LE PÉRIGORD NOIR – 1993

LE QUERCY – 1993

LE ROUERGUE – 1993

LE JURA – 1994

LE VERCORS – 1994

LES MONTS DU LYONNAIS ET DU BEAUJOLAIS – 1994

LES ARDENNES – 1994

LA BOURGOGNE – 1995

L'ALSACE – 1995

LE LIVRADOIS ET LE FOREZ – 1995

LA HAUTE-ARDÈCHE – 1995

LE COTENTIN – 1996

LA BRETAGNE – PAYS DE BROCÉLIANDE – 1996

LE MORVAN – 1996

Didier Cornaille

LES TERRES ABANDONNÉES

Roman

Production
Jeannine Balland

PRESSES DE LA CITÉ

ISBN 2-258-04182-1

PREMIÈRE PARTIE

1

Le silence qui était retombé sur la ferme et sur le plateau, après que se fut tu le hoquet du moteur de la 2 CV, avait été comme une grande réprobation.

Depuis plus de deux heures, le soleil d'août s'était saisi du ciel, de l'air et de la terre et les avait embrasés. Les chants d'oiseaux s'étaient éteints dès que le flamboiement avait pris suffisamment de hauteur, au-dessus des collines et des bois du levant, pour tuer le dernier soupçon de fraîcheur. Une feuille de hêtre avait tenté un dernier frémissement, dans un souffle d'air expirant, et le silence s'était fait sur la terre du Morvan recrue de chaleur.

Seuls s'obstinaient, monotones et un peu crispants, le ronronnement lointain d'un tracteur et le cliquetis hoquetant de la moissonneuse-lieuse qu'il traînait. On ne les voyait pas; dans le foisonnement de verdure du Morvan, les champs en mouchoir de poche se nichent entre deux haies et quelque lisière de l'immense forêt à laquelle il faut sans cesse les disputer.

Anne Guillard avait fait le chemin à pied, à la fraîche. Petite et ronde, et malgré la cinquantaine qui approchait, elle avait gardé un regard d'enfant qu'illuminaient toujours de grands yeux verts débordant d'un irréductible sourire dont il semblait qu'il fût immuablement adressé à une existence qui ne l'avait pourtant pas choyée. C'était tout juste si quelques fines rides, s'échappant en pattes-d'oie de la commissure des paupières, trahissaient l'âge en même temps que tout ce qu'il avait pu apporter de peines et de préoccupations toujours résolument enfouies, quoi qu'il advienne, derrière ce doux sourire vert.

Elle avait traversé le bourg, franchi la planche sur le ruisseau, en dessous de l'ancienne gare du tacot, et, sans hésiter, s'était engagée dans le petit sentier qui remontait raide le fond d'un ravin que lui disputait le lit fantasque d'un torrent pour l'heure réduit à un infime filet d'eau. Ne ménageant pas sa peine, elle gravit la côte jusqu'au plateau. Là, l'émotion la saisissait toujours lorsque, en une seule fois, jaillissait à ses yeux le spectacle immuable de l'Huis Maugrit. Au premier plan, la ferme de son amie Marie Courbet allongeait ses bâtiments bas aux murs de granit et aux toits d'ardoise. Sur le côté, légèrement en retrait, à moitié dissimulée par l'étable, on devinait, dans la verdure, la petite maison désormais fermée où elle avait vécu tant d'années.

A chaque fois, Anne serrait les lèvres. Son regard devenait fixe, planté dans l'épais feuillage des deux grands châtaigniers qui se dressaient à l'entrée de la ferme. Elle traversait le plateau le plus vite possible et ne se sentait soulagée que lorsqu'elle franchissait la porte de la maison de Marie. C'était comme si elle conjurait ses souvenirs et remportait une victoire sur la facilité de l'émotion à qui l'on cède.

Marie était partie depuis longtemps. Victor et Bernadette devaient être aux champs. Quant à François, s'il ne traînait pas vers sa grand-mère, peut-être bien qu'il était parti conter fleurette à quelque amitié du pays. « C'est de son âge », pensa Anne, aussi indulgente que Marie pour tout ce que pouvait entreprendre le gamin.

La maison était vide. Elle s'y attendait, mais, comme toujours, elle eut tôt fait de trouver de quoi s'occuper les mains. La grande flaque éclatante que le soleil découpait, par la porte grande ouverte, sur le carreau de la salle, rendait plus agréable encore la douce fraîcheur dans laquelle s'était installée Anne, au pied de la grande cheminée. Elle avait soigneusement aligné, sur la longue table encadrée de bancs, tout ce dont elle avait besoin, elle y avait déplié les pages d'un vieux journal et s'était mise à éplucher les légumes d'une soupe que Marie, prise par ses mille occupations, ne serait pas mécontente de trouver au chaud, à son retour.

Et voilà qu'éclatait soudain, dans le silence de l'heure chaude, la pétarade du moteur de sa vieille 2 CV. Il y eut encore le claquement sec de la portière refermée à la volée et le gravier de la cour crissant au rythme du pas décidé de Marie.

– Ah, tu es là !

Anne, immobile, le couteau encore dressé, contemplait son amie et cherchait à deviner ce qui, tout à coup, lui paraissait nouveau, comme si Marie n'était pas vraiment changée, mais enfin, plus tout à fait la même non plus...

De deux ans l'aînée d'Anne, aussi brune que l'autre était blonde, Marie, malgré la cinquantaine révolue, avait gardé cet étonnant port qu'elle tenait de Julia, sa mère, et qui lui avait permis, toute sa vie, de mener les hommes par le bout du nez ! Si elle s'était un peu empâtée, ce qui, chez les autres, pouvait apparaître comme un regrettable épaississement de la silhouette ne faisait, chez elle, que donner plus de plénitude aux formes et plus de caractère encore à des traits dont le charme essentiel avait toujours été d'avoir su allier la finesse à une évidente énergie.

– Eh bien, tu tombes bien...

Marie allait et venait dans la pièce. Elle avait posé son sac à la volée sur la table, l'avait repris pour le laisser tomber sur une chaise et pour finir était allée le ranger dans l'armoire. De l'évier, où elle avait laissé couler le robinet quelques instants avant de se servir un grand verre d'eau fraîche sans penser à en offrir à Anne, elle était allée au réfrigérateur, son verre à la main, l'avait ouvert pour rien, pour le refermer aussi vite, avait fait un détour jusqu'à la cuisinière où elle avait soulevé à grand bruit le couvercle d'une cocotte dont elle savait pertinemment ce qu'elle contenait, avant de traverser à deux reprises la pièce, de bout en bout. Enfin, elle s'arrêta devant Anne qui n'avait pas bougé et la considérait avec stupéfaction.

– Si tu savais... Si tu savais, ma pauvre Anne !

– François !

Déjà, les vieilles habitudes, les vieilles angoisses qui reprenaient le dessus. Cette table, cette même table où elles s'étaient effondrées, enlacées l'une à l'autre lorsque Anne, pour son amie incapable d'accomplir ce geste, avait ouvert le télégramme annonçant la mort du père, le Gaston, en 1917...

Alors, là, quoi ? Quoi d'autre que le François qui était toute la joie qui leur restait ?

Marie eut un bref haussement d'épaules.

– Laisse donc François. Si tu savais...

Ce disant, elle s'était enfin décidée à s'asseoir en enjambant le banc, en face d'Anne. Et tout de suite, ses mains, fébriles, s'étaient saisies d'un oignon et l'épluchaient, comme ça, sans même un couteau.

– Si je savais... Si je savais... Si je savais quoi ? Tu me diras, à la fin ?

Le trouble de Marie gagnait Anne qui ne savait plus que penser. Jamais elle n'avait vu son amie dans cet état. Des larmes dans les yeux, Marie semblait tout entière tournée vers une profonde réflexion intérieure et hochait parfois la tête, de bas en haut ou de gauche à droite, comme pour ponctuer ses pensées.

Anne finit par tendre la main au-dessus de la table. Elle la posa doucement sur le bras de Marie.

– Dis-moi. Qu'est-ce qui se passe ? C'est grave ?

Tout à coup revenue de ses rêveries, Marie plongea son regard droit dans celui de son amie.

– Si c'est grave, ma pauvre Anne... Vincent... Vincent, Anne... Tu te rends compte ? Vincent est là.

– Vincent ? Quel Vincent ?

Marie posa un très bref regard d'incrédulité sur Anne.

– Enfin, Anne, Vincent... Ne me dis pas... Tu perds la mémoire ou quoi ?

Le visage d'Anne s'était soudain décomposé. Comme si elle pouvait penser... Elle venait de réaliser.

– Vincent, le...

D'un geste sec, Marie l'interrompit.

– C'est lui. Qui veux-tu que ce soit?

– Qu'est-ce que tu vas faire?

Marie eut un hochement de tête décidé.

– Pour ce que j'ai à faire, n'aie crainte, je le sais. Il me trouvera. Mais, Anne... c'est tout ce qu'il ramène... Ce passé, Anne... Ce passé-là... Je croyais... Je croyais bien que c'était fini, oublié, tout ça... Et puis voilà qu'il est là...

– Comment tu as su?

En trois mots, Marie raconta. Elle était allée à l'épicerie, tôt le matin. Il y avait là deux ou trois commères qui jacassaient en attendant leur tour sans trop de précipitation. Aux conversations qui s'étaient tout à coup arrêtées et aux bonjours contraints qu'elles lui avaient adressés du bout des lèvres, Marie avait tout de suite compris qu'il se passait quelque chose. Mais elle n'avait pas envie de se montrer curieuse. Elle avait échangé quelques plates considérations sur le temps qu'il faisait, qu'il avait fait ou qu'il allait faire, avec les unes et les autres, et s'était surtout impatientée du temps qu'il leur fallait pour acheter trois carottes et deux boîtes de conserve.

Elle était seule dans le petit magasin encombré de cageots et de présentoirs hétéroclites lorsque son tour était venu de se faire servir. L'épicier, un gros homme chauve toujours en sueur, disparaissant dans un vaste tablier de toile bleue, était plus affairé que jamais. « Il meurt d'envie de me dire », pensa Marie en s'amusant de ses gestes brusques ponctués de grognements et de sourdes imprécations contre lui-même.

Elle allait payer lorsqu'il s'était brutalement appuyé des deux mains au bord de son comptoir, là où le bois brut et lisse, un peu crasseux, ne portait plus que quelques vagues traînées de peinture usée par l'incessant frottement du grand tablier tendu par la bedaine de son propriétaire.

– Il faut... Madame Marie, il faut que je vous dise. Ça a été un tel choc ! Je n'en suis pas encore remis. Là, comme je vous vois, il y a, quoi, une heure, une heure et demie, pas plus, il était là, avec un petit gamin et une gamine, à leur acheter des gâteries. Si vous saviez ce que ça m'a fait. Sûr que je l'ai bien reconnu. On a même parlé. C'était bien lui, Vincent... Vous vous souvenez de Vincent, le petit réfractaire, pendant la guerre ? Vous vous souvenez bien. Surtout vous, avec tout ce qui s'est passé dans les derniers jours... Peut-être bien que c'était pour me faire plaisir, mais il m'a dit qu'il se souvenait bien de moi. Mais alors, un monsieur, maintenant. Sûr qu'il a vieilli, c'est forcé. Mais on le reconnaît bien. Je n'ai pas hésité. Vous verrez. Il m'a annoncé qu'il était là pour quelques jours et qu'il irait vous dire bonjour...

Marie grogna un bref remerciement et s'éloigna vivement, déjà en proie aux violentes émotions du souvenir.

Il fallait s'y attendre, bien sûr. Elle savait bien, au fond d'elle-même, qu'un jour il reviendrait. Mais avait-elle seulement voulu admettre cette évidence ? Avait-elle un seul instant réfléchi à ce moment qui était là et dont tout allait dépendre ?

Elle se hâta vers sa voiture, jeta ses courses sur le siège arrière et prit le chemin de l'Huis Maugrit. Bien sûr qu'il allait venir. Et c'était là-haut, à la vieille ferme sur son plateau, qu'il fallait l'attendre.

La présence d'Anne avait été une heureuse surprise. Marie aurait-elle su maîtriser le violent bouillonnement de ses sentiments sans la présence apaisante de son amie ? Elle finit par se saisir, elle aussi, d'un couteau, et elles continuèrent d'éplucher les légumes de la soupe, face à face, de part et d'autre de la grande table, dans le silence de leurs réflexions.

La grande pointe de lumière, que poussait le violent soleil d'août depuis la porte, s'était peu à peu rétrécie, en même temps que l'astre montait dans le ciel et laminait la campagne de son feu. Quelques mouches, exaspérées de chaleur, bourdonnaient, invisibles, sous les solives brunes du plafond.

Un soleil pareil à cet août-là...

Marie, un peu voûtée, les coudes solidement appuyés à la table, continuait son travail par habitude. Elle ne voyait plus ses gestes. Des images, des flots ininterrompus d'images montaient à l'assaut du souvenir.

Anne s'activait. Elle était venue lui prendre des mains les derniers légumes qu'elle n'en finissait pas d'éplucher. Elle avait préparé la soupe dans un grand faitout, sur la cuisinière.

– J'ai mis à feu doux, dit-elle. Tu as bien le temps.

Marie acquiesça machinalement. Son couteau toujours en main, les yeux dans le vague, elle s'abandonnait au vertige des images qui défilaient.

Anne, debout au bout de la table, hésita encore quelques minutes.

– Tu sais, finit-elle par dire doucement, il est bientôt midi. Il faut que j'y aille. Si monsieur Philippe passe...

Marie sursauta presque.

– Oui, bien sûr. Il faut que tu y ailles. Je vais te ramener.

– Non. Ne bouge pas. J'aime faire ce chemin à pied. Et puis... S'il vient...

Marie n'insista pas. Anne eut comme une moue de compassion.

– Ça ira?

Un sourire très bref glissa en réponse sur le visage de Marie à nouveau affairée à suivre le flot tumultueux des souvenirs. Elle fit « oui » de la tête.

La porte franchie, la lumière exaltée de la cour fut comme une agression. Anne se mit la main devant les yeux pour s'en protéger et se dépêcha de traverser le plateau sans ombre. Sa silhouette brève, un peu ronde, se fondait déjà dans la grisaille ouatée des brumes de chaleur que parvenait encore à exhaler la terre assoiffée, lorsqu'elle disparut dans le petit sentier qui plongeait, là-bas, dans le ravin, vers la planche.

Plus rien, à nouveau, ne bougeait, loin alentour de l'Huis Maugrit où il semblait à Marie que le temps, tout à coup, venait de s'annuler. Elle se leva, fit trois pas indécis dans la lumière bleutée de la grande salle dont les grosses poutres noircies mêlaient d'ombre les grands éclats blafards que le soleil d'août projetait sur le carreau en grandes formes régulières. Elle buta sur la vieille chaise du Phonse restée plantée là, depuis des années, devant la cheminée, s'y laissa tomber et renonça à lutter contre l'évocation de tout ce passé qui affluait, en vagues pressées, du plus lointain de sa mémoire.

2

Il était apparu un beau jour de mars 1943.

Depuis l'aire de grange où elle triait des semences, Marie le vit déboucher des bois. Longtemps, il resta debout, à la limite des champs, dans la lumière crue d'une belle journée dont le matin prenait à peine son essor. Une longue silhouette juvénile vêtue d'un chandail et d'un pantalon trop large, immobile, les mains dans les poches. Les jambes légèrement écartées, malgré la distance, il donnait l'impression à Marie d'être planté dans cette terre dont elle devinait qu'il la jaugeait. Elle imaginait plus qu'elle ne voyait son regard vif qui allait lentement d'un détail à l'autre et qui semblait tout assimiler.

Manifestement, il ne se cachait pas. Marie, pourtant, surveillait avec méfiance cet étranger dont la jeunesse ne pardonnait pas la curiosité. Figée dans l'ombre discrète de la grange, elle ne le quittait pas des yeux. Il y avait en elle le souvenir brûlant d'une autre apparition similaire, à plus d'un quart de siècle de là. Anne conduisait l'attelage de vaches et elle, Marie, gamine haute comme trois pommes, cramponnée aux mancherons de la charrue, s'échinait, dents serrées, à la tenir dans l'axe des premiers sillons qu'elles avaient entrepris de tracer.

Celui-là était venu jusqu'à elles et, un large sourire aux lèvres, sans autre façon, lui avait pris les mancherons des mains. Il semblait à Marie qu'elle l'entendait encore décréter : « C'est pas un travail pour vous, ça ! » Il parlait avec un tel accent que c'est à peine si elles avaient compris ses premiers mots. Mais son regard, étrangement limpide, l'immensité du sourire qui l'habitait et l'évident bonheur qu'il avait à se mettre au labour, simplement, avaient parlé pour lui mieux que des mots.

Ainsi Roland Courbet était-il arrivé à l'Huis Maugrit en 1917, avec son rude parler du Nord et vêtu d'un uniforme dépenaillé.

Celui qui, pour l'heure, se tenait debout, à la lisière du bois, n'était pas en uniforme. Mais son chandail et son pantalon trop large avaient un peu la même incongruité qui trahissait déjà, d'aussi loin que Marie le vit, le dépannage, la situation équivoque. Et il n'y avait rien, en elle, de l'indulgence avec laquelle elle avait accueilli Roland, à une guerre de là.

La guerre, à vrai dire, jusque-là, on ne l'avait guère vue, à l'Huis Maugrit. Et, si on avait voulu, il aurait suffi de vivre là en paix, sur ce petit plateau coupé de la vallée par le profond des pentes, dans le cercle bien immobile des collines couvertes de forêts qui en fermaient l'horizon, pour que rien de tous les malheurs qui dévastaient le monde n'y parvienne.

Mais sait-on bien ce que l'on veut ? Comme s'il n'avait pas suffi du précédent conflit qui avait vu mourir le père de Marie, celui d'Anne revenir « simple » pour le restant de ses jours et Roland échouer là, avec ses grands yeux bleus d'enfant, prisonnier, bagnard dans son propre pays pour avoir voulu marcher sur ses champs...

Allons, qu'apprend-on ? Et on avait remis ça. Il n'avait pas fallu bien longtemps à Roland Courbet, après son mariage avec Marie Laniaud, en 1924, pour le prédire. Il n'était pas plus fier que ça d'avoir eu raison. Même s'il avait échappé de peu à la mobilisation. D'un rien plus jeune, et il aurait été bon, casier judiciaire et condamnation par un tribunal militaire ou pas.

Enfin, il était passé au travers et n'avait rien fait pour qu'il en soit autrement. Il y avait beau temps qu'il avait laissé ses illusions dans cette tranchée où l'avaient amené les hasards d'une montée en première ligne parmi tant d'autres. Mais il s'était trouvé que cette tranchée-là balafrait ses champs, ceux de son père où il avait vu écrit son destin de jeune agriculteur avant que la mobilisation ne le fasse voler en éclats. Et, en face de cette tranchée, dans un petit matin brumeux de 1917, il avait découvert son village rasé, réduit à néant en même temps que toute sa famille.

L'homme que Roland aurait le plus aimé connaître était pourtant un Allemand, un « casque à pointe », un Boche... Mais un homme dont il pressentait qu'il n'était pas bien différent de lui, même s'il parlait le français en le malaxant rudement de son lourd accent. Etait-ce là une différence qui compte ? Celui-là l'avait écouté. Dans l'incroyable dialogue qu'ils avaient établi de tranchée à tranchée, dans l'infinie perdition où tournoyait l'esprit de Roland, dans cette nuit où avait basculé sa vie, il avait senti tant de simple, de pure amitié de la part de cet homme-là, que, depuis, au fond de lui, subsistait comme une douleur latente de n'avoir jamais pu savoir qui il était ni ce qu'il était devenu.

Celui-là l'avait aidé à traverser les lignes. Et Roland, dans une équipée incroyable, par une nuit sans lune, avait pu aller jusqu'aux ruines sous lesquelles dormait à jamais sa famille.

Pris au retour, traduit en conseil de guerre, il avait échappé de peu au peloton d'exécution. Assimilé aux insoumis du printemps 1917, il s'était retrouvé en plein Morvan, dans un camp de prisonniers qui fournissait de la main-d'œuvre à bon compte à une mine aux abords de laquelle on l'avait installé. C'est de là que, prenant quelques libertés avec les règlements, il était arrivé, un jour de braconnage, au bord de ce champ que deux gamines s'échinaient à labourer.

Alors, repartir aux ordres pour s'entre-tuer ? Bien sûr, ils en avaient peur, de cet Adolf Hitler qui braillait dans le haut-parleur de la TSF toute neuve dont rêvait Marie et dont ils avaient enfin pu faire l'acquisition, en 1938, lorsque les fils de l'électricité avaient atteint l'Huis Maugrit.

Mais qu'est-ce que ça y changeait? Roland, malgré lui, ne pouvait pas empêcher la vieille plaie ouverte par tous ceux qui s'étaient acharnés à le faire passer pour un traître, un lâche, de continuer à le faire souffrir... Qu'avait-il fait d'autre, pourtant, que de vouloir marcher au long de ses propres champs sur lesquels le hasard d'une affectation démente l'avait planté, en pleine nuit, sous la pluie et dans la boue, à monter la garde, à deux pas de cette tranchée allemande où cet homme qu'il regrettait tant, aujourd'hui, de ne pas connaître, faisait les mêmes gestes que lui, prêt à lui tirer dessus, sur ordre et sans savoir.

Pour avoir voulu fouler cette terre pour la défense de laquelle on les appelait à se sacrifier, il avait été condamné au bagne, banni dans son propre pays pour avoir découvert, au petit matin, qu'il montait la garde sur ses champs, en face de son village et de la ferme familiale réduits à l'état de ruines.

Il savait bien de quel côté il était. Contre Hitler, bien sûr. Mais pas plus pour tous ceux qui appelaient aux armes maintenant, après avoir tant d'années fait exactement ce qu'il fallait, par aveuglement et haine, pour qu'on en arrive là.

Oh, bien sûr, comme les autres, s'il avait fallu y aller, Roland ne se serait pas dérobé. Mais comme on le laissait dans son coin...

Les premiers temps, la vie n'avait guère changé à l'Huis Maugrit. Il y avait tout de même la TSF qui restait allumée à longueur de journée et vers laquelle on avait toujours une oreille qui traînait. Les illusions n'avaient pas duré longtemps. Marie avait bien compris, à son silence et à cette barre qui ne quittait plus son front, la souffrance de son mari qui entendait citer, dans les bulletins d'informations, ces villes et ces villages du Nord, son Nord, à nouveau livrés à l'invasion.

De la débâcle, on n'avait quasiment rien vu. Le vieux Morvan, comme une île résistant aux flots désemparés des réfugiés embouteillant les routes nationales, était resté livré à un calme consterné. C'est à peine si le ressac de la tourmente avait apporté jusque-là quelques lamentables équipages plus égarés qu'autre chose, qu'on avait accueillis, réconfortés, hébergés un jour ou deux avant que ne les reprenne leur folie de marche au sud.

Quelques jours, le Morvan tout entier s'était retrouvé dans un calme étonnant, dans l'étale de ces étranges marées dont l'une poussait l'autre. Un beau jour, on avait appris qu'une unité allemande s'était installée dans les locaux de l'école militaire, à Autun. Et puis, plus rien. Déjà la routine qui s'installait. Que faire ? Qu'y faire ? On avait trop usé la haine, entre soi, dans les années trente, pour qu'il en reste encore, là, tout de suite, à jeter comme un désespoir contre cette force rutilante et implacable qui paradait dans les rues de la ville.

Alors, rester chez soi... Clore son horizon au moutonnement des collines enserrant le cirque tranquille au flanc duquel continuait de vivre paisiblement l'Huis Maugrit. Il y avait bien eu encore quelques placardages à la mairie, des avis concernant les Juifs. Les Juifs ! Comme si on se souciait des Juifs et de savoir qui l'était ou ne l'était pas ? On n'y avait même pas prêté attention.

Des hommes étaient rentrés, démobilisés. D'autres étaient prisonniers. Par les nouvelles, qui recommençaient à circuler, on avait appris que Francis, le plus jeune frère de Marie, était dans un stalag – il fallait bien s'habituer aux nouveaux mots – quelque part en Silésie. Un nom, un pays, dont on apprenait ainsi qu'il existait sans trop savoir si on y crevait de chaud ou de froid. A tout hasard, on retrouvait, d'instinct ou presque, les gestes de la précédente guerre et on confectionnait vite un colis avec un gros pull, des chaussettes et un cache-col. Les deux plus jeunes frères d'Anne étaient aussi prisonniers. Comme s'il ne lui suffisait pas de son père impotent et qui ne réagit même pas quand elle lui annonça la nouvelle...

La vie, pourtant, avait repris. On n'allait plus au marché à Autun, voilà tout. Et rien de l'essentiel ne manquait encore sur celui qui se tenait une fois par semaine sur la place basse du bourg, entre l'hôtel et l'ancienne gare du tacot.

Pour les foins et la moisson, avec Anne et Victor qui venait d'avoir quinze ans, tout se passa, pour Roland et Marie, comme si la guerre n'avait pas été là. Bernadette, qui allait sur ses treize ans, prétendit donner aussi son coup de main. Mais Marie ne voyait pas avec plaisir sa fille se saisir d'une fourche ou d'un râteau.

A chaque fois qu'il en était ainsi, son regard cherchait celui d'Anne et, sans qu'elles échangent un mot, les deux amies entendaient, comme si c'était hier, le tocsin qui avait longtemps ébranlé les échos de la vallée, un après-midi d'août 1914. Petites filles guère plus jeunes que Bernadette, il les avait sorties avec effroi des jeux qu'elles menaient dans le foin que se dépêchaient de rentrer Gaston et Julia, les parents de Marie. C'était leur fierté, à ces deux-là, que leur fille, à douze ans révolus, n'ait jamais eu le souci du moindre travail. C'était comme un luxe qui leur semblait attester de leur réussite avec d'autant plus de force qu'eux-mêmes ne l'avaient évidemment pas connu.

Verrait-on encore, avec cette guerre qui revenait, la misère qui s'installait au pays, les femmes parties faire le travail des hommes, et les fermes menées par les petites filles de douze ans?

Mais rien de tel ne se passa. Ils vivaient dans la contradiction permanente d'une sorte de douloureuse inquiétude pour le lendemain et de bien-être physique un peu béat pour le jour le jour. Les pénuries de vêtements, de chaussures, d'essence ou de pneus ne les concernaient pas encore. Et l'instauration de tickets de rationnement, si elle les fit bien grimacer un peu, n'eut pour seule vraie conséquence que de leur faire retrouver sans difficulté les gestes et les pratiques d'un temps fort peu ancien où l'on ne faisait quasiment pas appel à l'épicier, au boucher ou au boulanger pour vivre et bien vivre.

De plus en plus tournés vers eux-mêmes, les nouvelles qui continuaient de leur parvenir d'un monde à feu et à sang leur semblaient étonnamment lointaines, nimbées d'une sorte d'irréalité nébuleuse, comme s'il se fût agi d'une autre humanité qui ne les concernait en rien.

L'arrivée dans la cour de l'Huis Maugrit, un matin d'hiver, d'une voiture, qu'ils avaient entendue peiner de loin, sur le mauvais chemin qui montait du bourg, prit d'inquiétantes allures d'événement grave.

De longs haillons de neige un peu sale pendaient encore aux flancs nord des collines, descendant jusqu'aux mouilles des ruisseaux qui les dévoraient en grondant, ou s'accrochant sous les couverts dont les branchages nus tressaient, sur ce fond blanchâtre, d'étranges dentelles noires. Ils surlignaient durement le lacis sombre des haies plaqué sur les prés des fonds où commençait d'apparaître, aux places les plus humides, le vert encore tendre des premières pousses.

Roland, qui pansait ses bêtes, était vite revenu vers la maison où Marie s'activait avec Bernadette. Victor, prudemment, avait juste passé le nez au coin de la porte de la soue du cochon qu'il était en train de curer. Et il s'était vite effacé dans l'ombre dès qu'il avait reconnu la voiture du garde forestier. Un vieil atavisme, dont les raisons se perdaient dans les arcanes compliqués et embrouillés par le temps d'histoires de vaines pâtures, d'affouages et de corvées, éveillait la méfiance dès qu'apparaissait l'uniforme verdâtre des employés des Eaux et Forêts. Et puis, sans trop en percevoir les vraies raisons, Victor savait que son père, qui connaissait pourtant la forêt mieux que personne, gardait une vieille rancune à tous ces embrigadés-là.

– Oh, Roger, tu t'es donc perdu pour aboutir ici?

Roland, réapparu sur le pas de la porte, ne cachait pas sa surprise. C'était bien la première fois que l'un d'eux s'égarait jusqu'à l'Huis Maugrit.

– J'ai à te parler.

Roger Labourdette était un fort gaillard dont il semblait que toute la silhouette et jusqu'aux traits du visage avaient été taillés à la serpe. « Rugueux » était le qualificatif qui venait d'abord à l'esprit et dont l'à-propos se justifiait dès qu'il prenait la parole, ce qu'il faisait rarement et jamais bien longtemps. Il était arrivé au pays en 1927, venant de Haute-Marne, lorsque l'Etat avait racheté la grande forêt des sucrières. S'il eût été exagéré de le dire aimé de ses prochains, sa droiture et sa franchise le faisaient au moins respecter. Il n'en demandait d'ailleurs pas plus et savait, à l'occasion, tenir sa place, au café, autour d'une chopine, dans une partie de belote ou de manille.

– Entre donc, puisque tu es là.

Malgré tout, cette présence ne plaisait guère à Roland. Il prit la bouteille de rouge et deux verres dans le placard et vint s'asseoir sur le banc.

– Installe-toi. Qu'est-ce qui nous vaut ta visite?

Les préambules étaient inutiles. L'un comme l'autre savaient qu'il n'y avait pas à tourner autour du pot. Marie, sans quitter ses fourneaux, restait attentive. Cet homme, après tout, n'avait-il pas pris la place du sien, en forêt? Et même s'il n'avait pas manœuvré pour ça, même s'il n'avait jamais fait que ce qu'on lui avait dit de faire, il n'en restait pas moins que Roland, à l'époque, avait perdu son emploi.

Ils trinquèrent et burent à petites gorgées, silencieusement. Le temps qu'il faisait, le cours du bois ou des veaux, la guerre, on en parlerait plus tard, peut-être, si tout allait bien. Pour l'heure, face à face, le verre à la main, ils avaient dans la tête cette affaire que l'un apportait et dont l'autre se méfiait. Et ils s'observaient.

– On a besoin de toi.

Le garde avait lâché ça paisiblement, comme si ça allait de soi, de sa grosse voix grave un peu traînante, en reposant son verre sur la table. Roland en était resté bouche bée. Très lentement, il avait tourné la tête vers Marie et leurs regards, emplis de la même stupéfaction, s'étaient un instant accrochés.

– On a besoin de moi! Alors ça, pour une nouvelle, c'est une nouvelle! C'est donc que je ne suis plus pestiféré, interdit, dans votre boutique?

Roger Labourdette eut un geste de la main comme s'il chassait une idée importune.

– Oublie ça, tu veux? C'est de la vieille histoire. Ce qui se passe aujourd'hui, c'est autre chose.

Pour le coup, Roland avait sèchement claqué son verre sur la table. Il se pencha vivement en avant.

– Oublie ça, tu me dis. Et c'est toi qui me dis d'oublier. Tu es bien brave, le Roger. Comme si ça s'oubliait! Avaient-ils oublié mon histoire, eux, tes patrons, quand ils m'ont foutu à la porte? Ils auraient préféré la voir crever, leur forêt, que d'employer un type comme moi, qui a eu le malheur de vouloir marcher sur ses champs. Oublie ça, qu'il dit, lui! Tu en as de bonnes...

Le garde avait laissé parler sans lever les yeux qu'il gardait fixés sur son verre. Il tendit lentement une main apaisante vers Roland.

– D'abord, ils ne t'ont pas foutu à la porte. Tu étais employé de la sucrière du Nord qui leur a vendu la forêt. A ma connaissance, elle ne t'a pas vendu avec. Ils ne t'ont pas repris, voilà tout. Les raisons, ce n'est pas mon problème. Tout ce que je vois c'est que j'ai un travail à faire. J'en suis responsable et je sais bien que, tout seul, je ne m'en sortirai pas. Il n'y en a qu'un dans le pays qui soit capable de mener ce travail-là au bout. Et c'est toi. Voilà ce que je leur ai dit, à mes patrons. Et j'ai ajouté qu'on t'embauchait pour ça ou alors qu'ils avaient ma démission. C'est simple.

Calmé, Roland se tenait très droit sur son banc, ne quittant pas l'autre des yeux. Il savait que le garde le flattait. Mais il n'ignorait pas pour autant que l'autre était bien incapable de le faire par calcul. Toujours, il disait droit ce qu'il pensait, sans détour, aimant à conclure ses brefs discours par un « c'est simple » révélateur.

Une nouvelle fois, le regard de Roland alla chercher celui de Marie. Elle eut un imperceptible mouvement de menton vers le garde. « Tu n'as qu'à lui demander... Qu'est-ce que tu risques? »

– Et... c'est quoi, ton travail?

Roger Labourdette releva son verre en même temps que le goulot de la bouteille que Roland y appuyait trop longtemps à son goût.

– A la tienne!

Tandis qu'ils trinquaient, leurs regards se croisèrent brièvement, juste le temps qu'il fallait pour que Roland reçoive comme un coup l'étrange expression de satisfaction confiante qu'il y avait dans celui du garde. Un coup d'œil comme ça, c'était de l'or.

Roger Labourdette prit le temps de plusieurs petites gorgées, qu'il semblait prolonger à plaisir, comme si les idées, avant de s'exprimer, devaient se rouler à gros bouillons, dans sa tête, et se ranger avec précision.

– Voilà, dit-il enfin. Ce n'est peut-être pas croyable, mais c'est comme ça. Il va falloir couper à deux fois la pousse.

– Pas possible!

– Si fait! Mais attends, ce n'est pas tout. Ce n'est pas du bois d'œuvre qu'ils veulent. C'est de la « moule », du taillis, du fureté. Et c'est là que, moi, je dis que ce n'est pas mon travail. Toi, tu as fait ça, du temps du flottage et des trains de bois sur Paris. Moi, je ne connais pas.

Roland n'en croyait pas ses oreilles. Marie elle-même s'était approchée.

– Qu'est-ce que tu me racontes? Couper à deux fois la pousse? A-t-on jamais vu ça? Et qu'est-ce qu'il en restera, de la forêt, s'ils en sortent chaque année deux fois plus qu'il n'en vient? Et quand bien même, il y a beau temps que plus personne n'est preneur de ton bois de moule. Qu'est-ce que tu veux qu'ils en fassent?

– Rien, gronda Roger Labourdette dont il était clair qu'il n'avait aucun plaisir à évoquer ce massacre programmé de la forêt. Ils n'en feront rien, parce qu'il ne quittera pas la forêt.

Pour le coup, Roland ouvrait de grands yeux effarés et Marie s'était assise sur la chaise, en bout de table, entre les deux hommes.

– Qu'est-ce que vous nous racontez là, monsieur Labourdette? Ils veulent couper tout le jeune bois, deux fois plus qu'il n'en pousse, et le laisser sur place?

Le garde secoua doucement la tête de gauche à droite.
– C'est pas ce que j'ai dit. Eux, pour sûr, ils n'en feront rien directement, de ce bois-là. Ce sera à nous de faire.
Il y avait là un gros morceau qu'à l'évidence il ne parvenait pas à lâcher.
– Alors, s'impatientait Roland, tu nous le dis ce qu'il faudra en faire ?
A gestes lents, Roger Labourdette se saisit à pleines mains du bord de la table. Il redressa sa lourde carcasse de coureur de bois et planta son regard noir dans celui de Roland.
– Ils veulent qu'on le transforme en charbon de bois !
– En quoi ?
– Tu as bien entendu : en charbon de bois, comme les charbonniers du temps passé, sauf qu'ils nous annoncent l'arrivée de je ne sais quelle mécanique de fours en ferraille pour produire ça de façon moderne, à ce qu'ils disent !
– Du charbon de bois ? Mais qu'est-ce qu'ils veulent fabriquer avec du charbon de bois ?
– A ce qu'il paraît, ils ont mis au point un système pour faire marcher les voitures au charbon de bois, mon vieux, comme je te le dis. Les gazogènes, qu'ils appellent ça. Pour remplacer l'essence, quoi.

La pénurie avait fait intrusion à l'Huis Maugrit en redonnant du travail à Roland. Marie l'avait poussé à accepter.
– Avec Anne et Victor, sûr qu'on s'en sortira. Anne et moi, on a l'habitude, pas vrai ? Et puis, est-ce qu'on sait de quoi sera fait l'avenir ? Est-ce qu'on peut refuser de prendre tout de suite ce qui fera peut-être défaut demain ?
Et Roland, comme au temps lointain de leur mariage, avait attelé à nouveau sa grande charrette anglaise et avait pris le chemin des coupes. Dès le premier jour, avant même qu'ils n'atteignent le chantier, Roger Labourdette l'avait averti. Il était monté à côté de lui. La

jument allait au pas dans un chemin défonce qui balançait la voiture de droite à gauche.

– Il faut que tu saches, Roland, dit-il. Il y a du monde qui travaille dans les bois, beaucoup de monde. Du monde que tu ne connais pas. Du monde qui ne connaît peut-être pas trop bien le métier. Mais tu ne dois rien demander, ni d'où ils viennent, ni leurs occupations d'avant. C'est d'accord?

Surpris, Roland se tourna vers lui.

– Qu'est-ce que c'est que cette histoire? Ils sortent d'où, tous ceux-là?

– Justement, je n'en sais rien. Personne n'en sait rien. C'est la guerre, mon vieux. Nous, ici, jusqu'à maintenant, on ne s'en est peut-être pas trop aperçus. Mais ceux-là, crois-moi, ils le savent bien, que c'est la guerre. Pour tout dire, ils se cachent en forêt. On les emploie parce qu'on a besoin de main-d'œuvre... et peut-être bien aussi un peu par pitié.

D'un coup, il en avait lâché beaucoup, le Roger Labourdette. A son silence soudain et à son regard brusquement fixé loin devant, Roland comprit qu'il en avait encore en réserve. Mais il fallait que se prenne le poids des mots précédents avant que ne viennent ceux-là.

– Et puis, il faut encore que tu saches... Il y a des choses que tu vas peut-être voir, des choses qu'on fait, certains et moi. Je te fais confiance, tu devras les garder pour toi.

Roland avait retenu la question qui lui montait aux lèvres. Après tout, c'était son affaire, au Roger. Lui, Roland, il ne se sentait pas concerné, pas encore. Et puisqu'on lui demandait de ne rien voir, sûr qu'il ne verrait rien.

Il n'avait rien dit, même à Marie, surtout à Marie. Il restait absent des semaines entières puis arrivait sans prévenir, traînant avec lui un étrange fumet de sauvagine, de feu de bois et d'humus. Il restait trois ou quatre jours, abattant, dans ce peu de temps, le travail de ses semaines d'absence, puis il redisparaissait, sans jamais qu'on sache vers où.

– La forêt... la forêt... Elle a bon dos, la forêt, grognait Marie. Sûr qu'il ne me dit pas tout. Mais je ne suis pas dupe, va!

Anne prenait un air surpris et suivait quelques instants des yeux son amie qui s'activait dans la grande pièce.

– Joue les étonnées, grondait encore Marie. Comme si tu ne savais pas ce qui s'y passe, en forêt. T'écoutes bien Londres avec moi, non? Pour qui tu crois qu'ils sont, leurs messages?

Elles avaient vite pris l'habitude de se retrouver, chaque soir, autour du poste de TSF de Marie, et de tendre l'oreille aux bulletins d'informations de la France libre qu'on entendait difficilement, derrière le brouillage. L'interdit? Elles n'y pensaient même pas. Qui viendrait s'inquiéter ici de ce qu'elles écoutaient?

Ces voix qui montaient du rond habillé de tissu du poste de TSF, c'était, pour elles, comme les échos lointains d'une tempête dont elles sentaient confusément qu'elles ne seraient pas toujours abritées. Marie s'inquiétait.

– Un jour, tu verras, disait-elle à Anne, c'est ici qu'ils viendront se battre. C'est forcé. C'est écrit depuis le premier jour. C'est venu trop rapidement pour que nos hommes puissent réagir. Ça a été un coup si brutal qu'il les a laissés comme assommés. Mais sûr qu'ils vont réagir. L'occupation comme ça, sans qu'on ne dise rien? Est-ce que ça s'est jamais vu? J'étais pourtant gamine mais j'entends mon père, comme hier, raconter le Lattois. C'était son grand-père à lui qui lui avait dit. Et de première main, puisqu'il y était. Un camp qu'ils avaient installé, là-haut, sur la route de Saulieu, qui était alors la grande route de Lyon. C'était quand l'Empereur est tombé. Un camp pour se battre contre l'occupant autrichien. Même qu'ils lui ont mis une sacrée raclée! Et en 70, à Autun, avec cet Italien, ce Garibaldi... Et aujourd'hui ils se laisseraient faire comme des moutons? Qu'est-ce que tu crois qu'ils trafiquent, en forêt? Ils sont là à se démener comme de beaux diables, à croire qu'ils sont déjà à la refaire, l'armée française... Et je ne serais pas étonnée que mon Roland, il soit déjà dans le coup.

– Penses-tu ! commentait hypocritement Anne sans lever le nez de son ouvrage.

– Sûr que je pense, renchérissait Marie. En 14, ils se sont laissé embobiner. Je revois encore ma pauvre maman, la Julia... La colère qu'elle a piquée quand mon frère, le Francis, a reçu sa feuille de route ! Il voulait y aller, le pauvre, rien que pour ne pas avoir honte, devant les autres ! « Faut-il que vous soyez bêtes », qu'elle lui disait. « Votre fierté, vous feriez mieux de la mettre à ne pas y aller. » Elle avait bien raison, la Julia. Et qu'est-ce que tu crois qu'ils font, maintenant, à traficoter dans leur forêt ? Ils mettent leur fierté à refuser d'admettre qu'ils se sont fait embobiner plus encore cette fois-ci qu'à la précédente. Ils s'imaginent qu'il est encore temps. Tout ce qu'ils vont gagner, c'est que les autres vont leur tomber dessus, un de ces jours, et que c'en sera fini de notre tranquillité. Comme si on y pouvait encore quelque chose...

Alors Marie, comme pour se prémunir d'un avenir qui l'angoissait, redoublait d'énergie et exigeait que tout, dans la ferme, roule au train d'enfer qu'elle entendait. Victor, silencieusement, acceptait et, déjà, travaillait comme une brute, du matin au soir.

Anne, parfois, intervenait.

– Tu es dure avec lui, osait-elle. Il n'a que quinze ans. Il y a un an, il allait encore à l'école. C'est un gamin.

– Et alors ? rétorquait Marie. A son âge, je menais la ferme depuis deux ans et son oncle Francis faisait le travail d'un homme en forêt. Encore heureux, sans ça, on n'aurait pas tous les jours mangé à notre faim. Qu'il se plaigne ! Il a tout ce qu'il lui faut, ici, non ?

Seul le passage des saisons restait pour marquer le rythme de leur vie de plus en plus recluse sur leur petit plateau que battaient parfois, comme un ressac auquel on ne prêtait plus guère attention, les nouvelles, lointaines et toujours aussi sombres, d'une guerre d'autant plus abstraite qu'elle révélait des pays aux noms jusqu'alors ignorés.

Plus rien n'existait que le temps présent. Flottant dans l'incertitude des lendemains, ils n'avaient plus d'autre préoccupation que de se prouver qu'ils vivaient encore par la conscience qui leur restait, chaque soir, de leur infinie fatigue. Ils ne savaient plus très bien dans quel but ils s'échinaient. Mais cet instant suspendu, dans l'invraisemblance d'une situation dont ils ne pouvaient pas admettre qu'elle se prolongerait à l'infini, durait tant qu'ils n'auraient pas plus su pourquoi renoncer un jour plutôt qu'un autre. Indéfiniment, on avait pris l'habitude de répéter jusqu'à l'épuisement les gestes que l'on ne fait ordinairement que dans l'urgence.

Urgence pour quoi ? Vers quoi ? Nul ne le savait. Nul ne prenait encore conscience de la seule urgence qui subsistait et à laquelle, inconsciemment, ils répondaient en se prouvant, chaque jour, par leur travail, qu'ils existaient encore, par le plus grand des hasards.

Seul, Roland semblait encore agir avec cohérence et comme s'il lui restait un but. Marie se prit vite à attendre ses retours comme jamais elle ne l'avait fait. Elle ne l'aurait avoué pour rien au monde, mais le voir descendre paisiblement de sa grande voiture et accomplir les gestes de toujours sans jamais perdre son sourire calme lui faisait l'effet d'un roc, d'un formidable appui auquel une furieuse envie lui venait de s'accrocher, désespérément.

Elle osa lui parler, au soir d'un de ses retours, dans la pénombre de leur chambre. Le visage enfoui au creux de son épaule, elle laissait couler en elle le doux bien-être qui succédait toujours à la passion avec laquelle leurs corps se retrouvaient, après chacune de ses absences. C'était d'abord comme un affrontement. Comme à toutes choses, elle entendait commander au plaisir. Alternativement, avec de petits rires de gorge étouffés, elle se dérobait, puis prétendait lui imposer ses caresses, s'échappait à nouveau pour finir, toujours sous ses caresses, par succomber avec délice à l'ivresse de l'abdication. En se tendant vers lui, son corps voulait se soumettre, voulait qu'il fût le maître, et son plaisir atteignait son paroxysme dans celui qu'il prenait à la dominer.

Ils sortaient de ces étreintes assouvis, pantois d'un bonheur d'autant plus grand qu'elles étaient devenues le doux préalable à de longues conversations chuchotées. Ils savaient alors se révéler l'un à l'autre bien plus qu'en toute autre circonstance.

– Raconte-moi, dit-elle. Tu ne me dis jamais ce que tu fais, pendant tout ce temps, en forêt. On dit... On dit qu'il se passe beaucoup de choses, là-haut, et pas seulement au bois.

Imperceptiblement, elle sentit qu'il se raidissait.

– On dit... on dit, grogna-t-il. On dit n'importe quoi. Et ça m'étonne de toi que tu écoutes pareilles sornettes.

Son ton était rude. Marie en fut contrariée. Jamais il ne l'avait ainsi rabrouée, lorsque leurs cœurs et leurs corps trouvaient cet unisson de tendresse.

– Mais, tout de même, insista-t-elle, tous ces gens qui travaillent, là-haut, ils viennent d'où ?

Très lentement, il se dégagea. Elle le sentit plus qu'elle ne le vit se mettre sur le côté, très près d'elle. Il lui caressa la joue et sa main vint envelopper son épaule.

– C'est la guerre, Marie, dit-il.

Il avait dans la voix une étrange expression de gravité dont Marie fut surprise.

– C'est la guerre, répéta-t-il. Vous, ici, vous avez peut-être peur de ce dont demain sera fait. Mais, pour l'heure, vous vivez bien. Vous ne réalisez pas très bien. Il y en a d'autres, beaucoup d'autres, qui n'ont plus à craindre de tout perdre. Parce que, pour eux, c'est déjà fait. Il ne leur reste à perdre que la vie. Et, parce que c'est leur seul bien, ils se cachent. D'où viennent-ils ? D'où sont-ils ? Pourquoi ont-ils à se cacher ? Quelle importance ? Que veux-tu que ça me fasse ?

– Il y en a beaucoup ?

– Beaucoup.

– Ils vivent là-haut ?

– Quelque temps. Et puis ils filent. Où ? Est-ce que je sais ? Comme s'il leur fallait aller toujours plus loin, toujours courir, pour se prouver qu'ils sont encore en vie... Et puis, il y en a d'autres qui arrivent...

– Et toi?
– Quoi, moi?
– Tu vis avec eux?
– Bien sûr.
– Sans savoir d'où ils viennent ni qui ils sont?
– Puisque je te le dis.
Elle ne parvenait pas à concevoir qu'on puisse se côtoyer, vivre ensemble, travailler ensemble, sans savoir qui était quoi, où était le toit de l'un, la famille de l'autre. Mais il y avait encore autre chose qui la tracassait. Vivement, elle se rapprocha de Roland et se blottit contre lui. Il lui enveloppa les épaules et la serra fort.
– Et, avec le Roger Labourdette, vous voulez les défendre, ces gens-là. Vous voulez vous battre.
Ce n'étaient pas des questions. Sa voix montait, étouffée, de l'épaule de Roland où elle s'était enfoui le visage. Mais il sentit comme une certitude rageuse dans ses mots.
– Qu'est-ce que tu racontes là? Tu sais bien que ce n'est pas possible.
– Je sais bien... Je sais bien. Je ne sais rien du tout.
Elle ne s'était pas écartée de lui, mais elle parvenait encore à tambouriner sur sa poitrine à petits gestes secs, de ses deux poings joints.
– Ce que je sais, reprit-elle, c'est que vous êtes tous pareils, pas plus malins aujourd'hui qu'à la précédente. Et ça vous démange de remettre ça, d'en découdre...
Vivement, cette fois, il s'écarta d'elle. Il la tenait par les épaules et l'empêcha de le suivre pour venir se blottir à nouveau dans ses bras.
– Ecoute, dit-il. Tu as raison. On n'est pas plus malins qu'avant. Et l'idée de cogner dans le tas, sûr qu'elle en a déjà turlupiné plus d'un. Ce serait mentir de prétendre que ça ne viendra pas. Mais pas maintenant, n'aie crainte. Qu'est-ce que tu veux qu'on fasse? Avec nos mains nues?
– Quand, alors?
Il haussa les épaules et l'attira à lui.
– Qu'est-ce que j'en sais? dit-il.

– Tu n'iras pas.

Il laissa passer un long silence.

– Pourquoi dis-tu ça ? demanda-t-il enfin. Je ne suis pas un lâche, Marie.

Ce fut à son tour de se taire en s'appuyant de tout son poids sur lui.

– Tu sais bien que je n'ai pas voulu dire ça.

– Je le sais. Mais tu dois comprendre.

Très doucement, à gestes infiniment légers, sans s'éloigner de son épaule où elle gardait enfoui son visage, elle lui caressa longuement les yeux, la bouche, la naissance des cheveux.

– Tu me diras ?

– Non, dit-il.

3

Et puis, il y eut ce grand breulot en chandail avachi et en pantalon trop large, au bord du champ.

C'était donc une manie qu'ils avaient tous d'apparaître ainsi, sans qu'on sache d'où ils sortaient, sur le plateau de l'Huis Maugrit ? Que voulaient-ils ? Partager ? Si ce n'était que ça, Marie y était prête. Elle savait bien que viendrait inévitablement le jour où la misère du monde ferait s'échouer là, à la grève trop calme de son univers protégé, quelques-unes de ses épaves. Elle ne le redoutait pas et y trouvait même une sorte de justification à la folle ardeur qu'elle mettait à produire et à cacher toujours plus.

Mais il y avait en plus cette conscience vague d'une humanité hostile rôdant autour d'elle, parmi les siens. Tous ces hommes, là-haut, en forêt, dont on ne savait pas d'où ils venaient, qui ils étaient... La misère, on avait été à bonne école, durant la Grande Guerre. Mais, au moins, on était entre soi. Alors que là... Ces occupants, à la ville, ces hommes et ces femmes sans attaches, sans identité, qui passaient comme le flot glauque d'une marée douteuse. La peur, sourdement, faisait son travail de sape. Et Marie, dans l'ombre de l'aire de grange, surveillait sans bouger ce grand gars un peu dégingandé qui continuait de détailler ses champs et ses bois.

La misère, si ce n'était que ça, elle avait pu en prendre dès les derniers mois de 1941, la désespérante mesure. Novembre brûlait les derniers feux d'un automne somptueux. L'arrière-saison avait été belle. Depuis la Saint-Michel, on avait vu se faner doucement les grandes toisons de hêtres, de charmes, de chênes rouvres et de bouleaux. Après les fortes chaleurs de l'été, quelques jours de pluie, début septembre, utilement relayée par une bienfaisante et tenace rosée matinale, avaient lavé tout ce grand vert terni par des mois de canicule et par la fine poussière dorée qu'elle avait soulevée.

La forêt et les prés avaient retrouvé l'ardeur originelle des verts en palette qui les habillaient. Et puis, imperceptiblement, de grands voiles fauves s'étaient insinués dans l'épaisseur des toisons forestières. Sans qu'on y prenne garde, ils avaient déballé leurs ors, leurs feux, leurs ocres, leurs terre de Sienne, les avaient subtilement mêlés et les jetaient à la diable, de jour en jour, par pans entiers de coteaux qui s'embrasaient.

Ce matin-là, la transparence de l'air était telle qu'on eût dit qu'on marchait dans le ciel. Un froid vif pinçait la peau mais sans méchanceté, comme par jeu, le dernier que l'on s'offre, le plus beau, avant d'entrer dans les rudes journées de l'hiver.

Victor hersait. L'aiguillon à l'épaule, il suivait nonchalamment son attelage. Les deux vaches blanches connaissaient leur travail. Balançant en rythme leur grand corps musculeux, elles allaient à pas comptés, suivant rigoureusement la ligne droite du rang précédent. A peine si le gamin devait intervenir, en bout de champ, pour leur faire effectuer un demi-tour aussi serré que possible. Il leur parlait d'une voix sourde, par onomatopées paisibles, en parfait unisson de la tranquille détermination des bêtes qui reprenaient leur marche, dans l'autre sens, précises comme une mécanique d'horlogerie bien réglée.

Marie, à l'autre bout du champ, allait à grandes enjambées régulières. De la main gauche, elle tenait ouvert un sac qu'elle s'était suspendu à l'épaule par une ficelle. Et, de la droite, d'un geste à la fois ample, précis et parfaitement synchronisé à son pas, elle jetait la semence, faisait à chaque fois naître un bref éclair circulaire d'or et d'argent.

Roulée en boule auprès du gros sac dans lequel, à chacun de ses retours, Marie refaisait sa provision de grain, Marta ne sommeillait que d'un œil. C'était une brave chienne barbet, lointaine descendante d'une autre Marta qui n'avait guère quitté les pas de Marie, alors petite fille, pendant la Grande Guerre. Après, il y avait eu Fébus, un grand griffon à l'allure dégingandée dont Marie avait fait un remarquable chien de troupeau, puis d'autres, puis celle-là, pareille à tous et pourtant unique.

Pour l'heure, comme toujours consciente de son rôle, elle surveillait sans en avoir l'air les pies, les corbeaux et les geais qu'attiraient les graines jetées à la volée par Marie. Elle attendait patiemment que leur vol, rassuré par son aspect endormi, s'abatte sur le champ. Elle bondissait alors en jappant furieusement et les mettait en fuite, cabriolant au milieu du champ comme si elle eût voulu les suivre dans leur envol. Retombant enfin toute raide sur ses pattes, elle jetait un regard vers Marie, cueillait avec plaisir la brève approbation, remerciait civilement d'un frétillement de la queue et allait nonchalamment reprendre sa veille, au pied du sac.

Cette fois, pourtant, elle ne l'atteignit pas. S'arrêtant tout à coup au milieu du semis, elle huma l'air, la truffe levée, de droite à gauche, trois ou quatre fois. Puis, comme mue par un ressort, elle fit demi-tour et se mit à aboyer furieusement en direction du chemin empierré qui montait du bourg.

– Tais-toi donc ! cria Marie.

Ses grandes enjambées l'emmenaient vers le bout du champ. Pas question de se laisser distraire.

– Mais te tairas-tu, à la fin des fins ?

La chienne ne l'entendait pas ainsi. Toujours plantée au beau milieu du semis sur lequel chacun de ses jappements lui faisait faire un petit bond tout raide, elle n'en démordait pas de sa colère, qu'une sage prudence ne la poussait tout de même pas à aller manifester de plus près à l'intrus.

Car un homme montait. Il marchait à côté de son vélo. Un vieux vélo noirâtre qu'il poussait avec difficulté. Tout, dans sa démarche, indiquait la lassitude. Une lassitude profonde qui le faisait se tenir un peu voûté, à demi appuyé sur ce vélo qu'il semblait devoir mettre tant d'énergie à faire avancer.

C'est à peine si Marie lui accorda un bref regard, en pirouettant vivement, au bout du champ. Et, imperturbable, elle reprit son énergique arpentage toujours rythmé du lent balancement de son bras que prolongeait, à chacun de ses retours, cette fugace lame d'or et d'argent née des graines scintillant brièvement dans le soleil couchant.

Un éclair par lequel commençait la vie. Cette idée accompagnait toujours Marie lorsque, à longueur de jour, elle faisait ce geste qu'elle aimait entre tous. Entre sa main et la terre, c'était, volée après volée, comme une fulgurance de vie qui éclatait, un arc puissant dans lequel, à chacun de ces infimes instants répétés à l'infini, il y avait toute la formidable puissance et le mystère de la fécondité. Ensemencer... Elle ensemençait. Quel beau mot! Marie se le répétait, à bouche fermée, « j'ensemence... j'ensemence... j'ensemence... », comme une litanie dont elle rythmait son pas et tout au fond de laquelle elle trouvait une sorte de prodigieuse jouissance.

Les graines, en touchant le sol, émettaient un infime murmure, comme un soupir à peine audible. Leur long sommeil commençait déjà. Elles auraient juste le temps de germer, avant l'hiver, et de pousser, sur tout le champ, cette légère moisissure verte, ce duvet fragile déjà dressé vers le ciel dans l'attente du miracle printanier. Et Marie savait que, quoi qu'il arrive, chaque matin, une force impérieuse la pousserait à venir là, au bord du semis, tout au long de l'hiver. Elle contemplerait la vie dans son sommeil. Elle s'en gonflerait le cœur de contentement ou le glacerait d'inquiétude selon que la neige ferait une douce couverture aux jeunes plants ou que la cruelle morsure du gel ferait craindre le pire.

– Bonjour, Marie.

Il l'attendait au bout du champ. Et Marie, stupéfaite, reconnut Louis, le frère aîné d'Anne.

– Ben Louis, en voilà une surprise! Qu'est-ce qui t'amène? C'est Anne qui va être contente. Elle est chez vous, avec le père. Tu les trouveras.

Elle était déjà à son sac, prête à refaire sa provision de graines. Mais l'autre ne bougeait pas. A dire vrai, sans qu'elle veuille le montrer, elle n'éprouvait guère de plaisir à retrouver Louis. On les avait bien rarement revus, lui et ses frères, à l'Huis Maugrit, depuis cet été de 1936 où ils étaient venus faire l'apprentissage de leur congés payés tout neufs.

Les retrouvailles avaient été décevantes. Les ouvriers qu'ils étaient devenus ne comprenaient déjà plus les préoccupations des paysans qu'étaient restés Marie, Roland et Anne. Ils ne parlaient plus le même langage. Et Louis, bien maladroitement, s'était imaginé qu'il suffirait de se montrer un peu entreprenant à son égard pour que Marie lui cède.

Elle l'avait sèchement éconduit et ils étaient repartis sans que le dialogue ait pu se renouer.

Tout à coup, Marie se souvint de ses deux frères prisonniers.

– Et tes frères? Tu as des nouvelles?

– Quelques-unes, de temps en temps, comme Anne, je pense. Ils ne peuvent pas dire grand-chose. C'est pas qu'ils soient trop bien. Mais enfin...

Il restait là, planté au bord du chemin, appuyé à son vieux vélo noirâtre. L'idée vint à Marie de ceux, tout neufs, qu'ils avaient inaugurés en venant à l'Huis Maugrit, en 36. Et celui qu'elle voulait qu'ils paient à Anne... On ne l'avait évidemment jamais vu. Et Anne, obstinée, avait toujours refusé celui que Marie voulait lui offrir. Elle continuait de ne connaître que ses jambes comme seul moyen de se déplacer.

Et Louis était là, devant elle, avec quelque chose de sinistre dans le regard comme dans son maintien, légèrement voûté, les épaules basses, restant rivé à ce vieux vélo; elle remarqua soudain que des bouts de ficelle tenaient sur les jantes des bandes de caoutchouc découpées dans des vieux pneus de voiture.

– Tu en as un vélo ! ne put-elle s'empêcher d'ironiser. Tes pneus, c'est la nouvelle mode ?

Il eut l'air encore plus consterné et abattu.

– Qu'est-ce que tu veux y faire ? dit-il. Il faut bien se débrouiller avec ce qui reste.

Alors seulement, elle comprit.

– Tu viens... Tu viens chercher du ravitaillement ?

Il opina lentement du chef.

– Pour le petit, surtout. On n'a plus rien. On ne trouve plus rien, même avec des cartes.

C'était comme un gouffre qui s'ouvrait devant Marie. On en parlait, bien sûr. Les conversations étaient pleines de cette misère dont on disait qu'elle ravageait les villes. Mais, jusque-là, pour elle, ce n'était resté que des mots, des phrases consternées, des commentaires de circonstance, sans plus. Louis, tout à coup, avec cette façon qu'il avait eu de dire « c'est pour le petit, surtout », donnait à tout cela une dimension, un relief presque palpable qui glaçait le cœur de Marie.

– Il a quel âge ? demanda-t-elle.

– Dix-huit mois.

– Pauvre gosse. Et ta femme ? Elle travaille ?

– Penses-tu ! Son entreprise a fermé, dès le début de la guerre. Encore heureux que je sois revenu et que j'aie retrouvé ma place.

– On va te le ravitailler, marche, ton gamin.

Louis repartit dès le lendemain matin. Le porte-bagages de son vélo tiendrait bien jusqu'au Creusot, sous la charge des sacs de beurre, d'œufs, de charcuteries, de pommes de terre, de navets et de carottes qu'ils y avaient arrimés. On lui avait même trouvé un vieux sac à dos qui pesait lourdement sur ses épaules. Mais il avait retrouvé le sourire.

– Reviens quand tu veux, insistait Anne. Ne t'inquiète pas. On se débrouillera toujours. Sûr qu'on ne va pas vous laisser mourir de faim. Si ce n'est pas une misère...

Pour économiser les deux pneus de vélo que Victor avait dénichés au fond de la grange et qui feraient bien encore un peu d'usage, Louis descendit le chemin empierré à pied. Il serait bien temps d'enfourcher sa machine sur le bitume de la route.

Anne, Marie, Victor et Bernadette, sans un mot, restèrent longtemps à contempler sa silhouette qui décroissait, dans la pente. Et lorsqu'il eut disparu, derrière le grand virage, ils allèrent encore jusqu'au muret, au fond de la cour, d'où l'on dominait tout le large de la vallée.

– Il va passer. On va le voir, sur la route.

Et ils se tinrent là, économes de leurs phrases, dansant maladroitement d'un pied sur l'autre, à attendre longuement que la petite silhouette double le gros dos d'un mamelon d'où semblait naître la route.

Enfin elle apparut. Tous les quatre, d'une même voix, se mirent à hurler en gesticulant. Ils dansaient sur le muret en brassant l'air à grands moulinets de bras. Ils s'époumonaient et se décarcassaient avec une folle énergie qui n'avait eu d'égale que l'émotion silencieuse avec laquelle ils avaient vu Louis s'éloigner d'eux.

Il les entendit. Ils devinèrent plus qu'ils ne virent le grand geste qu'il eut vers eux. Puis, la pente avala la minuscule silhouette qui décrut rapidement jusqu'à disparaître au premier détour du goulet par où, longeant la rivière au plus près, la route s'échappait du large cirque de collines enserrant le pays.

Alors seulement ils se turent. Et leurs bras retombèrent mollement le long de leur corps. Immobiles, sur leur petit muret, ils eurent, les uns pour les autres, un long regard dans lequel se lisaient tout à la fois un grand étonnement de s'être ainsi livrés à ce tapage, tout le plaisir qu'ils éprouvaient à l'idée d'avoir pu secourir ce pauvre gamin qu'aucun d'eux ne connaissait, et l'immense détresse dans laquelle les plongeait la brutale révélation de toute cette misère.

Il fallut s'y faire. Insidieusement, elle remontait la vallée vers eux. Louis revint. Il prit l'habitude de voyages bimensuels du Creusot à l'Huis Maugrit. Les vieux pneus trouvés par Victor ne survécurent pas bien longtemps aux cent vingt kilomètres, aller et retour, que représentait le voyage. Les bandes de caoutchouc découpées dans de vieux pneus de voiture firent leur réapparition en même temps que les ficelles qui les tenaient en place. Mais Louis s'acharnait. Il s'accrochait désespérément à la seule branche de survie qui lui restait.

Il n'était pas le seul. Il y avait, comme lui, tous ceux que dépannait une parenté plus ou moins proche. Et puis il y avait ceux qui, systématiquement, faisaient le tour des fermes, négociant âprement quelques œufs, un chou ou un canard. Les prix, bien sûr, n'étaient pas les mêmes pour les uns et pour les autres.

Et puis, il y eut bien vite la redoutable concurrence des réquisitions. Marie eut beau tempêter, récriminer, ergoter, il lui fallut, comme les autres, livrer au jour et à l'heure dits, sur la place du bourg, les lapins, les poules, les légumes, les œufs, le grain et même parfois les vaches dont le garde champêtre lui apportait le décompte.

Il fallut apprendre à dissimuler. Ce fut le début de la gêne. Un jour, Louis leur raconta qu'il y avait eu un contrôle, à l'entrée du Creusot. Pour ne pas être accusé de marché noir, il n'avait pas eu d'autre ressource que d'abandonner aux hommes qui l'avaient arrêté tout ce qu'il rapportait de l'Huis Maugrit. Durant deux semaines, la faim avait pris pension chez eux...

– Ton gamin, tu n'as qu'à nous l'amener, lui dit Anne. Ici, sur ce qu'on a, on pourra bien le nourrir sans contrôle et sans qu'on vienne nous prendre le pain avant même qu'on le porte à la bouche.

Il avait hésité, pris entre l'ardent désir de bien-être de son enfant et la douleur de cette séparation. Puis il hocha lentement la tête.

– Sa mère ne voudra jamais.

– Elle n'a qu'à venir avec.

Sa peine faisait mal à voir.

– Merci, dit-il tout de même. Je lui en parlerai.

Bien sûr, elle ne voulut pas.

– Je crois bien que j'en aurais fait autant, commenta Marie. Mais, tout de même, ce n'est pas une vie. Un jour, tu verras qu'on les récupérera tous, ici, quand ce sera devenu trop insupportable, quand ils ne pourront plus...

Et elles n'eurent plus de cesse que de faire des réserves. Plus on leur en prenait et plus elles parvenaient à dissimuler et à accumuler. Dans les coins les plus inaccessibles du grenier, dans les planchers, sous les tas de foin, s'alignaient des rangées de pots, des jarres où s'entassaient des quartiers entiers de porc soigneusement salés, des tas de pommes de terre, de navets ou de carottes.

Anne, discrètement, avait agrandi son potager ; Marie venait l'aider à le cultiver. Elles avaient même réinstallé un cochon dans la soue depuis longtemps inutilisée de la petite maison des Guillard, et veillaient bien à ne pas laisser de trace des soins qu'elles lui apportaient chaque jour.

Au cours d'une de ses visites, le garde champêtre eut un regard soupçonneux pour l'appentis accolé au pignon de la maison.

– Des fois que vous auriez un monsieur bien au chaud là-dedans ? demanda-t-il.

Marie, ce jour-là, n'était pas d'humeur à plaisanter.

– Et quand bien même ! lança-t-elle d'une voix sèche. Tu nous dénoncerais ?

Le pauvre homme n'avait rien d'un enquêteur. Il lui fallait bien se plier aux ordres et accomplir ce déplaisant travail. Et il lui fallait, par-dessus le marché, une bonne dose de diplomatie pour ne pas se retrouver, du jour au lendemain, mis au ban du village par ses concitoyens.

– Est-ce que j'ai dit ça ? Tant que je ne le vois pas et que je ne l'entends pas chuiner...

Et il s'éloigna en grognant lui-même sur ce fichu rôle qu'on l'obligeait à jouer, pendant qu'Anne et Marie priaient pour que le « monsieur » ne se réveillât point !

Il alla, comme les autres, emplir les jarres que couvrait toute une récolte de foin.

Elles étaient là, dans son dos, et il semblait à Marie que l'autre grand breulot, là-bas, toujours planté, comme un poireau en graine, à la lisière du bois dont il avait jailli, les voyait aussi bien que si elles avaient été au milieu de la cour, en pleine lumière, et lui le nez dessus.

« Il ne bougera donc pas ? » Marie, pendant tout ce temps, ne l'avait pas quitté des yeux. Et, inlassablement, comme un exorcisme, elle se répétait cette question. Amical ou hostile ? De son premier geste, elle était persuadée qu'elle devinerait ses intentions. Mais, pour l'heure, il restait immobile, contraignant Marie à la même fixité qui lui parut durer des heures. Lui, là-bas, au bord du champ, le dos au bois, buvait le soleil levant alors qu'elle, dans l'ombre de la grange, se sentait gagnée par le froid de la nuit qui s'était réfugié là.

Enfin, au moment où elle ne l'attendait plus, il fit un pas. Un saut, une brève cabriole de jeune animal, qu'une énergie bouillonnante n'a pas encore appris à se mesurer, un pas de danse qui eut sur Marie l'effet de mille ressorts soudain relâchés et libérant chacun de ses muscles de l'insupportable crispation qui les avait saisis lorsqu'il était apparu.

Non seulement celui-là ne se cachait pas, mais il n'était pas encombré de mauvaises intentions. A coup sûr, elles ne lui auraient pas fait le pas si léger.

D'ailleurs, sans détour, il vint vers la ferme. Marie surveillait ses pieds. Il sifflotait en longeant le bord du champ et sa démarche gardait un petit air de danse guilleret. Pas une seule fois pourtant, il ne dévia vers le jeune seigle qui levait dru, à sa droite. Il n'en écrasa pas une tige et le préjugé se fit encore un peu plus favorable. Marie poussa même l'amabilité jusqu'à aller au-devant de lui.

Marta, soudain jaillie de l'étable, émit un jappement bref. Mais il lui suffit de voir le sourire engageant de sa maîtresse pour ne pas estimer nécessaire d'aller plus loin dans l'accomplissement de sa mission. Ayant aussi, accessoirement, le rôle d'hôtesse aimable et enthousiaste qu'à tout prendre elle préférait au premier, elle se précipita vers l'inconnu et lui fit une telle fête, dont il fut à l'évidence si satisfait, que Marie put croire qu'elle n'avait plus rien à faire là. Elle laissa passer quelques instants, très droite, dans l'entrée de sa ferme. Puis, quand elle estima que les effusions avaient assez duré, elle intervint.

– Vous cherchez quelque chose, jeune homme ?

Les mains encore tendues vers la chienne qui frétillait dans les jambes tire-bouchonnantes de son pantalon, il s'était vivement redressé et Marie avait reçu comme une bouffée d'air de printemps le rire éclatant de son regard bleu. Il n'avait certainement pas beaucoup plus de vingt ans et semblait porter en lui toute la joie de vivre du monde.

– Moi ? dit-il comme s'il reprenait ses esprits, si je cherche quelque chose ? Non... Rien... Merci.

Marie en resta bouche bée. Elle était bonne, celle-là ! Alors, que faisait-il là s'il ne cherchait rien ? Déjà il était reparti à cajoler la chienne qui en couinait d'aise.

– Bon, alors, s'impatienta tout de même Marie, si vous ne cherchez rien, on peut savoir ce que vous faites là ?

Il eut l'air si désolé, en se redressant une nouvelle fois, que Marie s'en voulut de s'être laissée aller à ce ton sec.

– C'est idiot, c'est vrai, je ne me suis même pas présenté. Je m'appelle Vincent et je travaille en forêt, comme bûcheron.

Comme bûcheron ! Il avait dit ça sur un ton de grande fierté qui fit sourire Marie. Il avait plus l'allure d'un gosse en maraude que celle d'un bûcheron. Grand et mince, il ne pouvait cacher ce quelque chose de juvénile dans sa silhouette et surtout dans ses traits très fins, presque féminins. Et les mains très blanches qu'il continuait de tendre vers la chienne n'étaient évidemment pas rompues au travail du bois. C'était donc ça, les inconnus que faisait travailler Roland, en forêt.

– Et vous comptez bûcheronner par ici ? ne put s'empêcher d'ironiser Marie.

– Non, bien sûr, dit-il. Mais à chaque fois que j'en ai le temps, je pars à la découverte du pays. J'aime ça. Il n'y a pas longtemps que je suis là, vous comprenez ? Alors, comme j'y suis probablement pour un bon bout de temps, je visite ! J'aime bien votre pays. C'est vert, c'est varié, on s'y sent bien.

Marie parvint à ne pas trop marquer sa surprise. Elle s'attendait à tout sauf à ces mots-là. Mais ils lui plaisaient et elle trouva qu'ils allaient bien avec le sourire sans détour de ce grand gosse un peu attendrissant.

– Vous visitez ? Eh bien, entrez donc, dit-elle. Comme ça, vous verrez comment c'est fait, une maison du Morvan.

Il ne se fit pas prier. Sans façon, il s'installa sur le banc, les coudes sur la grande table, et accepta le verre de cidre qu'elle lui proposait.

– Alors, dit-elle, vous travaillez en forêt ?

– J'y suis bûcheron, répéta-t-il sans rien rabattre de son évidente satisfaction de pouvoir s'octroyer ce titre.

– Et vous avez déjà abattu beaucoup d'arbres ?

Il eut un sourire si large et si candide que Marie ne put s'empêcher de le lui rendre.

– Pour dire vrai, reconnut-il, jusqu'ici, les arbres n'ont pas eu trop à se plaindre de ma présence. N'empêche, sur ma feuille d'embauche, il est marqué *bûcheron*. Et ça me plaît.

Un instant, Marie eut envie de lui demander d'où il venait, ce qu'il faisait avant d'échouer là. Elle se souvint à temps de ce que Roland lui avait dit de tous ces pauvres hères qui défilaient sur ses chantiers. Celui-là n'avait pas l'air trop malheureux. Mais elle préféra tout de même se taire. Il but son cidre, lui posa encore mille questions sur la ferme, la façon dont on y vivait, ce qu'on produisait, les animaux qu'on élevait. Puis il se leva, la remercia vivement et repartit.

– Je repasserai par ici un de ces jours. J'aime bien votre maison, ajouta-t-il encore alors qu'il s'éloignait à grandes enjambées vers les bois.

Immobile au milieu de la cour, elle le regarda longtemps longer les champs, atteindre la lisière des bois, la suivre longuement avant de disparaître sous le couvert.

Songeuse, elle allait repartir vers son travail lorsqu'elle réalisa qu'on entendait le roulement de la voiture de Roland qui montait le chemin.

4

Roland accueillit avec un sourire entendu le récit que lui fit Marie de son étonnante visite. En écoutant sa femme, il allait et venait autour de sa jument qu'il dételait. Et Marie, comme toujours, était sous le charme de ces gestes à la fois précis, rapides et empreints de ce calme et de cette pondération qui faisaient la force de caractère de son mari.

– Je vois qui c'est, ton visiteur, dit-il enfin. Il n'est pas là depuis bien longtemps. Mais on l'a déjà repéré. Pas comme les autres, celui-là. A mon avis, il restera.

– Pourquoi tu crois ça?

– Parce qu'il n'a pas peur. Ça se voit. C'est juste un petit gars qui cherche à couper au STO.

– Au quoi?

Roland eut un regard étonné pour sa femme.

– Le STO, tu ne sais pas ce que c'est? Elle te sert à quoi ta TSF? Service du travail obligatoire... en Allemagne, bien sûr. Tous les jeunes, étudiants ou sans emploi, risquent de s'y retrouver. Il n'y a pas beaucoup de volontaires, tu peux me croire. Alors, on les récupère. On leur donne un petit boulot. Ils vivent en forêt. Qui viendra les chercher, là-haut?

– C'est pour ça qu'il est tout fier d'être embauché comme bûcheron.

Roland s'esclaffa.

– Bûcheron! Tu as vu la charpente? Mais plein de

bonne volonté, gentil comme tout. Avec dix comme ça, on arrive, à peu de choses près, à faire le demi-travail d'un vrai bûcheron ! Mais pour faire du bois de carbonisation, tu penses, ils s'en sortent encore bien.

– Il vient d'où ?

La question brûlait les lèvres de Marie qui ne pouvait pas concevoir qu'on ne connaisse rien des origines, des attaches d'un homme. Roland haussa les épaules.

– Ce que j'en sais, d'où il vient !

Puis il se tourna vivement vers sa femme. Son regard s'était fait grave.

– Tu ne le lui as pas demandé, au moins ?

Elle haussa vivement les épaules.

– Bien sûr que non puisque je te le demande à toi. Mais ça aurait été si grave que ça ?

– Une règle, Marie. C'est une règle. On ne demande jamais à ces gars-là d'où ils viennent.

– Et vous n'avez pas peur ?

– Peur de quoi ?

Elle resta un instant interdite. Ça lui semblait si évident. Quelle confiance peut-on avoir en un homme dont on ne sait rien si ce n'est qu'il se cache ?

– Ce que j'en sais, moi... Qu'ils vous dénoncent, qu'ils vous jouent des tours.

– Quels tours ?

Roland considérait sa femme avec étonnement. Cette méfiance mesquine ne lui ressemblait pas. Il fallait que la peur ait fait bien du dégât pour qu'elle en vienne ainsi à faire passer sa méfiance avant le plaisir qu'elle avait ordinairement d'accueillir.

– Allons, dit-il, tu te fais de la bile pour rien. Qu'est-ce que tu veux qu'ils dénoncent ? On ne fait rien de mal, là-haut.

Un regard lourd posé sur elle, il resta un instant silencieux. Lorsqu'il parla à nouveau, sa voix était sourde et il détachait les mots comme pour les marteler.

– Est-ce que tu t'es tellement inquiétée quand j'ai débouché du petit chemin, en 17 ? Est-ce que tu t'es demandé qui j'étais et d'où je venais avant de me donner un bout de pain et du lard ?

D'un élan, elle se jeta dans ses bras.
– Roland! Ce que tu vas comparer.
– Et alors, dit-il, quelle différence? Ceux-là, au moins, ils ne sont pas prisonniers dans leur propre pays. Ils sont fugitifs. En un sens, tu me diras, ça ne vaut guère mieux. Mais tu ne dois pas avoir de crainte. Surtout pas de celui-là. Un bon petit gars, je te dis. Et s'il revient, accueille-le bien. On leur doit bien ça.

Bien sûr, il revint. Cette ferme isolée et accueillante semblait l'attirer comme un aimant. Son travail de bûcheron dont il était si fier ne devait pas lui prendre trop de temps car il prit vite l'habitude de débarquer à l'Huis Maugrit en pleine journée et de retrousser les manches pour « donner un coup de main » comme il disait. Il y tenait. Il voulait à toutes forces participer au travail de la ferme. Et Marie, réticente les premiers jours, finit par trouver commode ce complément de main-d'œuvre, surtout lorsqu'approcha la saison de la moisson et des foins.

Les propos de Roland et la gentillesse sans détour de ce grand garçon toujours prêt à rire de ses maladresses, avaient, une nouvelle fois, éloigné le spectre de la guerre que Marie, à force de ne pas le voir, s'inquiétait de sentir rôder autour d'eux.

Une nuit de juin, pourtant, ils en perçurent le vent, tout proche. Ils furent réveillés vers minuit par un roulement sourd qui avait empli les ténèbres et dont ils ne comprenaient pas d'où il provenait. Victor fut le premier dehors.
– Maman, Bernadette, venez voir!
Il y avait tant de stupéfaction et d'angoisse dans sa voix que Marie s'était précipitée en chemise et pieds nus. Sur le sombre velours d'une nuit sans lune, Victor pointait le doigt vers des masses sombres qu'ils voyaient très bien défiler. Il y en avait combien? Des centaines, des milliers peut-être. Des avions en formations serrées dont toutes les puissances déchaînées déchiraient la nuit.
– Ils vont où comme ça?

Tous les trois serrés, au milieu de la cour, ils restaient immobiles, la tête levée, saisis d'angoisse. Ce bruit infernal, ces masses sombres qui se succédaient sans interruption au-dessus de l'Huis Maugrit leur semblaient la manifestation d'un monde de fer et de feu dont jamais ils n'avaient pu imaginer qu'il puisse être si terrifiant.

Enfin le dernier avion fut passé et le bruit sinistre décrut vers le sud. Sans un mot, ils revinrent vers la maison. Le terme « bombardement », trop souvent entendu à la TSF, leur venait tout naturellement à l'esprit. Mais ils restaient abasourdis par l'effroyable réalité donnée, à ce simple mot resté jusque-là, pour eux, totalement abstrait, par le spectacle auquel ils venaient d'assister.

Encore n'avaient-ils vu que les préliminaires. Ils allaient se recoucher, enfermés dans leurs sombres réflexions, lorsqu'il y eut comme un éclair aussitôt suivi d'un grondement sourd. « L'orage? pensa Marie. Il ne manquait plus que ça. » Elle montait dans son lit lorsque, cette fois, par les fenêtres, elle crut voir le ciel s'embraser. Et ce qui n'avait été, la première fois, qu'un grondement sourd et lointain, se mua tout à coup en une formidable succession d'explosions. Dans l'instant, ils furent à nouveau dehors. Au sud-est, le ciel était déchiré sans interruption de violents éclairs blancs dont les effroyables échos ne leur parvenaient que quelques instants plus tard.

– Le Creusot! Ils bombardent Le Creusot.

Ils ne dormirent pas de la nuit. Durant près d'une heure, les explosions secouèrent tous les échos du Morvan et le ciel resta éclairé comme en plein jour, sur une mince frange de l'horizon, au-dessus des collines dont les lueurs sans cesse relancées dessinaient bizarrement, en ombres chinoises, les plus hautes futaies.

Marie s'était précipitée chez Anne. Elle l'avait trouvée elle aussi en chemise, devant sa maison, contemplant avec effroi la sinistre danse des lueurs.

– Louis, dit-elle simplement. Les pauvres.

Les avions repassèrent en sens inverse. Le même bruit infernal roula longuement sur les forêts et les vallées.

Puis le silence se refit. Un silence poignant, douloureux, tout au bout duquel, là-bas, au sud-est, les incendies continuaient de rougeoyer, ponctués par instants d'effroyables embrasements qui blanchissaient le ciel.

Dès le lendemain, on vit arriver les premiers réfugiés. Par eux, Anne, qui était descendue aux nouvelles jusqu'au bourg, apprit que Le Creusot avait bien été écrasé sous un véritable tapis de bombes qui étaient tombées durant plus de trois quarts d'heure sans discontinuer.

Bien sûr, c'était l'énorme complexe industriel Schneider qui était visé. Mais, dans l'étroite vallée du Creusot, la ville qui a poussé autour des usines depuis le début du XIXe siècle, les entoure, les longe, les traverse parfois sans qu'existe la moindre démarcation entre les ateliers et les habitations. Dans la nuit, les avions avaient tout pilonné. Et si les usines avaient effectivement fini, pour longtemps, de travailler au bénéfice de l'occupant, la ville avait atrocement souffert. Les morts se comptaient par centaines. Les hôpitaux étaient saturés et c'étaient par milliers que les sans-abri erraient, hébétés, au milieu des gravats.

Et puis, peu à peu, tous ceux qui le pouvaient retrouvaient le chemin de la campagne et de ces villages du Morvan dont leurs parents ou eux-mêmes étaient descendus, un jour, pour s'embaucher à l'usine. C'était un exode plus lamentable encore que celui qu'on avait connu trois ans auparavant. Pour beaucoup, ils allaient les mains vides, n'ayant rien eu à emmener, silencieux, atones, marchant plus par instinct que par volonté vers leurs origines.

Rien ni personne, dit-on, ne peut s'opposer à ce qu'une bête blessée se traîne vers son terrier...

Louis arriva tard dans la soirée. Anne, qui, de toute la journée, n'avait guère quitté des yeux le chemin qui montait du bourg, passa en trombe à la porte de Marie.

– Ils arrivent ! lança-t-elle en se précipitant déjà au-devant de son frère.

Lorsque Marie et Bernadette débouchèrent en haut du chemin, Anne avait déjà rejoint le lamentable équipage qui montait vers elles. Louis poussait son triste vélo noir aux roues cerclées de vieux pneus de voiture. La vieille machine disparaissait sous un invraisemblable empilement de paquets de fortune attachés au cadre et entre eux par des bouts de ficelle. De l'autre côté du vélo, une jeune femme marchait, un enfant sur un bras et une valise cabossée à l'autre main. Un vieil homme suivait, la tête basse, attentif, semblait-il, au seul équilibre de l'étonnante charge de paquets et de ballots qu'il s'était arrimée sur le dos. A son cou, dérisoire, pendait une vielle qui ballottait doucement au rythme de ses pas. Tous, ils paraissaient infiniment las, éteints, au bord de l'épuisement final.

– Venez, venez vous débarrasser, venez vous reposer, s'empressait déjà Anne qui avait pris l'enfant des bras de la jeune femme. On vous attendait. On est si heureux de vous voir tous. Je vais vous faire à manger. Vous nous raconterez après, quand ça ira mieux. C'est fini, maintenant. Ici, vous verrez, ça ira bien.

Ils ne répondaient pas. Ils semblaient mettre le peu d'énergie qui leur restait dans les derniers pas à accomplir. Enfin, le vélo fut appuyé au mur de la maison, près de la porte. Un à un, ils vinrent s'effondrer sur les bancs, autour de la grande table.

Octave Guillard, immobile sur sa chaise, devant la cheminée, eut un regard bref pour tous ces arrivants. Il ne parut pas reconnaître son fils aîné. Et son regard se perdit de nouveau dans les brumes qui avaient à jamais envahi sa tête, un jour de 1917, dans le fracas d'une bombe éclatée trop près de lui.

– Bernadette, sers donc à boire.

Anne et Marie, d'un même geste, s'étaient mises aux fourneaux. Elles s'activaient en silence. La femme de Louis avait repris son enfant qu'elle tenait serré contre elle comme si elle eût encore craint pour lui. Louis et le vieil homme se tenaient les coudes sur la table, voûtés, le regard baissé. Il fallut de longues minutes pour que la vie semble revenir doucement en eux.

Louis, enfin, eut quelques lents hochements de tête de droite à gauche. Il sentait qu'il lui fallait dire. Mais comment dire ? Comment exprimer l'horreur dont ils venaient ? Anne vit ses efforts.

– Laisse, dit-elle. On a vu, d'ici, la nuit dernière. Tu nous raconteras plus tard quand il sera temps. Alors, voilà ma belle-sœur et mon neveu ? Ce qu'il est mignon ! Comment on l'appelle ?

Elle vint s'asseoir à côté de la jeune femme et lui prit doucement l'enfant des bras.

– Il a une bien petite mine. Pauvre gosse. Attends voir ! Quelques semaines à l'Huis Maugrit et ça va changer, tout ça ! Je ne te donne pas longtemps, toi, avec des yeux comme tu en as, pour nous servir toutes tes diableries ! Alors, tu ne veux pas me le dire, ton petit nom ?

Le gamin se laissait faire sans la moindre réaction, mais il ne quittait pas sa mère des yeux. Elle fit un visible effort sur elle-même et adressa un pauvre sourire à Anne en même temps qu'elle caressait doucement la joue de son enfant.

– C'est Emmanuel, son petit nom, dit-elle.

– Et vous ?

Anne, sans même s'en rendre compte, avait mis toute l'immense tendresse dont elle était capable dans ses yeux et dans sa voix pour prononcer ces deux seuls mots.

– Moi, dit la jeune femme, on m'appelle Jeanne.

– Eh bien, Jeanne, reprit Anne, vous êtes la bienvenue. Vous avez eu trop de malheurs. Ici, ça peut encore aller. On fera ensemble. Et vous verrez, on sera bien.

Ce fut comme un souffle apaisant. Louis et le vieil homme s'étaient redressés. Ils jetaient autour d'eux de longs regards graves.

– Lui, dit enfin Louis en désignant le vieil homme assis en face de lui, c'est Alphonse, un ami. Il a tout perdu, comme nous. Alors, comme il est seul, on l'a amené.

– Vous avez bien fait, dit Anne.

Alphonse lui adressa un sourire un peu triste. Et, en le lui rendant, Anne se fit la réflexion qu'on ne lui donnait pas d'âge. Sous une épaisse tignasse grisonnante, son visage hâlé paraissait torturé de rides profondes. D'épaisses moustaches tombantes poivre et sel accentuaient encore l'impression qu'il donnait de porter inscrites dans sa chair toutes les épreuves qu'avait dû connaître son existence. Derrière l'infinie lassitude qu'exprimait, pour l'heure, son regard noir, on sentait tout de même une étonnante vivacité qui ajoutait encore au mystère du bonhomme.

Ils allaient passer à table lorsqu'une ombre se profila dans la porte. C'était Vincent.

– Je suis allé à la ferme, dit-il comme s'il s'excusait. Il n'y avait personne. Alors je suis venu ici.

– Entre, Vincent, entre. Tu vas manger avec nous, décida Anne.

Elle fit rapidement les présentations.

– On m'appelle le Phonse, rectifia simplement le vieil homme lorsque vint son tour.

On ajouta une assiette au bout de la table et Vincent vint s'installer à côté de Jeanne. Tout de suite, sans autre façon, il tendit les bras au petit Emmanuel qui ne se fit pas prier pour passer des genoux de sa mère aux siens. On mangea en silence, mais il avait suffi de ces quelques gestes de bienvenue et de ces quelques sourires pour que l'abattement des premiers instants laisse la place à l'apaisant bien-être des retrouvailles dans la sécurité retrouvée. Les langues ne commencèrent à se délier que lorsque Bernadette posa la bouteille de marc sur la table, alors qu'on touillait l'étrange substance brunâtre qui avait remplacé le café.

– Ce n'est pas la première fois, raconta Louis encore incapable de parler d'autre chose que du calvaire qu'ils avaient subi la nuit précédente. Déjà en octobre dernier, on a été bombardés. Mais sans rapport. Bien sûr, il y a eu des dégâts, des morts. Mais là... Trois quarts d'heure durant... Des bombes sans arrêt, sans arrêt... La ville, il n'y en a plus... Tout est rasé, anéanti.

– Votre maison? hasarda Anne.

Louis eut un geste vif du bras.

– Notre maison ! Comme s'il était encore question de notre maison ! C'est le quartier entier qui a été rasé. Il n'y a plus pierre sur pierre. Encore, nous, on a eu la chance que le feu ne s'y mette pas. Et quand ça nous est arrivé, on était déjà dans les abris. Sinon... Quand on a pu en ressortir, on n'a plus eu qu'à aller fouiller les ruines... Encore heureux, on était tous vivants. On a ramassé ce qu'on a pu. Avec le Phonse, on a voulu aider aux secours. On nous a répondu que ce qu'on avait de mieux à faire, pour ceux qui le pouvaient, c'était d'aller mettre notre famille à l'abri à la campagne. Alors on est partis. Et nous voilà.

– Et c'est bien comme ça, approuva Anne.

Vincent, de tout le repas, était resté silencieux, lui aussi. Le petit Emmanuel ne l'avait pas quitté et ils semblaient faire la meilleure paire d'amis du monde.

– Vous croyez qu'ils bombardent toutes les villes comme ça ? demanda enfin le jeune homme.

– Ce n'est pas la ville qu'ils visaient. C'étaient les usines.

Marie, qui se tenait discrètement près des fourneaux, nota l'expression de soulagement qui illumina brièvement son visage. A l'évidence, ce gamin-là n'était donc pas seul au monde. Quelle drôle d'assistance se trouvait ainsi rassemblée autour de la grande table des Guillard ! Marie se sentait déjà partagée entre la désolation de toutes ces misères et le plaisir de voir refleurir, par la force des choses, la petite communauté de l'Huis Maugrit. Car, dès cet instant, il ne faisait pas de doute pour elle que d'autres viendraient chercher refuge sur le petit plateau. Et elle éprouvait une joie profonde à l'idée de pouvoir tous les recevoir, aussi nombreux qu'ils viennent, et de leur faire partager la vie simple mais encore relativement libre et sûre qu'on y menait.

Après qu'elle eut échangé avec Anne un long regard plus explicite que toutes les paroles, tout en s'essuyant les mains à un grand torchon à carreaux blancs et rouges, elle vint s'installer d'une fesse sur le bout du banc, près de son amie.

– Voilà, dit-elle, pour vous faire vivre ici, il n'y a pas de problème. Ça fait longtemps qu'on avait prévu. D'une certaine façon, on vous attendait. Louis, tu sais qu'on a des provisions plus qu'il n'en faut. Mais si ça devait durer, on peut bien produire à l'Huis Maugrit pour tout ce monde-là et pour plus encore. Le tout, c'est de s'y mettre. Et on va s'y mettre. Voilà la moisson et les foins qui s'annoncent. Après, on labourera et on sèmera en rapport de toutes ces bouches à nourrir et de celles qui pourraient bien s'annoncer. Louis, tu as su faire. Tu réapprendras, ce n'est pas un problème. Mais vous, monsieur Alphonse, vous savez ce que c'est, le travail de la terre ?

Pour la première fois depuis qu'ils étaient arrivés, on entendit Louis et le Phonse éclater de rire. Jeanne, auprès de son mari, laissa un large sourire amusé fleurir sur son visage.

– D'abord, attaqua le vieux, les « monsieur », moi je ne connais pas ! Sûr que mon vrai petit nom, c'est Alphonse. Mais on m'a toujours appelé le Phonse. Et, si vous le voulez bien, je serais heureux que vous ne m'appeliez pas autrement. Sinon, j'aurais l'impression que vous ne m'aimez pas, que je reste un étranger. Parce que, voyez-vous, le travail de la terre comme vous dites, c'est ce qui me manque le plus depuis bientôt un quart de siècle. J'ai connu votre papa, ma bonne dame. Oh ! j'étais bien jeune. Mais je m'en souviens comme si c'était d'hier, du Gaston Laniaud. Mon père à moi n'aurait jamais acheté ses bœufs à un autre qu'au Gaston Laniaud. Parce qu'il était galvacher, mon père. Et moi aussi j'ai été galvacher, comme mon père, comme mon grand-père... Jusqu'en 14...

La voix du Phonse s'était légèrement brisée sur ces derniers mots et sur la douleur qui renaissait à la seule évocation de cette date qui, pour tant d'hommes, avait été comme un couperet tranchant leur existence.

– Encore, reprit-il, ce n'est pas comme votre papa qui n'en est pas revenu, ma pauvre dame. J'y suis resté quatre ans, dans leurs tranchées, j'ai été blessé deux fois, mais j'ai eu la chance d'en réchapper. J'ai été démobilisé en 19. Je suis revenu au pays. Mon père bricolait encore un peu d'élevage. J'ai pensé un moment rester avec lui, peut-être reprendre la galvache. Et puis... pensez-vous ! Que peut-on faire quand on n'a plus un sou, rien que des dettes ? Quelle femme aurait voulu de moi, déjà plus tout jeune, sur une ferme si misérable ? J'ai cru que je m'en sortirais mieux à la ville. J'ai laissé la ferme à mes vieux et je suis parti...

« Pour vous dire, ma pauvre dame, ce jour-là, ce jour où j'ai quitté pour toujours mes vaches et mes champs, je crois bien qu'il a maudit toute ma vie. Je le regrette encore. Leur ville, leurs usines, leurs patrons et tout le bataclan, jamais je n'ai pu m'y faire. Sûr que je leur aurais bien tout envoyé à la tête si j'avais pu. Mais quoi faire quand on n'a rien et qu'on n'est rien ? J'y suis resté, dans leur ville d'enfer. Et il me faut ce bombardement de tous les diables et un ami comme le Louis pour que j'y remonte, dans le Morvan.

« Allez-y ! Donnez-moi une paire de bœufs, même de vaches, ça fera l'affaire. Mettez-moi aux foins, à la moisson, au bois, demandez-m'en autant que vous voulez. Je saurai y faire et je serai encore bien plus heureux que je ne l'ai jamais été dans leur ville de misère.

Le regard planté droit dans celui que le Phonse, en lançant sa péroraison, avait levé sur elle, Marie laissa passer le bref silence qui donnait tout leur poids aux mots du vieux.

– C'est bon, reprit-elle. Je vous embauche. Vous logerez dans la chambre du grenier. Il y a de quoi.

– Alors, fit le Phonse, ça vaut bien un peu de musique !

Et, sous leurs regards ébahis, il prit, au coin de la cheminée, la vielle qui lui battait au cou lorsqu'ils étaient arrivés. Il se la coinça sur les genoux et entama une gigue endiablée. Vincent, au bout de la table, ouvrait des yeux sidérés. Louis et sa femme, enfin souriants, semblaient aux anges.

– Ça, dit Louis, lorsque le Phonse eut fini son petit air

de musique, c'est pour vous apprendre à ne jamais faire plaisir à ce vieux radoteur. Sitôt qu'il est content, il faut qu'il prenne sa vielle et qu'il en rebatte les oreilles à tout le monde !

En faisant le geste de menacer Louis d'un coup, le Phonse faillit accrocher Vincent qui, le petit Emmanuel toujours dans les bras, n'avait pu s'empêcher de venir voir de plus près. Les yeux ronds, il considérait la vielle avec stupéfaction.

– C'est quoi, ça ? C'est un instrument de musique ?

– D'où il sort, celui-là ?

Le Phonse, pour le coup, avait l'air outré.

– T'es donc jamais sorti de ton trou que tu ne sais pas ce que c'est qu'une vielle ?

– Il faut l'excuser, le Phonse, dit Marie. Il vient de la ville, lui aussi. Et il n'est pas là depuis longtemps.

– T'es du Creusot, toi ?

Vincent, d'un geste de la tête, sembla rejeter la question loin de lui.

– Non, dit-il vivement. D'une autre ville, loin d'ici.

– Les villes, de toute façon, proclama le vieux, il n'y en a pas une qui vaut mieux que l'autre. Et tu ne sais pas ce que c'est qu'une vielle ?

Vincent se contenta de confirmer d'une moue dubitative.

– N'aie crainte, va. Si tu n'y retournes pas trop vite, dans ta ville – et, à ce que je crois comprendre, tu n'es pas près d'y remettre les pieds – je te le ferai savoir, moi, ce que c'est qu'une vielle.

Et le Phonse, content de son effet, appuya un long regard admiratif sur Bernadette qui se tenait debout au coin de la cheminée.

– M'est avis, reprit-il, qu'il y a par ici des jeunesses qui ne vont pas tarder à se sentir des fourmis dans les jambes au son de cette vielle-là !

5

Fut-il vraiment question de réorganiser la vie de l'Huis Maugrit autour de cet afflux de vie ? Ce ne fut évidemment pas nécessaire. Les deux fermes, sur leur plateau, étaient faites pour ce grouillement, cette activité paisible et sans heurt qui s'y réveilla du jour au lendemain.

Rien ne manqua à une moisson et à une fenaison comme on n'en avait plus vu depuis bien longtemps : au milieu de tous ces hommes et ces femmes en sueur, un enfant qui encombrait parfois leurs gestes et qu'ils rabrouaient sans colère, avec la joie secrète de réapprendre ainsi qu'ils existaient ; un bouquet qu'on hissa au sommet du dernier char, avec des chants et des rires dont s'étonnaient les échos déshabitués et qui semblaient un défi à l'horreur dont était né leur rassemblement – cette horreur qu'ils sentaient, malgré tout, rôder autour d'eux, et qu'ils voulaient nier.

Roland parvint à se libérer pour les foins. Il passa près de deux semaines consécutives à l'Huis Maugrit et Marie ne pensa même pas à dissimuler le plaisir qu'elle en eut. Une sorte de furieuse ardeur de vivre les avait saisis. A longueur de journée, ils se mesuraient au travail comme autant de lutteurs de foire gourmands de leurs gestes puissants, de leurs forces qu'ils donnaient avec générosité.

Et le soir, lorsqu'ils rentraient rompus, ils riaient encore de sentir, sous leur peau brûlée de soleil, rouler leurs muscles douloureux. L'heure était délicieuse, à la détente, à l'ombre enfin fraîche de la glycine, devant la porte de la maison. Puis, avec la même ardeur, on s'installait bruyamment autour de la table et il fallait le défilé des plats que passaient les femmes pour que, peu à peu, la lassitude soit la plus forte.

Les conversations se faisaient bourdonnantes et se ponctuaient de longs silences songeurs. On restait là longtemps, appuyés à pleins bras à la table, devant un dernier verre, dans la fumée bleue des cigarettes roulées. Puis le Phonse, invariablement, donnait le signal. Il se levait pesamment, se tenant le dos à pleines mains.

– Pour aujourd'hui, disait-il, ça ira. Bonsoir la compagnie.

Et il disparaissait vers le grenier où Marie l'avait installé dans la chambre que Roland avait aménagée pour eux, des années auparavant.

Anne et Jeanne aidaient Marie et Bernadette à la vaisselle. Puis elles se quittaient et le silence se refermait doucement sur l'Huis Maugrit. Restée seule, bien qu'elle fût, chaque soir, recrue de fatigue et qu'elle aimât savoir que Roland l'attendait, dans leur grand lit, Marie trouvait encore quelques menus travaux à accomplir. A gestes lents et lourds de toute la fatigue de la journée, elle allait et venait sans bruit. Et il lui semblait que toute cette vie revenue à l'Huis Maugrit pesait, dans le sommeil qui la gagnait, tout autour d'elle et même sur elle, comme le poids éminemment doux d'une seule et même existence harmonieuse.

Elle savait bien que déjà, en si peu de temps d'un travail débordant, s'étaient noués et se développaient tous les rapports d'attirance ou de rejet qui nécessairement compliqueraient, un jour ou l'autre, leurs relations. Pour quelques jours encore, ce serait comme si chacun avait oublié son propre tempérament. Puis les personnalités reprendraient le dessus. Et ce serait à elle, Marie, de faire en sorte que son autorité soit plus grande que l'inévitable force qui tendrait à embrouiller les choses et à rompre la perfection de l'exceptionnel équilibre dans lequel ils vivaient.

La pensée lui vint un soir de Vincent, dont il lui sembla qu'il manquait, qu'il était anormalement absent de cette harmonie. Elle fut étonnée de ce sentiment qui lui était venu spontanément. Vincent était, pour elle, partie intégrante de la petite communauté de l'Huis Maugrit. Ce qu'il y avait d'anormal, ce n'était pas ses apparitions désormais quasi quotidiennes, mais, à l'inverse, les moments où il n'était pas là.

Il ne restait jamais très longtemps. Soit le temps de liberté dont il disposait était trop bref, soit il avait bien d'autres choses à aller découvrir. Il parvenait pourtant toujours à marquer son bref passage d'un petit service, d'une amabilité, voire d'un simple sourire lumineux qui laissaient derrière lui un peu de sérénité au cœur et le regret de le voir filer si vite.

La première fois qu'il s'était trouvé nez à nez avec Roland, son air penaud avait fait éclater de rire tout le monde. Et il ne lui avait pas fallu longtemps pour comprendre que la petite irrégularité que représentaient ses absences du camp pesait de peu de poids auprès du plaisir qu'éprouvaient ces gens-là à l'accueillir et, peu à peu, à le considérer quasiment comme un membre de la famille.

Marie y pensait encore, ce soir-là, en se glissant dans le lit, alors qu'elle sentait avec bonheur les bras de Roland se refermer sur ses épaules et l'attirer doucement à lui.

– C'est drôle, dit-elle, ce Vincent, pourquoi on le voit toujours venir par ici ?

Surpris, Roland eut un léger haussement d'épaules. Il pensait manifestement à autre chose !

– Va savoir, dit-il. Ta fille, peut-être ? Tu ferais bien de la surveiller de près.

– Bernadette ! Penses-tu ! Elle n'a pas dix-sept ans.

– Et alors ? Tu ne le vois pas que c'est bientôt une femme, ta fille ?

– Ta fille... ta fille... C'est aussi la tienne, non ?

– Bien sûr que c'est ma fille. Et moi je vois bien que ce n'est plus une gamine, qu'elle est belle comme un cœur et qu'elle a des yeux à en faire tourner plus d'un en bourrique. On dirait sa mère au même âge!

Marie se serra un peu plus fort contre son mari. Elle aimait ces moments où l'envie lui prenait de la caresser et où il n'était plus capable d'un mot sérieux. Pourtant, ce soir-là, sans qu'elle sache trop pourquoi, l'idée de Vincent ne la quittait pas.

– N'empêche, reprit-elle, il est curieux, ce garçon. Gentil comme tout, serviable, souriant, mais sait-on ce qu'il veut?

Obstinée, elle ne lâcherait son idée que lorsqu'ils seraient au bout de leur conversation. Roland le savait, comme il se doutait du plaisir qu'elle prenait à faire durer le plus possible ces instants qui n'étaient pas encore de désir mais de pure tendresse. Elle avait enfoui la tête dans son épaule et il lui caressait doucement la nuque. Il fit un effort sur lui-même et se contraignit à faire pénétrer dans son esprit l'idée de ce Vincent.

– Tu sais ce qu'il veut, dit-il, ce qu'ils veulent tous, d'ailleurs, chacun à sa façon? C'est se prouver qu'ils existent encore, c'est ne pas mourir d'ennui. Ils sont bien trop nombreux, là-haut. On ne sait plus quoi en faire. On les occupe comme on peut. Mais lui, par exemple, ton Vincent, si j'ai bien compris, il était étudiant à Paris. Qu'est-ce que tu veux qu'il fasse dans une forêt du Morvan? Il voit le temps qui passe, ses études fichues et rien à faire... A tout prendre, je préfère qu'il circule comme il le fait, qu'il se fasse des amis, qu'on lui donne un peu d'affection. Chacun d'eux réagit à sa façon. Il y en a, ce sont de vrais lions en cage. Ils deviennent agressifs. On est obligé de faire la loi. Lui, au moins, c'est son sourire et son amabilité qui le sauvent. C'est mieux ainsi.

– Et, pour Bernadette, tu crois que...

Roland eut un petit rire de gorge.

– J'ai dit ça... C'était comme ça, pour dire. Mais, après tout, peut-être bien qu'il faudrait surveiller. Des fois qu'il se passe son ennui comme ça!

Il avait retrouvé son ton railleur et ses mains, en courant sur le corps de Marie, se faisaient pressantes.

– Toi aussi, tu t'ennuies ? demanda-t-elle en se serrant encore un peu plus contre lui.

On chargeait les derniers chars de foin lorsque, un beau matin, on vit le facteur déboucher du grand virage, sous la ferme. Il poussait un vélo et s'arrêtait tous les trois pas pour éponger la sueur qui ruisselait sur son front à l'aide d'un large mouchoir à carreaux qu'il enfouissait ensuite, d'un geste appliqué, au fond de la poche de son pantalon de lainage bleu.

La venue du facteur à l'Huis Maugrit était un événement suffisamment rare pour que le travail s'interrompe instantanément dès que Marta eut furieusement dénoncé l'approche de l'homme dont le képi la mettait en fureur. Marie, sèchement, la fit taire. Elle était partagée entre la curiosité et l'inquiétude. Quelle nouvelle pouvait être assez importante pour monter ainsi jusqu'à eux ?

Le facteur s'arrêta au bord du champ. En rejetant son képi en arrière, il s'épongea une dernière fois le front et souffla.

– Vrai, dit-il, encore heureux qu'il n'y ait pas du courrier pour toi tous les jours. Tu parles d'une côte ! Et par cette chaleur...

– Victor, sers à boire au facteur, interrompit Marie en plantant sa fourche dans le sol et en marchant vers lui.

– Quelles nouvelles ? dit-elle encore sur un ton qui ne parvenait pas à être enjoué.

Le facteur, que l'annonce de ce coup à boire avait rassuré, fourrageait énergiquement dans sa sacoche.

– Une lettre, dit-il. Une lettre de Vitry-le-François. Où donc qu'elle a bien pu se glisser ? C'est que je n'ai pas trop l'habitude de classer l'Huis Maugrit dans ma tournée.

Enfin, il mit la main sur le pli et le brandit triomphalement.

– La voilà ! Je savais bien...

– Donne !

Il y avait de la fébrilité dans le geste de Marie

lorsqu'elle lui prit l'enveloppe des mains et, lui tournant le dos, se mit en devoir de la déchirer. Appuyés à leur outil, ils ne la quittaient pas des yeux et le facteur lui-même, immobile au bord du chemin, semblait avoir oublié le verre que lui tendait Victor.

– C'est Francis, dit laconiquement Marie en repartant vers sa fourche fichée au milieu du champ, et sans lever le nez de la brève lettre de son frère.

« Ces quelques lignes, écrivait-il, pour vous dire que, ici, ça ne va pas trop mal. Après ma démobilisation, mon patron m'a tout de suite repris. On s'en sort plutôt bien. Ce n'est pas comme dans les villes où c'est dur, très dur.

« Je pense que vous avez des nouvelles d'Edmond, comme moi. Il ne se plaint pas de trop. Mais sait-on s'il peut tout dire ? Par contre, c'est dur pour sa femme et ses enfants. Elle a perdu son travail et se retrouve presque sans ressources. Je fais ce que je peux. Mais ce n'est pas facile.

« Et vous, allez-vous bien ? Les foins doivent se terminer. Et si vous avez eu le même temps que celui que nous avons ici, tout a dû bien se passer. »

De son écriture un peu enfantine, il terminait en embrassant chaleureusement tout le monde. Marie avait les larmes aux yeux. Les mots, sous la plume du taciturne Francis, prenaient un poids démesuré. Pour un peu, elle n'aurait pas remarqué les quelques lignes qu'il avait ajoutées tout en bas de la feuille, sous son nom soigneusement calligraphié.

« A tout hasard, disait-il, je vous donne l'adresse d'Agnès, la femme d'Edmond. »

Marie, d'un geste vif, enfouit la lettre au fond de la poche de sa blouse. Elle se saisit de sa fourche et, sans un mot, sans un regard aux autres qui se remettaient au travail, elle se mit à empiler d'énormes fourchées qu'elle soulevait ensuite d'un énergique coup de reins et qu'elle emportait jusqu'au char, à demi dissimulée sous la masse odoriférante de sa charge.

Agnès... Ce prénom qu'elle ne connaissait même pas ! Il fallait tout ce malheur pour qu'elle apprenne que l'épouse de son frère Edmond se prénommait Agnès. Une grande mélancolie teintée d'un peu de colère contre l'absurdité de leur comportement la saisissait et la faisait se ruer sur l'ouvrage comme si elle se fût vengée sur lui du malaise que cette lettre avait fait naître en elle. Depuis qu'Edmond et Francis avaient renoncé à la galvache, en 1920, et qu'ils étaient partis travailler en Champagne, les liens s'étaient peu à peu distendus. Et puis, en 1936, lorsqu'ils étaient venus à l'Huis Maugrit pour la dernière fois, Edmond avait parlé partage. Oh, bien sûr, ils n'avaient pas mis le couteau sous la gorge à Marie. « C'est juste pour savoir, avait-il dit, pour que les choses soient claires. » Marie n'en avait pas moins été profondément ulcérée. Il lui avait tout à coup semblé qu'on lui disputait cette ferme pour laquelle elle s'était tant battue et dont ses frères, au retour de la Grande Guerre, avaient été les premiers à reconnaître qu'elle lui devait tout.

Depuis, ils ne s'étaient pas revus. Marie savait que son frère aîné s'était marié sur le tard, peu de temps avant la guerre. Mais ils n'avaient pas été invités à la noce. Et cela avait été une blessure de plus.

Agnès... Elle s'appelait Agnès et ils avaient des enfants. En fourchant furieusement son foin, Marie se faisait une litanie de ces phrases simples. La femme d'Edmond s'appelait Agnès. Ils avaient des enfants. Elle calculait. Edmond n'était pas loin de la cinquantaine. Quel âge pouvait bien avoir sa femme ? Edmond était prisonnier en Allemagne. Cette Agnès et ses enfants souffraient peut-être de la faim... Edmond... Le grand et fort Edmond qu'elle aimait tant, jadis, lorsqu'il revenait en permission, dans son bel uniforme de poilu, ou quand les hommes revenaient de leur long voyage annuel de galvacher. Edmond qui marchait paisiblement à la tête de ses bœufs et que Marie, alors, admirait autant qu'elle aimait à lui tenir tête.

Par flots puissants, les souvenirs affluaient et engloutissaient l'image glauque des rancœurs bêtement additionnées depuis trop d'années.

Ce ne fut que lorsqu'ils se rassemblèrent tous sous un grand pommier, au bord du champ, pour la pause de midi, qu'Anne put venir poser un regard tendrement interrogateur sur son amie. Marie fit d'abord celle qui ne voyait rien. Elle continuait d'aller et venir, de s'assurer que chacun avait ce qu'il fallait, que l'eau de la cruche était fraîche, que les vaches, toujours unies par leur joug, avaient, sous les naseaux, une fourchée suffisante de foin.

Puis elle alla s'asseoir légèrement à l'écart. Sans un mot, Anne vint s'installer à côté d'elle. Elles mangèrent quelques instants en silence. De leur couteau, elles taillaient de gros dés de pain sur lesquels elles déposaient de petits morceaux de lard avant de les porter à la bouche et de les mastiquer longuement, le regard perdu vers des lointains de collines bleutées se confondant avec le ciel.

– Il va falloir prévoir plus, dit enfin Marie.

Anne se contenta de tourner les yeux vers son amie. « Qui ? » semblaient-ils dire sans qu'y parût le moindre étonnement.

– Agnès, dit Marie.

Il y avait, dans sa voix, une sorte de brusquerie qui étonna Anne.

– Tu ne connais pas, reprit-elle. C'est la femme d'Edmond. Elle va venir avec ses enfants.

– Combien ?

Marie, dont le regard était resté fixé loin devant elle, par-delà la vallée, sembla tout à coup désemparée. Elle n'y avait pas pensé. Et il lui fallait avouer qu'elle ne savait même pas combien son frère avait d'enfants.

– Combien, combien... grogna-t-elle. Est-ce que je sais, moi ?

Le soir même, après que tout le monde fut couché, Marie s'installa au bout de la grande table. Et elle se mit en devoir d'écrire à Edmond et à sa femme.

Il ne se passa guère plus d'une semaine avant que le facteur n'ait, une nouvelle fois, à monter jusqu'à l'Huis Maugrit. En grommelant, il posa une lettre sur la table où l'apparition d'un verre lui rendit aussitôt un semblant de sourire.

Marie, qui était seule dans sa maison, prêtant une oreille distraite au bavardage du brave homme, ramassa l'enveloppe et la retourna. Une écriture un peu ronde, plutôt plaisante, avait soigneusement indiqué le nom et l'adresse de l'expéditeur : Agnès Laniaud, à Vitry-le-François. Marie attendit patiemment que se tarisse, en même temps que son verre, le flot de paroles du facteur.

– Bon, dit-il enfin. Ce n'est pas de tout ça, mais j'ai encore ma tournée, moi.

Il réajusta son képi, se leva et fit mine de se diriger vers la porte.

– A propos, dit-il brusquement en interrompant son geste, ton mari ne t'a rien dit ? A ce qu'il paraît, il s'en passe des drôles, en forêt.

Marie, méfiante malgré sa curiosité, n'eut, pour toute réponse, qu'une moue dubitative. Et le brave homme, tout à coup, parut très gêné. En avait-il trop dit ? Le regard insistant de Marie et le léger froncement de ses sourcils ne lui laissaient guère d'échappée possible. Il lui fallait parler.

– Ben voilà, fit-il. A ce qu'on dit... Oh, mais, attention c'est ce qu'on dit, des bruits, quoi. A ce qu'on dit, répéta-t-il, il paraîtrait qu'un maquis se serait installé en forêt. Des résistants... Si on avait besoin de ça ! Sûr que ça ne va pas être du bon pour le pays. On était bien tranquilles. Peut-être bien que ça va pas durer.

– Des bruits ! se contenta de répondre Marie en haussant les épaules et en reconduisant le bavard jusqu'à la porte.

– Portez-vous bien ! lança-t-il encore en enfourchant sa bicyclette.

Enfin seule, Marie resta un long moment immobile au milieu de la salle, la lettre d'Agnès à la main. Un maquis en forêt ! Et Roland qui ne lui avait rien dit. Curieusement, elle réalisait que cette étrange nouvelle avait fait naître chez elle plus de soulagement que d'inquiétude. Tout à coup, il lui semblait que ce danger qu'on sentait vaguement planer lui était devenu insupportable. L'incertitude dans laquelle on vivait depuis plus de trois ans, et dont on s'était jusque-là accommodé, se réveillait brusquement comme une plaie à vif. Tout, dans l'instant, lui paraissait bon plutôt que de continuer à subir cette interminable attente. Et il allait bien à son tempérament de lutteuse d'imaginer qu'enfin s'achevait le temps de la résignation passive.

Lentement, perdue encore dans le tumulte des pensées qu'avait fait naître en elle cette éventualité d'un maquis installé si près, elle déchira le bord de l'enveloppe et en sortit la lettre de sa belle-sœur. Celle-ci, très simplement, acceptait son invitation. Elle avait pour cela des mots qui plurent à Marie et confirmèrent la bonne impression que l'écriture lui avait faite. Sans se perdre dans le flot facile d'une reconnaissance larmoyante, elle lui disait le profond soulagement que cette offre inattendue lui avait procuré pour ses enfants qu'elle ne parvenait plus à faire vivre décemment, depuis que la petite entreprise dont elle était secrétaire avait été contrainte de fermer ses portes.

Elle annonçait son arrivée pour la Saint-Michel. Et Marie apprécia cette référence que faisait la jeune femme à cette date, peut-être sans savoir l'importance qu'elle revêtait, chaque année, à l'Huis Maugrit, comme dans beaucoup d'autres fermes dont le temps se marquait au rythme des saisons.

A la Saint-Michel, à ce moment précis où se neutralisent, en se partageant les heures à égalité, les royaumes du jour et de la nuit, le grenier est plein de l'été récolté. Le moment est paisible, tout entier voué à la gratitude pour les fruits donnés par la terre et pas encore inquiet des tourments de l'hiver lointain.

Marie était sereine. On venait vers elle. L'Huis Maugrit, une fois encore, une fois de plus, allait être l'abri, le refuge sur lequel elle veillait sans partage et qu'il lui plaisait déjà d'avoir à défendre contre le danger qui montait. Cette menace hypothétique, loin de l'inquiéter, décuplait le plaisir qu'elle avait à ouvrir les bras tout grands à sa belle-sœur et à ses neveux.

Elle se remettait à ses tâches lorsqu'on heurta violemment à la porte. C'était Vincent.

– Holà ! fit Marie, te voilà bien énergique !

Il entrait dans la pièce en coup de vent, se jetait sur le banc, haletant.

– J'ai soif ! dit-il.

Puis, sur un ton presque implorant :

– Vous n'auriez pas un verre d'eau pour un pauvre petit maquisard assoiffé ?

Marie allait éclater de rire. Elle fut tout à coup très grave.

– C'est donc vrai ? dit-elle.

Vincent eut l'air de tomber des nues.

– Vrai ? Quoi donc ? Qu'est-ce qui est vrai ? Que le monde se marche sur la tête ? Bien sûr que c'est vrai. Mais le reste...

– Arrête donc de faire le clown, veux-tu ? Ce maquis, en forêt, c'est donc vrai ?

Cette fois, Vincent eut l'air gêné.

– Ben... fit-il.

– Vrai ou faux ? s'impatienta Marie.

– Qui vous a dit ?

– Quelle importance ? Tout le monde est au courant. Le facteur raconte ça en prime à toutes les lettres qu'il distribue. Alors, donc, c'est vrai ?

Vincent dut admettre.

– Oh, fit-il, c'est un tout petit maquis. Ils se cachent en forêt plus qu'autre chose.

– C'est réussi ! ironisa Marie. Et, bien sûr, vous vous êtes tous précipités ?

Vincent se redressa vivement. Il y avait dans ses yeux une lueur qui fit mal à Marie. Et, tout à coup, elle sentit la peur lui glacer le sang. Ce n'était pas ce maquis, dont elle espérait, l'instant d'avant, qu'il ait raison de l'insupportable résignation dans laquelle ils vivaient tous depuis plus de trois ans, qui l'effrayait soudainement ainsi. Mais elle venait de voir briller, dans les yeux de Vincent, cette flamme un peu folle dont s'allume le regard des hommes dès que la bataille est décidée. Elle l'avait tant vue, cette flamme maudite, durant la Grande Guerre. Elle avait tant entendu Julia, sa mère, tempêter, la rage au cœur, contre cette absurde vanité qui les faisait se précipiter vers le combat alors même qu'ils ne trouvaient pas les mots pour en dénoncer avec assez de force l'inutilité et l'inhumanité.

Vincent, très droit, gardait le silence.

– Alors, dis-moi? insista-t-elle. Bien sûr, vous vous êtes tous précipités?

Il avait l'air de plus en plus gêné.

– Je vois, reprit Marie. C'est secret. Etre maquisard, c'est d'abord se taire. Tu connais déjà bien ta leçon. Et, à moi, tu ne peux pas le dire?

Il eut un lent hochement de tête, moins de dénégation que d'hésitation.

– Si je vous le disais, lâcha-t-il, ça changerait quoi? que vous vous inquiéteriez?

– Et parce que tu crois que je vais m'inquiéter? Si vous êtes assez fous pour vous lancer sans réfléchir dans des bêtises pareilles, est-ce que je vais me ronger les sangs pour des écervelés?

– Il ne faut pas dire ça.

Il était tout à coup très grave et Marie s'en voulut presque d'avoir lancé, dans sa colère, exactement le contraire de ce qu'elle pensait.

– Il ne faut pas dire ça, répéta-t-il. Je sais bien que c'est un peu fou. Que peut-on, contre les Boches, avec nos quelques pétoires et sans la moindre expérience? Mais l'espoir, Marie? Que peut-on contre l'espoir, aussi mince, aussi déraisonnable soit-il, de ne plus moisir ainsi, de relever la tête, de vivre, enfin?

Ce n'était plus le même Vincent. Et Marie, désemparée, revoyait son frère Francis, pratiquement à la même place, sur le banc, expliquant à sa mère effarée, avec ses mots à lui, simples et pesants du choix lent qu'il en faisait, la simple fierté qu'il éprouvait d'avoir reçu sa feuille de route qui l'envoyait dans les tranchées. On n'en finirait donc jamais?

– Va, dit-elle. Tu as peut-être raison. Mieux vaut être fou que désespéré.

6

Agnès dut retarder son voyage. En quelques jours, sans qu'on en sache la raison, l'inquiétude et la peur s'étaient installées ; et l'espoir aussi. Un espoir tout aussi irrationnel et déraisonnable qui semblait pourtant entretenir une folle lueur qu'on s'obstinait à discerner en arrière-plan, derrière les ténèbres des angoisses, des fureurs et des horreurs dont on se résignait à admettre qu'il faudrait bien les affronter avant que ne se lève l'aube nouvelle.

Enfin, une dernière fois, le facteur dut monter jusqu'à l'Huis Maugrit pour une brève missive confirmant qu'Agnès arriverait bien avec ses deux enfants le vendredi suivant. C'était jour de marché.

– Je pourrais les attendre à la descente de l'autocar, dit Marie qui attachait beaucoup d'importance à l'arrivée de cette belle-sœur qu'elle ne connaissait pourtant pas.

Anne et Jeanne descendirent avec elle. Sous un ciel bas et des rafales de pluie glacée que leur balayait parfois au visage un méchant vent d'ouest, les trois femmes marchaient en poussant leur vélo. Sur les porte-bagages et le cadre, elles avaient arrimé tous les produits de la basse-cour qu'elles avaient pu collecter ou confectionner depuis le précédent marché. Si on ne trouvait plus guère de produits manufacturés, les acheteurs ne manquaient pas, par contre, pour les œufs, le beurre, le fromage, les poules et les canards qui surchargeaient les bicyclettes aux pneus rapiécés de bouts de chiffon.

– C'est pas pour ce que ça rapporte ! commentait Marie laconiquement.

Mais, malgré les dévaluations successives et l'incertitude qui laissaient bien peu de valeur à l'argent, il lui fallait céder, par une sorte de vieil atavisme, au souci permanent de grossir sans fin la bosse que dessinaient les réserves, sous la pile de draps. Et il lui eût paru totalement inconvenant de ne pas faire tout ce qui était en son pouvoir pour répondre du mieux qu'elle pouvait à cette demande qu'avait créée la pénurie.

Il n'y avait là ni un louche souci de profiter du malheur des autres, ni la moindre préoccupation altruiste. Un marché s'était développé. Sans s'arrêter aux raisons de cet état de fait, il paraissait normal, à Marie comme à Anne, qui avait, elle aussi, développé considérablement la production de sa basse-cour, de faire tout ce qui était en leur pouvoir pour l'alimenter et en tirer profit.

On parlait bien, de temps à autre, d'allées et venues suspectes, la nuit, dans quelques cours de fermes, de camionnettes inconnues se défilant, tous feux éteints, par les petites routes, et disparaissant vers de lointaines destinations urbaines. On en citait même qui s'étaient fait prendre. Le marché noir, comme toutes prohibitions, fascinait en même temps qu'il faisait peur.

Mais, à vrai dire, dans ces lointaines vallées trop froides et trop éloignées pour attirer le monde, on en parlait beaucoup plus qu'on ne le pratiquait. Que peut-on encore trafiquer quand la plus grande fierté de la pauvreté est moins d'avoir assez que de ne pas dépendre d'autrui ?

Marie et Anne ne dépendaient de personne. Dans leurs petites fermes, sur le plateau, elles avaient bien assez pour faire vivre leur monde. Elles parvenaient encore à mettre sur leur étal, au marché, honnêtement, au su et vu de tous, de quoi aider le pauvre monde à ne pas trop manquer. Elles en tiraient une grande et simple fierté qui leur faisait porter la tête haute, en arrivant sur la place du pays, entre l'auberge devant laquelle s'arrêtait l'autocar, et l'ancienne gare du tacot qui, depuis qu'on avait arrêté son exploitation, en 1926, n'était plus que le triste dépôt des cantonniers.

Des claies avaient été déroulées sur des tréteaux en longues rangées que se partageaient des femmes emmitouflées dans de grandes capes noires que la pluie persistante rendait luisantes. Elles abritaient leurs étalages sous de vastes toiles cirées dont elles soulevaient les coins avec précaution en interpellant les chalands et en vantant la qualité de leurs productions. Une clameur joyeuse s'élevait de la place et parvenait presque à faire oublier la grisaille du jour.

Tout en s'activant auprès d'Anne et de Jeanne, Marie lançait de temps en temps un rapide coup d'œil à l'horloge de l'église. Il lui tardait de voir arriver l'autocar. Avec la matinée qui avançait, la foule se faisait de plus en plus dense et les affaires allaient bon train. On n'avait guère le temps de penser à autre chose. Elle se sentait pourtant envahie d'une grande impatience. Sans qu'elle en comprenne la raison, il lui semblait que cette femme et ces deux enfants qui voyageaient vers elle et l'Huis Maugrit étaient porteurs d'une sorte de grand renouveau. « Lorsqu'ils seront là, se disait-elle, la vie ne sera plus tout à fait comme avant. » Ou alors, peut-être redeviendrait-elle comme elle était avant, il y avait fort longtemps ; on retrouverait un sel, un goût à l'existence qu'on avait perdu, avec le temps, sans trop y prendre garde, et qu'on recherchait depuis avec le souvenir diffus de sa qualité.

Tout cela était très flou, très vague, en elle. Mais il y avait cette certitude irrationnelle d'un renouveau qu'elle attendait impatiemment et qui lui faisait lever le nez sans cesse vers la grande horloge de l'église. Enfin, l'heure vint.

– J'y vais, dit Marie.

Mais Anne n'entendit pas. Ce fut comme si les mots de Marie avaient déclenché un formidable rugissement de moteurs emballés auquel le brouhaha du marché avait empêché de prendre garde jusqu'à ce qu'il débouche du grand virage du Courtil, juste sous le village. Tous figés de stupeur dans la position où les avait pris ce tintamarre, ils virent foncer sur la place un étrange véhicule vert à la silhouette anguleuse, aussitôt suivi de trois gros camions bâchés.

Jamais, jusque-là, un seul uniforme allemand n'était monté jusqu'au pays. Mais tous avaient compris. Sitôt le premier véhicule arrêté, deux hommes en jaillirent et les ordres secs qu'ils lancèrent parurent déchirer brutalement l'affreux silence qui s'était abattu sur la place. Les bâches verdâtres des trois camions, instantanément, se mirent à vomir un flot, qui parut interminable, d'hommes bottés et casqués dont la silhouette était immanquablement précédée, au moment où ils surgissaient de l'ombre des bennes bâchées juste avant d'en sauter, de fusils étonnamment longs et menaçants.

C'est du moins ce qui apparut à Marie. Elle n'avait pas eu le temps de s'éloigner. Et déjà, par petits groupes, ils investissaient la place du marché. Elle restait là, prise entre la conscience très nette qu'il ne lui fallait surtout pas bouger si elle ne voulait pas se faire remarquer, et l'impérieux désir d'aller au-devant de sa belle-sœur.

– Qu'est-ce qu'ils viennent nous embêter là ? grogna-t-elle entre ses dents.

– Le maquis, souffla doucement Anne.

– Et alors ? continuait de gronder Marie pendant que quelques soldats aux regards soupçonneux passaient à trois pas d'elle.

Anne attendit qu'ils se soient éloignés.

– Alors, chuchota-t-elle enfin, ça fait qu'ils ont intercepté un convoi cette nuit, sur la grand-route, et qu'ils n'ont pas manqué leur coup.

Marie lança à son amie un regard stupéfait.

– Tu ne pouvais pas me le dire plus tôt ?

– Qu'est-ce que ça aurait changé ?

Le regard d'Anne restait obstinément fixé sur le fond du marché, là-haut vers le parvis de l'église où se regroupait la troupe verdâtre et casquée. Marie, sidérée, ne la quittait pas des yeux.

– Toi... commença-t-elle.

Les yeux vert très clair d'Anne étaient venus vivement planter une flamme étrange dans ceux de Marie.

– Moi, dit-elle sèchement, toujours en chuchotant, tu feras comme si je ne t'avais rien dit.

Après avoir patrouillé sans conviction dans les rues du village, la troupe d'Allemands s'était enfoncée en forêt. On n'avait pas voulu prendre garde à quelques hommes qui s'étaient subrepticement éclipsés. Marie avait enfin pu se précipiter vers l'arrêt de l'autocar. Au pied du perron de l'auberge, une jeune femme brune, encombrée de valises et de deux gamins dont le plus petit marchait à peine, semblait désorientée et tournait de droite à gauche un regard affolé.

Marie vint directement à elle.

– Vous êtes Agnès, la femme d'Edmond?

Un immense sourire de soulagement illumina instantanément le beau visage aux traits fins de la jeune femme.

– Et vous, vous êtes Marie, sa sœur?

Elles étaient tombées dans les bras l'une de l'autre pendant que les enfants d'Edmond, partagés entre leur fatigue et la curiosité, se pendaient aux jupes de leur mère en pleurnichant.

– Venez, dit Marie, on termine le marché et on remonte à l'Huis Maugrit.

Elles avaient vite plié bagage. Ces camions restés en bas de la place, à la garde de quelques soldats, avaient rendu dérisoires leurs étals. L'intrusion de ces uniformes, de ces casques et de ces fusils avait fait disparaître jusqu'au dernier client et les maisons s'étaient closes sur la peur qui semblait tout à coup engluer le pays.

Le soir même, alors que la grande salle de l'Huis Maugrit bruissait d'une joyeuse animation qu'elle n'avait plus connue depuis bien longtemps. Victor, en rentrant du pansage de ses bêtes, avait annoncé laconiquement « Ils sont partis ». Le Phonse, qui le suivait, avait grogné « Bon débarras! ».

Le silence, instantanément, s'était fait autour de la longue table et les regards avaient convergé vers Marie. En s'essuyant les mains à son tablier d'un geste instinctif, elle avait longuement considéré son fils. Puis il avait semblé qu'elle renonçait à parler. En haussant les épaules, elle s'était tournée vers ses fourneaux et personne n'avait pu voir la flamme noire de ses yeux s'égarer dans le marais trouble de sa folle inquiétude.

Que s'était-il passé en forêt ? Roland... Dans sa brutalité et sa brièveté, cette intrusion de quelques soldats allemands laissait à Marie l'impression d'un retour aux réalités d'autant plus brutal et douloureux qu'il lui semblait que son habituelle clairvoyance et sa sûreté d'elle-même avaient été prises en défaut.

Depuis près de trois ans, elle s'était habituée à la guerre, tout simplement. Et elle en avait honte, tout à coup. Cette menace latente planant autour de leur univers protégé, sa force habituelle de caractère s'en était mieux accommodée que d'autres. Elle l'avait aveuglée au point de ne pas voir, autour d'elle, la lente et inexorable progression du refus. On l'avait laissée de côté, elle en était persuadée et en ressentait une profonde amertume.

Elle sut pourtant n'en rien laisser paraître. Comme elle s'y attendait, l'installation à l'Huis Maugrit d'Agnès et de ses deux enfants, René et Claude, avait réveillé, dans la vieille ferme, les lointains échos de l'époque où l'idée ne serait venue à personne de s'exiler pour gagner sa vie. Et elle se sentait un peu coupable de ressentir une grande fierté. Que le petit plateau perdu au cœur des forêts du Morvan redevienne l'asile de sécurité vers lequel on venait retrouver la joie de vivre lui semblait un juste retour des choses.

Longtemps, la réflexion d'Anne, sur le marché, et cette étrange énergie avec laquelle son amie lui avait signifié de ne plus lui parler de tout cela, avaient intrigué Marie. Et il lui avait pesé de devoir admettre qu'Anne avait, pour elle, des secrets et des mystères. Mais son comportement n'avait pas changé. Et les deux petites fermes restaient aussi proches et unies que par le passé, tout au bonheur de ces enfants qui jouaient dans leurs cours et de la fébrile activité qu'elles avaient retrouvée.

Chaque soir, pourtant, dans la maison endormie, lorsque Marie se glissait sous les couvertures de son grand lit solitaire, sa pensée s'évadait vers Roland. Son absence s'éternisait. Ce n'était certes pas la première fois, surtout durant la saison d'hiver. Mais Marie, malgré elle, ne pouvait pas s'empêcher d'être inquiète. Bien que rien ne lui permette de l'affirmer, elle avait acquis la certitude qu'il lui avait caché une bonne partie de ses activités, dans ce monde vaste et vaguement hostile de la forêt où il disparaissait des semaines entières. Et puis, tout naturellement, l'image de Vincent s'imposait à elle. Lui n'avait pas fait mystère de son enrôlement dans le maquis. Et, depuis, il n'était pas réapparu.

Ainsi vint l'hiver. Dès la mi-novembre, il s'était saisi du pays. Le gel, d'abord, qui avait mordu profondément la terre, puis, dans les premiers jours de décembre, la neige, abondante, des nuits entières, dont on avait tout de suite compris qu'elle était là pour longtemps. Le grand cirque de collines qui entourait le pays et au flanc desquelles s'accrochait l'Huis Maugrit parut quelques jours s'être dilué dans l'épaisseur cotonneuse des nuages et sous le nivellement de la neige qui semblait devoir tout effacer. Et puis, un matin, peu avant Noël, un jour d'une étonnante luminosité se leva sur le grand silence d'un monde uniformément blanc. Le vent du nord avait chassé les nuages mais il fit redoubler le froid.

En quelques jours, on vit peu à peu réapparaître le brun violacé des futaies de hêtres. Ils profitaient des quelques heures de soleil pour agiter les grands bras noueux de leurs branches nues et les débarrasser de lourds paquets de neige, qui s'effondraient en exhalant de longs soupirs dont bruissaient les sous-bois. Puis, tôt dans l'après-midi, le gel reprenait implacablement ses droits. Et les portes des maisons se bouclaient sur l'épaisse chaleur des foyers autour desquels on se serrait.

La veille de Noël, à cette heure où l'on se hâtait d'en finir avec le pansage et le bois à rentrer pour vite revenir vers le confort paisible de la grande salle bruissante des jeux des enfants et des mots graves des adultes, Marie eut tout d'un coup la sensation d'un effondrement. Le Phonse qui sortait de l'étable et Victor qui fendait du bois s'étaient immobilisés comme elle et tendaient l'oreille. Bien que Marie n'eût jamais entendu ce bruit, elle comprit tout de suite. Le crépitement rageur d'armes automatiques ponctué de détonations sèches hachait durement le silence figé de la vallée. Il y eut quelques explosions plus sourdes.

– Les grenades, dit le Phonse.

– C'est par là, vers la grand-route, estima Victor.

Ils restèrent là, plantés dans le froid, durant de longues minutes qui leur parurent des siècles. Parfois le silence se refaisait plus angoissant encore. Puis renaissaient brutalement les claquements rageurs d'une mitrailleuse auxquels répondaient presque aussitôt les salves plus brèves d'autres armes qu'ils imaginaient embusquées, sur la défensive. Il y eut encore une série d'explosions sourdes que reprenaient gravement les échos.

Enfin le silence se rétablit pour de bon. Ils restèrent encore un long moment immobiles, insensibles au froid, tendant l'oreille et redoutant que renaisse la fusillade. Puis ils durent admettre que c'était fini. Et l'angoisse naquit en eux des grandes taches de sang sur la neige. Qui ? Que s'était-il passé ? Comment savoir ? Là, si près d'eux, et ne pas savoir...

Lentement, ils se remirent en mouvement. Il leur semblait qu'ils devaient péniblement secouer un énorme fardeau encombrant leurs épaules. Instinctivement, ils s'étaient regroupés, au milieu de la cour, et ils se regardaient, sans un mot, remuant en eux de vagues idées dont ils ne cernaient pas encore le sens. Marie, alors, réalisa que la pensée douloureuse de Vincent ne l'avait pas quittée tout le temps qu'avait duré l'accrochage. Elle se sentit vaguement coupable et fit vivement demi-tour de peur que le trouble qu'elle ressentait ne se vît sur son visage. Les deux hommes la suivirent en silence.

7

Depuis que le pâle soleil d'hiver avait basculé derrière les crêtes des collines mangées de forêt, le chemin ne se distinguait plus guère du paysage que par le scintillement à peine plus intense de la neige tassée et gelée de ses ornières.

Roland, pour se réchauffer, était descendu de sa haute charrette anglaise. Et, les mains enfouies au fond des poches, il allait paisiblement au même pas que sa jument. Ils avaient dépassé la grande boucle du chemin. Seule maintenant, la corne du bois de sapins leur cachait l'Huis Maugrit. Roland ne détachait plus les yeux de cet endroit précis où il savait que, derrière les derniers arbres, la ferme allait lui apparaître.

A chacun de ses retours, c'était la même chose. Il aimait entre tous cet instant où se rétablissait la réalité de ce lien étonnamment puissant qui s'était tissé entre ce lieu et lui. La Grande Guerre lui avait donné cet étonnant bonheur après lui avoir tout pris. Pouvait-il se douter, lorsque le hasard de ses errances l'avait fait déboucher au bord de ce champ où deux gamines s'échinaient à tracer de pauvres sillons, que là était sa vie?

C'était en 1917. Au camp de prisonniers où il était arrivé depuis peu, la quarantaine de soldats allemands, pour qui il avait été créé, avait été remplacée par près de deux cents insoumis français, pauvre écume des révoltes qui avaient grondé dans les tranchées au mois d'avril après le désastre de l'offensive Nivelle. Dépassés par les événements, les quelques vieux soldats commis à la garde du camp avaient vite fermé les yeux sur les escapades quotidiennes de quelques débrouillards chargés par les autres détenus de leur assurer une survie à laquelle ne pouvaient suffire les maigres rations qu'on leur octroyait. Roland était de ces débrouillards dont les chapardages et surtout le braconnage contenaient la faim dans des limites supportables.

Il avait pris les mancherons de la charrue des mains de Marie et avait connu un indicible bonheur à retrouver, quelques heures, les gestes de son métier. Et puis, cette tranche de pain et ce morceau de lard que les gamines lui avaient donnés avant qu'il ne reparte !

A chacun de ses retours, ces images jaillissaient de la mémoire de Roland en même temps qu'il dépassait la corne du petit bois de sapins et que lui apparaissait la ferme dominée par ses deux grands châtaigniers. Un instant il s'arrêta. La jument, surprise, en fit autant et tourna vers lui un regard interrogatif. Il lui flatta les naseaux d'un geste rapide et reprit sa marche. D'une de ses visites sur l'autre rien, pourtant, ne changeait. Mais c'était toujours avec une sorte d'étonnement ému qu'il retrouvait ce cadre dont il continuait de s'émerveiller qu'il ait pu devenir, après tout ce qui lui était arrivé, celui de ce grand bonheur paisible qu'il partageait avec Marie.

Elle fut la première à s'encadrer dans le rectangle de lumière de la porte, après qu'il eut, comme à chacun de ses retours, prévenu de son arrivée par un appel puissant, à gorge déployée, qui était pour lui comme une libération.

– C'est maintenant que tu arrives ? On te croyait mort.

Dans l'obscurité, Roland eut un large sourire. Il n'aimait rien tant que le ton bourru que prenait la voix de sa femme à chacun de ses retours. Il savait toute la tendresse qu'il prétendait dissimuler. Il ne perçut pas, cette fois, l'angoisse qui l'avait minée depuis des semaines ni ce trouble étrange qu'elle ressentait à chaque fois que la pensée de Vincent venait, dans son esprit, se substituer à celle de son mari.

Imperturbable, dans l'ombre, il dételait sa jument. Elle resta sur le seuil, insensible au froid, et attendit qu'il ressorte de l'étable pour faire deux pas vers lui. Il voulut la prendre dans ses bras. Elle s'en défendit.

– Tu es dans le maquis, dit-elle brutalement.

Interloqué, il resta quelques instants les mains posées sur les avant-bras de sa femme, cherchant vainement à lire sur son visage, dans la faible lueur de la maison, ce que ces quelques mots pouvaient exprimer d'angoisse, d'enthousiasme ou de colère.

– Qu'est-ce qui s'est passé, hier soir? On a tout entendu. Tu y étais.

Elle était si affirmative qu'il s'y méprit.

– Il s'est passé qu'on les a accrochés, une fois de plus, sérieusement, et qu'ils en ont laissé quelques-uns sur le tapis.

– Tu vois que tu y étais.

Elle ne savait donc rien. Mais maintenant il était trop tard pour nier. Sans plus faire un geste vers elle, il la dépassa et marcha vers la porte. Il avait déjà la main sur le loquet lorsqu'il se retourna.

– Ben oui, quoi : j'y étais. J'y suis toujours. Il faut bien. Mais, toi, tu ne sais rien. Je ne t'ai rien dit. Tu m'entends? Je ne t'ai rien dit.

Il jaillit dans la lumière lorsqu'il ouvrit la porte; elle était encore dans l'ombre et osa une dernière question.

– Et... et Vincent?

Il porta un regard surpris sur sa femme.

– Vincent? Eh bien Vincent, oui, il est avec nous.

– Il va bien?

– Sûr qu'il va bien.

Vincent vint cogner à la porte de l'Huis Maugrit le lendemain après-midi. La veillée de Noël s'était prolongée fort tard. La maisonnée, assemblée dans la douce chaleur de la grande salle, les pensées et les gestes alanguis par la brièveté de la nuit, se délectait paisiblement de ce doux moment de repos. Vincent, le teint éveillé par une longue marche dans la neige, l'œil plus vif que jamais, fut comme un pavé dans la mare. On se précipita, on l'accueillit à bras ouverts, on lui présenta Agnès et ses fils, on l'installa à la table devant une grande part de tarte restant de la veille.

Marie avait contenu juste à temps sa première impulsion, qui avait été de se jeter vers lui. Debout au fond de la pièce, très droite, elle fut la seule à ne pas entourer le jeune homme. Et elle put ainsi voir le même mouvement qui avait précipité Bernadette et Vincent l'un vers l'autre. Tout à coup, elle réalisait qu'ils ne se quittaient pas des yeux. Elle voyait les gestes de tendre complicité qu'avaient l'un pour l'autre les deux jeunes gens et qu'ignoraient tous les autres, trop affairés. Elle lisait dans leurs yeux la passion qui les brûlait et écoutait, en elle, les violents remous de son émoi.

Vincent ne resta que quelques heures. La nuit tombait vite. Et il lui fallait remonter en forêt. A plusieurs reprises, Marie surprit le lourd regard de Roland posé sur le jeune homme et les furtifs coups d'œil que celui-ci adressait à celui qui devait être son chef, dans le travail comme dans la clandestinité, et dont il devinait qu'il craignait son bavardage. Mais il n'y eut pas un mot, pas une allusion à ce qui se passait réellement en forêt.

Ce soir-là, en se glissant dans le lit près d'elle, Roland fut tout surpris de trouver sa femme silencieuse et presque indifférente. Un long moment, il resta immobile, la contemplant dans la pénombre, sans la toucher. Déjà, la veille, dans la nuit, il s'était étonné qu'elle ne cherche pas à le faire parler. Il avait mis ça sur le compte de la fatigue après la longue veillée, et s'était abandonné avec délice à ses caresses.

– Tu n'as rien à me dire? provoqua-t-il.

– Et qu'est-ce que tu veux que je te dise?

Elle s'était retournée lentement vers lui mais n'avait même pas cherché à venir se blottir dans ses bras. Il en fut un peu vexé.

– Ah bon ! dit-il.

Il y eut un long silence. Puis, lentement, tout de même, Marie vint se couler contre le corps de son mari.

– Qu'est-ce que ça changera ? dit-elle d'un ton las. Est-ce que je peux te condamner de prendre tous ces risques ? Est-ce que tu t'arrêterais si je te le demandais ? Tu sais bien que je ne te le demanderai pas. Peut-être que c'est toi qui as raison. Il le faut... Mais c'est si bête. Non, ajouta-t-elle, ce n'est pas ça. C'est autre chose.

Surpris, il s'éloigna légèrement d'elle pour tenter de lire sur son visage la confirmation de cette étrange déception qu'il lui semblait percevoir dans ses propos.

– Autre chose ? Quoi donc ?

Cette fois, elle se pelotonna étroitement contre lui et enfouit la tête dans son épaule.

– Pourquoi tu ne m'as rien dit ? Pourquoi tu ne m'as pas fait confiance ?

Elle avait une voix de petite fille rageuse qui fit frémir Roland. Il la serra violemment contre lui pour maîtriser sa propre émotion.

– Les ordres, Marie. Les ordres et la prudence. Tu dois comprendre.

Elle eut un vif haussement d'épaules.

– Pour les autres, je veux bien. Mais pour moi ? Pour moi, Roland, insista-t-elle. Faudra-t-il que ce soit la seule chose que nous ne fassions pas ensemble ? Pourquoi Anne et pas moi ?

– Anne ? Qu'est-ce qu'elle vient faire là-dedans ?

Roland s'était raidi et Marie, surprise, leva vers lui un regard bouleversé.

– Elle en est, bien sûr. Tu le sais, dit-elle.

– Je ne sais rien et je ne veux rien savoir. C'est elle qui t'a dit ?

Les mots avaient claqué sèchement.

– Non, dit Marie. Mais j'ai bien compris.

Et elle insista.

– Pourquoi elle et pas moi ? Qu'est-ce que j'ai fait pour être tenue à l'écart ?

– Ton rôle est ailleurs, dit Roland du même ton qu'il

devait employer pour commander ses hommes. Chacun son rôle, expliqua-t-il. Toi, tu es bien plus utile et importante ici, en sécurité, à recevoir ceux qui en ont besoin et à nourrir les gens. Si un jour on a besoin de toi pour autre chose, crois-tu qu'on hésitera à venir te chercher?

Puis, il se fit plus tendre. Doucement, il lui prit le visage entre les mains. Dans la pénombre, elle devina son regard bleu qui plongeait dans le sien.

– Je sais ce que tu vaux, Marie, dit-il. Je ne t'ai pas tenue à l'écart. Tu dois me croire. Simplement, pour l'instant, ce n'est pas de gens comme toi dont nous avons besoin. Tu es en réserve, Marie. Le meilleur, on le garde pour les moments décisifs qui vont nécessairement venir. Et là, crois-moi, tu auras ton rôle.

Abandonnée dans ses bras, elle buvait ses paroles en le laissant la caresser. Mais ses idées, malgré elle, suivaient leur cours.

– Et de qui, alors, avez-vous besoin pour l'instant? De pauvres gars comme Vincent que vous envoyez au casse-pipes?

Gêné, Roland s'agita et s'éloigna d'elle.

– Allons, dit-il. Tu te mets des idées dans la tête. C'est un bon petit gars, ce Vincent. Et il fait du bon boulot. Mais on ne l'envoie pas plus au casse-pipes que les autres. Marie, comprends-moi. Je ne peux pas t'en dire plus. Cette conversation, on ne devrait même pas l'avoir eue. Tu sais, on en est tous au même point. Chacun à sa place, on attend. On attend les ordres. Et tu dois attendre, comme nous, sans poser de questions.

Il s'était à nouveau penché sur elle et lui caressait doucement la nuque. Un long moment, ils restèrent silencieux, leurs regards rivés l'un à l'autre, brûlant des phrases et des questions qu'il ne fallait pas prononcer.

Enfin, doucement, Marie leva la main, la posa sur la nuque de Roland et l'attira à elle.

Roland n'attendit pas le Nouvel An pour repartir. Marie resta debout au pied des châtaigniers, dans le froid qui n'avait rien cédé, jusqu'à ce que la grande charrette anglaise ait disparu derrière la corne du bois. Puis elle revint vers la maison. Elle retrouvait dans l'angoisse qui la tenaillait le goût âcre de ces instants, à jamais gravés dans sa mémoire, où s'achevaient les rares permissions de ses frères ou de son père, sur le quai de la gare du tacot, pendant la Grande Guerre. Mais elle ne parvenait plus à s'imposer le sourire qu'elle savait alors garder, quoi qu'il lui en coûtât.

La maison était vide. Victor, le Phonse et Bernadette s'activaient dans la cour, autour des bêtes, Agnès était descendue au bourg avec Jeanne et les enfants. Marie se laissa gagner par une sorte de frénésie de travail dont elle savait bien qu'elle était le meilleur moyen de ne plus penser. Il y avait tout à ranger, tout à nettoyer, et il lui convenait bien d'être seule pour laisser libre cours à ce besoin violent qu'elle ressentait de se dépenser. Elle en était à brosser énergiquement le carreau de la grande salle lorsque la porte s'ouvrit sur Anne enveloppée dans un immense châle gris qui la faisait paraître plus boulotte encore qu'au naturel.

– J'ai profité qu'on était seules, dit-elle. Sinon, plus jamais on ne se verra!

Marie aima le souci de son amie de préserver ces rares moments où, depuis toujours, elles aimaient tant se retrouver entre elles.

– Installe-toi donc. J'en finis avec ce carreau et on se fait un bon café.

– Du vrai? fit Anne, gourmande.

– Là, tu en demandes beaucoup. Mais tu verras. Le Phonse ne s'en sort pas trop mal.

– Et il met quoi dans son mélange?

– Ça, vaut mieux ne pas le lui demander! On se contente de le boire. Ce n'est déjà pas si mal!

Leurs rires fusèrent dans la grande salle comme jadis sur le rocher de granit au faîte duquel elles passaient des heures à contempler la vallée en se faisant mille confidences.

– Dis donc, attaqua Anne, tu as vu ta fille, le jour de Noël, quand Vincent est arrivé?

Marie, qui poussait toujours sa brosse avec la même énergie, eut un large sourire. Elle croyait pourtant bien avoir été seule à voir. Mais il ne fallait pas en conter à cette fine mouche d'Anne.

– J'ai vu quoi ? mentit-elle.

– Ne fais pas l'innocente. Je sais bien que tu as vu. Tu étais là, à l'écart, et tu observais tout. Tu crois que je n'ai pas vu, moi ?

– Et alors ?

– Eh bien, ces deux-là, tu veux que je te dise ? C'est comme deux châtaignes au feu. Redoute que ça pète !

– C'est de leur âge. Ça leur passera avant que ça nous revienne !

Anne en eut le souffle coupé.

– Et c'est tout l'effet que ça te fait ?

Marie, qui rangeait sa brosse, se contenta de hausser les épaules.

– Et quel effet veux-tu que ça me fasse ?

Cette fois, Anne se fit grave.

– Mais enfin, Marie, à quoi penses-tu ? Tu as déjà oublié Lucienne ?

Marie lança un regard furtif vers son amie. Et elles eurent toutes les deux le même sourire presque gêné à l'évocation de ces expéditions qu'elles montaient, gamines, pour espionner les amours clandestines de Roland et de la cousine de Marie.

C'était en 1918, quelques mois avant la fin de la guerre. Roland, pitoyable prisonnier du camp des insoumis, n'en avait pas moins fait la conquête de la timide et belle Lucienne. Ils parvenaient à se retrouver dans le petit fenil, au-dessus du moulin de l'oncle Gagnaire. Seule, Marie avait compris. Mais l'insouciance quasi enfantine avec laquelle elle avait révélé ce grand secret à Anne avait vite laissé place au drame. Lucienne avait disparu. Et c'est encore Marie qui, bien malgré elle, avait compris. Depuis le grenier de leur maison où ils ignoraient sa présence, elle avait entendu son oncle et sa tante se quereller violemment en évoquant la faute pour laquelle Lucienne avait été chassée par son père. Elle était enceinte. Et si eux ne savaient pas qui était le père, Marie, bien sûr, n'avait pas eu à chercher bien loin.

Pour cela, elle avait longtemps voué une véritable haine à Roland. Mais Anne, mise dans le secret et qui avait dû jurer de ne jamais le révéler à qui que ce soit, avait fini par faire comprendre à son amie ce qu'il y avait de vain à persister dans cette rancœur qui lui était surtout dictée par l'amour qu'elle portait à Roland. Il avait fallu des années à Marie pour admettre qu'il était absurde d'en rester à cette page douloureuse. Elle avait fini par accepter d'épouser Roland non sans avoir exigé d'Anne qu'elle renouvelle son serment. Et Roland n'avait jamais soupçonné les raisons de la disparition de Lucienne qui n'était jamais reparue et que l'on avait fini par oublier.

La réflexion d'Anne avait réveillé tous ces souvenirs. Pendant que Marie s'activait à préparer le café, le silence fut lourd, dans la grande salle de l'Huis Maugrit. Enfin Marie vint poser la cafetière sur la table et se glissa sur le banc, en face d'Anne. Elle prit encore le temps d'emplir les tasses et d'avancer le sucrier.

– C'est de la saccharine, tu m'excuseras.

Anne ne releva pas. Ses préoccupations étaient bien loin de ces détails ménagers.

– Qu'est-ce que tu vas faire?

Marie prit un air étonné.

– Et que veux-tu que je fasse?

Cette fois, Anne eut un mouvement d'humeur.

– Mais enfin, Marie, tu ne dois pas laisser faire. Tu dois mettre un frein.

Marie eut un petit rire aigrelet et un peu trop nerveux.

– Mettre un frein! Comme tu y vas!

Lentement, les yeux baissés, elle touillait son café sans qu'Anne ne la quitte du regard. Elle connaissait trop son amie pour ne pas percevoir son embarras. Marie cherchait ses mots. Et Anne, patiente mais obstinée, attendait, en silence.

– C'est égal, comme tu y vas, répéta enfin Marie sans lever le nez de sa tasse dont elle remuait toujours le contenu. Ce n'est pas la même chose. Rappelle-toi Roland ! Tu te souviens, comme il avait l'air lamentable dans son uniforme rapiécé ? Pauvre Roland, un prisonnier ! Et puis, le temps a passé. Aujourd'hui, c'est différent. L'oncle et la tante Gagnaire ne s'en sont même jamais doutés. Alors que là, c'est au grand jour, c'est clair, c'est net. Où vois-tu du mal ?

Anne, sans quitter des yeux son amie, laissa volontairement s'épaissir le silence. Surprise, Marie leva enfin lentement la tête. Et elle ne put s'empêcher de sourire en recevant le regard ironique et réprobateur d'Anne.

– Ben quoi, c'est vrai ! osa-t-elle comme une petite fille prise en flagrant délit de mensonge.

– Allons ! fit Anne.

Marie avait levé sa tasse de café jusqu'à ses lèvres et elle buvait à petites gorgées. Elle prit son temps, le regard toujours planté dans celui d'Anne.

– Et puis, après tout, lâcha-t-elle enfin, et si c'était vrai ? Quel mal il y aurait ? Entre Lucienne et Roland, en 18, ce n'était pas possible. Alors que là, c'est un bon gars, Vincent. Et puis, il a de l'instruction, ce petit gars-là, ça se sent. La guerre finira bien un jour...

C'était donc ça ! Anne éclata de rire.

– Tu n'as pas honte ? Te voilà en train de caser ta fille ! Tu serais capable de laisser faire rien que pour ne pas perdre un beau-fils si mignon... Dis donc, tu n'en serais pas un peu amoureuse, du Vincent ?

– Ne dis donc pas de bêtises.

Marie se leva brutalement et tourna le dos à Anne, stupéfaite, sous prétexte d'emporter sa tasse dans l'évier.

– Marie ! Ne me dis pas... Je disais ça en blaguant.

– Et tu faisais bien, gronda Marie depuis son évier.

Et puis, tout à coup, elle revint vers la table et s'assit à nouveau devant Anne.

– Je ne sais pas. Je ne sais plus, dit-elle vivement. Je ne sais pas pourquoi il m'attire, ce petit gars. Bien sûr que je ne suis pas amoureuse de lui. Roland est toujours là, sois tranquille. Mais à chaque fois que je pense à lui, en forêt ou dans leur maquis, il faut que je pense aussi à

Vincent. L'autre jour, quand ça s'est battu, là-haut, vers la grand-route, c'est pour Vincent que j'ai eu peur. Comme... comme si c'était mon fils.

– Tu ne penses pas à Victor comme ça.

Marie ne chercha pas à se défendre.

– C'est vrai, dit-elle. Jamais je n'ai éprouvé ça. Mais j'aimerais tellement ne pas le perdre.

– Au point de le laisser faire des bêtises avec ta fille ?

Marie hocha lentement la tête en signe de dénégation.

– Non, bien sûr. Mais quoi faire ? Avec cette guerre, ce maquis, ils sont comme fous. On n'a plus de pouvoir sur eux. Je sais bien ce que j'aurais fait, s'il n'y avait pas eu cette guerre. Mais là, que dire, que faire ? Ils se sentent les maîtres, ils ont tous les pouvoirs, on ne peut rien leur refuser un jour parce qu'on sait qu'ils peuvent tout perdre, même la vie, le lendemain. Alors, que faire ?

8

L'hiver fut particulièrement rude. La neige et le gel tinrent bon jusqu'à la mi-mars. Et c'était comme une alliance entre la nature et les résistants qui s'organisaient et se structuraient, retranchés derrière cette protection blanche que n'osaient pas affronter les troupes allemandes.

Les premières traces d'usure n'apparurent guère, sur le grand manteau blanc resté immaculé durant près de quatre mois, qu'à l'équinoxe de printemps. Ce ne fut, d'abord, que de grandes ombres grises semblant couler dans les vallons sur les mouillères ou aux flancs les plus ensoleillés des collines.

La forêt avait débarrassé le moindre de ses rameaux des paquets de neige qui les avaient longtemps encombrés. Elle avait retrouvé de dures nuances allant, pour les hêtraies, du mauve au noir le plus sombre, alors que les résineux, de plus en plus nombreux, étalaient de grandes taches parallélépipédiques d'un vert sombre, uniformes et monotones.

Au cœur des haies, au long desquelles rôdaient à vols lents des rapaces affamés, merles, mésanges et bouvreuils osaient à nouveau proclamer bien haut leur certitude de l'approche du printemps.

Il neigea encore vers le 20 mars. Mais c'étaient de gros flocons mous, gorgés d'eau. L'épaisse couche qu'ils formèrent, au-dessus de la vieille neige déjà durcie, collait désagréablement aux pieds. Le gel de la nuit forma en surface une croûte dure, qui s'effondrait sous le pas en craquant, alors que le sourd travail des eaux et de la terre qui commençaient à se réchauffer faisait bruire un peu partout d'infimes et invisibles ruisselets.

En quelques jours, ce fut la débâcle. D'heure en heure, il semblait que s'agrandissaient démesurément des pans entiers des collines que reconquérait la terre mal couverte d'une herbe jaunie et fanée. Les ruisseaux devinrent de vrais torrents; l'air résonnait nuit et jour des grondements furieux qu'ils émettaient en s'impatientant des obstacles ralentissant la course folle des masses d'eau qu'ils charriaient vers la vallée.

Le temps, pourtant, restait froid et humide. De longues bourrasques d'une pluie encore mêlée de neige fondue s'abattaient fréquemment sur les vallées et la forêt.

Marie, qui partageait son temps entre son étable et sa maison, s'inquiétait de rester sans nouvelles de Roland et de Vincent. Depuis la conversation qu'elle avait eue avec Anne, elle avait admis l'inévitable intrusion de Vincent dans ses pensées, lorsque lui venait le souci de Roland et de ce qu'il pouvait bien faire en forêt. Et bien qu'elle sût que les opérations du maquis avaient été presque totalement arrêtées par la neige et le froid, elle ne pouvait s'empêcher de s'inquiéter et de maudire l'impossibilité dans laquelle elle se trouvait de leur venir en aide. Comment vivaient-ils? Où donc pouvaient-ils s'abriter et se réchauffer? Si seulement elle avait pu leur faire passer quelques vêtements chauds, comme Agnès en ajoutait à chacun des colis qu'elle envoyait à Edmond, dans son stalag. « On en sait moins sur ce qui se passe dans nos forêts, grognait-elle, que dans leurs camps de prisonniers au fond de l'Allemagne. »

La nouvelle éclata un jour d'avril, alors qu'un pâle soleil tentait de donner aux prés et aux bois une allure de printemps tardif. Un convoi de camions allemands avait à nouveau traversé le bourg, très tôt, ce matin-là. Il ne s'était pas arrêté. Vers midi, on avait entendu de lointaines explosions et un épais nuage de fumée s'était élevé au-dessus de la forêt au nord-ouest. Tout au long de l'après-midi, les regards angoissés s'étaient souvent détournés du travail pour contempler cette grande colonne noire qui persistait à se dresser, haut dans le ciel, au-delà des collines.

Ce fut par Victor et le Phonse qu'on sut ce qui s'était passé. Comme chaque jour, ils étaient descendus au bourg pour soigner les bêtes qu'on tenait dans l'étable de la ferme dont l'oncle Gagnaire, après sa mort, avait laissé l'usufruit à Marie. Longtemps, elle avait été le domaine de Roland pendant que Marie continuait à faire prospérer l'Huis Maugrit. Depuis qu'il avait retrouvé du travail en forêt, Marie avait chargé Victor puis le Phonse du voyage quotidien que nécessitait l'entretien des bêtes.

– Ils ont brûlé Mont-du-Saut !

Il y avait de la haine et de la panique dans la voix de Victor. Il avait jeté ce cri, qu'il devait retenir depuis le bourg dont il était remonté en courant, en même temps qu'il poussait la porte de l'Huis Maugrit.

– C'est pas Dieu possible, murmura Agnès en serrant son châle contre sa poitrine.

Marie, d'abord, ne voulut pas croire.

– Explique-toi, dit-elle d'un ton sec.

Mais Victor n'en eut pas le temps. Le Phonse, qui arrivait derrière lui, confirma.

– A ce qu'on dit, ils ont fait sortir tout le monde des maisons, dit-il. Ils leur ont laissé une heure. Après, une grenade incendiaire par chaque porte... Vous avez vu la fumée ?

– Mais pourquoi ?

Marie ne parvenait pas à admettre.

– Pourquoi ?

Le Phonse, sans façon, s'était installé à la table et tendait son verre à Bernadette qui avait sorti la bouteille du placard.

– C'est simple, dit-il. Le maquis. Il paraît qu'ils ont fait quelques gros coups, par là-haut. Ils auraient même eu un officier.

– Mais les gens du pays n'y peuvent rien.

Le Phonse eut un rapide coup d'œil narquois vers Marie. Elle faisait la bête, ou quoi, la patronne?

– Représailles, expliqua-t-il tout de même laconiquement.

– Mais alors, ça peut nous arriver?

La panique soudaine avait donné à la voix d'Agnès d'étranges intonations aiguës.

Marie lui lança un coup d'œil sévère. Elle resta un instant immobile à contempler son fils et le Phonse qui se reposaient à la table en buvant leur verre à petites gorgées. Puis elle tourna vivement les talons et retourna à ses fourneaux.

Qu'avaient-ils vu de la guerre? Pour avoir entendu au loin quelques tirs d'armes automatiques et pour avoir vu leur marché brièvement investi de quelques soldats, ils avaient cru avoir tout vécu. Elle réalisait tout à coup la formidable profondeur du puits d'horreur au bord duquel ils se cramponnaient encore à leurs illusions. Et sa pensée, bien sûr, s'enfuyait vers la forêt dans l'immensité de laquelle elle souffrait de ne pas pouvoir imaginer Roland et Vincent.

Etait-il vrai qu'ils leur faisaient courir de tels risques, à la communauté? Et si cela était! Il n'y eut, pour Marie, aucune hésitation. Tout juste une sorte de brève et puérile fierté. A courir enfin un danger, aussi passive que soit sa situation, l'illusion lui venait d'être plus près d'eux. Et si elle était bien assez lucide pour mesurer tout ce qu'il y avait là de dérisoire, seule devant ses fourneaux, insensible au bourdonnement des voix qui montait de la table où l'on discourait à n'en plus finir sur le peu que l'on savait, Marie se laissa aller au plaisir de cette étrange consolation.

Avec les beaux jours, dont la féerie éclata dans les derniers jours d'avril avec autant d'énergie qu'avait été rude l'hiver, les événements, tout à coup, semblèrent s'emballer. Roland fit une brève apparition à l'Huis Maugrit.

– Cette fois, dit-il, c'est la bonne. On va enfin les avoir.

– Pourquoi tu dis ça?

Marie, bourrue, cachait son inquiétude derrière une incrédulité de façade. Pour rien au monde elle n'aurait avoué à Roland le formidable espoir que ses paroles faisaient monter en elle ni la terrible frustration qu'elle ressentait à ne pas être associée à tout cela.

– Pourquoi je dis ça? répétait Roland. Va savoir... Une impression. Les choses s'accélèrent. On est plus forts, mieux organisés. Ils ne peuvent pas nous avoir. Mais nous, on peut leur faire très mal. C'est comme ça qu'on les aura. A l'usure.

S'il avait attendu qu'ils soient seuls pour parler, Marie notait tout de même qu'il ne s'enfermait plus dans le secret qu'il avait tenu si longtemps. Elle osa questionner.

– Et... vous n'avez toujours pas besoin de gens comme moi?

Il eut un geste à la fois tendre et impatient vers elle. Elle sentit son regret d'être déjà pressé de repartir.

– Marie! dit-il. Pourquoi veux-tu tellement prendre les mêmes risques que nous? Tu ne crois pas que tu es plus à ta place ici, à la ferme, à nous faire passer tout le ravitaillement que tu peux?

Elle eut un bref haussement d'épaules.

– Tu penses! dit-elle. Tout le ravitaillement que je peux! Comme si on me demandait mon avis! Tes gars qui se pointent, qui se comportent comme s'ils étaient les chefs, qui me prennent tout ce qu'ils peuvent, qui me donnent un reçu sans la moindre valeur et qui filent sans même un merci. C'est ça, mon rôle?

Roland lui posa vivement la main sur le bras. Il avait l'air désolé.

– Parce que tu crois qu'on va dans toutes les fermes comme ça? Je sais, ils ne sont pas très sociables, nos gars. Mais il faut se mettre à leur place. Il faut comprendre. Tu imagines la vie qu'ils mènent? Et, pour eux, quoi qu'on leur dise, vous vous la coulez douce. Non, Marie, il faut que tu l'admettes, ton rôle est essentiel pour nous, même s'il te paraît ingrat. Comment tiendrions-nous s'il n'y avait pas quelques fermes comme l'Huis Maugrit pour remplir nos garde-manger?

Et il était reparti. Tout juste si Marie avait osé lui demander des nouvelles de Vincent.

– Oh lui ! Ne t'inquiète pas pour lui, avait vivement répondu Roland en montant dans la voiture venue le chercher. Il va bien, très bien. Si tous se débrouillaient comme lui...

La voiture démarra et Marie resta seule au milieu de la cour, luttant désespérément contre une atroce sensation de vide, d'effondrement général qui la broyait avec d'autant plus de force que tourbillonnait en elle la conscience douloureuse de son impuissance.

« Et s'il ne revenait pas, si c'était la dernière fois ? »

Fulgurante, l'idée avait jailli à son esprit avant même que la voiture ait disparu dans la descente. Et Marie comprit tout de suite qu'il allait lui falloir, désormais, vivre constamment avec en elle la douleur de l'angoisse.

Dans l'apothéose du printemps, la violence s'installa. Mieux organisés, mieux armés, les maquis, convaincus de l'imminence de la bataille finale, osaient de plus en plus se montrer au grand jour. Leurs actions se faisaient quotidiennement plus audacieuses et les troupes allemandes, exaspérées, ne trouvaient en face d'elles que des populations civiles paisiblement occupées aux travaux des champs. Les représailles se firent terribles. Les déportations se multiplièrent. Deux villages, plus au nord, brûlèrent encore.

Au bourg comme dans tous les hameaux, on avait pris l'habitude de vivre en permanence l'oreille aux aguets. A chaque instant, on redoutait d'entendre naître, sur la route, au fond de la vallée, le grondement désormais bien connu des moteurs des camions allemands. Dans les cœurs, la fierté et l'espoir que faisait naître chaque exploit du maquis se gâtaient à la simultanéité de la peur. Et puis, il y avait la méfiance. Que valait encore la confiance ? Que savait-on des irréductibles convictions des uns, des plus vieilles rancœurs des autres que la délation, érigée en devoir, pouvait libérer ?

La tension devint vite insupportable et lorsque Victor,

remontant un soir du bourg avec le Phonse, annonça triomphalement le débarquement de Normandie, Marie, sur l'instant, préféra ne pas y croire. Elle attendit fébrilement l'heure du bulletin d'informations de Radio Londres. Et lorsque, derrière le brouillage, à peine audible, la voix émue du speaker lui confirma la nouvelle, elle éclata en sanglots.

Combien de temps s'éterniserait encore ce calvaire avant que la paix ne revienne dans leurs collines ? C'était si loin, la Normandie. Et Marie, une fois de plus, se laissait aller au vieux rêve dans lequel, petite fille, elle se réfugiait déjà pendant la Grande Guerre : n'avoir, pour tout univers, que ces collines, le cercle presque parfait qu'elles dessinaient autour de l'Huis Maugrit et dont les lointains bleutés se confondaient avec le ciel. Ignorer, rejeter, nier tout ce qui n'était pas son petit monde à elle, dont elle ne parvenait pas à admettre qu'il puisse avoir un quelconque rapport avec toutes ces monstruosités.

Il lui semblait qu'une effroyable obscurité d'horreurs sans cesse croissantes s'épaississait entre l'espoir lointain que faisait naître cette voix ténue, et le jour encore inconcevable où il prendrait corps. Et elle ne supportait plus d'attendre. Tout, y compris les plus grands dangers, lui semblait bon plutôt que cette intolérable passivité.

Des jours entiers, en préparant les foins que le mauvais temps retardait, Marie rumina mille plans pour rejoindre Roland et Vincent ou, tout au moins, pour passer, elle aussi, à l'action. Mille fois, elle dit à Anne l'exaspération dans laquelle la mettait son inaction, mille fois elle lui fit part de sa résolution à agir. Mais rien n'y fit. Anne resta de marbre, compatissante, s'inquiétant, à la rigueur, des velléités d'action de son amie. Mais à aucun moment elle ne laissa échapper le moindre signe qui aurait pu indiquer à Marie qu'elle pouvait être ce contact qu'elle cherchait désespérément.

Elle en vint à douter que son amie eût un rôle quelconque dans la résistance. Et elle en revenait à ses projets les plus fous pour briser l'intolérable cercle de passivité dans lequel elle se sentait enfermée, lorsque naquit, au fond de la vallée, au débouché de l'étroit défilé par lequel la route se glissait jusque dans le grand cirque des collines, le grondement tant redouté d'une colonne de camions allemands.

C'était un matin gris et pluvieux. Il faisait une chaleur moite. Marie nettoyait le fenil avec le Phonse en prévision du foin frais qu'ils y rentreraient dès que le temps le permettrait. Ils travaillaient dans une épaisse poussière grise qui leur collait désagréablement à la peau. Le Phonse, à grandes fourchées, jetait dans un tombereau le fond de foin qui encombrait le plancher du fenil. Et Marie, derrière lui, balayait énergiquement les planches de bois brut.

Ils s'étaient figés dans la position où les avait pris la conscience du bruit qui montait vers eux. Un long moment, ils étaient restés ainsi, l'un la fourche à bout de bras, l'autre penchée sur son balai.

– Les Boches. Vite, dit enfin Marie.

Victor était déjà sur le petit muret de la cour qui dominait la vallée.

– Là, dit-il simplement en désignant du doigt, loin en dessous d'eux, une de ces curieuses voitures anguleuses et hautes sur roues qui venait de déboucher des bois, aussitôt suivie de cinq camions.

Anne vint les rejoindre, puis Bernadette et Agnès que suivaient ses enfants. Louis, Jeanne et le petit Emmanuel arrivèrent enfin. Ils étaient tous là, silencieux, le long du muret, à nourrir leur angoisse de ce grondement sourd qui montait de la vallée et emplissait tout leur espace au point d'en devenir intolérable. Marie, lentement, détourna les yeux de l'inquiétant spectacle de la colonne progressant vers le pays et prit tout à coup conscience de cette véritable petite foule qui s'était amassée silencieusement dans sa cour. « Et si Roland avait raison ? » pensa-t-elle.

Les camions n'en finissaient pas de monter vers le bourg. Marie avait reporté son regard sur l'insoutenable spectacle de ce qui, vu ainsi de haut, leur apparaissait comme la sordide et cruelle certitude du chat qui prend tout son temps pour jouer avec la souris qu'il va croquer. Mais son esprit était ailleurs. « Je suis responsable, se répétait-elle avec angoisse. Roland a raison. Ma place est là, auprès d'eux, pour qu'il ne leur arrive rien. » Mais, en même temps, elle eût voulu être au bourg et imaginer mille stratégies pour le protéger de l'horreur qu'ils voyaient monter vers lui.

Les camions, comme le jour du marché, s'arrêtèrent sur la place, en face de l'ancienne gare. Ils virent, de leur poste d'observation, le fourmillement des hommes sautant des bennes, bâches ouvertes. Ils les virent se constituer en groupes et disparaître, les uns après les autres, vers le centre du pays dont ils imaginaient les volets clos en un tournemain.

Et, dès lors, tendus comme des cordes, ils attendirent les premières explosions. Marie eut fugitivement la pensée de Victor et du Phonse qui, à quelques heures près, auraient été pris dans la même tourmente. Ce fut un bref soulagement. Mais elle eut tout à coup conscience de la véritable douleur qui l'occupait. Le déclenchement de l'horreur leur paraissait tellement inévitable qu'ils en attendaient les premières manifestations en grimaçant déjà de souffrance.

Rien, pourtant, ne se produisit. Un silence pesant s'était abattu sur la vallée. Vers le bourg, plus rien ne bougeait. Ils ne parvenaient pas à se résoudre à quitter leur poste d'observation. Ce fut le Phonse, enfin, qui rompit le cercle d'angoisse dans lequel ils s'étaient enfermés.

– Pas prudent de rester là, dit-il. Si on les voit, eux aussi peuvent nous voir.

Du même geste, ils reculèrent tous de deux pas.

– Allons, dit Marie, le Phonse a raison. Inutile de rester là, ce n'est pas la peine qu'ils s'intéressent à nous.

Parler avait été pour elle un véritable soulagement. Ils se replièrent vers la maison.

– Qu'est-ce qu'on fait ? s'impatienta Victor.

– Rien !

La voix de Marie avait claqué sec.

– Personne ne bouge d'ici. S'ils montent, on les entendra venir. Vous partirez tous vers les bois. Moi je resterai.

Elle s'étonnait elle-même de la fermeté avec laquelle elle donnait ce que nul ne pouvait considérer autrement que comme des ordres.

– Pourquoi toi seule? osa pourtant Anne. Je resterai aussi, près de mon père.

Marie ne releva pas.

– Et les bêtes du bourg? insista Victor.

– On verra. Pour l'heure, Victor et Louis, continuez de surveiller discrètement. S'il se passe quelque chose, venez me prévenir.

D'un pas décidé, elle se dirigea vers la maison. Un clan! Il lui semblait soudain qu'ils formaient un clan, une petite troupe unie, soudée par la nécessité et dont elle se trouvait naturellement être le chef. Et cette idée lui plut. Le Phonse la rejoignit avant qu'elle n'atteigne la porte de la maison.

– Si vous voulez, madame, cet après-midi, j'y descendrai, au bourg. Seul et discrètement. Si je pouvais aller m'occuper des bêtes, ce serait bien. Au pire, elles pourraient attendre demain matin. Mais, de toute façon, je vous remonterai des nouvelles.

Il y alla et en revint tard dans la soirée. Victor, vexé de ne pas avoir été de la partie, attendait, le front bas et buté, au bout de la table, pendant que sa mère s'activait encore dans la maison. Tous les autres étaient partis se coucher.

Le Phonse prit le temps de s'essuyer soigneusement les pieds au sac de jute qui faisait office de paillasson. Il alla suspendre son manteau trempé de pluie devant la cheminée. Depuis la table où elle était venue s'installer, Marie le suivait des yeux sans mot dire. Elle avait sorti un verre et la bouteille qu'elle avait posés à la place habituelle du Phonse.

Enfin, il consentit à venir s'asseoir.

– Alors? dit-elle

– Ben alors... fit-il.

Mais il prit encore le temps de se verser à boire et de laper la moitié de son verre.

– Les bêtes, reprit-il enfin, ça va. Pas de problème. J'ai pu les soigner. Bien.

Marie réprima un geste d'impatience.

– C'est bon, dit-elle. Mais les Boches, ils sont où ?

Le Phonse, lentement, à gestes méticuleux, bourrait sa pipe. Sans perdre de vue la délicate opération, il eut un léger hochement de tête dubitatif.

– Les Boches, dit-il, à ce qu'on m'a raconté, les voilà installés.

– Installés ? Comment ça ?

– A ce qu'il paraît, ils seraient en train de retaper le camp des prisonniers. Pour en faire une caserne.

Ils s'installaient. La menace allait devenir quotidienne. Marie en frissonna. Ce camp, c'était un autre temps, une autre misère, bien plus grande encore. C'était sa terreur de gamine lorsque, avec quelques galopins de son âge, elle avait vu débarquer du tacot une quarantaine de soldats allemands. C'était en 1916. Elle avait vu ces prisonniers, encadrés de soldats français en armes, entrer dans l'enceinte de la mine de fluorine où besognait sa mère.

Pour remplacer les hommes partis au front et pour le plus grand bénéfice de M. de Cormot, ils venaient eux aussi extraire le précieux minerai que réclamait avec insistance l'industrie métallurgique. Ils avaient bâti un camp composé de six baraquements sinistres et d'un poste de garde. Un an plus tard, il n'y avait plus guère que des soldats français eux aussi détenus pour avoir, un jour, osé dire « non » à la guerre. C'était là que Roland avait été détenu durant de longues années.

L'époque avait été rude au-delà de tout ce que l'on pouvait en dire. Mais, dans la vie courante, on avait toujours pu glaner quelques moments de détente, de fugaces bonheurs qui avaient fini par rendre supportable le souvenir qu'on en gardait.

Alors que ce camp... A ces six baraquements alignés derrière leurs hautes clôtures de barbelés ne s'attachaient que des souvenirs de haine, de peur et de méfiance. Peu à peu, depuis leur désaffectation, en 1923, ils avaient littéralement catalysé sur eux tout ce que la Grande Guerre avait pu laisser d'effroi et de froide amertume au cœur des gens. Dans leur sinistre abandon, ils étaient devenus le véritable symbole du pire.

Comment n'avait-on pas pensé plus tôt à raser ces six baraquements délabrés ? Comment n'avait-on pas pensé à la base formidable qu'ils offraient à l'ennemi ? Il fallait prévenir Roland. D'un sourire, Marie remercia le Phonse.

– Je reviens, dit-elle sans prendre garde à la mimique vaguement ironique du vieil homme.

– Il pleut, dehors, dit-il.

– Je sais.

Elle ne vit pas le geste fataliste qu'il eut de la main.

Anne finissait de ranger avant d'aller se coucher.

– Qu'est-ce qui se passe ? fit-elle, déjà alarmée en voyant son amie entrer.

– Tu n'es pas au courant ?

– Quoi donc ?

– Les Allemands s'installent dans le camp de prisonniers. Ils vont rester. Il faut prévenir le maquis.

Anne ne put dissimuler un fugitif sourire de soulagement auquel succéda aussitôt l'expression du plus grand étonnement.

– Et pourquoi tu me dis ça à moi ? Comment veux-tu que je prévienne le maquis ?

Marie eut de la main un geste d'exaspération qui parut balayer toute cette comédie.

– Allons, Anne, ça ne sert plus à rien de dissimuler. Je sais que tu peux les prévenir. Fais-le.

– Tu ne sais rien du tout.

Sidérée, Marie dévisageait son amie dont elle ne soupçonnait pas qu'elle puisse user d'un ton si cassant. Anne, visiblement, regrettait déjà d'avoir été si sèche.

– Ils sont prévenus, rassure-toi, dit-elle.

9

Il fallut faire les foins, puis la moisson, en s'efforçant de ne pas trop prêter attention aux patrouilles allemandes qui sillonnaient sans cesse le pays.

Pour la première fois, Roland ne vint pas. Il semblait que le maquis s'était évaporé dans la nature. On n'entendait plus parler de lui. Les voitures du ravitaillement ne venaient plus à l'Huis Maugrit. Et pourtant, on savait très bien que, le soir venu, les Allemands étaient contraints de s'enfermer dans leur cantonnement et que certaines routes leur étaient interdites, même de jour. On parlait presque quotidiennement, à mots couverts, de sabotages, d'embuscades et d'accrochages. Mais, en vérité, on ne savait rien. Et le plus insupportable était cette ignorance dans laquelle on se trouvait enfermé.

Un matin de juillet, très tôt, Marie, que le profond sommeil de la nuit avait déjà quittée, eut tout à coup conscience d'un bruit étrange. Elle ouvrit les yeux. Un jour gris coulait dans sa chambre et donnait aux formes et aux choses des contours à la fois très doux et un peu tristes.

Marie se mit sur le dos. Dans la quiétude de son grand lit solitaire, elle tendit l'oreille. Un long moment, le silence, que troublaient seuls quelques très discrets pépiements d'oiseaux au réveil, lui fit croire qu'elle avait rêvé. Elle allait se retourner et s'enfouir à nouveau le visage dans l'oreiller pour quelques instants encore de repos lorsqu'elle perçut très distinctement un léger tintement métallique.

Dans l'instant, elle fut sur pied. Sans bruit, elle alla jusqu'au rideau et glissa un regard dans la cour. L'absence totale d'ombre, dans ce jour encore gris, ôtait le moindre relief au décor familier. Et, dans cet étrange plan unique, le Phonse, de dos, se déplaçait lentement le long du mur de pierre sèche qui fermait la cour, derrière les châtaigniers. Régulièrement, il enfonçait la main dans la poche de sa veste et en ressortait un mystérieux objet dont il sembla d'abord à Marie qu'il le posait soigneusement sur le mur. Mais il y eut à nouveau, brièvement, ce léger tintement métallique qui l'avait réveillée et Marie comprit que le vieil homme lâchait quelque chose entre les pierres.

Longtemps elle l'observa, cherchant à comprendre. Le Phonse continua son curieux manège jusqu'au bout du mur. Il resta là un long moment, immobile, les mains dans les poches comme s'il en inspectait soigneusement le fond. Puis il fit demi-tour et Marie se recula prestement derrière son rideau. Elle l'entendit entrer discrètement. Il dut se déchausser car c'est à peine si l'escalier du grenier où se trouvait sa chambre émit, dans le silence du petit matin, un ou deux légers craquements.

Que signifiait cet étrange manège? Marie voulait en avoir le cœur net. Assise sur le bord de son lit, elle s'astreignit pourtant à attendre. On n'était plus loin de l'heure à laquelle la maison allait s'éveiller, et il était peu vraisemblable que le Phonse se soit recouché. Il pouvait se tenir sur ses gardes, au moins fallait-il laisser sa méfiance se rendormir.

Enfin, Marie estima qu'elle pouvait y aller. Elle enfila ses chaussons et s'enveloppa dans une grande robe de chambre. Rien ne bougeait encore dans la maison. Elle put sortir sans bruit, non sans s'étonner que Marta, qui dormait roulée en boule sur son tapis au coin de la cheminée, se contente d'ouvrir brièvement un œil blasé au lieu de se précipiter vers elle. La chienne s'était-elle accoutumée à des allées et venues nocturnes que Marie elle-même n'avait pas soupçonnées ?

Soucieuse et un peu vexée, elle eut tôt fait de gagner le mur de pierre. Elle eut beau l'ausculter soigneusement de bout en bout, rien n'attira son attention. De plus en plus intriguée, elle reprit son observation dans l'autre sens. Et elle commençait à désespérer de comprendre lorsque l'ombre, qui reculait avec le jour qui se levait, lui révéla, dans l'épaisseur du mur, une petite tache jaune qui brillait doucement. Avec précaution, Marie écarta les pierres et glissa les doigts jusqu'au mystérieux objet qu'elle parvint à saisir juste avant qu'il ne glisse plus profondément. C'était une douille de cartouche dont la taille respectable, bien qu'elle n'eût jamais vu de près ces armes inquiétantes, ne laissait aucun doute à Marie quant à sa provenance.

Stupéfaite, elle resta un long moment immobile, considérant l'objet qu'elle tenait de deux doigts, avec une sorte de répugnance. Ainsi donc, sans qu'elle s'en soit jamais doutée, le Phonse en était aussi ! Et ils dissimulaient jusqu'aux traces compromettantes de leurs coups de main sous son nez, chez elle, dans le mur de sa ferme.

L'opacité de ce secret, de cette méfiance, de cette prudence qui isolait chacun et affectait à tous un rôle, sans même parfois qu'ils le sachent, la troublait profondément. Elle mesurait ce qu'avait pu avoir de dérisoire et de puéril sa volonté un peu butée de participer. Tous participaient, à un niveau ou à un autre, consciemment ou pas, de choix délibéré ou par la force des choses.

Lentement, Marie tendit le bras et lâcha la douille au ras des pierres. En tintant légèrement, elle rebondit d'un angle à l'autre et disparut dans l'épaisseur du mur.

Lorsque, délibérément, ce matin-là, elle vint se planter au bord du mur en portant un regard dur sur le Phonse qui traversait la cour, le vieil homme n'eut qu'un très bref instant d'hésitation. Sans même s'arrêter, il rendit son regard à Marie. Et cela suffit pour que l'un comme l'autre ait la conscience très claire de l'irréductible complicité qui, désormais, les liait.

On ne savait rien, à l'Huis Maugrit, des ordres d'intensifier la lutte qui venaient de Londres. La longue litanie des messages codés, chaque soir à la radio, restait un langage abscons que Marie écoutait pourtant religieusement. Les nouvelles du front de Normandie puis du débarquement de Provence entretenaient un fol espoir, en même temps que l'angoisse du déchaînement d'horreurs dont on redoutait qu'il prenne de vitesse la libération tant espérée.

La vie, pourtant, continuait. Après les foins, on avait attaqué la moisson. Victor marchait devant les deux grandes vaches blanches qu'on avait attelées à la faucheuse. L'aiguillon sur l'épaule, il en laissait négligemment reposer la pointe sur le joug. Et il semblait que les bêtes ne se guidaient que sur le léger contact de ce mince trait de bois. Le Phonse, sur la machine, surveillait attentivement la lame et, d'une longue perche, aidait la récolte à se coucher, en une vague continue. Louis et les femmes suivaient en nouant les gerbes qu'ils dressaient en moyettes régulières.

Une légère brise venue du nord rendait la chaleur d'août plus supportable. Ils travaillaient à l'aise et aimaient la simple répétition de leurs gestes rapides et précis. Parfois, une chanson fusait, reprise brièvement en chœur. Quelques plaisanteries suivaient et leurs rires s'égrenaient longtemps aux échos de la forêt toute proche.

Tout à coup, il y eut le déchirement infiniment douloureux, à l'ouest, du hoquet rageur d'une arme automatique. Elle se tut très brièvement. Puis ce fut comme si l'horreur de la guerre se déchaînait d'un coup sur la forêt entière. D'une pression de son aiguillon, Victor avait arrêté les vaches. La faucheuse tut son crépitement nerveux. Le bruit des armes, que se mirent vite à ponctuer les explosions sourdes des grenades et d'un mortier, parut s'amplifier encore.

Ils s'étaient tous dressés sur le champ et restaient immobiles, les yeux tournés vers la forêt, pleins d'effroi. C'était proche, juste derrière la crête des collines.

– Le maquis, souffla le Phonse.

Et ça durait... Ça dura tout l'après-midi et jusque tard dans la soirée. Il y avait, parfois, de douloureuses accalmies. Puis le feu renaissait plus loin, aussi dense, hargneux. Vers cinq heures, il y eut une violente explosion. Une épaisse fumée noire s'éleva au-dessus de la forêt.

– Ça, commenta encore le Phonse, c'est le parc à voitures.

Dans un silence oppressé, ils travaillèrent jusqu'à ce que le soleil disparaisse derrière les collines. A plusieurs reprises, Marie avait accroché le regard du Phonse. A chaque fois, il avait brièvement fait « non » de la tête. Il n'irait pas. Il n'en avait pas reçu l'ordre. Il devait, quoi qu'il lui en coûte, s'en tenir à la consigne formelle de ne pas se dévoiler. Marie n'insista pas.

Le repas fut sinistre. Par la porte restée grande ouverte sur la douceur du soir, on entendait encore, sporadiquement, des tirs d'armes automatiques et des explosions. Après qu'elles l'eurent aidée à ranger, Marie encouragea Bernadette et Agnès à aller se coucher.

– Demain sera encore une dure journée, dit-elle sans révéler le fond de sa pensée.

Il lui fallait rester seule. Il lui fallait ce moment de calme vespéral pour tenter d'apaiser le douloureux bouillonnement de sentiments contradictoires qui l'agitait. Il y avait la peur panique qu'il soit arrivé quelque chose à Roland ou à Vincent. Il y avait le fol espoir d'une grande victoire du maquis. Il y avait l'envie fébrile de se jeter dans la mêlée. Il y avait la conscience aiguë de sa responsabilité et du soin qu'elle devait prendre de son clan.

Elle sortit sa boîte à couture et quelque ouvrage resté depuis longtemps en souffrance. Il lui fallait occuper ses mains. Installée au bout de la table, le dos à la porte restée ouverte sur la nuit, elle parvint assez vite à se concentrer suffisamment sur son ouvrage pour que l'étreinte de l'angoisse se relâche quelque peu. Dans la douceur de la nuit d'été, elle s'apaisait.

Lorsqu'il y eut deux coups très légers frappés à la porte, surprise et tout à coup rendue à la tension extrême de l'après-midi, elle bondit littéralement de sa chaise.

– Qu'est-ce que c'est?

Sur l'instant, elle n'avait pas reconnu la silhouette qui se tenait légèrement en retrait, dans la nuit. C'était Vincent. Elle se précipita, vaguement honteuse de son mouvement de peur.

– Entre donc, Vincent. Qu'est-ce qui se passe? Qu'est-ce qui t'amène? Raconte-moi. Tu as mangé? Tu as faim, peut-être? Installe-toi. Je vais te mettre un couvert.

Le sourire habituel de Vincent ne s'était pas éteint mais il semblait voilé, comme doublé d'une incommensurable fatigue. « Il a vieilli », se dit fugitivement Marie. Le jeune homme, sans un mot, s'était laissé tomber sur le banc. Il eut un profond soupir et, dans son regard, s'alluma à nouveau la flamme gouailleuse qu'aimait tant Marie.

– On les a eus!

– Vous avez eu quoi?

Debout au coin de la table, Marie rayonnait. Cette présence inespérée de Vincent, en cet instant précis de doute et d'angoisse, était comme un formidable cadeau dont elle ne finissait plus de se délecter. Elle lui avait parlé avec, dans la voix, la même affectueuse ironie qu'elle avait mise à s'enquérir, quelques mois plus tôt, du nombre d'arbres qu'avait bien pu abattre le tout nouveau bûcheron qu'il se prétendait alors. Cette fois, il ne parut pourtant pas relever.

– Les Boches, pardi! continua-t-il. Ils étaient venus pour nous avoir. Mais, sur ce terrain-là, en pleine forêt, jamais ils ne le pourront. C'est nous qui leur avons mis une bonne raclée.

Il se rembrunit aussi vite que sa satisfaction avait éclaté.

– N'empêche, dit-il, il faudra bien qu'on trouve le salaud...

– Quel salaud?
– On a été trahis. Les Boches ont été conduits jusqu'à nous. Ça ne fait pas l'ombre d'un doute.
– Alors?
– Alors? reprit Vincent. Et bien alors c'est très simple. On le trouvera. Et, ce jour-là, le dos au mur.
Marie eut un léger froncement de sourcils. Des mots qui n'étaient pas faits pour cette bouche-là. Elle préféra changer de sujet.
– Et Roland? demanda-t-elle.
– Emmerdant mais efficace et, à ma connaissance, toujours en vie! Un chef!
Elle aima la tranquille admiration que mettait Vincent dans son jugement et jusque dans sa laconique critique.
– C'est lui qui t'envoie?
Vincent, devant lequel elle venait de poser une assiette bien pleine, répondit d'un hochement de tête affirmatif. Elle se glissa sur le banc, en face de lui, et attendit patiemment qu'il ait la bouche moins pleine.
– Voilà, dit-il enfin. Cette attaque, ça a changé tous nos projets. On s'en sort bien. On a été prévenus à temps. On les a laissés s'enfoncer en forêt. Et après, on les a pris à revers. Ça a dû leur faire tout drôle! Ils ont eu de gros dégâts. Seulement...
– Et vous?
Marie posait un regard lourd sur Vincent. Interrompu, il la considéra quelques instants en silence. Evidemment, elle ne s'en laisserait pas conter.
– Quelques blessés.
– Vous avez de quoi les soigner?
– Bien sûr!
Elle préféra ne pas insister.
– Alors? fit-elle.
– Eh bien, tout ça ça change nos plans, répéta Vincent. Notre camp est détruit et, surtout, ils savent où il est. Mais notre plus grosse perte, c'est le parc des voitures qu'ils ont réussi à prendre. Il nous faut nous replier, changer d'air. On reviendra, soyez sans crainte. Mais, pour l'instant, il faut prendre le large.

– Et c'est ça que Roland t'envoie me dire?

– Non, attendez... Enfin oui. En fait, nous allons avoir besoin de vous.

Enfin! Marie ne dissimulait pas un large sourire mais l'envie de taquiner Vincent était la plus forte.

– Vous ne voulez tout de même pas tous venir ici? Vous avez besoin d'une maman pour vous border, le soir?

Un peu perdu dans le fil de ses explications, Vincent s'agita sur son banc.

– Mais non ce n'est pas ça. Laissez-moi dire. Voilà. Il y a un parachutage prévu, ces jours-ci. Et nous ne pourrons pas être là, du moins pas tous. Alors Roland a pensé que vous pourriez guider ceux qui vont rester pour le recevoir.

– Et ce sera quand?

– On ne le sait pas encore.

– Et où? Je ne connais quand même pas toute la forêt.

– Je ne peux pas vous le dire. Mais Roland assure que c'est un endroit que vous connaissez bien.

– Et mon rôle sera juste de vous conduire, c'est tout?

– C'est tout.

– Tu en seras?

– Je ne sais pas. C'est possible.

– Et Roland?

– Il est déjà parti avec les autres.

– C'est bon, dit Marie. Je vous conduirai. Mais je serai avertie comment?

– Quelqu'un viendra vous prévenir.

– Toi?

– Peut-être. Je ne sais pas.

– C'est bien. Pour ce soir, tu restes ici. Je vais te mettre un matelas par terre. Tu fileras au petit matin. Je préfère que les enfants ne te voient pas. On ne sait pas ce qu'ils peuvent raconter.

Vincent, manifestement, hésitait.

– C'est que, normalement...

– Normalement quoi? Il y a des patrouilles de nuit.

Avec ce que vous venez de leur mettre, ils doivent être nerveux. De jour, tu pourras voir venir et mieux te défiler.

Lorsque Marie se leva, Vincent avait déjà disparu. Seul le Phonse avait vu le matelas posé sur le carreau, à côté de la table. Il n'eut pas un mot et se contenta d'échanger avec Marie le même regard dur qu'ils avaient eu, l'un et l'autre, quelques jours auparavant, le long du mur de pierre sèche.

10

Une chape de silence s'abattit sur la vallée. Après les lourdes pertes par lesquelles s'était soldée leur attaque, les occupants devinrent de plus en plus menaçants. Il y eut plusieurs arrestations plus ou moins arbitraires dans le bourg que parcouraient sans cesse des patrouilles en armes. Durant de longs jours, la peur des représailles figea la vie. A plusieurs reprises, le bruit courut que le village allait subir le sort de ceux qui avaient été brûlés. Les gens voulurent fuir. Ils furent brutalement arrêtés par les patrouilles. Des coups de feu claquèrent, augmentant encore l'angoisse.

A l'Huis Maugrit, rien, apparemment, ne se passait. Et l'existence restait aussi paisible. Marie s'étonnait du calme avec lequel elle attendait qu'on vînt la prévenir. Elle se sentait plus détendue qu'elle ne l'avait été depuis bien longtemps. Et n'eût été l'inquiétude pour les gens du bourg, elle aurait pu s'estimer heureuse de l'apparente sécurité dans laquelle continuait de vivre sa petite communauté.

Sa seule vraie impatience était de savoir si Vincent serait de l'expédition qu'il était venu lui annoncer. Elle l'espérait comme une gamine qui complote les instants qu'elle volera auprès de son béguin, au cours d'une excursion. Et elle se le reprochait en s'octroyant toutes les indulgences.

Enfin, un soir, alors que, seule dans la grande salle,

elle s'apprêtait à aller se coucher, il y eut quelques coups brefs au carreau. Elle se précipita. Mais il n'y avait déjà plus personne, seulement un papier, glissé sur le rebord de la fenêtre. *C'est pour demain soir. Tenez-vous prête. On passera.* C'était tout.

Ce fut, pour Marie, comme un soulagement. Elle dormit, cette nuit-là, plus profondément encore, peut-être, qu'à son habitude et rien, de toute la journée, ne vint la distraire de son travail. La moisson était finie depuis plusieurs jours. On préparait l'aire de battage et on nettoyait les greniers qui recevraient le grain.

Ils travaillaient tous ensemble et Agnès, comme d'habitude, laissait se succéder les couplets fredonnés en les ponctuant à tout instant de plaisanteries et de grands éclats de rire dont la raison d'être restait parfois mystérieuse à ceux qui l'entouraient. Mais sa joie et son bonheur de vivre étaient communicatifs. Même Victor, taciturne et le regard sombre semblant toujours remâcher quelque noire rancune, recherchait, comme les autres, la compagnie de la jeune femme qui leur rendait l'ouvrage plus léger.

Marie, ce jour-là, parut vouloir en remontrer à Agnès en matière de gaieté, et lorsqu'elle accrocha le regard surpris du Phonse, elle eut dans les yeux une lueur de défi qui stupéfia le vieil homme. Le soir venu, après le repas, il lança en fixant Marie : « Je vais me coucher et vous feriez bien, tous, d'en faire autant. » Elle se contenta de lui adresser un large sourire.

Et elle ne fut qu'à demi surprise lorsque, restée enfin seule dans la grande pièce, elle entendit l'escalier du grenier émettre quelques légers craquements, quelques instants avant que paraisse le Phonse.

– On y va, souffla-t-il.

– Où ? dit-elle.

Il eut un geste silencieux vers les chambres endormies.

– Plus tard, dit-il tout bas.

Elle le suivit dans la nuit. A grandes enjambées, il s'était tout de suite dirigé vers la forêt. Une nuit sans lune dans laquelle, aveuglément, Marie réglait son pas sur celui de la silhouette qu'elle devinait devant elle et qui était son seul point de repère. Très vite, elle avait cessé de reconnaître les sentiers que le vieux enfilait les uns aux autres, sans la moindre hésitation.

Ils marchèrent ainsi une bonne heure. Marie n'avait plus cherché à savoir où il l'emmenait. Elle allait en confiance, suivant le Phonse qui ne ralentit pas une seule fois. Elle faillit buter contre son dos lorsqu'il s'arrêta enfin.

– C'est là, dit-il simplement.

Marie distinguait vaguement un carrefour de chemins, au fond d'un vallon dont ils venaient de descendre la pente.

– C'est là quoi ? demanda-t-elle.

– C'est là qu'on doit se retrouver. On est peut-être un peu en avance.

Il s'assit sur une souche.

– Faites en autant, reposez-vous un peu les jambes, dit-il à Marie. On a encore du chemin à faire.

– Je ne suis pas fatiguée, dit-elle tout en cherchant quand même, dans l'obscurité, où s'asseoir.

Elle n'y resta que quelques instants. Tout à coup, très proche, retentit le hululement d'une chouette. Elle ne comprit qu'il n'était qu'imité qu'en entendant le Phonse répondre de la même façon. Presque aussitôt, ils furent entourés de nombreuses silhouettes. Un homme vint directement à elle.

– C'est vous, Marie Courbet ?

– C'est moi.

– Vous devez nous mener chez la Jaquette Troche. Vous connaissez ?

Stupéfaite, Marie se tourna vers le Phonse. Dans l'ombre, elle le vit acquiescer de la tête.

– Chez la Jaquette Troche ? fit-elle tout de même, incrédule. Ça fait près de trente ans qu'il n'y a plus personne, là-haut.

L'homme eut un rire bref et sourd, désagréable.

– Justement ! Vous ne croyez pas qu'on s'en va rendre une visite de courtoisie ? Vous savez où ça se trouve, oui ou non ?

– Sûr que je sais.
– Alors, en route. Ils n'attendront pas.
Elle restait pourtant plantée là, comme indécise.
– Quoi encore ? fit l'homme.
Sa voix était dure et déplut à Marie.
– C'est que, pour savoir où c'est, je sais. Mais pour savoir y aller, c'est une autre affaire.
L'homme eut un geste d'impatience.
– Comment ça ?
Son ton rogue commençait à exaspérer Marie.
– Ici, je ne sais même pas où on est. Comment voulez-vous que je sache vous conduire jusque chez la Jaquette Troche ? Et puis... il y a autre chose, de plus grave.
Cette fois, l'homme se tut. Il se contenta d'attendre en dévisageant Marie.
– Voilà, dit-elle, le seul chemin que je connaisse, pour monter là-haut, part du bourg. Et il passe juste devant le camp des Boches, l'ancien camp des prisonniers.
– Vous savez lire une carte ?
Il dépliait déjà une grande feuille de papier qu'il posa sur la souche que venait de libérer le Phonse et sur laquelle il dirigea le faisceau étroit d'une lampe torche. Marie eut une moue dubitative.
– Pas trop, fit-elle.
– Venez voir tout de même.
Il lui situa le bourg, le camp des Allemands.
– C'est ça, votre chemin ?
De la pointe d'un crayon, il suivait un trait qui sinuait du village au camp avant de traverser une grande tache grisâtre.
– C'est la forêt, ça ? demanda Marie.
Il confirma.
– Alors c'est le bon chemin.
Cette représentation de son pays sur le papier amusait Marie. Elle aurait aimé la détailler plus longuement. Mais l'homme avait déjà éteint sa lampe.
– En route, dit-il en repliant sa carte. On le rattrapera bien au-delà du camp, votre chemin. N'ayez crainte. Après ce sera à vous de jouer.

– Et pour le retour ? s'inquiéta une voix dans leur dos.
C'était Vincent. Dans l'ombre, Marie se délecta du long frisson d'aise qu'avait fait naître en elle le seul son de cette voix.
– T'inquiète pour le retour, fit l'homme durement. On se débrouillera.
Déjà, ils marchaient. Vincent, de lui-même, était venu se placer près de Marie. Elle devina plus qu'elle ne vit le geste qu'il lui adressa, un doigt devant la bouche, pour qu'elle respecte la consigne de silence absolu. Mais il lui suffisait de le savoir près d'elle, au milieu de tous ces corps qui se mouvaient dans l'ombre, dans les sons étouffés de leurs pas et d'étoffes frôlées dont semblaient parfois monter d'étranges soupirs.
Ils marchèrent longtemps. A deux ou trois reprises, l'homme de tête s'arrêta et toute la colonne vint s'agglutiner autour de lui. Il y eut, très brièvement, la tache lumineuse de la lampe torche sur la carte. Et on repartit. Enfin, sans même que l'on s'arrête une nouvelle fois, Marie sentit qu'on lui prenait le bras. C'est à sa voix qu'elle reconnut l'homme qui l'avait questionnée. Il parlait si bas qu'elle dut tendre l'oreille.
– Normalement, on arrive sur le chemin que vous connaissez. Ça va être à gauche dans pas longtemps. Après, ce sera à vous de jouer. Tâchez de ne pas vous perdre : on n'est pas en avance.
Elle eut un léger haussement d'épaules et, résolument, se porta en tête de la colonne. Elle l'atteignit au moment même où le petit sentier qu'ils suivaient débouchait sur un chemin plus large. Sans hésiter, Marie prit à gauche. La nuit était toujours aussi sombre et il lui fallut un long moment, les yeux écarquillés dans l'obscurité, pour se persuader qu'ils étaient bien sur ce chemin qu'elle avait suivi en 1917 en compagnie de son oncle Gagnaire.

Elle avait quinze ans et son oncle venait de lui dénicher ce que ses frères, encore dans les tranchées, l'avaient chargée de trouver pour eux. Des bœufs ! Un couple de bœufs à dresser et à atteler devant le grand char à quatre roues pour reprendre le chemin de la galvache, dès que la guerre serait finie !

Fallait-il qu'ils y croient, à la fin de cette guerre, pour entrevoir déjà, au-delà des tranchées où ils souffraient le martyre et où le père était mort, la rude vie de galvachers qu'ils entendaient bien reprendre. Fallait-il qu'ils lui fassent confiance, à cette gamine de quinze ans, pour s'en remettre à son choix et à ses capacités pour accomplir les gestes que jamais, sans ces temps de désordre et de souffrance, un galvacher n'eût toléré de déléguer.

Jaquette Troche, envers et contre tout, avait continué d'élever des bœufs d'attelage dans l'espoir obstiné que son mari puisse ainsi repartir, lui aussi, à la galvache, au retour de la guerre. Pour elle comme pour tant d'autres, tout s'était effondré avec le terrible télégramme apporté par les gendarmes. Comme tant d'autres, elle n'avait plus eu pour seule ressource que de tout vendre. L'offre de Marie avait été pour elle une chance de voir ces bœufs-là, au moins, être payés à leur juste valeur et échapper aux sommes dérisoires qu'en donnaient quelques profiteurs à l'affût de ces situations désespérées.

Marie gardait de cette expédition tout à la fois un souvenir de grande exaltation et de profonde tristesse. La situation de cette femme, doublement brisée par un labeur acharné durant des années, pour sauver le travail de son mari, et par l'effondrement de tous ses espoirs, l'avait profondément touchée. Mais ces deux bœufs qu'ils avaient poussés devant eux, depuis la lointaine ferme perdue dans une vaste clairière de la forêt, dans la nuit, jusqu'à l'Huis Maugrit, ces bœufs qu'elle avait élevés et soignés jusqu'au retour de ses frères avaient longtemps été la plus grande fierté de Marie.

Les deux nuits, celle des souvenirs qui lui revenaient à l'esprit et celle dans laquelle elle marchait, suivie de tous ces maquisards, étaient aussi sombres. Ce fut cette similitude qui permit à Marie d'acquérir rapidement la certitude qu'ils étaient sur le bon chemin. Elle allait à grandes enjambées, sans se soucier de tous les hommes qui suivaient et qui s'étonnaient déjà du train que maintenait cette femme. Vincent s'était perdu dans le groupe. Mais il lui suffisait de savoir qu'il était là, marchant derrière elle.

Enfin la forêt s'ouvrit sur une vaste clairière que dessinait assez nettement la lueur blafarde tombant des étoiles. Marie s'arrêta. L'homme à la voix rude fut presque aussitôt à ses côtés.

– Voilà, dit-elle. C'est là.

– Où est la ferme?

D'un geste, elle lui indiqua la direction du long bâtiment bas qu'elle revoyait entouré de beaux prés bien entretenus. La lune se levait derrière les crêtes des collines hérissées de forêt. Et la lumière blanche, sans ombre, qu'elle plaquait déjà sur le paysage, révélait à l'œil exercé de Marie la vaste lande broussailleuse et désolée qui leur avait succédé. D'une guerre à l'autre, tout concourait à écraser Marie sous la poignante tristesse du décor qui se révélait à elle. C'est à peine si elle entendit l'homme lui donner l'ordre de monter jusqu'à la ferme et de les y attendre.

En un instant, les maquisards s'étaient éparpillés sur le terrain. Et elle se retrouva seule, des larmes plein les yeux, au milieu du chemin. Lentement, elle se remit en marche. Il lui semblait qu'un poids énorme alourdissait chacun de ses pas. Une profonde lassitude s'était abattue sur elle. L'éclairage blafard de la lune rendait d'instant en instant plus poignant encore le spectacle de cet abandon. Et plus dérisoires étaient ces quelques silhouettes en armes qu'elle devinait, de temps à autre, parcourant rapidement la lande.

Marie aurait voulu hurler. Elle aurait voulu arrêter tous ces hommes fous. Elle aurait voulu que tombent de leurs bras ces outils de mort et que les remplacent les mancherons de la charrue que Roland, un jour, lui avait pris des mains.

Seule, elle voyait l'absurdité de cet acharnement que mettait l'humanité à se détruire, poussant sa machine de guerre, de plus en plus puissante, de plus en plus efficace, sur le terrain même des ruines et des friches qu'avait fait naître celle dont on avait dit que, pour avoir été la plus effroyable de toutes, elle serait la dernière.

Elle avait amené tous ces hommes jusque-là. Enfin, comme elle le voulait depuis si longtemps, elle avait participé. Et, à l'instant même où s'accomplissait sa première mission, l'image qu'elle gardait des haies bien taillées et des prés à l'herbe d'un vert si fort qu'il en était presque noir, volait en éclats sous la lumière blanche et sans ombre de la lune qui lui révélait cette triste lande grisâtre que parsemaient comme des purulences d'épais ronciers.

Du long bâtiment de la ferme, il ne restait plus que la désespérance de quelques pans de murs. Marie les avait vus se détacher peu à peu, devant elle, sur le velours du ciel étoilé vers lequel ils semblaient jeter quelque pathétique supplication. Sans pouvoir en détourner les yeux, perdue dans ses songes qui, implacablement, faisaient se juxtaposer au sinistre décor l'image de Jaquette Troche les accueillant sur le pas de sa porte, elle allait les atteindre lorsque naquit, au nord, un ronronnement de moteurs qui s'amplifia vite jusqu'à paraître emplir la nuit entière.

Instantanément et à sa plus grande surprise, de grands feux étonnamment incandescents jaillirent sur la lande. Tout, alors, alla très vite. Il y eut une première silhouette noire qui lui parut énorme. Elle sembla naître de la forêt qui dominait le vallon et fut tout de suite suivie d'une étonnante constellation de corolles sombres qui descendaient lentement vers le sol en se balançant. Les premières touchaient à peine le sol qu'une deuxième silhouette d'avion jaillissait de la crête comme la première et lâchait sa théorie de parachutes.

Les deux appareils avaient viré sur l'aile aussitôt après leur parachutage, et l'on entendit le bruit décroître rapidement vers le nord en même temps que disparaissaient les grands feux, presque aussi vite qu'ils étaient apparus. Les hommes s'étaient précipités et ils ne tardèrent pas à se regrouper près de la ferme, portant, par petits groupes, de lourds cylindres qu'ils rangeaient côte à côte sur ce qui avait été la cour.

Vincent fut tout à coup à côté de Marie sans même qu'elle l'ait vu venir.

– Ça a marché ! dit-il. Maintenant, on va avoir des armes ! On va se mettre tout ça sur le dos et filer. Vous, vous allez pouvoir rentrer à l'Huis Maugrit. Mais il faut attendre le chef.

Déjà, il s'éloignait.

– Vincent ! appela-t-elle.

Il revint vivement vers elle.

– On te reverra quand ?

C'est à peine s'il marqua sa surprise. Il eut un geste vague de la main.

– Allez savoir, dit-il. A la victoire, peut-être.

Et il s'enfonça dans la nuit. Marie n'osa rien ajouter. Elle resta longtemps à attendre pendant que, dans une folle excitation, les hommes vidaient les conteneurs et en répartissaient le contenu en charges individuelles. On eût dit des enfants déballant les cadeaux, au pied du sapin de Noël. Et n'eût été la nature des objets qu'ils caressaient et pour lesquels ils laissaient échapper de véritables cris d'amour, Marie, qui voyait par instants briller l'acier des armes dans le faisceau des lampes électriques, eût aimé cet étonnant spectacle.

Enfin, le chef vint vers elle.

– Voilà, dit-il. C'est fini.

Et il lui tendit trois paquets.

– Entre les armes, ils nous glissent quelques douceurs. Prenez. Vous ferez plaisir autour de vous.

C'étaient deux paquets de pain d'épices et une cartouche de cigarettes américaines. Il avait réussi à rendre le ton de sa voix moins brutal et Marie eut, un bref instant, l'envie de l'embrasser. Mais la carapace ne s'était entrouverte que l'espace d'un instant.

– Ne donnez pas ça à n'importe qui, reprit-il durement. Et maintenant, vous pouvez aller. Faites attention aux patrouilles. Ils ont dû entendre les avions. Il est possible qu'il y en ait qui montent par ici. Allez ! Vous n'avez rien vu, vous ne savez rien. Allez !

Les hommes lourdement chargés s'étaient rapidement fondus dans la nuit et Marie se retrouva seule, ses trois paquets à la main, en proie au vertige de son découragement. Elle n'eut ni l'envie ni le courage de s'éloigner. Cette lande grise, sous la lune, la captivait. Lentement, elle quitta le chemin, s'engagea dans les hautes herbes qui avaient envahi la cour et contourna les ruines de la maison. Une main glissant le long du mur resté debout, elle le suivait sans perdre des yeux le long vallon enchâssé de forêts.

Celles-ci, sous la lueur froide et sans relief de la lune, semblaient tendre, au travers de la lande, de grands tentacules gris sombre. Ils s'agglutinaient en d'informes masses de taillis et de ronces qui débordaient en désordre de part et d'autre des anciennes bouchures rendues à la nature et parties à la reconquête de ce bout de terre que ne baignait plus la sueur des hommes.

Marie se laissa choir sur une grosse pierre tombée du mur et dont la masse blanchâtre émergeait des herbes folles. Dans sa fatigue et son abattement, il lui parut tout à coup que cette dévastation les menaçait tous. Elle n'avait été forte que parce qu'elle ignorait cette lèpre qui rampait inexorablement vers elle. Et de la découvrir ainsi, dans toute l'étendue de sa désespérance, lui donnait la mesure de ce que ses efforts, pour vaillants qu'ils fussent, avaient de dérisoire.

Elle s'était adossée au mur à moitié effondré. Bien qu'elle continuât de contempler le vallon abandonné, la conscience qu'elle avait du lieu et de l'heure se déroba peu à peu, la perdant aux limites extrêmes du monde des songes. Ce fut bientôt l'Huis Maugrit qu'elle eut devant les yeux. Les chères terres de l'Huis Maugrit, celles qu'elle ne tenait de nul autre que de Gaston Laniaud, son père, et qui lui apparaissaient ainsi ravagées par l'abandon.

Il y eut en Marie un cri déchirant qu'elle ne proféra pas. Elle sentait en elle encore assez de lucidité pour admettre qu'il ne s'agissait là que d'une simple vision.

Mais, terrorisée, sans pouvoir ni vouloir faire un geste, elle ne parvenait pas à en détacher sa pensée et cette sorte de regard intérieur aigu qui lui détaillait sans pitié l'image d'épouvante.

Puis le songe sembla s'animer. Il lui fallut quelques instants pour comprendre qu'il s'embrasait. C'était un incendie. Des flammes immenses dévoraient tout cet espace de désolation, couraient dans les grandes herbes sèches, fondaient sur les buissons, mordaient à dents de feu dans les ronciers qui crépitaient et se tordaient.

Un grand arbre solitaire, comme un vieux pommier noueux au tronc duquel les bêtes aiment à venir se gratter et dont l'ombre leur fait paraître moins longues les heures de canicule, parut tout à coup se transformer en torche. Un cri, encore, ne parvint pas à jaillir de la poitrine de Marie qui contemplait, les yeux exorbités, la haute silhouette du vieil arbre saisie d'une étrange frénésie de danse, dans les vagues d'air épaisses et brûlantes qui montaient du brasier.

Et le feu dépassa le pommier. A l'instant où Marie croyait en ressentir un profond soulagement, elle eut la conscience très nette d'un bruit étrange sur sa gauche. Le songe s'était envolé et elle n'eut que quelques très brèves secondes pour prendre la mesure de la terrible réalité qui montait vers la ferme. Lorsqu'elle comprit qu'il s'agissait, sans aucun doute possible, du martèlement sourd de nombreux pas sur le chemin, elle sut qu'il était trop tard pour fuir. Déjà elle entendait le cliquetis des armes entrechoquées et le souffle court des hommes qui peinaient dans la côte.

Elle eut, tout autour d'elle, un regard de biche aux abois. Un appentis au toit effondré et aux murs mangés de ronces, à trois pas d'elle, lui parut le seul refuge possible. Elle s'y glissa, au plus profond qu'elle put malgré la morsure des ronces, et parvint, juste à temps, à se recroqueviller dans une posture trop inconfortable pour être tenue longtemps.

Elle n'eut pas besoin de comprendre les phrases brèves et les ordres lancés à pleine voix, dans la nuit, de l'autre côté du mur. Les Allemands venaient de trouver les conteneurs et peut-être aussi les toiles des parachutes. Ils ne s'attardèrent pas. Il y eut encore un ou deux ordres hurlés d'une voix gutturale étrangement excitée, et Marie entendit la troupe qui se lançait sur le chemin dans l'ombre duquel avaient disparu les maquisards lourdement chargés de leurs paquets d'armes.

Prévenir ! Il fallait prévenir. Avant même qu'elle ne bouge, l'idée avait jailli à l'esprit de Marie et l'occupait tout entière, déjà obsédante. Les rejoindre ? Il n'y fallait pas penser. Leurs poursuivants lui barraient le seul chemin possible. Alors ?

Elle eut le geste de s'extirper de la ruine. Mais l'idée lui vint qu'ils avaient pu laisser des sentinelles. Se contraignant au silence le plus complet, retenant même son souffle, elle tendit l'oreille. Et elle ne tarda pas à se convaincre qu'un bruit de conversation occupait un coin du silence de la nuit.

Prévenir ! Il fallait pourtant prévenir. Que faire ? A gestes très lents, elle se décida à sortir de sa cachette en rampant et en s'arrachant doucement aux ronces qui s'agrippaient à ses vêtements. Retrouver l'air libre lui fit du bien. Sans se redresser, totalement dissimulée par l'obscurité froide tombant du mur en ruine, elle tentait désespérément de localiser l'exaspérant bourdonnement de voix qu'elle discernait clairement maintenant sans pouvoir en déterminer l'endroit exact.

Un homme eut, par chance pour elle, un bref éclat de rire, un peu gras, un peu rauque. Il suffit pour que Marie sût d'où il venait. Pour protéger leurs arrières, les Allemands avaient laissé quelques sentinelles sur le chemin qui montait au nord, au-dessus de la ferme, celui par lequel s'étaient éloignés les maquisards. C'était une chance pour elle. Ils ne lui coupaient pas la route qu'il lui faudrait suivre pour redescendre vers le bourg.

Mais l'idée même de ce repli ne l'occupait pas encore. Elle devait à toute force trouver le moyen d'avertir les hommes qui montaient, loin maintenant, là-haut en forêt, du danger qui se ruait vers eux. Il fallait faire vite.

Elle enrageait de ses mains vides et de son impuissance. Désespérément, elle scrutait le paysage autour d'elle, comme si de ces ombres et de ces masses noirâtres allait nécessairement naître l'instrument du signal, de l'immense cri d'alerte qu'elle aurait voulu pousser.

De ce qui avait dû être le jardin de la ferme, ne subsistait qu'un magma d'herbes sèches et de ronces accumulées par les années. Par endroits, on devinait encore, au bombement régulier de la broussaille, le mur de pierre sèche qui fermait le petit terrain. Dans un angle, un grand pommier se dressait encore, mangé de lierre et de gui.

Un pommier! Un vieux pommier comme celui qu'assaillaient les flammes dans le songe de Marie, à l'instant précis où elle avait entendu arriver le détachement allemand. Le feu! Bien sûr, elle était là, l'idée. Bouter le feu à toute cette friche craquante et sèche, l'embraser, faire monter au ciel des flammes si furieuses, si hautes qu'ils ne pourraient pas ne pas les voir, de là-haut, de leur chemin s'enfonçant toujours plus avant dans la forêt.

Fébrilement, Marie tâta les poches de sa grande blouse grise. Avec son couteau, elle y traînait toujours une petite boîte d'allumettes. Elle y était. Le vent? Avec la lune, une petite brise du sud, très douce, s'était levée. Une nouvelle chance. En remontant le vallon, elle favorisait ses plans. Elle pousserait les flammes vers ces grandes friches grises qui s'étendaient jusqu'à la forêt, tout en haut de la côte.

La fuite. Il fallait tout de même y penser. Surtout, faire en sorte que le rideau de fumée soit tout de suite très épais et qu'il se trouve juste entre elle et les sentinelles qui, avec un peu de chance, se trouveraient sur le chemin du feu. Ensuite, rester le moins longtemps possible dans la lueur de l'incendie, se fondre dans la nuit en piquant droit au sud, vers le bourg.

Sans quitter l'ombre du mur, Marie se mit à progresser en arrachant de grandes poignées d'herbes qu'elle accumulait sur son bras gauche, en une grande gerbe cassante à l'odeur fade de fané. Elle atteignit ainsi le coin du muret, s'assura, d'un rapide coup d'œil derrière elle, qu'elle ne pouvait toujours pas être vue des sentinelles, et se glissa de l'autre côté.

Le vallon s'enfonçait à ses pieds, et la pente la protégeait encore de la vue des hommes de garde. Elle se remit à son étrange moisson. Prenant son temps, en tenant compte du vent et en considérant l'état de la végétation, elle choisit soigneusement l'endroit d'où elle ferait partir le feu, au pied de longues coulées d'herbes sèches que n'entravaient pas trop de bouquets de ronces ou d'arbrisseaux moins facilement inflammables.

Puis elle vint se placer auprès de l'andain constitué de tout ce qu'elle avait récolté. D'une poignée de tiges grisâtres, elle se fit une torche. Elle se redressa et prit une grande inspiration en laissant une dernière fois son regard courir en cercle sur la lande triste. La lune se couchait. Elle attendit que l'ombre se referme sur elle en écoutant attentivement le murmure ininterrompu des conversations des sentinelles, au-dessus d'elle. En se dressant sur la pointe des pieds, au travers de quelques branchages, elle avait brièvement aperçu le point rougeoyant d'une cigarette.

Enfin, elle estima le moment venu. Elle s'accroupit rapidement, craqua une allumette, l'introduisit dans le petit tunnel qu'elle avait ouvert au cœur de son tas d'herbe. Il lui sembla que la bourre de mousse sèche qu'elle y avait préparée mettait des heures à s'enflammer. Elle était prête à lâcher son allumette pour en craquer une autre lorsque jaillit une belle flamme blanche.

En quelques instants, l'andain entier était en feu. Et Marie, sa torche allumée à la main, se précipitait vers le deuxième tas qu'elle avait préparé. Il s'embrasait déjà lorsqu'éclatèrent des cris au-dessus d'elle. Il lui sembla entendre des ordres secs. Mais elle avait déjà bondi dans l'ombre et dévalait la pente, droit devant elle. Il y eut trois coups de feu. Dans sa course, Marie sourit. Puis elle biaisa légèrement dans la pente, sur sa droite, pour rejoindre le chemin. Bien malin, maintenant, qui la rattraperait.

Enfin, en franchissant le talus, elle osa un regard derrière elle. Elle avait réussi au-delà de toute espérance. L'étoupe de toute cette végétation folle, accumulée par tant de saisons et séchée par ce dernier été, jetait au ciel d'immenses gerbes de flammes blanches qui semblaient, loin autour d'elles, faire reculer la nuit.

Marie continuait de courir, la joie au cœur. Ils allaient voir, ce n'était pas possible autrement. Ils allaient comprendre. Ils allaient s'éclipser ou, s'ils ne le pouvaient pas, ils auraient au moins le temps de préparer leur défense. « Défends-toi, Vincent ! » répétait-elle, tout en courant, entre ses dents serrées. Et le bouillonnement de l'action effaçait en elle, pour une fois, toute inquiétude.

Enfin, elle atteignit le pied du vallon, l'endroit où le chemin pénétrait en forêt. D'un bond rapide de côté, elle s'éclipsa dans le sous-bois et, par prudence, s'y enfonça de quelques dizaines de mètres avant de remonter vers la lisière, au-dessus du chemin.

Le spectacle lui coupa le souffle. Le vallon entier brûlait. Les flammes l'avaient pris en écharpe. Elles n'avaient eu aucun mal à franchir le ruisseau au lit encombré de bois mort et de grandes touffes d'herbes sèches. Et elles étaient remontées sur l'autre versant, déployant, d'une lisière de la forêt à l'autre, un front gigantesque qui montait haut dans le ciel, jetant de folles lueurs blanches sur la colonne de fumée qui les dominait.

« Ils ne pourront pas ne pas voir », se réjouissait Marie. Elle s'adossa au tronc d'un hêtre et laissa agir la magie du feu. Elle ne pouvait plus détacher le regard de ce formidable embrasement dont les crépitements furieux emplissaient la nuit. Elle pensa brièvement aux soldats allemands laissés en sentinelles au-dessus des ruines de la ferme et sourit doucement à l'idée de la course folle qu'elle leur avait vraisemblablement imposée. « Ça leur apprendra ! » pensa-t-elle sans la moindre haine.

Mais elle était déjà ailleurs. A nouveau, dans les lueurs dansantes du feu, elle revoyait le grand pommier tordant pathétiquement ses branches. Le songe, pourtant, s'était évanoui, et cette fois, le souvenir était précis, bien réel. La Grande Guerre n'était pas finie. Les frères étaient encore dans les tranchées. Pour eux, pour leurs bœufs qu'elle était venue acheter là, chez la Jaquette Troche, en compagnie de l'oncle Gagnaire, la gamine qu'elle était s'était attaquée à la remise en état des prés abandonnés depuis le départ du père, en août 1914.

Avec l'aide d'Anne qui n'en menait pas large, elle avait mis le feu à l'une de ces tristes friches auxquelles l'espoir éteint avait fait abandonner beaucoup des meilleures terres. Un moment, un peu affolées, elles avaient cru que le brasier allait leur échapper. C'est là qu'elles avaient vu le grand pommier se tordre et se déformer dans les flammes et dans les intenses nuées d'air chaud qui l'environnaient. Cela n'avait été que l'inquiétude de quelques instants. Il était réapparu, à peine noirci, dès que les flammes s'étaient éloignées.

Et, l'année suivante, le bétail de Marie était revenu goûter son ombre et se gratter à son vieux tronc noueux. Le feu rédempteur avait fait de toutes ces mauvaises herbes et de ces ronces qui envahissaient le terrain un engrais dont s'était nourrie une belle herbe drue et épaisse que Marie aimait à fouler, attentive à la caresse presque sensuelle qu'elle déposait sur ses chevilles à chacun de ses pas.

Ainsi en serait-il dans les prés abandonnés de Jaquette Troche. Le feu se moquait des raisons pour lesquelles il avait été allumé. Rien ne comptait, pour ce feu gigantesque qui continuait de courir, loin devant, que l'ardeur qu'il mettait à accomplir son œuvre régénératrice.

Et Marie comprit tout à coup qu'elle attendait presque fébrilement qu'éclate l'inévitable fusillade. Comme ce brasier fou montant toujours plus haut vers le sommet du vallon, il fallait que les choses se fassent, il fallait aller jusqu'au bout. Il faudrait bien qu'un jour se détruisent de leur propre feu toutes ces forces nées et nourries du passé et qui ne subsistaient qu'en brisant les avenirs.

Il faudrait bien qu'un jour un feu soit tel que sa purification aille jusqu'au bout et que « plus jamais » ait enfin un sens. Plus jamais ces vieilles haines qui avaient rallumé la guerre, plus jamais de Vincent perdu au fond d'une forêt qui n'était pas son pays. Plus jamais la terrifiante réalité qui avait fait un chef de guerre du paisible Roland. Plus jamais d'espoirs si tranquilles et si raisonnables brisés par la folie des armes.

Plus jamais... Le silence de la nuit fut brutalement pulvérisé par les rafales d'armes automatiques qui se déchaînèrent loin au nord. Contre l'arbre auquel elle était restée adossée, Marie tressauta violemment comme si chacun de ces coups de feu l'avait atteinte. Puis elle se détendit et fut comme soulagée.

Sans la moindre inquiétude, elle se redressa vivement, tourna les talons et dévala à nouveau la pente, vers le chemin.

Elle fit un grand détour dans les bois pour éviter le camp et atteignit la vallée loin sous le bourg. Longtemps, très longtemps, la fusillade lointaine l'avait accompagnée dans sa marche nocturne. Puis les tirs s'étaient espacés jusqu'à s'éteindre, progressivement. Pas un seul moment, Marie n'avait douté.

La nuit pâlissait lorsqu'elle s'engagea sur la planche par laquelle on franchissait la rivière, sous l'ancienne gare, pour remonter par le petit sentier qui coupait droit dans la pente en suivant au plus près le lit d'un torrent maigre et nerveux.

En débouchant sur le plateau, Marie se figea. Il se passait quelque chose chez Anne. Tout était allumé chez elle, et la lumière crue que déversait ainsi chaque fenêtre jetait des reflets jaunâtres sur les carrosseries de deux voitures arrêtées devant la maison.

Prudemment, Marie s'approcha en veillant bien à ne pas s'écarter de l'ombre des arbres. Il y avait le couvre-feu. Et puis il y avait ce pain d'épices et ces cigarettes américaines. Elle déposa les trois paquets au pied d'un arbre et allait reprendre son avance prudente lorsqu'un nouveau flot de lumière jaillit dans la cour par la porte qui venait de s'ouvrir brutalement.

Il y eut quelques éclats de voix dont Marie ne parvint pas à saisir le sens. Mais elle eut le temps de voir un homme pousser brutalement devant lui son amie Anne et la forcer à s'engouffrer dans une des voitures. En quelques instants, celle-ci avait démarré, et les deux véhicules disparurent dans le chemin qui descendait au bourg.

La nuit fut rendue à son silence et Marie sentit tout à coup s'abattre sur elle tout le poids de sa fatigue. C'en était trop. Elle eût voulu se précipiter, savoir, hurler sa peine et sa douleur. Mais il lui semblait, en même temps qu'un dernier reste de prudence lui dictait d'attendre, qu'une prodigieuse inertie la rivait au sol et la rendait incapable d'un seul geste.

Tremblant comme une feuille, elle resta longtemps comme rivée au tronc de l'arbre contre lequel elle s'était appuyée. Elle dut faire un prodigieux effort sur elle-même pour retrouver un minimum de pouvoir de décision. Il était trop dangereux de se précipiter chez Anne. Ils y avaient peut-être laissé un guetteur.

Prudemment, se glissant d'une zone d'ombre à l'autre, Marie gagna les deux grands châtaigniers qui se dressaient devant sa ferme. Adossée au tronc de l'un d'eux, elle attendit encore un long moment pour s'assurer que rien ne bougeait dans la maison et pour retrouver toute la maîtrise d'elle-même. Enfin elle osa traverser la cour blanche sous la lueur blafarde de la lune et elle atteignit sa porte.

– Tu étais où?

Victor était assis à la table, dans l'obscurité. Elle avait sursauté.

– Tu m'as fait peur, dit-elle.

– Il y a de quoi.

Il s'adressait à sa mère d'un ton dur, plein de colère, qui la surprit.

– Qu'est-ce qui s'est passé ici?

– Si tu avais été là, tu le saurais.

– Eh bien, je n'étais pas là. Et tu n'as pas de comptes à me demander. Dis-moi ce qui s'est passé.

Dans l'ombre, elle devina tout le reproche et la rancune qu'exprimait le regard que Victor osait lever vers elle.

– Alors ? dit-elle sèchement en s'interdisant, malgré sa fatigue, de s'asseoir en face de lui.

Il y eut encore un temps de silence, trop long. Mais, à ne pas le quitter des yeux, elle sentait la volonté de son fils céder peu à peu.

– Voilà, dit-il enfin. J'ai d'abord été réveillé par une fusillade. C'était dans les bois, loin, au nord. Il y avait des grandes lueurs, comme un incendie.

– Je sais, coupa-t-elle sèchement. Je ne suis ni sourde ni aveugle. Et après ?

– Après ? reprit Victor. J'étais à peine rendormi qu'il y a eu un bruit de moteur. Je suis allé voir. Quand j'ai compris que c'était chez les Guillard, je suis vite rentré et je suis monté au grenier. J'ai tout vu par la lucarne. C'étaient des hommes en uniforme noir avec des bérets. Ils ont fouillé toute la maison. A ce qu'il m'a semblé, ils ont dû trouver quelque chose d'important dans le grenier. Ils s'en sont d'abord pris à Louis. Je crois bien qu'ils ont commencé à le tabasser. Alors j'ai entendu ma marraine leur crier d'arrêter. Elle a ajouté quelque chose que je n'ai pas compris. Presque tout de suite après, ils sont sortis en la poussant devant eux et en emportant une sorte de valise. Et ils sont partis. Pourquoi tu n'étais pas là ? Pourquoi le Phonse n'est pas là ?

Il y eut du mépris dans le regard qu'elle jeta à son fils.

– Ça aurait changé quelque chose, d'après toi ? Maintenant, va te coucher. C'est tout ce qu'il te reste à faire.

Restée seule, Marie demeura encore un long moment aux aguets. Plus rien ne vint. Alors, lentement, à pas lourds, se sentant comme vaincue, elle monta vers sa chambre.

A l'est, les futaies qui coiffaient les collines se détachaient en créneaux de jais sur l'or fin dont s'habille le ciel, en prélude à l'aube.

11

Vincent avait glissé les mains sous les bretelles de son sac. Elles lui cisaillaient les épaules. Légèrement penché en avant, les dents serrées, il s'efforçait de ne penser à rien d'autre qu'à ses pas qu'il enchaînait péniblement, l'un après l'autre, et aux talons de l'homme qui le précédait, qu'il ne quittait pas des yeux.

Ils marchaient depuis une bonne heure et il savait qu'il en faudrait encore plusieurs avant qu'ils n'atteignent la sécurité d'une cache. Du moins, le temps qui passait les avait-il peu à peu rassurés. Même si les Allemands avaient localisé le lieu du parachutage, chacun de leurs pas rendait plus improbable une attaque. Ils étaient maintenant trop loin, pensaient-ils, trop perdus dans l'immensité de la forêt.

Restait à se cramponner, à serrer les dents, à ignorer les douleurs et à marcher, marcher et toujours marcher, sous le poids démesuré des armes dont le cliquetis, dans le dos des hommes, rythmait leurs pas lourds.

Tout à coup, il y eut trois coups de feu, loin, derrière eux, qui les firent sursauter et hâter le pas.

– Le feu, derrière!

Le mot avait couru tout le long de la colonne. L'un après l'autre, sans ralentir leur marche, ils eurent une douloureuse rotation du torse, pour voir. Une immense lueur rougeâtre montait déjà haut dans le ciel, illuminant la base d'un énorme rideau de fumée.

« C'est vers la ferme Troche. C'est Marie, pensa Vincent. Elle a voulu arrêter les Boches. Ou alors, elle nous prévient qu'ils sont à nos trousses. » Dans l'obscurité, il chercha leur chef. Mais il était loin devant. Et la colonne continuait d'avancer. On avait simplement pressé le pas. « Il faut nous couvrir, faire quelque chose », se répétait-il, dents serrées, tendu comme une corde. « Elle nous prévient. On ne peut pas l'ignorer. Pourquoi elle aurait mis le feu ? » Mais aucun ordre ne venait. Et l'on avançait toujours en ligne, comme si de rien n'était, dans l'oppression d'un silence lourd et inquiet.

Le feu montait maintenant si haut dans le ciel nocturne qu'il ne leur était plus nécessaire de se retourner pour avoir conscience des folles lueurs qu'il lançait au plus profond des feuillages.

Le brutal déchaînement d'une fusillade, dans leur dos, de l'autre côté du petit vallon qu'ils venaient de traverser, les figea de stupeur. Il y eut un long moment de flottement. Puis l'ordre bref courut au long de la colonne : « Tout le monde dans le taillis. » Ils s'y précipitèrent dans un grand froissement de branches et de bois mort craquant sous les pieds. Muets, ils restaient serrés les uns contre les autres, oublieux de leur chargement, le regard angoissé tourné vers ce feu rageur qui ne faiblissait pas et vers ces grandes lueurs orangées qui embrasaient le ciel, au sud.

Il fallait aller voir ce qui se passait. Vincent se porta volontaire. Ils étaient quatre hommes à se faufiler dans le sous-bois, le fusil à la main, la gorge serrée d'angoisse. Devant eux, les tirs se faisaient de plus en plus hargneux. Ils retraversèrent le ruisseau dans lequel, quelques minutes plus tôt, ils avaient pataugé, et entreprirent prudemment l'escalade de l'autre versant. C'était là, juste en face d'eux, sur la crête, à moins de cent mètres. Ils s'étaient aplatis au sol et, côte à côte, cherchaient à comprendre.

– Ecoutez ! Une Sten, là, légèrement à droite. Ce sont les nôtres.

Ils tendirent l'oreille. C'était bien le bruit caractéristique d'une mitrailleuse Sten.

– On y va !

D'arbre en arbre, pliés en deux, ils progressèrent.

– Là !

A l'abri sommaire d'un léger repli de terrain, quelques silhouettes à plat ventre ne se distinguaient des buissons que par les lueurs lointaines de l'incendie sur lesquelles se dessinaient fugitivement leurs silhouettes, par les soubresauts qui les agitaient et par les courtes flammes rageuses qu'émettaient presque sans discontinuer leurs armes.

Ils les rejoignirent en rampant.

– Roland !

Vincent venait de reconnaître son chef.

– Qu'est-ce que vous foutez là ?

– On est venus en éclaireurs voir ce qui se passait.

- Les armes ! Elles sont où ?

– Sous bonne garde, de l'autre côté de la vallée.

– Deux d'entre vous repartent chercher dix hommes bien armés en renfort. Les autres se retranchent autour des armes.

Deux silhouettes, déjà, se glissaient dans l'ombre, redescendant vers le ruisseau.

– Riche idée que j'ai eue de rebrousser chemin, grondait Roland. Vous alliez vous faire prendre comme des lapins. Attends voir ! On va leur mettre une avoinée, je ne te dis que ça !

Il parlait sans lâcher son arme et sa voix, dans le vacarme de la fusillade, parvenait étrangement hachée à Vincent qui s'était posté près de lui.

– Ce feu, dit-il encore. Tu as vu ce feu ? Vous n'aviez pas compris ?

– Le chef a continué.

Roland ne releva pas. Consciencieusement, à rafales brèves, ils couvraient tout le terrain devant eux, cherchant à discerner les silhouettes que leur révélaient parfois les lueurs de l'incendie. Alors, ils s'acharnaient sur ce point précis au-dessus duquel il arrivait que jaillisse brièvement une silhouette désarticulée qui retombait en gémissant.

– Ce feu, reprit enfin Roland, c'est Marie. Elle vous prévenait. C'est tellement d'elle ! Tu avais compris, toi ?

– Bien sûr, fit simplement Vincent, sans quitter des yeux les broussailles qu'il arrosait du feu de son arme.

– Sacrée Marie ! dit encore Roland.

Et Vincent aima la chaleur un peu gouailleuse que son chef avait mis dans ces deux mots.

– Couvre-moi. Je recharge, dit Roland.

Il se redressa légèrement pour atteindre sa musette pleine de chargeurs. Il eut un bref ahanement étouffé. Vincent, surpris, coula un œil vers lui juste à temps pour le voir s'effondrer.

– Roland !

– Ne quitte pas ton poste. Prends mon arme.

C'était encore un ordre. Mais il y avait comme des sanglots dans cette voix l'instant d'avant si rieuse. Vincent obéit la gorge nouée. Il fallait s'en sortir, vite. Mais les autres, en face, comme s'ils avaient pressenti ce qui venait de se passer, redoublaient d'agressivité.

– Attention. Ils cherchent à nous contourner. On ne tiendra pas le coup. Les autres n'auront pas le temps de venir jusqu'à nous. Il faut se replier vers eux.

– Et lui ?

L'homme qui venait de parler se glissa jusqu'à Roland.

– On ne peut pas l'emmener. Il faut l'abandonner.

Alors la résolution de Vincent fut prise. Sans un mot, il mit son arme en bandoulière et, prenant Roland sous le bras, le tirant à lui, lentement, très lentement, il s'enfonça sous l'épais buisson qui fermait leur réduit.

Rapidement, la fusillade, sans rien perdre de son intensité, s'éloigna d'eux. De sa cache, Vincent vit quelques silhouettes furtives passer en trombe devant lui, à l'endroit même où Roland venait d'être touché. Puis ce fut, autour d'eux, un calme d'autant plus terrifiant que la bataille continuait avec la même âpreté, de l'autre côté du vallon.

Roland avait perdu connaissance. Mais il vivait. Vincent l'installa du mieux qu'il le put et, l'arme à la main, tendu comme une corde, il dut se résoudre à attendre. Longtemps, l'intensité du feu resta telle qu'il fut incapable de comprendre ce qui se passait à quelques centaines de mètres d'eux. Puis, tout à coup, il réalisa que le hoquet nerveux des Sten avait pris le dessus en se rapprochant. Il y eut même quelques éclats de voix, des ordres brefs en français qui lui confirmèrent enfin que ses amis avaient l'affaire bien en main et ne se cachaient même plus.

Le feu cessa d'un coup. « Ils vont revenir. Ils vont venir chercher Roland », se répétait Vincent en se persuadant d'attendre encore. Il y eut, sur le chemin en dessous de lui, un bruit sourd de course désordonnée. « Les Allemands qui se replient », pensa-t-il.

Et ce fut tout. S'était-il assoupi, vaincu par la fatigue et l'effroyable tension ? Alors qu'une vague lueur annonçait l'aube, à l'est, il réalisa tout à coup qu'il était seul, auprès du corps toujours immobile de Roland. Il se glissa prudemment hors de sa cache. Plus rien ne bougeait. Au sud, les lueurs de l'incendie avaient disparu et seuls quelques pépiements inquiets d'oiseaux au réveil habitaient le silence de la forêt.

Probablement plus soucieux du précieux chargement d'armes à mettre à l'abri que de leurs vies, personne n'avait pris le risque de venir les chercher. L'abattement allait avoir raison de Vincent lorsqu'il s'entendit appeler faiblement. Roland n'avait pas bougé mais ses yeux grands ouverts brillaient dans l'ombre du fourré.

– On est seuls ?

– Oui.

– Les autres ont pu décrocher ?

– Oui.

– Pourquoi tu ne les as pas suivis ?

– Je n'ai pas voulu vous abandonner.

Roland ferma les yeux. Le reproche qu'attendait Vincent ne vint pas. Il fallait qu'il soit bien faible.

– Je suis fichu, dit-il d'une voix sourde. Ça ne servait à rien.

– Non, vous n'êtes pas fichu. Je suis étudiant en médecine. Je sais de quoi je parle. Je vais vous soigner.

Une sorte de rictus amer tira les traits creusés du visage de Roland.

– Et avec quoi allez-vous me soigner, monsieur l'étudiant? parvint-il encore à ironiser.

– D'abord, il faut que vous soyez mieux installé. Je vais aller chercher du secours au pays.

– Et tu vas te faire pincer. C'est hors de question. Je te l'interdis. Et d'ailleurs, il ne faut pas que tu restes là. Les Allemands vont revenir. Ce serait étonnant qu'ils aient pu emporter leurs morts, pendant la nuit. Et ils ont dû en avoir. On a fait le nécessaire. Maintenant tu vas filer. Tu ne dois pas te faire prendre.

– Je ne vous abandonnerai pas.

– Tête de cochon!

– Que dirait Marie si je vous abandonnais? Jamais plus je ne pourrais me présenter devant elle.

Très lentement, Roland tourna la tête vers le jeune homme. Son regard était étonnamment paisible et Vincent sut, au sourire qui l'illuminait, qu'il avait touché juste en évoquant Marie.

– C'est bon, dit Roland. Il y a, pas bien loin d'ici, une cabane de chasseurs. Tu pourras m'y porter?

Ils mirent plusieurs heures à l'atteindre. Vincent avait réussi à hisser Roland sur son dos. Mais, malgré toute son énergie et sa farouche détermination, il lui fallut s'arrêter à plusieurs reprises, juste avant que ses jambes ne fléchissent sous lui. Au début, Roland avait essayé de l'aider. Mais ses forces déclinaient vite. Vincent sentait sa chemise se mouiller du sang qui s'échappait de la vilaine plaie qu'il avait au flanc droit. Bientôt, Roland ne chercha même plus à retenir les gémissements de douleur que lui tirait leur marche chaotique. Puis il se tut en même temps qu'il devenait un poids mort totalement flasque et inerte sur le dos de Vincent.

Ce fut une chance si, dans son épuisement, et se raccrochant désespérément aux quelques explications que lui avait données Roland avant de perdre connaissance, Vincent aperçut, entre les feuillages, un coin du toit de l'abri de chasse. C'était une petite cabane de planches un peu écrasée sous un lourd toit de tuiles descendant très bas sur ses flancs que ne perçait qu'une seule fenêtre. La porte s'ouvrait dans le pignon. Vincent dut poser son fardeau sur le sol, où il resta inerte, et se battre longtemps contre la serrure avant qu'elle ne cède.

L'intérieur de la cabane empestait le moisi et la cendre humide. Vincent ouvrit la fenêtre en grand. Il y avait une table entourée de deux bancs au milieu de la pièce, un petit poêle à bois en face de la fenêtre et, contre le pignon opposé à la porte, une sorte de couchette au pied de laquelle on avait roulé une paillasse de toile grise. Vincent la réinstalla ; elle n'était pas trop humide. Il dut relever le corps de Roland et ne parvint à l'étendre sur cette couche sommaire qu'au prix d'efforts qui le laissèrent sans force.

Et maintenant ? Il se laissa tomber sur le bout d'un des bancs et s'affala sur la table. Il savait les gestes qu'il lui fallait faire. Il savait aussi tout ce qu'aurait de vain son diagnostic sans le moindre pansement sous la main. Il savait encore toute l'énergie dont il allait avoir besoin et dont il se sentait totalement vidé.

Il dut rester longtemps ainsi, prostré sur la table, la tête dans ses bras repliés. Lorsqu'il se redressa, Roland avait repris connaissance. La tête légèrement penchée, allongé sur sa couche de fortune, il portait sur lui un regard infiniment las. Un faible sourire parvint pourtant à l'éclairer lorsque Vincent se tourna vers lui.

– Je suis bien, là, dit-il faiblement. Ça va aller.

Vincent lui sut gré de savoir mentir ainsi. Il fallait continuer, faire comme si l'initiative lui appartenait encore. Il fallait donner le change. Il se leva en balayant des yeux l'intérieur de la cabane. Il y avait bien, à gauche de la porte, une sorte de pierre d'évier au-dessus de laquelle avait été étendu un torchon apparemment propre. Mais il n'y avait évidemment pas d'eau. Il sortit, fit le tour de la petite construction et trouva un fût dressé sous la descente de gouttière. Le couvercle était à peu près étanche et l'eau semblait claire. De toute façon, il n'avait pas le choix. Il lui fallut encore trouver une bassine, la rincer soigneusement. Lorsqu'il vint la poser au chevet de Roland, celui-ci semblait dormir. Il ne réagit que très faiblement lorsque Vincent, à gestes infiniment doux et légers, entreprit d'ouvrir la chemise et de laver la plaie. Lorsqu'il eut fini, Roland ouvrit les yeux.

– Alors, docteur?

Le sourire que Vincent parvint a mettre dans son regard dut être assez convaincant.

– Ça ira. On va vous sortir de là, dit-il.

A moins que Roland, sans illusion, n'ait préféré s'en tenir au jeu des pieux mensonges qu'il avait lui-même entamé. Il ferma les yeux et sembla replonger dans le sommeil.

Alors Vincent sut qu'il était au bout des gestes en son pouvoir. Il ne lui restait plus qu'à attendre, les mains vides, que l'hémorragie fasse doucement son œuvre de mort. Si rien n'était tenté, ce n'était plus qu'une question d'heures.

12

Un jour triste et gris pesait sur la vallée dont il noyait les contours et effaçait les ombres. Marie avait peu dormi. La pensée d'Anne ne l'avait pas quittée. Très tôt, n'y tenant plus, elle traversa le pré qui séparait les deux maisons.

Louis et Jeanne s'activaient déjà en silence autour de la table. Les rideaux du lit du père, dans l'ombre, au fond de la grande pièce, étaient encore tirés. Avait-il seulement réalisé ce qui s'était passé la veille au soir ? Jeanne avait encore les yeux rougis de larmes et Louis faisait plus que jamais penser à un chien battu. Marie n'eut pas à questionner. Ils s'étaient assis et, d'un geste, l'avaient invitée à en faire autant.

– Ils ont trouvé sa radio, dit Louis.

– Sa radio ?

Il opina lentement du chef.

– Elle assurait les liaisons pour le maquis depuis 1942. Sûr que ça devait mal finir.

– Ils ont dit où ils l'emmenaient ?

Il eut un bref haussement d'épaules.

– Ils n'ont rien dit du tout, tu penses ! Des Français ! Les fumiers ! Ils m'ont d'abord accusé. Ils ont commencé à me tabasser. S'il n'y avait pas eu le gamin, j'aurais tout pris sur moi. Mais là... Elle a tout de suite avoué que c'était elle. Alors, ils m'ont lâché et ils l'ont embarquée, sans rien dire d'autre.

Marie était rentrée chez elle avec des idées de mort dans la tête. La journée s'était traînée comme une éprouvante corvée. Il lui semblait qu'à tant vouloir cette action, c'était elle qui avait déclenché l'épouvantable cataclysme dans lequel sombrait tout son univers. Anne... La pensée de son amie ne la quittait pas. Elle ne parvenait pas encore à concevoir que l'Huis Maugrit puisse continuer de vivre sans la présence discrète et souriante d'Anne. Existait-elle, elle-même, sans cette permanente réponse à son énergie débordante qu'était la pondération d'Anne ?

Marie, en serrant les dents, s'était attelée à ses tâches quotidiennes. Malgré sa fatigue, elle s'abrutissait de travail. Une véritable douleur physique la déchirait pourtant de plus en plus, alors que, d'heure en heure, montait en elle l'effroyable conscience du vide.

Et puis, il y avait Roland et Vincent. Pour la première fois depuis qu'elle connaissait leurs activités dans le maquis, elle avait peur. Avec les heures qui passaient, sa froide certitude d'avoir donné au maquis le moyen de se protéger en incendiant le vallon se muait en un noir pressentiment. Elle en oubliait que Roland était censé avoir pris ses distances. Dans le chaos qui l'assaillait de toutes parts, elle ne parvenait plus à trouver le ressort de la sagesse et cédait au dangereux vertige de la panique.

Si seulement elle avait su ! Mais dans l'état de fatigue, d'ignorance et de désarroi qui était le sien, elle ne parvenait plus à envisager autre chose que les hypothèses les plus noires et les plus pessimistes.

– Vincent !

Elle sortait de la maison lorsqu'elle le vit arriver, hâve, les joues creuses mangées d'une barbe de trois jours, le sourire éteint. Et elle vit tout de suite la large marbrure brune qui tachait sa chemise.

– Qu'est-ce qui t'est arrivé ? Tu es blessé. Vite, viens.

Déjà, elle reprenait l'initiative et voulait l'entraîner. Il dut la forcer à s'arrêter.

– Vite, dit-il à son tour. C'est Roland.

– Mais ça ? insista-t-elle en montrant la chemise souillée.

– C'est son sang à lui, quand je l'ai porté. C'est grave. Venez vite, implorait-il.

– Où est-il ?

Enfin, Marie revenait aux réalités. D'être à nouveau dans l'action malgré le ton angoissé de Vincent, lui paraissait comme un arrachement libérateur aux voiles épais dans lesquels elle se débattait vainement, quelques instants auparavant.

– Il faut des pansements, de quoi désinfecter, disait Vincent.

Elle enfournait à la hâte dans une musette toutes les toiles qui pouvaient être utiles, hésitait un instant puis repensait à cette bouteille de calvados que Roland ne sortait qu'aux grandes occasions. Faute d'alcool... Elle ajoutait une miche de pain, un saucisson et quelques tranches de jambon cru, une gourde de vin et de l'eau.

– Allons, dit-elle.

Vincent avait évité de s'asseoir de peur de ne pas pouvoir se relever. Il parvint encore à régler son pas sur les longues foulées souples de Marie. Lorsqu'ils atteignirent la cabane, Roland geignait doucement sur sa couche largement souillée de sang. Lorsqu'elle se pencha sur lui, la crispation de tous ses traits, qui faisait de son visage celui d'un vieillard, s'effaça quelques instants. Elle sut qu'il l'avait reconnue et la flamme fugitive qui alluma son regard fit monter les larmes au bord des yeux de Marie.

– Repose-toi, dit-elle à Vincent. Je m'occupe de lui.

Il fit « non » de la tête, énergiquement.

– Je suis étudiant en médecine, dit-il une nouvelle fois, comme s'il puisait, dans cette jeune obligation de soigner, le reste d'énergie qui allait lui permettre d'accomplir les gestes salvateurs.

Surprise, Marie s'écarta et, docilement, obéit sans sourciller aux ordres brefs qu'il lui donnait. Il lava soigneusement la plaie. Lorsque, sans hésiter, il versa directement sur elle une bonne rasade de calvados, le corps de Roland eut une brutale contraction. Il avait cessé de geindre. Il fallut que Marie le soulève par les épaules pendant que Vincent réalisait du mieux qu'il le pouvait un pansement de compression. Lorsqu'elle le reposa, il n'eut aucune réaction. Il avait totalement perdu connaissance.

Enfin, Vincent se redressa. Il était blême, et Marie eut peur de ces orbites mangées d'ombre, presque noires, au fond desquelles son regard bleu s'était réduit à la brillance un peu trouble de deux points dépourvus de la moindre expression.

– L'hémorragie doit être arrêtée, dit-il. Mais il a perdu tellement de sang...

Marie retint la question qui lui brûlait les lèvres. La poser était déjà douter. Il fallait croire, éperdument.

– Il est fort, dit-elle. Il s'en sortira.

Vincent se redressa lentement. Il ne trouvait plus en lui la force de nier la vérité et il eut une moue pessimiste qui glaça Marie d'effroi.

– Repose-toi, maintenant, implora-t-elle.

Elle n'eut pas à insister. L'atroce enchaînement des gestes auxquels il s'était astreint, dents serrées, depuis que Roland avait été touché jusqu'à cette épingle de sûreté par laquelle il avait fermé son pansement, était enfin terminé. Plus rien ne nourrissait le filet de plus en plus ténu et de plus en plus douloureux du flot d'énergie qu'il avait désespérément puisé en lui jusqu'à cet instant ultime. Il s'effondra sur le banc. Son front émit un bruit mat en venant heurter le plateau de la table. Il ne sentit rien. Il dormait déjà.

Un verre de vin, une miche de pain et un morceau de saucisson posés à même la table furent les premières choses dont il reprit conscience. Il lui fallut encore un long moment avant que ne lui vienne à l'esprit la question de savoir ce qu'il faisait là, la tête dans les bras, le dos douloureux à force d'être voûté et ces victuailles devant le nez. « Marie, réalisa-t-il enfin. C'est bien elle d'avoir pensé que j'aurais faim en me réveillant ! » Et puis, par bribes, tout lui revint en détruisant le sourire tendre de cette première pensée.

Le crépuscule cédait déjà les angles de la cabane aux

ombres de la nuit. En se redressant doucement, Vincent comprit qu'il avait dormi tout l'après-midi. Son regard, encore flou, se perdit longtemps dans les jeux d'ombres du sous-bois qui débutait juste derrière la fenêtre. Marie ne le quittait pas des yeux. Il en avait une conscience très claire mais n'osait pas encore affronter la vérité.

Il lui fallut attendre que se dissipent les dernières brumes du sommeil pour trouver enfin en lui le courage de se tourner vers elle. A sa grande surprise, dans son regard très grave brillait une flamme vive qui ressemblait à de l'espoir.

– Il n'a pas repris connaissance. Mais il vit.

C'était déjà tant!

Sans un mot, Vincent vint prendre le pouls.

– Il est régulier, dit-il, mais faible, très faible.

Il préféra ne pas voir l'ardente interrogation que les yeux noirs de Marie dardaient sur lui.

– Merci, dit-il en sortant son couteau et en s'attablant.

Il venait de prendre conscience de l'énorme faim qui lui torturait l'estomac.

Marie vint s'installer en face de lui. Elle se servit à boire. Ils coupèrent le pain et le saucisson et mangèrent en silence. L'ombre s'épaississait. Vincent prit sur le poêle une bouteille dans laquelle on avait fiché une bougie. Sa lumière sautillante les enferma dans son halo étroit aux marges duquel se mit à vivre tout un peuple étrange de formes dansantes. Il prit soin d'éloigner le bougeoir improvisé pour qu'elles n'atteignent pas la couche sur laquelle reposait Roland.

– Ainsi, dit Marie, tu es étudiant en médecine?

– J'étais, rectifia-t-il. J'étais en troisième année. Si je n'avais pas dû filer, à l'heure qu'il est je serais interne.

Pour la première fois, il y avait de l'amertume dans sa voix. Il s'était redressé et son regard avait fui vers la fenêtre dont les carreaux scintillaient parfois doucement en accrochant les reflets de la bougie. Marie ne le quittait pas des yeux. Un impérieux désir de savoir brûlait en elle. Elle ne se demanda pas pourquoi cela lui paraissait tout à coup essentiel.

– Tu étais à Dijon? osa-t-elle.
Il ne parut ni surpris ni gêné par sa question.
– Non, dit-il. Je suis parisien.
« J'ai envie de savoir parce qu'il a envie de parler », pensa-t-elle.
Il se leva et se fondit dans l'ombre vers la couche de Roland. Lorsqu'il réapparut, il eut une moue pessimiste.
– Le pouls est toujours régulier, dit-il. Mais il est de plus en plus faible. Il a perdu trop de sang.
– Quoi faire? demanda-t-elle.
– Rien, dit-il. Il est intransportable. Il faudrait pouvoir le mettre sous perfusion pour l'aider à tenir le coup.
– Alors?
– Alors, il faut attendre. Le seul espoir, c'est sa force. Il est solide. Son organisme parviendra peut-être à tenir le coup, le temps que le sang se renouvelle.
Elle ne fut pas dupe. Ils étaient prisonniers de cette forêt et de la bataille qui s'y livrait. Retranchés derrière un espoir étonnamment fragile, ils veillaient en fait les dernières heures de Roland. Un bref instant, Marie s'étonna de son propre calme, un peu indifférent. L'émotion ne venait pas; elle se faisait l'impression de participer par accident à un drame qui ne la concernait pas.
Vincent s'était réinstallé sur le banc, en face d'elle. Il jouait machinalement avec son couteau. « Pauvre gamin », pensa Marie, et elle eut tout de suite conscience de l'absurdité de sa réflexion. Vincent, pourtant, lui faisait pitié. Et l'envie la brûlait de comprendre ce qui l'attirait avec tant de force vers ce Parisien devenu si semblable à eux-mêmes.
– Tes parents savent où tu t'es caché?
– Ma mère, rectifia-t-il. C'est ma mère qui m'a envoyé par ici.
– Ta mère? Tu veux dire que ton père n'est pas au courant?
– Je n'ai pas de père.
Les mots avaient claqué avec une rudesse qui surprit Marie. Ils lui laissaient tout à coup entrevoir la

complexité d'une vie qu'elle n'aurait jamais imaginée derrière le regard clair et rieur de ce grand gamin. Il vit son étonnement et se crut obligé de continuer.

– Je n'ai jamais connu mon père. C'est ma mère qui m'a élevé.

– Seule ?

Il acquiesça lentement de la tête.

– Tu n'as pas d'autre famille ?

– Non, dit-il. Du moins, je ne crois pas.

Atterrée, Marie voyait défiler devant ses yeux le spectacle pitoyable de ces femmes seules et misérables, rejetées par tous, élevant quelque enfant du péché dans de sordides masures. Cela cadrait si peu avec l'image qu'elle s'était faite de Vincent !

– Tu as été très malheureux, alors ? demanda-t-elle naïvement.

Il eut l'air sidéré.

– Malheureux ? dit-il. Pourquoi ? Oh, si c'est ce que vous voulez dire, ça n'a jamais été la grande fortune, à la maison. Mais, pour le reste, bien sûr que je n'ai jamais été malheureux. J'aurais bien aimé avoir un père, comme les autres. Mais je m'entends si bien avec ma mère. Et puis, nous avons des amis.

Près de deux ans terré au fond de la forêt morvandelle, loin de cette mère et de ces amis, ne l'avaient pas encore déshabitué d'en parler au présent.

– Tu as de ses nouvelles ?

Il eut un large sourire.

– Oui, assez régulièrement, par des amis.

Mais le sourire s'était aussitôt éteint.

– La vie est dure à Paris, dit-il. Elle souffre peut-être plus que nous ici.

Il ne vit apparemment pas ce qu'il y avait de dérisoire dans ces mots qu'il avait prononcés avec une conviction triste. A son regard perdu dans d'inaccessibles lointains, Marie comprit que la seule pensée de sa mère avait totalement effacé en lui la conscience du lieu où ils se trouvaient et des circonstances qu'ils vivaient. Elle eut tout à coup très envie de connaître cette mère qu'elle jalousait presque.

– Si elle n'a personne d'autre, pourquoi ne s'est-elle pas réfugiée par ici ? demanda-t-elle. On l'aurait accueillie comme les autres.

– C'est ce que je lui ai dit à plusieurs reprises, dit Vincent. Mais elle n'a jamais voulu. Je ne sais pas pourquoi.

– Et le Morvan, pourquoi le Morvan ?

Il eut l'air surpris.

– Eh bien, oui, insista Marie. Pourquoi t'envoyer dans nos forêts plutôt qu'ailleurs ?

Il eut un geste vague de la main.

– Elle m'a simplement dit qu'elle m'expliquerait un jour. On n'avait pas trop le temps. Il fallait faire vite. Mon idée était plutôt les Alpes ou le Massif Central. Elle n'en a pas démordu. Elle me disait que c'était moins loin, que j'y serais tout aussi bien caché, qu'elle préférait ça. Elle m'a donné des indications très précises, comme si elle connaissait. Alors, comme je n'avais pas de raison de lui refuser et que je sentais que ça la rassurerait, j'ai accepté son idée du Morvan.

– Ta mère connaît le Morvan ?

Il paraissait toujours aussi inconcevable à Marie que dans le vaste monde qu'elle pressentait au-delà de ses collines, on puisse avoir une idée précise de son pays.

– Tout ce que je sais, dit Vincent, c'est qu'elle y est née. Je l'ai vu sur les papiers d'état civil, comme tout le monde. Mais je ne sais pas si elle y a vécu. Je lui ai demandé. Elle a parlé d'autre chose. Depuis, je me pose la question. Ma mère n'a jamais voulu me parler de sa jeunesse. Et pourtant, je sais qu'elle n'a pas eu beaucoup de mal à rétablir le contact avec moi. Comme si elle savait à qui s'adresser, dans le pays.

Tout à coup, Marie s'était raidie. Toutes ces confidences qu'elle n'avait pas demandées à Vincent lui faisaient pressentir qu'elle avait involontairement touché la corde sensible. Elle devinait, derrière ce visage de gamin que seul le drame de Roland avait pu dépouiller de son sourire, le vide immense des questions essentielles restées depuis toujours sans réponse. D'où venaient-ils, sa mère et lui ? Et qui était-il lui-même, à qui avait toujours manqué les amers auxquels se repère ordinairement l'adolescence ?

Peu à peu se démêlait en elle l'écheveau de toutes ces forces étranges qui la poussaient irrésistiblement, depuis qu'elle l'avait vu venir à elle le long de son champ, vers ce grand jeune homme blond dont elle comprenait enfin tout ce que, à son insu, son instinct de mère voulait lui donner.

Mais, en même temps, une autre évidence, autrement plus grave, prenait peu à peu corps en elle. De tout son être, elle commença par la rejeter. Il y avait à la fois tant d'improbabilités et tant de douleurs à réveiller qu'il lui fallut un long moment pour admettre qu'elle devait savoir. Elle dut encore faire un gros effort sur elle-même pour parvenir à poser la question dont tout dépendait.

– Ton nom, dit-elle, c'est quoi, ton nom ?

Vincent se levait. Un pas vers la couche sur laquelle reposait Roland suffit à le faire manger par l'ombre.

– Gagnaire, dit-il. Vincent Gagnaire.

Il resta longtemps au chevet de Roland.

Lorsqu'il réapparut dans le halo jaunâtre de la lumière que dispensait la bougie, Marie, qui n'avait plus dit un mot, lui apparut blême, le regard fixe, étrangement droite et raide sur son banc. « Elle a compris », se dit-il.

– Le pouls est de plus en plus faible. Mais on le sent encore bien, régulièrement, prononça-t-il sur un ton qu'il voulait professionnel mais qui ne parvenait pas à dissimuler la boule d'émotion qui lui barrait la gorge.

Elle n'eut pas la moindre réaction. Il se pencha vers elle et lui posa la main sur le bras.

– Ça ne va pas ? demanda-t-il.

Son geste avait paru la tirer d'un profond sommeil. Elle sursauta légèrement, tourna vers lui un regard livide et se força à un pauvre sourire. Puis, sans un mot, elle se leva et s'enfonça à son tour dans l'ombre au fond de laquelle Roland s'éteignait doucement.

La main de son mari, qu'elle enserra doucement dans

les siennes, lui parut glacée. Elle s'était agenouillée lentement au bord de la couche. Elle posa doucement la tête sur leurs mains ainsi jointes. Jamais Roland ne saurait. Jamais elle ne pourrait lui révéler la teneur de ce secret dont elle avait porté le fardeau tant d'années et qui avait été la seule ombre portée sur leur union. Jamais Roland ne connaîtrait son fils, le fils de Lucienne dont le pauvre paria qu'il était à l'époque n'avait pas compris pourquoi elle avait échappé à son amour fou...

Les larmes vinrent. Et Marie, rompue de fatigue, d'émotions et de douleurs, s'y abandonna longtemps, silencieusement.

Puis lui vint tout à coup la pensée de Vincent. Elle sentait sa présence, dans son dos, à la table où il était resté assis, immobile, respectueux de sa peine. Il fallait lui dire. Mais comment lui dire? Que lui dire? Et, d'ailleurs, fallait-il lui dire?

Marie s'était redressée et, sans lâcher la main de Roland qu'elle tenait toujours étroitement enserrée dans les siennes, réfléchissait intensément. Peu à peu, le sens des réalités reprenait le pas sur l'émotion.

Il y avait Bernadette. Marie repensait aux mots grondeurs d'Anne la mettant en garde contre ce qui pourrait bien advenir des regards trop tendres que ces deux-là s'échangeaient. Et son insouciance un peu complice lui faisait tout à coup froid dans le dos. Pouvait-elle savoir qu'ils étaient demi-frère et sœur? Il ne fallait plus... Il fallait que Vincent sache. Il ne fallait pas que, comme son père, il reste toute sa vie sur la douleur d'un amour inexplicablement brisé.

La résolution de Marie fut sur le point d'être prise. Toujours agenouillée et tenant la main de Roland, elle esquissait déjà le geste de se retourner pour l'appeler.

Mais il y avait la ferme de l'oncle Gagnaire. L'idée lui en était tout à coup venue et avait été une sorte de grand choc. Le testament de l'oncle, chez le notaire, était très clair. Marie gardait l'usufruit de la maison, de la menuiserie, des bâtiments de ferme et des terres d'Armand Gagnaire tant que Lucienne, la fille de ce dernier, ne réapparaissait pas. Et si tel n'avait pas encore été le cas à la mort de Marie, le tout revenait en pleine propriété à ses enfants.

Dans l'ombre, Marie se tenait très droite, insensible à l'ankylose de ses genoux, sur le sol rugueux. Parler, au risque de perdre la ferme de l'oncle; se taire, au risque du malheur de sa fille... Vincent, vers qui la portaient, l'instant d'avant, tant de choses dont le sens lui échappait, devenait l'ennemi en même temps qu'elle comprenait enfin.

Aussi violemment qu'elle s'était sentie portée vers lui, elle rassemblait ses forces pour lui faire barrage. Céder la ferme, la menuiserie et les terres? Jamais. Sa fille? Elle saurait bien la préserver, malgré elle, s'il le fallait.

Et Roland, Roland qui se mourait là, devant elle, et dont elle tentait en vain de réchauffer la main... Marie se pencha vers cette main qu'elle caressa doucement. Cette main solide, épaisse mais si bien dessinée, cette main dont elle avait tant aimé les caresses et tant admiré la force et qui, depuis longtemps, ne transmettait plus le moindre signe de vie à la sienne qui ne la lâchait pas. Roland... Qu'aurait dit Roland? Sa joie de se retrouver ainsi un fils l'aurait-elle emporté sur le souci de tant perdre?

Il n'aurait d'ailleurs rien perdu. Dans la formidable tourmente qui agressait son esprit, Marie gardait une lucidité parfaite. Et elle voyait bien que s'il eût été tout à fait normal que le père continuât de gérer le bien revenant au fils, c'était la mort de Roland qui, brutalement, la rejetait dans un camp inévitablement hostile à Lucienne et à Vincent.

Elle continuait de caresser la main de Roland à gestes lents et infiniment doux. Et c'est en prenant tout à coup conscience qu'elle en discernait les moindres détails, le léger duvet de poils blonds sur les doigts burinés, les veines légèrement bleutées courant sous la peau, qu'elle comprit que le jour se levait.

Vincent, sans bruit, s'était glissé près d'elle. Il s'agenouilla lui aussi près de la couche, et chercha le pouls sans retirer la main de Roland de celles de Marie. Il se pencha sur le corps, colla son oreille à la forte poitrine, tentant de discerner un ultime signe de vie, aussi ténu soit-il.

– Il est mort, dit-il enfin en se relevant.

Marie le savait déjà. Elle ne bougea pas. Une conscience aiguë lui était venue, en même temps que les mots de Vincent projetaient dans la terrible réalité ce qui n'habitait encore que son esprit, de l'incommensurable difficulté qu'il allait y avoir à accomplir les gestes à venir et à dire les mots.

Immobile, toujours agenouillée contre le corps de son mari, sa main dans les siennes jointes en une ultime et ardente prière, elle prolongeait au-delà du raisonnable, elle le savait, la plus belle part de sa vie qui s'était éteinte avec le dernier souffle de Roland.

Restait à se battre. Rien n'avait été dit. Il n'était plus temps.

DEUXIÈME PARTIE

13

Marie Courbet posa sur la table de la grande salle de l'Huis Maugrit l'ouvrage sur lequel, depuis des heures, elle tentait de concentrer son attention sans vraiment y parvenir.

Vincent allait venir, bien sûr. Comment pouvait-il en être autrement ? Malgré les années passées, quel autre seuil que celui de la porte de l'Huis Maugrit pouvait l'attirer ? Et il lui fallait être là, derrière sa table, devant son travail, à l'instant où il encadrerait sa silhouette dans le rectangle de lumière ouvert sur la chaleur étouffante d'août.

Il tardait, pourtant. Par calcul ? Savait-il le flot de souvenirs qui emportait Marie et la contraignait intensément, douloureusement, à ressortir de l'ombre où elle avait, jusque-là, réussi à confiner ces pages de sa vie qui n'étaient donc pas définitivement tournées ? Depuis qu'elle savait qu'il était au pays, c'était comme si le présent échappait à Marie. Malgré elle, son esprit s'évadait obstinément des préoccupations quotidiennes dont ordinairement elle entendait pourtant qu'il ne dévie pas, pour se complaire au défilé lancinant des souvenirs. Rien n'y faisait. Le voile qu'elle avait volontairement tiré sur ce passé-là s'était déchiré.

C'était pourtant sans plaisir qu'elle revoyait Vincent, le jeune Vincent, celui dont elle venait de découvrir qu'il était le fils de Roland et de sa cousine Lucienne, s'activant discrètement autour d'elle, dans la cabane de chasseurs, au fond des bois, prenant son silence pour de l'accablement, alors qu'elle restait prostrée auprès de la couche sur laquelle reposait Roland, et que sa pensée tout entière était tournée vers ce qu'il venait de lui révéler sans le savoir.

Avec deux branches, sa veste et une couverture nouées, il avait confectionné un brancard de fortune. Ils y avaient déposé le corps de Roland et avaient entamé une marche hallucinante vers l'Huis Maugrit. Les heures harassantes qu'il leur avait fallu pour parcourir tout ce chemin restaient dans la mémoire de Marie comme un cauchemar. Elle l'avait vécu dans un état d'apathie presque totale, suivant machinalement Vincent, insensible à la fatigue et aux douleurs qui lui arrachaient les épaules, l'esprit uniquement occupé de l'énumération sans cesse répétée des événements qui, en quelques heures, venaient de bouleverser sa vie.

Il y avait d'abord eu l'arrestation d'Anne, puis la dramatique révélation de l'identité de Vincent et, dans le même temps, comme un coup de grâce, la mort de Roland.

Il fallut le cri que poussa Vincent, lorsqu'ils débouchèrent sur le plateau en vue de l'Huis Maugrit, pour la ramener aux réalités.

– Les Américains !

Il y avait deux étranges véhicules kaki arrêtés devant la ferme. C'était des jeeps, les premières qu'ils voyaient. Mais ces Américains-là parlaient bel et bien français. Ils appartenaient aux troupes qui avaient débarqué, quelques semaines plus tôt, en Provence et qui, brûlant les étapes, venaient d'atteindre le Morvan.

Autour de leur grand lit, où elle veilla Roland jusqu'à ce qu'on le porte en terre, il y eut quelques heures irréelles où la peine et la gravité côtoyèrent sans gêne la joie et le bonheur d'être enfin libre.

Malgré les événements, on vint en foule à l'enterrement. Et Marie releva la tête. Les coups de la fatalité n'empêcheraient donc pas qu'elle demeure respectée et parfois crainte dans toute la vallée.

Brisée de fatigue et d'émotion et pourtant très droite, elle retirait ses gants et son voile lorsque Vincent vint lui faire ses adieux.

– Je suis mon unité, dit-il. Nous allons être intégrés à l'armée et nous allons continuer la guerre, jusqu'à la victoire.

Elle ne commenta pas, l'embrassa sur les deux joues et fut secrètement soulagée de le voir s'éloigner. Ainsi lui semblait résolu le problème de ses rapports avec Bernadette. Mais lorsque Victor vint lui annoncer son intention de s'enrôler à son tour, elle refusa sèchement.

– Il y en a bien assez comme ça qui y vont, décréta-t-elle. Ta place est ici.

Il tenta timidement d'insister. Elle le fit taire.

– C'était plus tôt qu'il fallait y penser, dit-elle avec la plus parfaite mauvaise foi. Au maquis, ils auraient peut-être eu besoin de toi. Maintenant, laisse-les faire. Ce n'est plus chez nous. Ça ne te regarde pas.

Il avait baissé la tête, le regard plus buté et rancunier que jamais. Et il s'était éloigné.

Le Phonse, lui, avait préféré rester à la ferme.

– J'ai fait ce que je devais, estima-t-il. Le reste, c'est bon pour les jeunes. C'est plus de mon âge.

Il n'avait pas parlé de rejoindre Le Creusot et Marie en avait été plutôt satisfaite. Elle avait fini par s'attacher à ce vieux bonhomme bourru et peu exigeant, qui connaissait bien son travail et savait se faire aussi discret qu'utile, avec sa vielle, lorsqu'il s'agissait de se donner un peu de joie.

Quelques semaines suffirent, après le passage des soldats français, pour que la vie reprenne un semblant de cours normal. Bien sûr, il y avait ceux qui ne reviendraient pas des derniers et durs combats du maquis. Il y avait les prisonniers dont on attendait le retour avec impatience. Mais il y avait avant tout la liberté retrouvée dont on se grisait.

Il arrivait parfois à Marie de chercher à discerner au plus profond d'elle-même ce qui restait de Roland. Sa peine de le perdre avait été sincère. Une fois de plus, elle avait mesuré la profondeur de leur amour. Mais, curieusement, il lui avait semblé, dès le lendemain de l'enterrement, que cette page définitivement tournée ne laissait aucun vide en elle.

Elle avait repris son travail et la gestion de la ferme avec autant d'énergie que par le passé et menait son monde toujours aussi rudement.

Seule la brûlait l'angoissante question de savoir ce qu'était devenue Anne. On savait qu'elle avait rapidement été transférée d'Autun à Chalon. Mais, là, on perdait sa trace. Et tout ce que l'on commençait d'apprendre sur le sort des déportés rendait bien minces les espoirs de la voir revenir vivante.

Louis dut repartir pour Le Creusot. On relevait les ruines de l'usine qui battait le rappel de ses anciens ouvriers pour que reprenne au plus vite un semblant de production. On annonçait que des logements provisoires étaient mis à la disposition de ceux qui avaient tout perdu dans les bombardements. Mais il repartit seul. Jeanne et son fils restèrent à l'Huis Maugrit. En l'absence d'Anne, il fallait s'occuper du père.

– C'est mieux comme ça, dit courageusement Louis en venant faire ses adieux à Marie. Là-bas, ce n'est peut-être pas encore trop bien pour une femme et un enfant.

Elle se promit de faire plus souvent le chemin qui traversait le pré, entre les deux maisons. Mais Agnès avait eu la même pensée. Et, sans rien laisser paraître de son inquiétude et de l'impatience qui la brûlait de recevoir enfin des nouvelles d'Edmond, affichant toujours la même irréductible bonne humeur, ce fut elle qui ressouda les liens entre les deux familles.

Seuls Victor et Bernadette ne virent que bien peu de changements à leur existence. Si la disparition de leur père les avait profondément affectés, Marie ne leur laissa guère l'occasion de le laisser paraître. Leurs tâches quotidiennes, à la ferme et dans la maison, restèrent les mêmes. Leur vie s'y réduisait.

Ce fut pourtant Victor qui, remontant du bourg, apporta un jour la grande nouvelle. Edmond avait téléphoné à l'auberge en demandant qu'on prévienne l'Huis Maugrit. Il était libre et arrivait de Paris où il avait été rapatrié. Agnès pleura de joie. L'envie vint à Marie de courir au-devant de son frère, comme elle se souvenait de l'avoir fait, jeune fille, sur le quai du tacot, lorsqu'il rentrait en permission, à l'époque de la Grande Guerre. Mais, par discrétion, elle laissa sa belle-sœur descendre au bourg seule avec ses enfants.

Une belle et froide journée de février délayait les pastels d'une lumière étonnamment limpide sur le paysage austère des collines en tenue de bure. « Un temps, pensa Marie, à refaire les bouchures. » Et il lui vint le regret que Francis, resté à son travail en Champagne, ne puisse pas être de la fête. De son frère qui rentrait de captivité, elle ne pouvait et ne voulait retenir que l'immense plaisir qu'elle avait à le retrouver.

Les ombres qui avaient pu se glisser entre eux, avant la guerre, l'incompréhension qui s'était établie entre paysan de toujours et ouvrier d'hier n'existaient plus. Rien, pour Marie, ne restait que ce frère aîné qui s'était agenouillé devant elle, dans l'étable où elle graissait les cuirs, un soir de mars 1918, pour mieux rendre hommage à l'énergie et à la compétence de cette sœur qui avait sauvé la ferme du père tombé dans les tranchées.

Ce jour de 1936 où, la rage et l'amertume au cœur, elle avait dû se rendre chez le notaire à la demande d'Edmond, pour que soit établi le partage entre eux, n'avait pas résisté, dans son souvenir, à ces belles heures de travail, peu avant la fin de la Grande Guerre, lorsque, durant la permission que leur avait value la mort du père, ils avaient ensemble refait la bouchure du grand pré.

Et ce frère-là revenait. De toute la matinée, Marie s'était mille fois détournée de son travail pour laisser son regard se porter sur le chemin, au-delà des deux châtaigniers. Ils n'y parurent qu'aux approches de midi. Ils avaient fait durer le plus longtemps possible le plaisir d'être entre eux. Edmond marchait très droit, Claude, le plus jeune de ses fils sur les épaules, René, l'aîné, pendu à sa main et le bras d'Agnès étroitement serré dans le sien. Ils marchaient si près l'un de l'autre qu'on les eût dit enlacés.

Marie, abandonnant ses outils, marcha jusqu'aux châtaigniers en s'efforçant de ne pas se précipiter. « Ce qu'il est maigre », remarqua-t-elle. Il n'en paraissait que plus grand et son sourire radieux effaçait les marques profondes qu'il gardait des années de misère dont il sortait. Il vint droit sur Marie qui fut quelques instants totalement subjuguée par le regard lumineux qu'il posait sur elle. A deux pas de Marie, Agnès s'écarta, et elle fut dans les bras de son frère.

Alors, elle comprit que l'émotion allait l'emporter. Et il lui fallut toute sa volonté pour ne pas y céder. Edmond, pourtant, ne fut pas dupe. Il n'eut pas un mot. Mais, dans le regard qu'il abaissa sur celui de sa sœur, elle lut avec passion et infiniment de reconnaissance toute la complicité et la compréhension qu'elle y attendait.

Les jours qui suivirent furent une sorte de résurrection. Ils versèrent sur les angoisses, les peines et les douleurs encore toutes proches, un baume qui rendit à la vie le goût de vouloir la poursuivre.

Marie parvint à écarter de son esprit la lancinante pensée d'Anne. Elle lui réservait un moment, chaque soir, lorsqu'elle se retrouvait dans la solitude de sa chambre que peuplaient peu à peu les ombres et les souvenirs des disparus. Mais les journées étaient à tout ce monde qui occupait l'Huis Maugrit et redonnait au petit hameau les apparences d'une vie qu'il n'avait plus connue depuis fort longtemps.

Ce ne fut pourtant, pour Marie, qu'un bref mirage. Il s'évanouit un matin lorsque Bernadette, son café bu, plutôt que de suivre son frère vers les tâches qui les attendaient dans la ferme, se tourna vers sa mère.

– Il faut que je te parle, dit-elle.

Surprise, Marie lança à sa fille un regard sans aménité. A dix-huit ans, elle était déjà bâtie comme une femme. Mais elle n'avait pas et n'aurait jamais le charme qu'avait sa mère au même âge et même longtemps plus tard. Grande et forte, sa silhouette était plus plantureuse que pulpeuse. Et si, sous une abondante chevelure châtaine qu'elle rassemblait malencontreusement en un chignon sans grâce, ses traits n'étaient pas dénués d'une certaine beauté, le regard sombre, presque coléreux qu'elle dardait sur les choses et les gens ne plaidait guère en sa faveur.

– Eh bien, parle, fit Marie sèchement.

– Seules, dit Bernadette en glissant vers son frère un regard mauvais.

D'un signe de tête, Marie expédia son fils au travail.

– Alors? demanda-t-elle dès que la porte eut claqué sur les talons de Victor.

Debout au milieu de la pièce, Bernadette, la tête basse, s'obstinait à triturer le coin de son châle. Elle était devenue écarlate et Marie, de la table où elle était assise, vit ses yeux briller de larmes.

– Alors? insista-t-elle, ça vient? Qu'est-ce que tu as de si grave à me dire pour faire tant de mystères?

Les larmes, cette fois, coulaient sans retenue et creusaient deux sillons brillants sur les joues de Bernadette. Elle s'obstina encore longtemps dans un silence buté.

– Quand tu te décideras... dit Marie en reprenant son travail.

Alors, Bernadette releva vivement la tête, sembla prendre une grande inspiration et se jeta à l'eau.

– J'attends un enfant.

Marie serra convulsivement le couteau qu'elle tenait à la main. Le coup avait été rude. Mais elle avait su se retenir de bondir, juste à temps. Il fallait garder son calme. Lentement, elle leva son regard vers sa fille toujours debout au milieu de la pièce et qui sanglotait.

– Répète ce que tu viens de dire?

Etouffée par les larmes qu'elle ne cherchait même pas à retenir, Bernadette était incapable de prononcer un mot. A grand-peine, Marie parvint à se contenir quelques instants. Puis ce fut plus fort qu'elle. Elle éclata.

– Ah, ça va bien, les jérémiades ! Ça ressemble à quoi, des larmes pareilles ? Viens t'asseoir là. Sûr qu'on a à parler.

Bernadette s'effondra sur le banc en face de sa mère. Ses efforts pour retenir le flot de ses larmes parurent pitoyables à Marie. Elle fit un effort sur elle-même pour ne pas céder à la colère que lui inspirait davantage le peu de volonté de sa fille que ce qu'elle venait de lui avouer.

– Tu es sûre de ce que tu me dis ?

Luttant comme elle le pouvait contre les sanglots qui redoublaient, Bernadette ne put que confirmer de la tête.

– Et le père ? On peut savoir qui c'est ?

Une lueur de panique brillait au fond du regard que Bernadette leva vers sa mère.

– C'est... c'est Vincent, parvint-elle enfin à bredouiller.

Vincent ! Marie se retint de hurler. Vincent ! Le demi-frère de cette chiffe molle qui continuait de l'exaspérer en reniflant ses larmes devant elle. .

– Et c'est maintenant que tu t'en aperçois ?

– Je le sais depuis longtemps.

– Et tu ne pouvais pas parler ?

– Je n'osais pas.

Marie en fut pétrifiée d'effroi. Un abîme d'incompréhension s'ouvrait devant elle, dans lequel s'engouffraient pêle-mêle toutes ses certitudes. Avait-elle à ce point négligé ses propres enfants pour être restée aveugle à ce qui se tramait chez elle et sourde aux avertissements d'Anne ? Etait-elle devenue, pour eux, une telle étrangère qu'ils n'osaient plus lui parler ?

Devant cette gamine qui restait les yeux baissés en face d'elle, attendant passivement qu'elle réagisse, elle se sentit tout à coup seule, abandonnée. Désespérément, elle en appelait aux longs dialogues avec Roland ou avec Anne dans lesquels elle mesurait toute la force qu'elle puisait. Il lui fallait maintenant faire face sans leur secours. Et elle en vint à sentir le doute qui s'installait en elle.

Il fallait pourtant parler. Mais que dire ? Pouvait-elle révéler à sa fille le monstrueux secret qui continuait de peser sur ses seules épaules ? La chasser, comme l'oncle Gagnaire l'avait fait de Lucienne, en 1917 ? Cette seule idée lui fut intolérable. Assumer ? Quelle autre solution ? Le qu'en-dira-t-on ? Marie eut un sursaut d'orgueil. Et après ! On porte la tête haute, chez les Courbet, quoi qu'il arrive. Et ceux qui voudraient jaser en seraient pour leurs frais. Il ne serait pas dit que Marie Courbet née Laniaud ne prenait pas ses responsabilités.

– Allons, dit-elle d'un ton apaisé. Reste à l'attendre, cet enfant.

Il y avait autant d'incrédulité que de reconnaissance et de bonheur dans le regard que Bernadette leva sur sa mère. Marie en fut touchée mais veilla à ne pas le montrer.

– Tu sais ce qui t'attend ? ajouta-t-elle plus durement.

Bernadette acquiesça gravement de la tête.

– D'ici longtemps, tu ne pourras guère te montrer dans le pays. Il faudra leur laisser le temps de trouver autre chose pour cancaner. Quant au mariage, ma petite, il ne faut plus y penser.

– Sauf si Vincent revient.

Marie en resta bouche bée. Il y eut tant de stupéfaction dans son regard que Bernadette crut bon d'insister.

– Bien sûr, il ne m'a rien dit. Mais toi, peut-être que tu as son adresse ?

Comment lui dire ? Marie en venait à souffrir presque physiquement pour sa fille. Gagnaire, à Paris, ça ne devait pas être trop difficile à trouver. Mais comment lui faire comprendre, sans tuer ce bonheur d'être mère qu'elle sentait naître déjà et malgré tout chez Bernadette, qu'il ne fallait surtout pas qu'ils se retrouvent ? Comment faire en sorte qu'elle ne se détruise pas à petit feu en se raccrochant à ce dernier espoir ?

Elle se contenta de hocher tristement la tête.

– Non, mentit-elle, je n'ai pas son adresse. Je ne sais pas d'où il venait.

Bernadette ne baissa pas la tête assez vite pour que Marie ne puisse pas lire dans son regard une profonde déception. Elle se leva lentement et, sans un mot, commença de s'habiller pour sortir. Marie ne bougea pas. Elle se sentait totalement impuissante, désarmée face au désarroi de sa fille, et s'en voulut de ne pas pouvoir être plus proche d'elle.

– Allons, dit-elle. Reprends ton travail. Tu verras. C'est le meilleur moyen de supporter tout ça. Et puis, si tu te sens trop fatiguée, si ça ne va pas, n'hésite pas à me le dire. Tu dois te ménager, tout de même.

Bernadette se contenta d'acquiescer d'un signe de tête et sortit sans se retourner.

Marie, sur son banc, aurait voulu crier son doute et sa solitude.

14

Marie vécut les mois de la grossesse de sa fille dans un tourment permanent. Que serait cet enfant de l'inceste ? Elle ne pouvait s'empêcher de laisser son esprit divaguer vers des visions monstrueuses qui la glaçaient d'effroi. Mais elle n'en laissa rien paraître.

Sans se soucier de l'affolement de sa fille, elle annonça elle-même la nouvelle un soir, depuis le haut bout de la table qu'elle occupait depuis la mort de Roland, à tous les habitants de l'Huis Maugrit réunis autour du repas. Il y eut des regards aigus dardés vers Bernadette et un long silence qu'elle laissa sciemment s'éterniser.

– Je vais être grand-mère, ajouta-t-elle enfin avec un large sourire. J'en suis contente. La guerre a voulu que cet enfant ne connaisse pas son père. Mais il sera le bienvenu et nous tâcherons qu'il soit heureux, malgré tout.

Bernadette n'avait pu retenir un profond soupir de soulagement et eut pour sa mère un regard éperdu de reconnaissance. Edmond la blagua gentiment et on n'en parla plus.

Seules étaient restées les idées noires et les craintes de Marie. Dans la solitude de son grand lit, le soir venu, dans l'obscurité où elle s'évertuait à ne plus penser aux bras de Roland dans lesquels il avait fait si bon se blottir, un véritable étau d'angoisse l'enserrait. Et elle ne parvenait plus à raisonner un profond sentiment de culpabilité qui la minait.

Bien sûr, quand elle avait su, il était trop tard. Cet enfant-là était déjà conçu. Elle savait très bien que, quoi qu'elle fasse, elle était dans l'obligation de porter seule le fardeau de ce secret. Il eût été si bon d'en parler là, dans ce même lit, avec Roland, et de recevoir l'apaisement de ses paroles pleines de bon sens et de calme détermination. Mais Roland n'était plus là. Et ce sentiment diffus de culpabilité irraisonnée faisait inévitablement partie de cette charge morale dont elle mesurait tout à coup combien il était lourd de devoir l'assumer seule.

L'hiver avait été rude. La neige et le gel s'étaient rendus maîtres du pays durant de longs mois. Et le printemps n'en finissait pas d'en découdre avec le froid et l'humidité qui ne voulaient pas céder de terrain. Il n'y avait eu aucune de ces pauses qui transfigurent les sous-bois nus et tourmentés en lumineuses dentelles d'ocre et d'azur encore si pâles qu'elles évoquent ces beautés de jadis qu'on disait « au teint de lait ».

Sans transition, dans les premiers jours de mars, la pluie, froide et opiniâtre, avait remplacé la neige. Il avait fallu de longs jours de grisaille et de boue pour que le manteau blanc se décompose lentement en longues charpies ternes sous lesquelles apparaissait la toison maigre et jaunâtre des prés gorgés d'eau. Comme s'ils s'y cramponnaient, de longs bancs de neige sale avaient traîné des jours et des jours au long des haies dont ils sous-tendaient curieusement le lacis noirâtre, marquetant les fonds des vallées où grondaient des torrents écumant d'une eau brunâtre et glacée.

Il avait fallu attendre la seconde quinzaine d'avril pour que courent les premiers souffles de tiédeur et que commencent à reverdir quelques mouilles dont il fut bientôt évident, chaque matin, qu'elles gagnaient de la surface et digéraient, au fur et à mesure, la vilaine bourre fanée et gelée de l'herbe laissée par l'hiver. Quelques jours passèrent encore avant qu'une infime moisissure, d'un vert presque translucide tant il était pâle, parvienne à teinter les futaies d'un peu de gaieté.

Mais il pleuvait toujours. Et, à l'Huis Maugrit, Edmond, Victor et le Phonse tournaient en rond en se désespérant de pouvoir un jour s'atteler aux travaux de printemps. Ils tuaient le temps en d'interminables parties de manille qui exaspéraient Marie. Malgré le mauvais temps, elle avait toujours quelque chose à faire et entraînait Agnès dans d'impressionnants travaux de mise en ordre ou de transformation qui laissaient les hommes indifférents.

Courageusement, malgré sa grossesse très avancée, Bernadette tenait à aider sa mère et sa tante. Parfois, Jeanne, suivie de ses enfants, venait les rejoindre. Et la maison de l'Huis Maugrit devenait alors une ruche dont le bourdonnement emplissait de joie le cœur de Marie.

Comme les autres, elle n'en maugréait pas moins contre ce temps qui faisait pourrir le jeune blé sur pied et empêchait les travaux des champs. Elle pestait énergiquement contre ces fainéants d'hommes qui passaient leurs journées à ne rien faire. Mais, en silence, elle se délectait de ces moments dont elle savait qu'ils ne dureraient pas, où la vie se bousculait dans les vieux murs de l'Huis Maugrit réchauffés par sa présence. Il y avait toujours un enfant en travers du chemin que l'on entendait suivre. Il y avait ce gros ventre que Bernadette poussait devant elle et qui avait le don de vous barrer le passage. Il y avait mille raisons de se plaindre à haute voix tout en se réjouissant dans le secret de son cœur de ce ferment de vie qui emplissait la maison.

Si seulement il n'y avait pas eu cette inquiétude! Marie, à la dérobée, auscultait le ventre de sa fille, spéculait sur la date de l'accouchement et s'affolait de ce qui pourrait bien alors se passer.

Ils étaient tous réunis dans la grande salle de l'Huis Maugrit, par un triste après-midi d'avril, lorsqu'un bruit de moteur retentit dans la cour. Les hommes jouaient aux cartes, comme d'habitude. Et les quatre femmes, assemblées en demi-cercle devant la cheminée, les enfants à leurs pieds, écossaient des pois secs dont Marie avait descendu des fagots entiers des poutres du grenier.

Tout le monde se tut et tendit l'oreille. La voiture s'était arrêtée. Mais personne n'avait bougé. Même Marta qui dormait, roulée en boule sur son tapis au coin de la cheminée, n'avait pas jugé utile de bondir. Elle se contenta de grogner une fois ou deux, sans conviction. Il y eut le claquement sec d'une portière et, presque aussitôt, quelques coups légers frappés à la porte.

– Entrez ! cria Marie.

Le lourd battant tourna lentement sur ses gonds et l'on ne vit d'abord qu'un grand parapluie noir. La petite silhouette grise, légèrement voûtée, qu'il révéla en se refermant brusquement, restait immobile sur le pas de la porte en laissant courir sur toute la maisonnée un regard illuminé d'un sourire radieux.

– Anne !

En bondissant, Marie avait renversé sa chaise. Et déjà elle serrait son amie dans ses bras. On s'était précipité. On lui avait ôté le vieux manteau râpé et trop grand pour elle dans lequel elle était enveloppée. Et tous étaient restés sans voix, la gorge nouée, lorsque, flottant dans ses vêtements, était apparue une Anne qui n'était plus que l'ombre d'elle-même. Seul restait immuable ce regard infiniment doux et apaisant qui, de tout temps, en avait fait le refuge des peines et des souffrances des autres. Un profond malaise s'était abattu sur tous ces hommes et ces femmes qui, avant même qu'un mot ait été échangé, derrière ce seul regard brillant doucement dans un visage émacié, tentaient d'imaginer l'univers de détresse dont il revenait.

Marie s'était assise en face de son amie et lui avait pris les mains.

– Qu'est-ce qu'ils t'ont fait ?

Anne eut un geste bref de dénégation. Elle se sentait incapable de parler, surtout de ça. Lentement, les yeux débordant du plaisir simple d'être là, elle les dévisageait tous, les uns après les autres, sans un mot. Ils se tenaient en rond autour des deux femmes, et même les enfants, au premier rang, se contentaient d'ouvrir de grands yeux. Retirant vivement une main d'entre celles de Marie, elle eut un geste très doux pour le ventre de Bernadette en même temps qu'elle lui adressait un sourire plus appuyé, plus large encore.

Puis elle baissa lentement les yeux vers Marie. Ils étaient tout à coup très graves.

– Roland ? demanda-t-elle. Où est-il ?

Il fallut lui dire. Elle n'eut pas un mot de commentaire. Simplement, cette fois, ce fut elle qui saisit les mains de Marie et les serra doucement pendant que son regard, qui ne quittait pas celui de son amie, exprimait plus sûrement qu'aucune parole tout ce qu'elle pouvait ressentir.

– Maintenant, mon père, dit-elle tout à coup. Viens, Jeanne.

On lui proposa du café, des gâteaux. Elle refusa obstinément, en hochant doucement la tête.

– Plus tard, plus tard, répétait-elle. Je reviendrai. Maintenant, il faut que j'aille voir mon père.

Sur le pas de la porte, elle prit encore une fois les mains de Marie.

– Demain, dit-elle, on ira sur le rocher. On a tant de choses à se dire.

Le lendemain matin, le ciel, sans le moindre nuage, lavé par ces semaines de pluie, était un podium d'azur qu'escaladait un soleil triomphant. Anne ne voulut rien entendre. Elle tenait à son rocher.

– Vingt ans qu'on n'y est pas allées. C'était bon quand on était gamines, plaidait Marie. Mais maintenant, on ne serait pas mieux, là, autour de la table, devant une bonne tasse de café ?

Anne secoua énergiquement la tête.

– Justement, dit-elle, ça fait trop longtemps. J'y tiens. Si tu savais, ma pauvre Marie, ce que j'en ai rêvé de ce rocher et de ce moment que je me promettais, avec toi, si j'avais la chance d'en revenir.

Marie dut tout de même aider son amie à gravir la

lame de granit déchiqueté qui jaillissait d'une lande, au bord du plateau. Des heures durant, petites filles déjà inséparables, elles y venaient se confier mille secrets. Et les échos du vaste cirque s'étendant à leurs pieds retentissaient alors de leurs rires aigrelets qui fusaient à tout propos.

Anne, dont l'effort avait teinté les joues creuses d'un peu de rose, laissa longuement son regard vagabonder sur l'immense panorama qui s'étendait devant elles. Très loin, sur l'horizon, les brumes n'étaient pas encore montées. Avec la distance, le moutonnement des forêts, à perte de vue, ne perdait rien de sa netteté. Et c'était comme si le monde, à l'infini, se résumait à cette forêt sans la moindre faille visible. Seul, devant elles, l'univers clos du village entouré de prés et de haies bien taillées semblait contenir tout ce qui restait de vie sur la terre.

– Tu te souviens? demanda simplement Anne.

Marie se contenta d'acquiescer de la tête.

– Si je me souviens!

– C'est drôle, continua Anne que saisissait tout à coup une folle envie de parler, dans les moments les plus durs, quand il m'est arrivé de croire que jamais je ne m'en sortirais vivante, c'était à ce rocher que je pensais et aux heures que nous y avons passées quand nous étions gamines. Rien d'autre ne me venait à l'esprit que ces vieux souvenirs, les futilités que nous nous confiions, nos éclats de rire. Les choses sérieuses m'échappaient. Pas une fois je n'ai pensé à mon père ou à toi telle que tu es aujourd'hui. Quand tu m'as fait jurer de ne jamais révéler les raisons de la disparition de Lucienne, c'était pourtant ici, sur ce rocher. Eh bien, ça ne m'est jamais venu à l'esprit. Je me raccrochais à nos rires, à nos gamineries.

Elle parlait sans quitter des yeux le paysage qu'elle continuait de contempler. Marie, légèrement en retrait, détaillait son amie, qui ne semblait pas s'en apercevoir. Elle se désolait de sa maigreur et de ce teint gris qui lui donnait l'allure d'une petite vieille. Elle aussi avait tant de choses à dire. Mais l'état d'Anne l'intimidait. Tout ce qu'elle s'était pourtant promis, tant de fois, de confier à son amie, si elle revenait, lui semblait tout à coup sans importance, presque mesquin.

– Ils t'ont fait souffrir? osa-t-elle enfin.

Anne lui jeta un regard rapide comme si sa question l'avait tout à coup sortie d'un rêve. Elle comprit qu'il fallait expliquer. Mais elle en avait si peu envie. Elle fit tout de même un gros effort sur elle-même. Les mots qu'il allait falloir prononcer lui paraissaient étonnamment creux et vides.

– Ils m'ont emmenée à Chalon, dit-elle. Ils voulaient que je dise pour qui, avec qui je travaillais. Je n'ai rien dit.

La seule crispation des muscles de sa mâchoire affola Marie en lui laissant entrevoir un monde hideux de tortures et de coups.

– Alors, continua Anne, ils m'ont mise dans un train, avec beaucoup d'autres, dans des wagons à bestiaux. On a roulé des jours et des jours. On est restés quelque temps dans un camp en Alsace, le Struthof. Puis, ils nous ont fait remonter dans des wagons à bestiaux. Et on a encore roulé des jours et des jours. Beaucoup sont morts en cours de route. Quand on est arrivés à Dachau, c'est à peine si on pouvait tenir debout. Je ne sais pas comment je suis passée au travers du tri qu'ils opéraient. D'un côté, ceux qu'ils estimaient encore capables de fournir un travail, de l'autre, ceux qui étaient trop faibles. Notre travail a surtout consisté à jeter leurs corps dans des fosses communes, à la sortie des chambres à gaz.

Ce n'était plus la douce et timide Anne qui parlait. Son ton s'était fait dur, presque haineux.

– Quand l'un de nous tombait, ils l'achevaient et nous faisaient descendre son corps parmi les autres. L'avancée des troupes alliées les rendait comme fous. On a cru qu'ils allaient tous nous tuer. Et puis ils nous ont mis sur la route. Ils voulaient nous évacuer, on ne sait trop vers où. Beaucoup sont morts comme des chiens, sur les bas-côtés. Jusqu'à ce matin dont je me souviendrai toujours, où on a vu tout à coup nos gardiens jeter leurs fusils et lever les bras. On était trop abrutis de faim et de fatigue pour comprendre ce qui se passait. C'était un détachement américain. Il a encore fallu passer par un autre camp. Mais là, tout de même, on était bien traités. C'est la Croix-Rouge qui nous a rapatriés sur Paris et qui m'a payé mon billet de train jusqu'à Autun. Voilà.

Anne se tourna vers Marie et lui adressa un sourire bref, un peu crispé. La page était tournée. Elle avait dit ce qu'il fallait et Marie comprit que c'était comme une prière de ne plus jamais évoquer tout cela. Elles restèrent longuement silencieuses, contemplant le paysage sans y prêter trop d'attention. Elles sentaient douloureusement les fils de leur amitié écrasés par le poids insupportable de ce qu'elles venaient de vivre. Il leur fallait dépasser tout cela, se retrouver au-delà des peines et des souffrances. Et elles tâtonnaient, se cherchaient dans l'obscurité de leur désarroi.

– Bernadette, lança enfin Anne, c'est Vincent?

– Comment as-tu deviné?

Le haussement d'épaules un peu goguenard d'Anne fut une bouffée d'air frais qui leur rappela enfin ces petits secrets sur lesquels elles épiloguaient, jadis, à perte de vue, en jouant à qui serait la plus maligne et devinerait l'autre.

– Je t'avais prévenue. Mais madame se voyait déjà avec un gendre du beau monde. Et il est où, le gendre de la haute? Envolé?

– Si ce n'était que ça!

C'était au tour de Marie de parler. Et, tout à coup, elle aussi ressentait une profonde répulsion. Il lui paraissait aussi dur de s'exprimer à présent, de tout dire, de confier à nouveau à Anne ce terrible secret, que d'avoir souffert quelques jours auparavant de ne pas pouvoir partager ses peines et ses angoisses avec son amie. Les extravagances de la vie avaient dressé un mur entre elles, et leurs mots, ces mots qui étaient jadis, avant tout cela, leur lien le plus solide, devaient laborieusement l'abattre, pierre après pierre.

Marie prit une profonde inspiration et se jeta laborieusement dans le récit des derniers jours de la guerre. Anne s'était légèrement tournée, sur son rocher, et ne quittait pas son amie des yeux. Ses yeux s'arrondirent de stupeur quand elle comprit qui était Vincent. Mais elle se garda bien d'interrompre Marie. Celle-ci alla jusqu'au bout, jusqu'à ce matin de février où Bernadette lui avait fait l'aveu de sa grossesse. Mais elle ne put se résoudre à avouer à Anne cet affreux sentiment de culpabilité qui la rongeait depuis.

– Te voilà veuve et bientôt grand-mère, conclut Anne.

– Et s'il n'était pas normal ?

Anne eut un nouveau haussement d'épaules un peu méprisant.

– Qu'est-ce que tu vas te ronger les sangs avec des idées pareilles ? Bien sûr que tout ça n'est pas très normal. Mais tu crois que c'est la première fois que ça arrive ? Allons, ce sera un beau gros bébé. Et je me porte volontaire pour être la marraine !

Elles eurent toutes les deux un petit rire de gorge un peu forcé. Elles se donnaient l'impression d'être des convalescentes qui mesuraient leurs progrès à ces brèves détentes, encore un peu crispées, qui posaient de plus en plus souvent leurs coins dans le mur de leur gêne mutuelle.

– Allons, dit enfin Anne en se levant, il reste à se remettre à vivre. Je te dis, moi, que cet enfant-là va nous y aider.

15

Bernadette donna le jour à un beau garçon le 5 mai 1945. On le prénomma François et, de ce jour-là, comme l'avait prédit Anne, la vie à l'Huis Maugrit ne fut plus la même.

Jeanne, dont la présence auprès d'Octave Guillard n'était plus nécessaire, était repartie vers Le Creusot d'où Louis écrivait que la vie reprenait doucement. Francis, averti par lettre du retour d'Edmond, avait répondu en insistant sur tout le travail qui attendait son frère. Edmond et Agnès avaient donc repris le chemin de la Champagne. Mais les uns et les autres, cédant aux pressantes instances d'Anne et de Marie, avaient laissé derrière eux leurs enfants. Les conditions de vie, dans les villes, leur semblaient encore trop précaires.

On s'était ainsi retrouvé entre soi, à l'Huis Maugrit. Mais il y avait toujours cette joyeuse bande de trois enfants qui continuait de donner une indéfinissable brillance à l'air et à la lumière du hameau. Ils redoutaient bien un peu l'autorité sans concession de Marie. Mais son activité débordante les attirait comme des papillons autour d'une lampe. Et, sous ses airs toujours grondeurs, elle n'aimait rien tant que de les avoir dans les jambes.

Ce n'était pourtant que ses neveux et celui d'Anne. Lorsqu'elle tint pour la première fois le petit François dans les bras, elle réalisa subitement qu'elle était réellement grand-mère. Et au regret qu'il n'y eût ni grand-père ni père pour partager sa joie, se juxtaposa vite l'immense fierté de la continuité assurée.

Plus tard lui vint le sentiment un peu trouble de la singularité de cette filiation. Cet enfant de l'inceste serait vraisemblablement le seul sur lequel elle pourrait compter pour que se continue cette ferme à laquelle elle avait voué sa vie. Il y avait fort à craindre que Bernadette n'ait plus jamais l'occasion de donner le jour à d'autres rejetons. Et Marie, fort lucidement, ne donnait pas bien cher des chances de son fils de se trouver une femme.

Seule dans la grande salle, elle avait descendu la lampe et s'était enfermée volontairement dans le halo circulaire de lumière au centre duquel, sur la table, elle avait installé son ouvrage. La maisonnée dormait. C'était l'heure tardive que Marie préférait. Elle aimait laisser les ombres gagner la pièce et la maison tout entière qu'elle sentait vivre paisiblement, autour d'elle.

Il n'y avait guère que Marta pour savoir, dans ces moments-là, lui tenir compagnie. La chienne, lorsque grinçaient doucement les poulies de la suspension quand Marie tirait sur l'abat-jour, quittait silencieusement son tapis. Elle se glissait sous la table et attendait patiemment que sa maîtresse soit installée. Marie sentait alors, invariablement, le museau qui venait s'appuyer doucement sur ses pieds. Le temps, alors, s'écoulait autrement. Et pendant que ses mains s'activaient, Marie laissait naître spontanément en elle une foule d'idées et de réflexions souvent décousues. Son esprit, étonnamment disponible, jugeait, analysait, décidait avec plus de lucidité qu'en tout autre moment.

Le petit François ne devait pas avoir plus de deux ou trois jours. Il occupait, bien sûr, toutes les pensées de sa grand-mère. Pour une fois, elle cédait à la facilité en rêvant pour lui et pour l'Huis Maugrit, dont il paraissait évident qu'il serait un jour le maître, à un avenir de grandes réussites.

Mais Marie était trop réaliste pour s'égarer longuement sur les sentiers de l'utopie. Une évidence lui apparut bien vite. Certes, son petit-fils ferait peut-être un jour de l'Huis Maugrit le puissant domaine de ses rêves. Mais, avant que ne survienne cette éventualité, les jours à vivre ne seraient pas nécessairement aussi glorieux.

Les réalités qu'elle additionnait dressaient à ses yeux un tableau sans joie. Evidemment, les enfants d'Edmond et celui de Louis ne resteraient pas là éternellement. Anne et elle vieilliraient. L'une n'aurait pour toute perspective que les soins à son père, vieillard qu'une bombe, trente ans plus tôt, avait livré avant l'âge à la sénilité. L'autre continuerait de régner sans partage sur une maison où se croiseraient sans se voir un vieil ouvrier agricole, une fille-mère au printemps fané avant d'avoir réellement fleuri, et un « vieux gars » dont, déjà, il devenait évident que la boisson serait de plus en plus la seule vraie compagnie.

Restait l'enfant. Marie s'émerveilla qu'un si petit être, encore totalement dépendant, puisse rassembler tant d'espérances sur sa seule personne. En lui résidait tout ce qu'elle pouvait encore escompter de joies et de satisfactions. Il était l'irréductible flamme qui résiste, minuscule, à peine visible, quand tout le reste sombre dans le néant. De lui et de lui seul dépendait que meure ou renaisse l'Huis Maugrit.

Marie eut encore une pensée pour son père, le Gaston qu'elle avait si peu connu et tant aimé. Dans son absence, il était pourtant resté le guide. Et il ne s'était guère passé de jour, depuis sa mort, sans qu'elle ne ressente cette étrange conviction qu'il était là, auprès d'elle, à surveiller, à guider et à préserver ses gestes.

François serait la continuation. Elle le voulait ainsi. C'était un cri d'amour que lançait silencieusement Marie en lui promettant ce qui, pour elle, était le plus bel avenir qui puisse se concevoir.

D'un geste vif, elle remonta la lampe en même temps qu'elle se levait. Allons, il était temps d'interrompre là les songes et d'aller se mettre au lit. A gestes rapides, elle rangea son ouvrage. Il lui semblait qu'une lumière puissante, un phare brillait loin devant elle, traçant un unique chemin, étroit et rectiligne au travers des ombres qu'il allait lui falloir côtoyer. Et, déjà, elle lançait toute son énergie sur cette voie, elle y concentrait toute sa volonté pour mieux ignorer la désespérance qui la bordait.

Ainsi le petit François devint-il, dès les premiers jours de son existence, le véritable centre de la vie de l'Huis Maugrit. Cela se fit sans la moindre exclusion et avec la complicité de tous. Grands comme petits n'avaient d'yeux que pour le nouveau-né et personne n'eut à prendre ombrage de la sorte de régence qu'instaura Marie sans trop y prêter attention. Qu'aurait pu dire Bernadette d'être plus que jamais réduite à l'accomplissement quotidien des tâches de la ferme comme de la maison puisqu'elle souriait béatement, à chaque instant, de voir son fils littéralement encensé par tous? René et Claude, les enfants d'Edmond, et même Emmanuel, le fils de Louis, aimaient d'autant plus ce nouveau venu qu'ils pressentaient tout le plaisir qu'ils faisaient à Marie en venant lui faire risette. Et il importait peu que Victor soit beaucoup plus réservé puisqu'il n'avait pas droit au chapitre. De toute façon, il s'enfonçait chaque jour un peu plus dans une morosité vaguement haineuse pour tout ce qui l'entourait, ne trouvant un apaisement un peu bestial que dans la compagnie de son verre et d'une bouteille devant lesquels il passait immanquablement ses soirées.

Marie laissait faire. Elle n'agissait plus que pour François et en fonction de ce qu'elle voulait qu'il devienne. L'espoir qu'il représentait s'était vite mué, pour elle, en certitude. Il reprendrait la ferme. Et, dès lors, plus rien ne devait exister qu'un travail acharné et de tous les instants pour faire de l'Huis Maugrit l'exploitation à la mesure de toute cette ambition.

Seul, le Phonse osa, un temps, se dresser contre elle. Il lui arriva même de refuser d'ajouter quelque nouvelle entreprise à son travail habituel. Leurs rapports se tendirent. Le vieux, à plusieurs reprises, menaça de claquer la porte. Mais Marie, cyniquement, lui suggérait invariablement d'aller frapper à celles des autres fermes du pays. Ils savaient bien, l'un et l'autre, qu'il n'avait aucune chance d'y trouver l'emploi et le gîte que lui procurait l'Huis Maugrit. Et l'aversion du vieux pour la ville était bien suffisante pour qu'il ne soit pas près de lâcher la perche que lui avait tendue Marie.

Et puis il y avait, entre eux, une sorte de grande complicité qui était née ce matin où leurs regards s'étaient affrontés, devant le mur de pierre sèche dans les interstices duquel s'oxydaient lentement quelques souvenirs du maquis. L'affaire du parachutage chez Jaquette Troche avait fait mûrir cette connivence teintée de respect mutuel. Et le souvenir de Roland, auquel le vieux portait une véritable vénération, l'avait cimentée à un tel point que Marie savait pouvoir tout lui demander.

Le Phonse continua donc de grogner et, occasionnellement, de faire sa mauvaise tête jusqu'au jour où, François grandissant, il fut évident que cet enfant-là avait jeté son dévolu sur le bonhomme. Il suffisait qu'il apparaisse pour qu'éclatent les bruyantes manifestations de bonheur de l'enfant qui lui tendait les bras et n'avait de cesse de fourrager dans l'épaisse moustache qui frémissait de plaisir. Et quand le Phonse posait sa vielle sur ses genoux, c'était de véritables moments d'extase. Bouche bée, ne quittant pas l'instrument des yeux, l'enfant écoutait religieusement aussi longtemps qu'il plaisait au vieux de jouer.

Celui-ci prit vite la mesure de l'affection que lui portait François. Il en fut sincèrement ému et, dès lors, Marie n'eut pas de meilleur allié que le Phonse pour que se construise l'empire qu'ils se mirent tous deux à rêver pour François.

Anne observait sans beaucoup d'enthousiasme. Elle avait vite repris une vie normale. Et si ces quelques mois de déportation n'avaient pas creusé prématurément son visage de rides profondes, le sourire qu'elle posait sur le monde et sa permanente disponibilité auraient vite fait oublier le drame qu'elle avait vécu. Pour elle aussi, bien sûr, le petit François était devenu le centre du monde. Il en avait toujours été ainsi pour tous les enfants qu'elle avait vus naître autour d'elle et sur lesquels elle avait reporté tout l'amour maternel qu'elle n'avait pas pu prodiguer à ceux qu'elle n'avait pas eus.

Mais il y avait dans le comportement de Marie quelque chose d'outré qui la mettait mal à l'aise.

– Te voilà rajeunie de plus de vingt ans, ironisa-t-elle un jour.

Il y avait pourtant dans sa voix une pointe d'acidité qui mit Marie en garde.

– Qu'est-ce qui te fait dire ça?

– On te dirait revenue au temps où tu te battais pour sauver la ferme de ton père.

Marie eut un bref regard en biais pour son amie. Où voulait-elle en venir?

– C'est très exactement ça, dit-elle. La guerre est finie. On est passé au travers avec moins de dégâts qu'à la précédente. Mais il ne s'agit pas de s'endormir. Maintenant, il faut que ça reparte. Les marchés sont bons. Il faut en profiter.

– En profiter! répéta Anne. Tu as demandé à Victor et à Bernadette s'ils en profitaient? Tu les abrutis de travail, c'est tout ce que tu fais.

– Et alors? s'étonna Marie. On n'a rien sans rien. Je n'ai pas travaillé, moi, à l'époque, pour sauver la ferme?

– Tu travaillais pour toi, Marie.

– Non. Je travaillais pour mon père, pour la ferme.

– Tu sais bien que tu es de mauvaise foi. Peut-être bien que tu pensais d'abord à ton père et à sa ferme. Mais c'était tout de même ton avenir que tu bâtissais. Et tu n'avais de comptes à rendre à personne.

– Où est la différence?

– La différence, elle est que Victor et Bernadette ne sont que tes commis.

– Et ce n'est pas pour eux qu'on travaille?

– Le savent-ils seulement? Bien sûr, quand tu ne seras plus là... Mais pour le moment, tu es là. Et c'est pour toi, par toi, sous tes ordres, sans la moindre responsabilité qu'ils travaillent. Tu es tellement là qu'ils ne sont rien de plus que le Phonse. Et même, à se demander, parfois, à voir comment tu les traites, si tu n'as pas plus de considération pour lui que pour tes propres enfants.

Marie n'en revenait pas. La violence des propos d'Anne la laissait sans voix. Elle était venue s'asseoir au bout du banc et considérait avec stupéfaction son amie attablée qui touillait machinalement son café.

Bien sûr qu'elle n'était pas tendre avec ses enfants. Elle en avait parfaitement conscience. Il lui arrivait même de s'étonner de trouver en elle si peu de tendresse à leur égard. Mais ce qui la surprenait le plus, dans les propos d'Anne, c'était la brutalité de cette attaque. Quelque chose lui disait que ce n'était pas tout à fait par hasard qu'elle intervenait si soudainement, après tant d'années de reproches restés muets. Elle préféra se réfugier dans le silence et attendre que son amie se dévoile.

Anne prit le temps de boire son café à petites gorgées. Ce mutisme de Marie lui déplaisait. Il correspondait si peu au tempérament de son amie qu'il la désarmait. Elle était pourtant résolue à aller jusqu'au bout, quoi qu'il lui en coûte.

– Tu es donc aveugle ? reprit-elle en posant sa tasse et en se mettant en devoir de ramasser soigneusement le sucre qui restait au fond. (Elle n'avait pas envie de rencontrer le regard fermé de Marie.) Tu ne vois donc pas que tu vas obtenir le résultat inverse de ce que tu cherches ? Qu'est-ce que tu veux, Marie ? Tu ne penses plus que par ce gamin. Tu veux tout pour lui. Tu crois que je n'ai pas compris ? Et tu veux que tout le monde lui donne tout. Penses-tu que Victor acceptera ? Pourquoi lui donnerait-il ce qui lui revient ? Bernadette, je ne dis pas. Elle n'a pas la moindre volonté. Et tu as cassé le peu de caractère qu'elle pouvait avoir. Mais Victor... Méfie-toi, Marie. Tu le pousses à bout. Ne te fie pas à son air buté. Un jour, il se révoltera. Il n'acceptera pas, je te le dis. Et, ce jour-là, tu perdras en une seule fois tout ce que tu prétends monter au-dessus de leur tête.

– Et, ce jour-là, tu prendras le parti de Victor.

Ce n'était pas une question. Marie avait parlé sèchement, d'un ton monocorde. Et ce fut le tour d'Anne de rester sans voix. Elle ne s'attendait pas à une telle réaction. Un long moment, elle dévisagea son amie.

– Tu n'y penses pas? demanda-t-elle enfin.

D'un geste vif, Marie rafla les deux tasses sur la table et se leva.

– Je ne sais plus, dit-elle. Tu as des mots... Crois-tu que ce soit par plaisir que je les mène comme ça? Et comment je devrais faire, selon toi? Ils n'ont pas plus de caractère l'un que l'autre. Il faut bien que j'en aie pour eux. Tu voudrais peut-être que je laisse Victor décider? Elle n'irait pas bien loin, la ferme, avec un patron comme ça. Le Phonse a plus de bon sens que lui. Mais si, par-dessus le marché, tu leur montes la tête contre moi...

– Allons, Marie, tu sais bien que je ne leur ai rien dit.

– Il vaut mieux comme ça.

La voix de Marie grondait encore de colère et d'émotion. Jamais il n'y avait eu une telle ombre entre elles. Elle en souffrait, mais elle était incapable d'admettre que qui que ce soit, même Anne, puisse discuter ce dont elle avait déjà fait sa raison de vivre.

Elle n'en démordit pas. Et Anne n'aborda plus le sujet. Mais ces mots rudement échangés subsistèrent longtemps comme de rapides et tumultueuses nuées d'orage qui assombrissaient parfois les regards qu'elles croisaient lorsque Marie exigeait ou lorsqu'il arrivait à Victor de regimber.

Les temps, heureusement, étaient à une étrange facilité, qui contrastait avec les jours sombres de la guerre dont on venait à peine de sortir. L'Europe entière, dévastée, avait faim. Et les paysans, qui détenaient seuls le pouvoir d'apaiser cette faim, étaient l'objet de toutes les sollicitudes. Les marchés flambaient. Et l'on entretint même, quelque temps, l'illusion d'une agriculture plus rentable que l'industrie. Marie exultait. Déjà, elle voyait s'instaurer cet âge d'or auquel son père avait tant cru jusqu'à ce jour d'août 1914 qui avait ruiné tous leurs espoirs. Elle pensa à jamais finies les sombres années d'avant-guerre. Elle imagina tournée à tout jamais la page grise du déclin qui avait vu la désespérance gagner les campagnes oubliées du progrès.

Elle triomphait. Tout ce travail, cet acharnement à produire toujours plus n'étaient donc pas vains. Et, sans vergogne, elle n'hésitait pas à en demander encore davantage à Bernadette, à Victor et au Phonse.

La vie à l'Huis Maugrit avait retrouvé une sorte de plénitude dont on mesurait à quel point elle avait pu faire défaut à l'aune du bien-être que procurait son retour. Avait-on bien pris garde à l'importance de ce que l'on perdait, lorsque le dernier enfant avait cessé d'aller à l'école ? S'était-on ému d'une place après l'autre laissée libre, autour de la grande table, par les départs successifs ? Avait-on entendu la voix qui manquait dans le grand concert des appels, d'un champ à l'autre, de l'étable au fenil ? C'était surtout l'addition de tous ces petits manquements que l'on n'avait jamais pensé à faire. Et, lorsque la conscience du vide était venue, on en avait perdu le compte.

Il fallut que René, Claude et Emmanuel prennent le chemin de l'école, chaque matin, pour que, ravies, se tenant côte à côte à la porte de la ferme, Marie et Anne mesurent pleinement le poids que pouvaient avoir, dans leur vie, ces petites silhouettes s'éloignant en sautillant gaiement sur le chemin du bourg.

Elles s'étaient retournées du même geste et avaient réalisé ensemble tout ce qui avait changé dans la cour de la ferme. Du temps où Marie et Roland l'occupaient seuls, une méchante herbe rase s'était inscrustée entre les pierres du pavage. Elle avait gagné de proche en proche, n'abandonnant à leurs allées et venues que quelques pistes étroites marquant leurs déplacements coutumiers de l'étable au fenil ou de la maison au bûcher. Elles réalisaient tout à coup que cette vilaine lèpre verdâtre avait disparu, vaincue par les pas bien plus nombreux de tant de personnes. Une nouvelle patine d'activité avait eu raison des mousses et des tristes moisissures grises qui s'étaient insinuées partout, durant toutes ces années d'avant-guerre où la ferme, peu à peu et par la force des choses, avait dû se replier sur elle-même.

C'était comme si une nouvelle lumière, plus dense, plus riche, s'était étendue sur la ferme. Et Marie en eut un large sourire lumineux qui fit chaud au cœur d'Anne.

L'illusion persista suffisamment longtemps pour qu'on en vienne à oublier le risque des mauvais jours.

François s'éveilla au monde dans cette douce euphorie. Il eut tôt fait, dès ses premiers pas, de chercher à s'affranchir du domaine trop étroit de la maison où sa grand-mère, qui lui passait tout, battait sans cesse en brèche les vains essais d'autorité de sa mère.

Très vite, il n'eut de cesse qu'on le laisse trotter dans toute la ferme. Marie, aux anges, y vit un intérêt précoce pour le métier auquel elle le destinait. Mais le gamin savait ce qu'il faisait. Seules retenaient son attention les allées et venues du Phonse. Marie eut beau faire, elle ne parvint pas à le détourner de sa volonté inébranlable de suivre le vieux. Elle en fut bien un peu dépitée, mais n'en laissa rien paraître. Après tout, le vieil homme passait ses journées dans les champs ou au milieu des bêtes. François s'y habituerait aussi bien en sa compagnie qu'en celle de sa grand-mère.

Elle ne fit pas d'objection le jour où le Phonse lui proposa d'emmener l'enfant jusqu'à la ferme du bourg. Ce fut une fête !

Chaque matin, on ressortait la vieille charrette anglaise de Roland. On l'attelait de sa grande jument baie. Souvent, le Phonse emmenait ainsi les enfants à l'école. Et c'était, à chaque fois, une grande mélancolie, pour Marie, de voir se reconstituer l'équipage qu'elle avait si souvent vu s'éloigner de l'Huis Maugrit, au temps de l'enfance de Victor et de Bernadette.

Ce matin-là, François, tout fier, se cala entre René et Claude, derrière le banc sur lequel prit place le Phonse. Il n'eut pas un regard pour sa grand-mère qui entendit longtemps son rire fuser, pendant que s'éloignait la voiture dont le balancement l'amusait prodigieusement.

Pour l'enfant, la journée fut un enchantement. Pendant que le Phonse s'occupait des bêtes, il put librement partir à la conquête de la ferme de l'oncle Gagnaire. Il courut partout, fouina dans les bâtiments les plus poussiéreux, escalada le fenil, risqua une ou deux expéditions dans les prés voisins, s'y trempa copieusement le fond de culotte en s'affalant dans une rigole. Mais n'en eut cure ! Il était libre et ce dépaysement creusait dans ses jeunes désirs des gouffres d'envies de découverte.

Il mangea assis près du Phonse sur une botte de paille, mâchant avec application les petits cubes de pain que lui tendait le vieux avec un bout de lard ou de fromage. Il but même un peu de vin avec le délicieux sentiment de l'interdit impunément transgressé. Roulé en boule dans la paille, il fit une sieste profonde. Sitôt réveillé, il repartit vers les innombrables horizons inconnus que la ferme recelait encore pour lui.

– Ne t'éloigne pas, lui lança le Phonse. On va bientôt remonter. Sinon, ta grand-mère va s'inquiéter.

C'était le dernier de ses soucis. Le vieux le vit pourtant revenir rapidement.

– Viens, lui dit-il. Viens, j'ai trouvé quelque chose.

Le Phonse, pris par son travail, pensa refuser. Il avait autre chose à faire. Mais le gamin avait tout à coup l'air très grave en même temps qu'émerveillé. Intrigué, il le suivit. François mit sa petite main dans celle, épaisse et calleuse, du vieil homme.

– Viens vite, insista-t-il en le tirant à travers la cour.

Par quel miracle la petite porte de la menuiserie était-elle restée ouverte ? Depuis la mort de l'oncle, en 1926, plus personne ne l'avait franchie. L'atelier, sans repreneur, était resté en l'état, gagné peu à peu par une épaisse poussière grise.

– Viens, répéta encore François en se faufilant entre les orties qui défendaient la porte et en poussant le battant dont les gonds émirent une longue plainte lugubre.

– Regarde !

Le Phonse se figea sur le pas de la porte. Le gosse, avant de venir le chercher, avait déjà évolué dans l'atelier abandonné. On suivait la trace de ses petits pieds tout autour de l'établi, au long des piles de bois, jusqu'au banc de scie. Il avait marché avec précaution, à petits pas qui avaient respecté la poussière et s'y étaient inscrits avec netteté, comme pour mieux s'incruster dans ce décor, qui, visiblement, le ravissait. C'est à peine si, des doigts, il avait effleuré les outils restés sur l'établi à la place où les avait posés une dernière fois Armand Gagnaire avant de renoncer, tout de suite après la Grande Guerre dont son fils n'était pas revenu. Sous le léger filigrane des doigts de l'enfant étaient réapparus là le manche poli par l'usure d'un ciseau, ailleurs l'éclat mat de l'acier d'une varlope.

Lâchant la main du Phonse, il repartit dans une sorte de lente navigation précautionneuse à travers l'atelier dont il semblait craindre de le voir s'évanouir comme un rêve au premier de ses gestes trop vifs.

– C'est beau !

Il s'était arrêté devant une pile de hautes planches dressées contre le mur. Et, du plat de la main, il les caressait à gestes infiniment doux, déclenchant de minuscules avalanches de poussière et révélant les élégants dessins des veines du bois.

« Ce n'est plus le même », pensa le Phonse lorsque l'enfant, interrompant son geste, se retourna vers lui. Il était transfiguré. Le petit fonceur prêt à toutes les bêtises, prompt à froncer les sourcils lorsqu'on prétendait se mettre en travers d'une de ses volontés, était émerveillé. Il semblait marcher dans un songe et son regard lumineux traduisait tout le ravissement de sa découverte.

Il revint vers le Phonse, glissa sa petite main dans celle du vieux et, plantant son regard bien droit dans le sien, mettant tout le sérieux qu'il pouvait dans sa voix, il dit : « Quand je serai grand, je serai menuisier. »

16

Il n'en démordit pas. Il ouvrit simplement de grands yeux étonnés lorsque le Phonse, alarmé et se sentant vaguement fautif, lui recommanda énergiquement de ne jamais répéter une chose pareille à sa grand-mère et de ne même pas lui raconter son expédition dans la menuiserie. Le gosse dut pressentir quelque chose de grave car il se le tint pour dit et n'eut jamais, devant Marie, la moindre allusion à l'univers qu'il venait de se découvrir.

Il devint pourtant un habitué de la carriole du Phonse, lors de ses voyages quotidiens à la ferme du bourg. Marie n'y attacha pas d'importance, mettant cet engouement subit sur le compte de l'attachement de l'enfant pour le vieux.

Celui-ci, pourtant, ne le voyait plus guère. Sitôt arrivés à la ferme, François, ignorant superbement toutes les découvertes qui l'avaient émerveillé le premier jour, filait à la menuiserie. Il y passait des heures. A gestes toujours aussi précautionneux, il époussetait les outils, les admirait longuement, puis passait aux planches dont il ne se lassait pas de suivre du doigt les méandres blonds de leurs veines. Il s'asseyait sur quelque billot et s'inventait mille jeux de trois bouts de bois et de quelques copeaux fanés.

Il fallait que le Phonse vienne lui rappeler l'heure du déjeuner. Et, sitôt avalée la dernière bouchée, ignorant la sieste dans la paille qu'il avait tant aimée le premier jour, il s'enfuyait à nouveau vers l'atelier, ses jeux et ses rêves.

Le soir venu, c'était à contrecœur qu'il remontait dans la charrette.

– Alors, lui demandait le Phonse, tu t'es bien amusé dans ta menuiserie ?

Il fallait que la voiture ait quitté le bourg et franchi le pont, sous l'ancienne gare, pour que se délie la langue de l'enfant. Quand la jument ralentissait et prenait le pas, au pied de la grande côte, il consentait enfin à parler et à raconter au vieux émerveillé tous ses songes d'enfant dans l'univers qu'il se créait, au milieu des copeaux, des planches, de la poussière et des vieux outils. Immanquablement, il concluait son bavardage par la même affirmation qui faisait frémir le Phonse.

– Plus tard, disait-il, quand je serai grand, je serai menuisier.

– Malheureux, n'en dis rien à ta grand-mère, répondait invariablement le vieil homme d'un ton grondeur.

L'enfant portait sur lui un regard interrogatif. Puis, comme le Phonse n'en disait jamais plus long, il se murait dans un silence en regardant grandir, devant eux, les grands châtaigniers qui marquaient l'entrée de la ferme.

Il sut garder son secret. Et Marie, longtemps, se perdit en conjectures sur les raisons du changement de comportement de l'enfant à son égard. Insensiblement, il s'était fait plus distant. Il n'avait guère plus de quatre ans et, lorsqu'ils étaient à l'Huis Maugrit, il suivait partout René, Claude et Emmanuel. Mais, quand ceux-ci collaient aux basques de Marie, curieusement, François les quittait et partait mener ses propres expéditions. Ils ne se retrouvaient que lorsque les trois autres avaient quitté sa grand-mère. S'il se trouvait seul avec elle, il affectait une profonde indifférence, interrompant son habituel bavardage et fronçant les sourcils dès qu'elle tentait vers lui un geste affectueux.

Marie, après qu'elle eut constaté à plusieurs reprises

ces attitudes délibérées du gamin et qu'il ne fit plus aucun doute, pour elle, qu'il lui manifestait ainsi une sorte d'hostilité, en fut affectée. L'affection est de ces sentiments qui ne sont doux que s'ils sont partagés. Dès lors qu'ils s'expriment sans retour, ils peuvent devenir la plus redoutable des souffrances. Tel fut le cas pour Marie, même si, bien sûr, elle n'en laissa rien paraître. Par son seul choix, elle avait mis tant d'espérance, tant de foi dans les pas de cet enfant qui devaient s'harmoniser aux siens, que son indifférence et même le rejet qu'il exprimait sans détour des avances de sa grand-mère furent, pour elle, durant longtemps, une insoutenable douleur.

« Allons, se répétait-elle, c'est un enfant. Il a ses lubies d'enfant. Comment comprendre ce qui se passe dans une tête d'enfant ? Ça lui passera. » Mais rien n'y faisait. Elle se sentait frustrée, laissée pour compte par ce petit bout d'homme qui lui faisait subir ce que jamais un adulte n'aurait osé.

François ouvrit là, sans le savoir, la première brèche dans l'étrange état de grâce qu'avait connu l'Huis Maugrit depuis la fin de la guerre. Déjà, les marchés s'effritaient. Et la dévaluation galopante aggravait une situation qui ressembla vite à celle qu'on avait connue aux pires périodes d'avant-guerre. Reconstruits, les silos de l'Europe avaient reconstitué leurs réserves et le temps où l'on courtisait les paysans était révolu.

Marie ignorait un syndicalisme tout neuf qui recrutait à tour de bras et organisait de grandes manifestations de force. Elle méprisait tous ces beaux messieurs et leurs discours de tribuns.

– A quoi ça ressemble ? disait-elle. Ce ne sont pas nos fermes qu'ils défendent. Ce sont les leurs, les grosses, celles des plaines. Nous, ce n'est pas comme ça qu'on s'en sortira. C'est par notre travail.

Et elle en redoublait, imposant à tous le même rythme effréné. Seul, le Phonse acceptait sans plus broncher. A longueur de semaine, il travaillait comme un forcené.

Mais il avait été intraitable sur ses samedis soir. A sept heures précises, il abandonnait tout. Il montait dans sa chambre, se changeait et disait un rapide « bonsoir » en retraversant la grande salle, sa vielle sous le bras. On avait raconté à Marie qu'il allait s'installer dans un coin de la salle de l'auberge et qu'il jouait de son instrument toute la soirée, parfois tard dans la nuit si quelques danseurs s'attardaient, contre la seule promesse du patron de lui tenir son verre toujours plein.

On ne le voyait guère de tout le dimanche. Mais, le lundi matin, avant que le jour soit fait, il était au travail comme si de rien n'était.

Victor aussi descendait à l'auberge. Mais c'était beaucoup plus tard, lorsque Marie acceptait de le libérer. Et si lui aussi était à son labeur le lundi matin, c'était souvent après n'être réapparu que tard dans la soirée du dimanche, le pas hésitant, l'œil injecté de sang et le regard plus sournois et méchant que jamais.

Bernadette, dont il était hors de question qu'elle se rendît à quelque fête que ce soit, prenait un air consterné et portait alternativement les yeux sur son frère, qui traversait la salle en renversant tout sur son passage, et sur sa mère qui, murée dans un silence furieux, avait à chaque fois toutes les peines du monde à se retenir de prendre son fils par le collet pour le jeter dehors

Puis, un dimanche, on vit arriver Louis et Jeanne dans une petite quatre chevaux Renault toute neuve. C'était la première voiture qui montait à l'Huis Maugrit depuis qu'un taxi y avait ramené Anne. Louis en descendit avec des gestes de grand monsieur. Il en était écarlate de fierté. Jeanne, plus modeste, s'excusait presque auprès d'Anne qui contemplait l'engin sans beaucoup d'aménité.

Marie, alertée par le bruit du moteur, avait quitté son travail dans la ferme et arrivait en s'essuyant les mains à une grande blouse grise.

– C'est à toi, ça? demanda-t-elle d'un ton rogue.

– Elle ne te plaît pas? voulut ronronner Louis. Tu veux l'essayer? On fait un tour?

– On n'a pas que ça à faire. Et tes frères ? Ils roulent voiture, eux aussi ?

Louis était trop accaparé par son beau jouet pour voir venir le coup.

– Pas encore, dit-il. Mais ils y pensent, comme nous. Ça va mieux pour nous, maintenant, vous savez.

Marie, l'œil noir, s'était rangée près d'Anne et toisait Louis.

– Eh bien, tant mieux pour vous, fit-elle. Ça vous a fait oublier plus vite les jours difficiles, pas vrai, les jours où tu attachais des bandes de vieux pneus avec des ficelles sur les jantes de ton vélo, tu te souviens ?

Tout à coup, le regard de Louis avait retrouvé cette fâcheuse habitude qu'il avait jadis de fuir loin derrière ses interlocuteurs, leur donnant toujours l'envie de se retourner, à la recherche de ce qu'il pouvait bien contempler dans leur dos. Gêné, il resta ainsi, dansant d'un pied sur l'autre, devant sa petite voiture, sous le regard mi-furieux mi-ironique des deux femmes.

Ce fut Jeanne qui, plus mal à l'aise encore, rompit le silence.

– On est venus reprendre Emmanuel, dit-elle. Maintenant, en ville, tout est redevenu comme avant. On ne voudrait pas qu'il vous embarrasse plus longtemps.

– Il ne nous encombrait sûrement pas, dit simplement Anne en se retournant et en marchant vers la maison.

Elle ne voulait pas que se lise sur son visage l'émotion soudaine qui l'avait saisie. Bien sûr, elle savait que cela devait arriver. Il n'allait pas rester là éternellement, cet enfant. Mais quand c'est là... quand surgit le moment tant redouté... C'est qu'elle s'y était attachée, à ce petit Emmanuel, la tante Anne. Et cette solitude qui allait se refermer sur elle, ce face-à-face gris avec le père à jamais cloîtré dans son silence dont le plus désespérant était de ne pas savoir ce qu'il contenait.

Et Marie qui jouait les fortes, qui semblait ne pas penser au jour où ça lui arriverait, à elle aussi. Bien sûr, elle avait son petit-fils. Mais qu'elle serait ténue, la flamme de l'espoir reposant sur ces seules bien jeunes et frêles épaules, lorsque seraient partis les enfants d'Edmond! Ce petit François, dont elle avait déjà abusivement fait le centre de son monde, allait rester la seule lucarne ouverte dans un univers d'uniforme grisaille.

Irrésistiblement, Anne voyait l'Huis Maugrit comme ces grandes maisons de ferme jadis opulentes, et qui vivaient maintenant tous volets clos sur la désespérance de quelques vieux gars n'attendant plus rien que la mort, pour eux-mêmes comme pour les dynasties dont ils étaient les derniers et secs rejetons.

Allons, puisqu'il le fallait.

On fit le bagage d'Emmanuel. On cacha vaillamment ses larmes sous un sourire de façade et l'on resta longtemps debout, au bord du chemin, pendant que la petite Renault s'éloignait en cahotant sur les pierres du chemin.

Restait à attendre qu'Edmond et Agnès viennent reprendre leur progéniture. Ce qui advint peu de temps avant la rentrée des classes. Eux n'avaient pas encore de voiture. Et ils prévinrent quelques jours à l'avance. On eut le temps de s'armer pour ne pas trop céder à l'émotion. Mais ce fut un bien piètre changement. Et que le silence fut lourd à accepter lorsque, remontant du bourg où on les avait escortés jusqu'à l'arrêt d'autobus, devant l'ancienne gare, il fallut affronter la cour vide de l'Huis Maugrit qu'avait même déserté François, parti en expédition derrière le Phonse.

– Viens donc prendre un café, dit Marie affolée à l'idée de se retrouver seule dans sa grande salle.

Elles s'installèrent face à face, de part et d'autre de la table. La cafetière sur le lourd carreau de terre cuite qui faisait fonction de dessous-de-plat, les tasses et les cuillères sur la toile cirée, la boîte à gâteaux et le sucrier eurent, durant de longues minutes, à meubler le silence. Puis Marie fit de la main un geste vif qui se voulait d'indifférence.

– Voilà, dit-elle, c'est comme ça. C'était prévu.

Anne touillait son café sans le quitter des yeux.

– Tu ne dis rien, s'impatienta Marie.

Anne eut un imperceptible haussement d'épaules.

– Que dire? Nous sommes seules à nouveau, voilà tout. Notre pays n'intéresse plus.

– Peut-être que c'est aussi bien comme ça. Tout ce monde, ce n'était que des complications. Nous voilà entre nous. C'est plus simple.

Anne leva enfin le nez de dessus son café pour lancer un bref sourire narquois à l'adresse de son amie. Sa mauvaise foi était sans limites dès qu'il s'agissait de ne pas laisser transparaître ses émotions.

– Eh bien, restons seules, admit Anne. C'est égal, quand ils ont eu besoin de nous, ils ont bien su nous trouver. Et après... A croire qu'il n'est bon qu'à ça, notre pauvre pays, à servir en cas de coup dur. Le reste du temps, quand il ne s'agit plus que de gagner des sous, alors là, oublié le Morvan.

– Oublié mais tranquille, persista Marie.

Il fallut s'y faire. Il fallut réorganiser la vie sans les cris des enfants, sans leurs embarquements matinaux dans la voiture du Phonse, sans leurs retours affamés de l'école, sans le secret plaisir qu'on avait à les trouver sur son chemin et qu'on dissimulait, pour la forme, sous quelque gronderie qui ne trompait personne.

Il fallut reprendre la lutte pour que l'Huis Maugrit, livré, pour la joie et le bonheur de vivre, aux rires trop esseulés d'un seul enfant, ne renonce pas définitivement. Tâche démesurée à laquelle s'acharnait Marie. Jour après jour, tête haute, elle se battait. Mais il lui semblait que l'énergie sans bornes qu'elle dépensait pour que sa ferme devienne le domaine de ses rêves, digne de son petit-fils, suffisait à peine à maintenir en vie ce grand corps fait pour d'autres empoignades. Aussi acharné qu'il ait pu être, le travail d'un vieil homme, d'un gamin sans espoir et d'une mère sans homme avait quelque chose de tari, de sec, dont Marie se désespérait de faire jaillir la sève qui eût pu faire germer ses espoirs.

Et François, enfant tout à coup solitaire, mal remis du départ de ses cousins et d'Emmanuel, se refusait de plus en plus aux marques d'attachement de sa grand-mère. Rien, jamais, n'aurait pu le lui faire admettre, mais elle en souffrait profondément. Et elle jalousait secrètement le Phonse, sans connaître les vraies raisons de la ponctualité avec laquelle le gamin était, chaque matin, au départ de la grande charrette anglaise. Elle en venait à penser que c'était elle qu'il fuyait ainsi.

Lorsqu'il eut cinq ans, on l'inscrivit à l'école. Il n'en montra pas beaucoup d'émotion et y trouva même rapidement du plaisir. Marie avait secrètement espéré que cette nouvelle vie l'éloignerait du Phonse. La compagnie du vieux convenait bien à l'existence de petit sauvageon qu'il avait menée jusque-là. Mais le rythme régulier de l'école, les bonnes manières qu'il fallait y afficher et les devoirs à faire à la maison, le soir, allaient l'éloigner, elle en était convaincue, de ses expéditions vers la ferme du bourg dont il revenait toujours poussiéreux et crotté.

Elle en fut pour ses espérances. Sitôt l'école finie, François se précipitait à la ferme de l'oncle Gagnaire où il retrouvait le Phonse. Et le jeudi matin, au lieu de dormir quelques heures de plus, comme tentaient vainement de le lui proposer sa mère et sa grand-mère, il était immanquablement installé dans la voiture avant même que le Phonse ait fini d'y atteler la jument.

Le vieux s'inquiétait bien un peu de cette passion pour la menuiserie qui ne faiblissait pas. François n'avait eu de cesse qu'il lui nettoie un coin de l'établi, près du grand poêle à bois qu'il avait fallu remettre en marche. Et, chaque soir, Marie eût été bien surprise si elle avait vu son petit-fils s'appliquant à ses devoirs, accoudé à l'établi de l'oncle, éclairé, au coin de ses cahiers, par une vieille lampe à huile, dans la bonne chaleur dispensée par un feu de bois. Visiblement, il n'était heureux que dans l'atmosphère de cette menuiserie. Alors, le Phonse avait cédé et avait consenti à toutes ses fantaisies non sans maugréer à la seule idée de la colère de Marie, le jour inévitable où elle découvrirait tout ça.

Mais François, sans en connaître les vraies raisons dont il se souciait peu, avait retenu l'avertissement du

Phonse. Sa menuiserie était un secret dont il ne fallait surtout pas que sa grand-mère ait connaissance. Et s'il avait peu à peu nettoyé l'atelier, repoussant la poussière hors de ses itinéraires habituels, il s'était bien gardé de toucher aux vitres de l'unique fenêtre. Il avait même pris garde à ne pas trop écraser les mauvaises herbes qui avaient envahi le pas de la porte. Et il se faufilait jusqu'au lourd battant dont la peinture écaillée ne trahissait en rien la vie qu'il lui avait rendue en le poussant chaque soir.

Lorsque Marie, deux ou trois fois par mois, descendait à la ferme du bourg, elle trouvait toujours son petit-fils très occupé à quelque jeu dans le fenil, ou dans le jardin si le temps le permettait, et toujours assez loin de la maison et de l'atelier pour qu'elle ne puisse même pas soupçonner qu'il ait pu y pénétrer. Seul, le comportement du Phonse l'étonnait. Quand François était là, il n'était plus le même. Et Marie cherchait quelle mouche pouvait bien le piquer, à chaque fois qu'elle arrivait dans la cour de l'oncle, pour qu'il soit tout à coup renfrogné et presque grincheux.

– Si c'est ma présence qui vous gêne, il faut le dire, lui lança-t-elle un soir, après qu'il l'eut particulièrement exaspérée de son silence grognon.

Il eut vers elle un regard étonné, sembla hésiter un instant.

– Non, non, s'empressa-t-il de lâcher. Ce n'est pas ça.

– Alors c'est quoi ?

Pour le coup, il interrompit son travail et resta un long moment silencieux à considérer Marie, appuyé sur sa fourche.

– Rien ! fit-il enfin.

Et il reprit son travail. Marie comprit qu'elle n'en saurait pas plus. Elle n'insista pas. Mais, longtemps, elle chercha les raisons de la mauvaise humeur du Phonse à chaque fois qu'elle descendait à la ferme du bourg, sans jamais soupçonner qu'elle puisse avoir un rapport avec le comportement bizarre de François à son égard.

17

Un matin d'automne, Octave Guillard ne se réveilla pas. Anne le trouva allongé sur le dos, dans la position où la mort l'avait surpris. Les yeux clos, quelque chose comme un imperceptible sourire au coin des lèvres, il semblait tout à coup revenu de son errance.

Posément, Anne prit une chaise, l'attira près du lit et s'installa. Il lui semblait qu'un vide immense s'était creusé, à l'instant même où elle avait compris que son père était mort, entre son esprit et la réalité. Les mains jointes posées sur les genoux, le dos légèrement voûté, elle dut rester ainsi plusieurs heures, parfaitement immobile, le regard accroché au visage paisible de celui qu'elle avait veillé et soigné durant plus de trente-cinq ans. Seule la déportation avait pu l'en éloigner.

De toutes ces années, son père n'avait pas prononcé un mot, pas manifesté le moindre sentiment. Et pourtant, il lui fallait maintenant prendre la mesure de sa solitude. Dans le grand vide de son esprit, sa mère fut la première à venir la rejoindre. Il fallait d'abord que défilent les images du passé pour qu'une idée se fasse en elle de ce qui restait de son présent.

Mais les souvenirs, curieusement, se présentaient à rebours. De sa mère, ce qui s'imposa d'abord à elle fut ces moments d'angoisse passés avec Marie, devant les grilles de la mine où venait de se produire un accident. Elle devait avoir une douzaine d'années. L'oncle

Gagnaire était venu les rejoindre et avait tenté de les rassurer. Mais Julia, la mère de Marie, était sortie de la mine et les avait entraînés jusque chez l'oncle. Anne n'avait plus de mère. Octave Guillard revint des tranchées pour l'enterrement. Mais, déjà, il n'était plus le même. Ses absences et ses silences avaient affolé Anne.

Il n'était plus ce galvacher taciturne et affable dont Anne revoyait les retours, à la Saint-Martin de chaque année. Et, tout à coup, le bouquet de ces fêtes annuelles s'épanouissait en elle. Le souvenir en avivait encore les couleurs. Ses trois frères dont le dernier marchait à peine, sa mère rayonnante et affairée, son père aux mots déjà rares mais au large sourire paisible, ils dansaient tous, dans sa tête, une étonnante farandole qui n'était rien d'autre que de la joie de vivre.

Et puis la guerre... Là, il semblait que toutes les couleurs se soient effacées. Du gris. Il ne restait qu'une longue, très longue grisaille sans le moindre relief. Et la pensée d'Anne s'enfuyait vers ce retour des frères, en 1936, qui aurait pu être une fête. A leur sortie de l'école, M. de Cormot les avait embauchés tous les trois à la mine. Mais, rapidement, il n'y avait plus eu de travail pour eux au pays. Il leur avait proposé de les envoyer au Creusot, dans une usine où il avait des intérêts. Ils n'avaient guère le choix. Ils étaient partis.

On ne les avait guère revus avant les premiers congés payés de 1936. Ils étaient arrivés, par un beau jour d'août, sur de belles bicyclettes toutes neuves. On avait cru à la fête. Elle avait été manquée. Les paysans qui avaient quitté le village, plusieurs années auparavant, étaient devenus des ouvriers. Leur langage et leurs idées n'étaient plus les mêmes.

Anne, sans quitter son père des yeux, eut un pauvre sourire. Le souvenir lui était tout à coup revenu de la bicyclette que Marie, toujours aussi vive, voulait à toute force que ses frères achètent à Anne. Son amie estimait que c'était le moins qu'ils lui devaient pour le prix de la solitude à laquelle elle consentait, en les soulageant du problème de la garde du père. Anne n'avait toujours pas de bicyclette et ses jambes la portaient encore bien au pays, quand il fallait y descendre.

Et maintenant, de toute façon, de quelle utilité lui serait-elle ? Il y avait en elle une sorte de conflit entre le réalisme qui voulait que la vie continue et l'incapacité totale dans laquelle elle se trouvait d'imaginer l'existence sans les attentions permanentes qu'il lui fallait avoir pour son père.

Lorsqu'elle se leva enfin, la matinée s'achevait. Tournant le dos au lit sur lequel reposait son père, la main encore sur le dossier de la chaise, elle eut un long regard circulaire sur sa maison dans laquelle elle s'étonna de n'avoir rien fait de toutes ces longues heures. Mais à quoi bon ? Lentement, elle traversa la pièce et sortit.

Sous l'édredon d'un ciel gris, il faisait doux. Les parures d'ocre, de feu et d'or dont octobre avait couvert les forêts, prenaient, dans la lumière tamisée par les nuages, un velouté qui caressait l'œil. Anne resta longtemps debout sur le pas de sa porte. Il lui semblait que toute cette beauté l'emplissait et, sans rien ôter à son désarroi, la détachait encore un peu plus des réalités.

Il lui fallait pourtant marcher. Elle s'y résolut. Marie... Quel autre geste pouvait-elle avoir que d'aller vers Marie ? Il fallait lui dire, il fallait la trouver. Et les pas à faire lui parurent une incommensurable épreuve.

Marie était au grand pré. Une faucille à la main, elle allait à grands pas, cueillant au passage, à gestes vifs, les quelques fougères et les rampants de ronces qui, malgré les coupes annuelles, avaient réussi à pousser durant l'été. Anne s'arrêta dans la porte du pré. Son amie s'éloignait d'elle, marchant vers la lisière du bois. Elle eût pu appeler. Elle s'en sentit incapable. Un nœud lui barrait la gorge. Cette silhouette familière à laquelle elle aurait tant voulu se raccrocher et qui s'éloignait d'elle accentua en elle une irrépressible sensation de chute.

C'étaient ses pires cauchemars du temps de la déportation qui refaisaient surface. La sensation d'être petit, de plus en plus petit, de plus en plus loin, de plus en plus vite, de s'échapper irrésistiblement, malgré soi, d'être sur une pente sans fin et sans frein, tout en haut de laquelle, immobiles et indifférents, tous ceux qu'on aime continuent de vivre sans voir qu'on devient de plus en plus petit, de plus en plus loin, de plus en plus vite... Anne dut se cramponner au piquet d'angle de la porte. La terre, lui semblait-il, allait se dérober sous ses pas.

Et puis Marie atteignit le bout du pré. Elle en longea quelque temps la bouchure, le nez au sol, repérant devant ses pas les tiges de fougères et de ronces que ne manquait jamais sa faucille. Toujours longeant la bouchure, elle revint enfin vers la porte. Anne parvint à s'extraire de son cauchemar. Marie, absorbée par son travail, ne la voyait toujours pas. Mais cette silhouette qui grandissait se détachait peu à peu de l'étendue d'herbe à laquelle elle semblait finir par se confondre lorsqu'elle longeait la lisière du bois, dont les pas s'allongeaient régulièrement, énergiquement, pendant que volaient les arabesques dessinées par la faucille, avait déjà la force d'arracher Anne à sa désespérance.

– Anne! Qu'est-ce qui ne va pas?

Un instant, Marie avait levé le nez de son travail. Elle avait tout de suite compris que quelque chose se passait. Anne n'avait pas lâché le piquet d'angle de la porte. Elle se tenait légèrement voûtée et comme rapetissée par sa douleur. Marie, oubliant ses fougères et ses ronces, vint à elle.

– Dis-moi. Qu'est-ce qui est arrivé?

Le visage qu'Anne leva sur son amie était un gouffre de désolation. Elle dut faire un gros effort sur elle-même pour lâcher les mots inéluctables.

– Mon père, dit-elle enfin. L'Octave... Il est mort cette nuit.

Il ne disait jamais un mot et ne bougeait guère de sa chaise, au coin du feu. Et pourtant il sembla à tous que la mort de l'Octave Guillard était une victoire de plus remportée par la solitude. La pitié des regards qu'on lui portait n'avait pas disparu avec lui. Et comme il fallait bien la poser quelque part, c'était sur soi-même qu'on prenait insidieusement l'habitude de s'apitoyer. Seule Anne n'en eut guère le loisir. Elle n'eut pas sitôt mis son père en terre qu'il lui fallait faire ses comptes. Sans la pension d'invalide de guerre d'Octave Guillard, il était évident qu'il ne lui restait pas de quoi vivre.

– Tes frères, gronda Marie. Plutôt que de se payer des voitures, ils ne pourraient pas t'aider ?

– Jamais ! dit Anne sèchement.

– Alors ?

– Alors, je vais travailler.

– Travailler ? Et où ça ?

Anne eut un vif haussement d'épaules. Elle savait bien que ce n'était qu'une belle résolution. Qui lui donnerait du travail ? Que savait-elle faire hors l'entretien de sa maison et les soins à son père ? Et puis le spectre de devoir s'éloigner de l'Huis Maugrit...

Elle tint ainsi quelques mois, seule dans sa maison, vivotant chichement de leurs maigres réserves, de ce que Marie la contraignait à accepter et de quelques extras qu'elle fit à l'auberge du pays.

– Viens habiter avec nous, insistait Marie tous les jours ou presque. Chez toi, je sais bien que tu n'accepteras jamais que ce soit moi qui te fasse vivre, même si tu travailles avec moi. Mais, à la maison, ce ne sera pas pareil. Il y a bien assez à faire pour deux. Et il y a bien assez pour vivre.

Anne ne voulut rien savoir. Seule la perspective d'alléger un peu le travail de Bernadette l'avait fait brièvement hésiter. Mais elle connaissait trop Marie. Elle savait très bien que des charges encore plus lourdes dans la ferme compenseraient vite, pour la pauvre Bernadette, ce qu'elle n'aurait plus à faire dans la maison. Et puis l'ambiance était trop pesante, entre Marie et ses enfants. Anne ne voulait pas s'immiscer. Elle refusa obstinément.

La situation serait vite devenue intenable si, un soir, Anne n'était venue frapper à la porte de Marie avec un sourire un peu contrit.

– Voilà, dit-elle d'emblée, j'ai du travail.

Devant ses fourneaux, Marie fit brutalement volte-face.

– Du travail ? dit-elle. Comment ça ?

Elle sentait Anne partagée entre un grand soulagement et une sorte de profonde tristesse qu'elle ne comprenait pas encore.

– C'est tout simple, dit-elle. Je rentre de l'auberge où ils m'ont fait faire quelques heures. J'y ai rencontré M. de Cormot. Il m'a demandé ce que je devenais. Je le lui ai dit. Il m'a répondu qu'il avait quelque chose pour moi, que ça m'irait fort bien.

Le seul nom de De Cormot avait fait froncer les sourcils à Marie. Au temps où la mine produisait encore, avant la guerre, elle s'était violemment opposée au hobereau dont le fils, Philippe, à la tête d'une bande d'extrémistes de droite vaguement fascisants, avait voulu s'en prendre à Roland.

– Quel de Cormot ? Le père, j'espère, l'Antoine ? Pas le Philippe ?

Anne acquiesça.

– Le père, bien sûr, dit-elle. C'est un très vieux monsieur, maintenant. Il a les cheveux comme de l'argent. Mais il est toujours bien vaillant.

– Tant mieux pour lui, grommela Marie. Prends garde tout de même. L'Antoine, ce n'est pas le pire, d'accord. Mais ce sont tout de même les maîtres. Ils nous méprisent, ces gens-là. Qu'est-ce qu'il t'a proposé ?

– D'être la gardienne du château.

– La gardienne du château, rien que ça ! Ils ne peuvent pas se le garder eux-mêmes, leur château ? Même là, il leur faut des larbins ? Et tu peux me dire comment tu vas faire pour le garder, leur château, depuis l'Huis Maugrit ?

Volontairement, elle insistait lourdement sur le « â » de château. Mais Anne, peu sensible à la dérision, s'était assombrie.

– C'est que... Ben voilà, il va falloir que j'aille y habiter.

Marie abandonna une nouvelle fois ses fourneaux.

– T'installer au château ? Tu vas abandonner l'Huis Maugrit pour aller vivre dans cette grande baraque ?

– Non, dit Anne d'une voix soudain très lasse. Je n'habiterai pas au château. J'habiterai dans la maison des gardiens, à l'entrée. Elle est toute refaite, avec le chauffage central et tout le confort.

– Ah bon, fit Marie.

Et elle se remit derechef à sa cuisine.

L'arrivée successive de Bernadette, de Victor et du Phonse que suivait François ne parvint pas à avoir raison du lourd silence qui était tombé sur la grande salle. Même François veillait à ne pas faire trop de bruit, jetant alternativement des regards furtifs vers sa grand-mère puis vers Anne.

– Anne mange avec nous, décréta sèchement Marie à l'adresse de Bernadette qui commençait à dresser le couvert.

Anne ne fit aucune objection. Elle alla aux fourneaux et aida Marie à apporter les plats sur la table. Ils s'installèrent dans le bruit feutré des conversations que les hommes menaient à mi-voix.

Quand ils eurent fini la soupe, Marie se redressa et empoigna la table des deux mains.

– Voilà, dit-elle d'une voix forte, Anne va quitter l'Huis Maugrit.

Il y eut un soupir général de stupeur puis, à nouveau, le silence.

18

Marie n'aida pas au déménagement d'Anne. Prétextant un travail urgent, elle laissa à Victor et au Phonse le soin de charger tous les meubles des Guillard sur le long char des galvachers qu'ils avaient attelé des deux grandes vaches charolaises. Il fallut toute une longue journée, mais un seul voyage suffit.

– C'est que ce n'est pas la porte à côté, crut devoir commenter le Phonse en rentrant à la nuit faite.

Son œil brillant et son teint réjoui indiquaient toutes les étapes qui avaient été nécessaires à une telle expédition.

Marie n'eut pas un mot, juste un regard de mépris pour son fils qui tenait à peine sur ses jambes. Jamais, elle le savait, s'il avait été seul, le Phonse ne serait rentré dans un tel état. « Et voilà la seule compagnie qui me reste », pensa-t-elle amèrement.

– Pour sûr, continuait pourtant le Phonse, elle est bien installée, la Anne. Une bien jolie petite maison, avec tout le confort. Et puis un beau jardin. Elle a dit comme ça qu'elle vous attendait, qu'elle serait heureuse de vous montrer tout ça, et puis le château, au fond du parc.

Marie grogna un vague assentiment. Mais il lui fallut plusieurs semaines pour parvenir à se décider. Elle ne pouvait pas concevoir qu'il puisse être possible de rendre visite à Anne ailleurs qu'à l'Huis Maugrit, dans sa petite maison basse dont la porte était juste au bout du petit sentier qui s'était tracé, au fil des ans, au travers du pré, derrière l'étable de la ferme. Cette porte fermée dont la pierre se ternissait déjà, ces volets clos sur l'ombre vide d'une maison morte glaçaient le sang de Marie chaque fois qu'il lui fallait passer par là.

Le printemps était là. Bien qu'encore frais, l'air avait cette douce vivacité et cette transparence qui ne trompent pas. En quelques jours, les hêtraies avaient mêlé le brun et le mauve de leur bois nu d'un délicat pastel de vert très tendre. Et le petit sentier, désormais vain, allait lui aussi se couvrir de verdure.

Pour la première fois, elle restait indifférente à cette vie renaissante. Il manquait l'essentiel à l'Huis Maugrit et plus rien n'y avait de saveur. Il fallait continuer à vivre, à travailler. François était toujours là. Malgré la distance qu'il lui marquait, le but unique de Marie était toujours l'avenir qu'elle entendait lui tracer. Mais il lui semblait que ses gestes n'avaient plus la même portée. Elle les exécutait par automatisme et il leur manquait toujours le petit quelque chose qui les rendait, autrefois, si efficaces.

Elle ne reprochait rien à Anne. Mais son départ lui apparaissait tout de même comme une désertion. Que restait-il, après ce dernier coup, de la vie de l'Huis Maugrit? Et Marie sentait monter en elle comme une panique à l'idée de l'existence qui lui restait entre Victor, Bernadette et le Phonse.

Si seulement François avait consenti à être plus proche d'elle! Que lui aurait importé, alors, la bouteille de son fils, les silences maussades et vaguement haineux de sa fille et les rustres grognements du vieux que l'âge et les rhumatismes avaient tendance à rendre grincheux? Mais le gamin n'avait pas manifesté la moindre émotion au départ d'Anne et n'avait pas eu un regard pour sa grand-mère lorsque s'était éloignée son amie.

Ces jours-là, Marie n'avait pas été loin de craquer. Que lui restait-il? Roland mort, Anne partie, son petit-fils hostile... Fallait-il encore se battre? Elle eut la tentation de laisser faire. Elles n'étaient pas rares, ces fermes où l'on se contentait de survivre, renonçant par petits bouts, par bribes infimes que trahissaient, petit à petit, les orties qui gagnaient, les taches de fougères dans les prés, les troupeaux chaque année moins nombreux, les gouttières fuyant sur des volets ternes et disjoints.

Et après ? Ne vivaient-ils pas, tous ces vieux gars qu'avaient depuis longtemps abandonnés la dernière raison d'espérer en même temps que l'envie de couper les orties et les fougères, d'accroître le nombre de bêtes d'année en année, de veiller au bon état des gouttières et de repeindre les volets ? Ils vivaient dans leur crasse, ils vivaient chichement, au jour le jour, ils enterraient leur ferme, par petits bouts. Mais ils vivaient. Et Marie en vint à se demander si ce n'était pas eux qui avaient raison. Elle en vint à penser que ce n'était plus que pure présomption d'entendre tenir la tête haute quand tout s'est à ce point effrondré autour de soi. Elle en vint à se convaincre de la fatalité de la glissade.

Alors un matin, elle avait tout planté là. Elle avait enfourché sa bicyclette et, sans autre explication à Victor, Bernadette et au Phonse ébahis, elle avait filé vers le pays. C'était un de ces matins ensorceleurs où la vie qui renaît propulse dans les muscles, dans le sang et dans les sens l'énergie bouillonnante et déraisonnable des plus fous désirs.

Et Marie aurait hurlé, si elle l'avait pu, cette furieuse envie de vivre qui la tenaillait alors que tout la poussait vers le renoncement et la médiocrité. Marie se sentait femme, jeune encore. Et belle. Marie refusait de renoncer. Marie voulait exulter, à l'unisson de la nature. Marie sentait en elle, comme une douce brûlure, la force impétueuse de la sève du printemps. Et ne pouvoir l'exprimer était une insoutenable douleur.

Elle traversa le pays en trombe, rendant à peine leur salut à quelques passants matinaux. Mais elle ralentit en atteignant l'allée bordée de hauts châtaigniers en rangs qui montaient vers les grilles rouillées de la mine. La charge de souvenirs était tout de même trop forte.

C'était un peu comme s'il lui fallait affronter une nouvelle fois ces deux soldats en armes qui lui avaient fait si peur, ce soir de 1916 où avaient débarqué du tacot une bonne quarantaine de prisonniers allemands.

Ils venaient travailler à la mine. La nouvelle avait provoqué la colère des femmes qui remplaçaient, dans les tailles, les hommes partis au front. Des Allemands venaient prendre leur travail pendant que leur mari, leurs frères ou leurs fils se faisaient tuer dans les tranchées ! Marie tenait la main de sa mère, le lendemain matin, lorsque, devant tous les ouvriers massés à l'entrée de cette allée que gardaient deux soldats, Julia avait crié sa colère à la face d'Antoine de Cormot.

La grève n'avait pas duré bien longtemps. Il fallait vivre. Mais Marie, plus de trente-cinq ans après, croyait sentir encore, contre la sienne, la main de sa mère, farouchement serrée. Il lui semblait que tout le courage de Julia et son inébranlable résolution avaient alors coulé en elle comme un fluide et qu'elle avait puisé dans cet instant l'essentiel de la force qui l'avait animée durant toutes ces années.

Qu'en restait-il aujourd'hui ?

Elle remonta lentement l'allée, sans quitter des yeux les hautes grilles escaladées de lierre et de liseron. Pour aller jusque-là, il lui aurait fallu mettre pied à terre et se faufiler, sur les derniers mètres, entre les buissons de ronces qui avaient envahi le chemin. La chaussée encore carrossable se détournait des grilles avant de les atteindre et montait en biais vers quelques grands arbres derrière lesquels on devinait l'espace lumineux d'une vaste pelouse.

C'était la première fois que Marie osait s'engager dans l'allée du château des De Cormot vers laquelle on jetait un regard déférent sans que vînt jamais l'idée d'y diriger ses pas. Elle s'en voulut de se sentir impressionnée et se remit à appuyer énergiquement sur les pédales. Au détour d'un virage à gauche, derrière d'autres grilles que ne souillaient ni rouille ni ronces, ce qu'on appelait « le château » lui apparut tout à coup. C'était, en fait, une grande bâtisse sans allure dont Marie fut fort déçue qu'elle ne soit surmontée d'aucune tour. Elle remarqua simplement la quantité de fenêtres qui s'ouvraient dans une façade rectiligne au beau milieu de laquelle un perron prétentieux ne faisait qu'alourdir une silhouette sans charme.

« On voit bien que ce n'est pas eux qui font les vitres », grogna-t-elle en posant son vélo contre le mur, au coin d'une petite porte qui s'ouvrait à gauche des grandes grilles. Elle la poussa doucement, presque timidement, et risqua un œil dans le vaste espace du parc. Sur sa gauche, le long du mur, entourée d'une haie de troènes bien taillée, se dressait une petite maison aussi plaisante et gaie que le château paraissait triste.

Anne poussa un cri de joie en voyant entrer son amie.

– Marie ! Quel plaisir ! J'avais cru que tu m'en voulais.

Elles étaient tombées dans les bras l'une de l'autre et s'étaient longuement étreintes. Marie s'était dégagée la première.

– T'en vouloir ? dit-elle. Et de quoi donc ?

Anne préféra ne pas relever.

– Dis-moi, raconte-moi, s'empressa-t-elle. A l'Huis Maugrit, comment ça va ?

Elles s'attablèrent. Anne prépara le café. Elles le burent sans cesser de parler. Marie racontait. Anne commentait, à petites phrases bien pesées. Puis elle se tut et son regard bleu ne fut plus qu'attention. Le ton de Marie changeait. Le récit, peu à peu, se faisait confidence.

Le soir tombait lorsque Marie se résolut à reprendre le chemin de l'Huis Maugrit. Elles s'embrassèrent sur le pas de la porte de la petite maison. Et Anne resta plantée là, se frottant les mains par habitude à son grand tablier gris, pendant que Marie s'éloignait, poussant son vélo. Elles avaient si peu l'habitude de se quitter qu'elles ne savaient quels gestes faire ni quelles paroles prononcer. Avant de franchir la petite grille, Marie eut vers son amie un geste de la main, rapide et emprunté. Puis, dès que le mur eut caché la petite maison à sa vue, elle monta sur sa machine et appuya rageusement sur les pédales.

Pour la première fois, il lui semblait qu'elle sortait de cette longue conversation avec Anne plus meurtrie encore qu'à son arrivée. Hors une calme exhortation au courage et l'affirmation sereine de sa conviction que ce n'était qu'une période un peu difficile à traverser, son amie n'avait rien à lui proposer. Leur séparation était comme une plaie à vif dont aucun baume ne pouvait dissiper la trop fraîche douleur. Encore n'étaient-elles pas à égalité devant cette dernière, dont le tempérament paisible d'Anne parvenait à s'accommoder alors que Marie s'y heurtait comme à un mur.

Par dépit, elle allait se lancer à tombeau ouvert dans l'allée du château lorsqu'un bruit de moteur, devant elle, l'obligea à freiner. Sans descendre de vélo, elle s'engagea sur le bas-côté et mit un pied à terre. Une traction avant noire montait rapidement vers elle. Elle la croisa en trombe. Marie allait se lancer à nouveau dans la descente lorsque la voiture freina brutalement.

– Marie Courbet! Vous êtes bien Marie Courbet?

Elle resta figée de stupeur. Cette voix! Elle l'aurait reconnue entre mille et savait d'avance la bouffée de colère et de haine qu'elle ne pouvait pas manquer de faire monter en elle. Un instant, elle pensa ne pas se retourner. Déjà, elle faisait le geste de repartir. Mais, la tête à la portière, le chauffeur avait été plus rapide qu'elle. Le gravier du chemin crissa sous les pneus en même temps que le moteur rugissait sur le mode aigu. La voiture bondit en arrière et revint à la hauteur de Marie.

– Je ne me trompe pas : vous êtes bien Marie Courbet. Vous vous souvenez de moi? Philippe de Cormot.

Si elle s'en souvenait! Comment aurait-elle pu ne pas se souvenir de l'homme haineux qui avait semé la discorde dans le pays, dans les années trente, qui s'en était pris à Roland, voulant le faire passer pour un lâche et un traître. En même temps qu'il cherchait à humilier son mari, il avait, pour Marie, gravement porté atteinte au souvenir de son père, Gaston Laniaud, dont le nom figurait sur le monument aux morts qu'on inaugurait. Seule devant la foule de tout le village réuni, Marie l'avait défié. Et elle l'avait contraint à reculer. Plusieurs années après, Roland l'avait proprement rossé, à l'auberge, le jour où il avait estimé qu'il passait les bornes.

Il avait disparu au début de la guerre, peu de temps après que son père, Antoine de Cormot, eut définitivement mis fin à l'exploitation de la mine de fluorine créée par son grand-père, qui avait fait leur fortune et dont ils s'étaient désintéressés après avoir placé leur argent dans les industries du Creusot.

Marie se sentit piégée. Elle ne trouvait plus en elle le ressort qui, en tout autre temps, l'eût fait remettre vertement en place ce personnage avec lequel elle ne voulait entretenir aucun commerce. Toujours sur son vélo, un pied à terre, elle le regardait avec mépris mais n'était capable ni d'un mot ni d'un geste.

– Heureux de vous voir, eut-il l'affront de continuer. Je reviens au pays. Et je considère comme un bon présage que vous soyez la première personne que je rencontre. Vous êtes toujours à l'Huis Maugrit? Je viendrai vous voir, un de ces jours. Et je vous expliquerai ce que je veux faire pour le pays. Je pense que, ensemble, nous pourrons faire du bon travail. A bientôt!

Sans paraître avoir remarqué son mutisme, il allait repartir lorsqu'il passa une nouvelle fois la tête à la portière de sa voiture.

– Le passé est le passé, osa-t-il encore. La roue a tourné. Vous verrez. Cette fois, notre avantage sera de nous entendre. Bonsoir.

Dans le soir qui tombait, ses yeux eurent les reflets trop brillants du regard d'un fauve. Il démarra enfin et Marie entendit avec un profond déplaisir le coup de klaxon par lequel il demandait l'ouverture des grilles. Dans l'ombre, elle attendit que lui parvînt le léger grincement d'un battant, puis de l'autre. Que ce soit Anne, son amie Anne, qui s'empresse ainsi d'exécuter les ordres hautains de Philippe de Cormot fut pour elle une véritable douleur.

19

Il vint. Marie eût été à l'Huis Maugrit, elle l'eût peut-être jeté dehors. Mais il arriva en son absence. Le Phonse, que ses rhumatismes immobilisaient de plus en plus souvent, était seul à la maison. Il ne vit aucune raison de ne pas accueillir cet homme bien mis qui sortait d'une belle voiture.

Et lorsque Marie revint, Philippe de Cormot, très souriant, était installé à la table, devant un verre que lui avait complaisamment servi le vieux. Elle eut pour lui un regard incendiaire. Mais elle hésita quelques instants de trop sur la conduite à tenir à l'égard de Philippe de Cormot.

Celui-ci était resté immobile le temps qu'il fallait pour que Marie puisse apprécier à sa juste valeur l'avantage que lui donnait sa position. Elle avait très brièvement lu, dans son regard, la satisfaction un peu ironique de ce qu'il estimait vraisemblablement être une première manche gagnée. Puis il s'était levé prestement et l'avait gratifiée d'une légère révérence qu'elle jugea ridicule. Mais il avait eu l'adresse de ne pas lui offrir l'occasion de refuser la main qu'il s'était bien gardé de lui tendre.

– Qu'est-ce que vous voulez? demanda-t-elle sèchement.

Il l'exaspéra une nouvelle fois de ce petit sourire ironique par lequel il constatait sa seconde et décisive victoire. Elle ne l'avait pas jeté dehors. On allait pouvoir parler.

– Je vous ai réservé ma première visite, dit-il en se rasseyant sans autre façon. Par mon père, qui se tient toujours au courant des affaires du pays, j'ai su que vous aviez perdu votre mari au maquis. Et je voulais vous présenter mes condoléances.

Une telle hypocrisie était-elle possible? Marie, furieuse, s'était raidie. De qui se moquait-il? Elle allait le moucher. Mais il fut encore plus rapide qu'elle.

– Je sais les différends qui nous ont opposés, dit-il. Je reconnais mes torts. Roland Courbet s'est battu, avec son maquis, de façon remarquable. Je le sais d'autant mieux que je commandais l'unité des chasseurs alpins qui vous a libérés. Mais nous montions très vite vers le nord. Et si j'ai apprécié tout le travail que les maquisards avaient accompli pour nous préparer le terrain, je n'ai appris que bien plus tard, par mon père, la façon tragique dont ça s'était terminé.

Toujours debout, près de la porte, Marie ne cachait pas sa stupéfaction. Le fasciste d'avant-guerre qui lui parlait de ses exploits dans l'armée de libération! Il y avait là quelque chose qu'elle ne parvenait pas à admettre.

– Vous, dit-elle, dans l'armée française...

Il fit celui qui ne comprenait pas le sens de cette remarque.

– Depuis fin 1940, dit-il. J'ai rejoint Londres. Et, de là, je me suis retrouvé au Niger avec Leclerc. J'ai fini la guerre en Allemagne avec le grade de capitaine. J'ai quitté l'armée voici deux mois. Je rentre d'Indochine. Les guerres coloniales, ce n'est pas mon affaire.

Il y avait dans sa voix et dans ses mots un accent simple, sincère, qui troublait Marie. Elle ne parvenait pas à retrouver le jeune militant fasciste un peu fanatisé auquel elle s'était, jadis, durement opposée. Elle vint s'asseoir au haut bout de la table.

– Et vous rentrez au pays, dit-elle.

Il y eut encore, furtivement, au fond de ses yeux, cette

petite flamme de satisfaction un peu ironique. Il n'avait plus, devant lui, le bloc d'hostilité qu'il redoutait. Et une froide certitude d'arriver à ses fins le gagnait.

– En quelque sorte, dit-il. J'habite à Paris où je gère les affaires de notre groupe. Mais je compte bien revenir ici très régulièrement. Cette fois, je suis juste venu reprendre contact. En somme, mes parents viennent assez rarement à la propriété. Elle a besoin de travaux, d'aménagements si nous y habitons aussi souvent que je l'espère.

Pourquoi lui racontait-il tout cela ? Marie commençait à être aussi curieuse de le savoir qu'elle était méfiante. Quel terrain préparait-il ?

– Et je peux savoir ce que me vaut l'honneur de votre visite ? demanda-t-elle.

Cette fois, le sourire fut plus large et fort bien composé. Il s'agissait à l'évidence de mettre en confiance.

– Pour parler franc, dit-il, il s'agit d'une visite préélectorale.

Pour le coup, elle en resta bouche bée. Il y allait sans détour ! Et elle ne sut pas très bien si elle devait apprécier cette franchise ou la redouter.

– Oui, continua-t-il lorsqu'il eut estimé que ses mots avaient atteint leur but, je compte me présenter aux prochaines cantonales. Le pays n'est pas en trop bon état. Ce n'est pas à vous que je l'apprendrai. Il est urgent de réagir. Vous avez besoin de quelqu'un qui soit d'ici, qui connaisse bien vos réalités et qui ait de l'influence.

– Vous estimez être celui-là ? ne put-elle s'empêcher de demander.

– Tout à fait, dit-il sans sourciller.

– Et vous attendez quelque chose de moi ?

– Bien sûr. C'est pour ça que je suis là.

Elle ne pouvait pas s'empêcher d'admirer son langage direct, qui allait droit au but. Et lui, qui mesurait parfaitement son effet, se félicitait sans trop s'en cacher d'avoir retenu cette tactique et de s'y tenir.

– Voilà, reprit-il. Vous êtes toujours et plus que jamais

l'agricultrice la plus importante, la plus écoutée et la plus respectée du pays. J'ai besoin de vous. J'ai besoin de votre aide. Si vous me l'apportez, je serai élu. Sinon, ce n'est pas la peine d'insister.

Marie dut faire un énorme effort pour refouler au plus profond de son être la prodigieuse bouffée d'orgueil que faisaient naître en elle de telles paroles. « Flatterie », pensa-t-elle. Mais l'envie d'aller plus loin était trop forte.

– L'idée ne vous est pas venue que je puisse refuser?

Il prit un air profondément désolé.

– Si vous êtes contre moi, je vous l'ai dit, je renonce, ce n'est pas la peine.

– Vous vous rendez compte de ce que vous me demandez? Vous croyez que les gens accepteraient l'idée que j'appelle à voter pour vous? Pour qui je passerais?

– Justement, dit-il cyniquement. Si je ne vous ai pas avec moi, je vous ai contre moi. Et tout le passé reste là, à entraver l'avenir. Si nous marchons ensemble, c'est la preuve réaliste que la page est tournée, que nous avons su, l'un et l'autre, ne pas rester sur de vieilles rancunes dès lors qu'il s'agit de travailler au redressement du pays.

« Il est déjà en campagne, pensa Marie amusée. Il parle comme à une tribune! »

– Et en admettant que j'accepte? demanda-t-elle prudemment.

Cette fois, il sut cacher sa satisfaction. Il eut un large geste de la main.

– Oh! si vous acceptez... Vous savez ce que c'est que d'être parmi les proches d'un élu.

Il y avait eu là un mot de trop qui la fit brièvement se rebiffer.

– Les proches! releva-t-elle d'un ton sec. Vous allez bien vite en besogne.

Il comprit son erreur.

– Je m'entends, fit-il, l'air conciliant. Ce que je voulais dire, vous le savez bien, c'est que tout travail mérite salaire, toute aide récompense.

– Et encore? poursuivit-elle en se donnant l'illusion d'un marchandage dont elle savait très bien, au fond d'elle-même, qu'il était déjà conclu.

– J'y pensais justement en montant vers chez vous, dit-il, très à l'aise. Je trouve effarant que votre chemin ne soit pas encore bitumé. Et l'eau courante de la commune ? Vous l'avez ? Non ? Bon !

Elle parvint à ne pas s'engager trop clairement. Adroitement, il n'insista pas. Il savait tout le cheminement qu'avaient à accomplir les mots qu'il venait de semer. Il lui fallait attendre mais il savait déjà qu'elle céderait.

Elle fut malgré tout soulagée de le voir partir. Leur passé était trop lourd d'hostilité pour qu'elle ne se sente pas mal à l'aise au sortir de ce premier entretien. Elle savait pourtant qu'il y en aurait d'autres. Elle était encore assise au haut bout de la table, ressassant toute leur conversation et se délectant, sans vouloir se l'avouer, du plaisir que lui procurait l'idée d'être considérée comme la personne la plus importante du pays, lorsque Victor rentra.

– C'était qui, celui-là ? demanda-t-il d'un ton bourru.

– C'était Philippe de Cormot, répondit Marie sans sortir de sa réflexion.

– Quoi ? Philippe de Cormot ?

Victor avait bondi et fait sursauter sa mère en tapant brutalement du poing sur la table.

– Cette ordure, ici ? rugit-il. Et c'est toi qui le reçois ? Plus jamais, sinon je le fous dehors moi-même !

– Victor !

Marie avait hurlé plus fort encore que son fils.

– De quoi tu te mêles ? Je reçois ici qui je veux, même Philippe de Cormot si ça me chante. Si je l'ai reçu, c'est que j'ai mes raisons.

Victor faillit répondre. Mais le regard furieux de sa mère lui fit baisser les yeux, comme d'habitude. Pas assez vite, pourtant, pour que le Phonse qui, de tout ce temps, n'avait pas bougé de sa chaise au coin de la cheminée, n'y relève une mauvaise lueur qu'il n'y avait, jusque-là, jamais vue. Il eut un étrange sifflement, très long et à peine audible, en portant son regard sur Marie. Furieuse et toujours perdue dans ses pensées, elle ne le remarqua pas.

Le Phonse sembla hésiter quelques instants. Puis il eut un bref haussement d'épaules et son regard se perdit à nouveau dans le flou des flammes qui dansaient au fond du foyer.

L'hiver revint et passa sans que Philippe de Cormot puisse obtenir une réponse claire de Marie. Ce n'était pourtant pas faute de s'y appliquer. On eût pu croire, à la fréquence de ses visites, qu'il était un habitué de l'Huis Maugrit. Il descendait presque tous les samedis de sa traction avant, au milieu de la cour de la ferme, en pestant contre le mauvais état du chemin. Marie ne relevait pas. Elle l'accueillait sans effusion, sans se départir d'une certaine distance. Mais la franche hostilité du premier jour ne réapparut pas. L'aventure l'amusait. Et elle tirait une telle vanité de l'importance qui lui était ainsi accordée !

Et puis, ces visites hebdomadaires devinrent vite une sorte d'alternative à sa solitude. Elle se mit à les attendre avec impatience. Le bruit de la voiture rétrogradant dans la côte lui semblait, à chaque fois, briser le carcan d'isolement, d'indifférence, de méfiance et de sourde hostilité dans lequel elle vivait le reste du temps. Victor et Bernadette s'arrangeaient pour ne pas être là. Et si, par malheur, le ronflement énergique du moteur les surprenait à la maison, ils sortaient en portant droit devant eux un air furieux. Marie n'y prêtait pas attention.

Seul le Phonse restait au coin du feu qu'il ne quittait plus guère. Et Marie ignorait de la même façon le lourd regard qu'il posait à chaque fois sur elle avec insistance, comme s'il attendait qu'elle s'en inquiète. Elle s'en abstint toujours. Il renonça à parler.

A chacune des visites de Philippe de Cormot, le marchandage reprenait. Retranchée derrière le « qu'en-dira-t-on ? », Marie se montrait hésitante. Elle faisait mine d'adhérer à la volonté de redressement du pays qu'il affichait mais trouvait toujours un argument pour étayer l'incapacité dans laquelle elle prétendait être de s'engager.

Sans montrer le moindre signe de lassitude, il persévérait. Et il fut vite évident que ses préoccupations électorales n'étaient plus guère qu'un prétexte au plaisir qu'il prenait à ces visites du samedi. Marie s'en rendit compte, flaira le danger, mais ne s'en obstina pas moins à tergiverser, justifiant ainsi son obstination.

Elle savait très bien qu'il y avait quelque chose de malsain à jouer ainsi simultanément de l'espèce de répulsion que lui inspirait tout le passé et de l'attirance que ne manquait pas d'opérer sur elle la conversation de cet homme qui la sortait, quelques heures par semaine, de la médiocrité dans laquelle elle vivait. Mais l'ambiguïté même de cette situation n'était pas étrangère au plaisir qu'elle prenait à la faire durer.

Le jeu trouble qui consistait tout à la fois à mépriser et à jouer de sa séduction ne lui déplaisait pas. Dans son grand lit solitaire où, très souvent, allongée sur le dos dans l'obscurité, elle se perdait dans de longues méditations, elle comprit un soir ce qui la poussait à continuer de jouer avec le feu. Elle existait. Cette espèce d'affrontement hebdomadaire se résumait à une preuve qu'elle se donnait à bon compte de sa propre existence ! Et elle en jouissait d'autant plus qu'elle avait pu longtemps en douter.

Il finit par s'inquiéter du temps qui passait et de la date des élections qui approchait. Il se fit plus pressant. Marie s'affola. Lui donner une réponse, quelle qu'elle soit, était perdre le prétexte à ces joutes oratoires du samedi et aux fantasmes de ses longues soirées solitaires, lorsque le sommeil se refusait à un corps brûlant d'ardeurs inassouvies. Elle ne pouvait plus concevoir de retomber dans l'isolement sinistre qu'il était venu briser. Elle ne le supporterait plus. Mais les faits l'empêchaient tout autant d'imaginer qu'ils puissent continuer à se rencontrer après qu'aurait pris fin cet interminable jeu du chat et de la souris.

Cette fois, il lui semblait qu'un piège définitif s'était refermé sur elle. Le passé la rattrapait et empoisonnait le présent à un tel point qu'il devenait insupportable. Elle tint bon et tergiversa aussi longtemps qu'elle le put. Puis elle comprit que les limites de ce jeu dangereux étaient atteintes. Il allait prendre ses atermoiements pour un refus déguisé et ne reviendrait pas. Il lui restait à accepter, dans l'espoir un peu fou que cette alliance de circonstance leur donne encore, parfois, des raisons de se revoir.

– C'est bon, lui dit-elle d'emblée un samedi après-midi, avant même qu'il ne se soit assis. J'ai bien réfléchi. Je soutiens votre candidature.

Un tel bonheur illumina son sourire qu'elle en resta sidérée.

– Je savais que vous accepteriez, dit-il.

Et, avant que Marie n'ait pu s'y dérober, il lui avait pris les mains.

– Il faut que je vous embrasse.

Figée, les mains toujours emprisonnées dans les siennes, elle reçut deux baisers claquants sur les joues.

Le Phonse, sur sa chaise, au coin du feu, avait fait celui qui ne voyait rien. Mais Marie, gênée, sentit longtemps son regard qui pesait lourdement sur sa nuque.

– Allons, dit-elle. Ça s'arrose.

Il disparut. La campagne électorale battait son plein. Il allait d'une réunion à l'autre et n'en finissait pas de visiter les campagnes. Partout, il mettait en avant l'appui que lui apportait Marie Courbet. L'écho lui en était vite revenu. Mais elle n'avait cure de l'étonnement ou même de la désapprobation qui se lisaient souvent dans les regards.

En proie au plus grand des désarrois, rien ne lui importait tant que de savoir ce qu'il ferait de leur alliance. Allait-il, cyniquement, se détourner d'elle après avoir obtenu ce qu'il voulait ? Ou allait-il en prendre prétexte pour tenter de prolonger leurs relations sur un autre plan ?

Aucune de ces hypothèses, en fait, ne la satisfaisait. Elle voulait se reprendre, échapper à cette tentation que tout réprouvait. Mais l'idée qu'il ait pu se montrer si assidu, durant des mois, sans autre motivation que son ambition politique, lui était aussi insupportable que celle de trahir le souvenir de Roland en cédant à ses éventuelles avances.

Elle se jurait tous les jours de le chasser de son souvenir et surtout de ses fantasmes. Mais une journée sans écho de sa campagne lui était insupportable. Tour à tour, elle se sentait abominablement seule, ou l'espoir insensé de pouvoir le retrouver la brûlait.

Les rhumatismes du Phonse avaient promu Victor au voyage quotidien à la ferme du bourg. Mais le pauvre François ne pouvait plus compter sur la carriole pour le remonter de l'école. Il s'était d'ailleurs fait une raison. Du jour où le Phonse avait renoncé, relégué au coin de la cheminée, il avait abandonné sa menuiserie. Il remontait seul, très ponctuellement, par le sentier de la planche et n'avait pour consolation que Marta, qui avait vite pris l'habitude de venir au-devant de lui pour lui faire fête.

La charrette anglaise ne rentrait que très tard dans la soirée, conduite par la seule jument, Victor ronflant sur le siège. Il passait systématiquement ses soirées à l'auberge. Lorsque la bête s'arrêtait d'elle-même au milieu de la cour, il descendait en titubant, la dételait à gestes approximatifs, dictés par l'habitude. Et il n'était pas rare que Marie la retrouve, au matin, dans sa stalle, encore encombrée de son harnais. Il laissait la voiture en plan, les brancards dressés vers le ciel au milieu de la cour, et véhiculait péniblement jusqu'à la maison un air furieux, une démarche hésitante et des poings serrés.

Il avait, une fois ou deux, fait mine de frapper. Marie y avait vite mis bon ordre. Mais elle ne s'était pas opposée aux commentaires furibonds et orduriers qu'il déversait chaque soir et de plus en plus violemment, au fur et à mesure qu'avançait la campagne électorale, sur le candidat de Cormot. Elle en apprenait plus ainsi que s'il eût été à jeun. Et elle écoutait avidement, sans attacher d'importance aux mots et aux regards de son fils, mettant simplement la haine quasi meurtrière qu'ils trahissaient sur le compte de l'alcool. Elle ne prêtait pas plus attention au Phonse qui, depuis sa chaise, ne la quittait pas des yeux.

Elle alla voter à l'heure de la sortie de la messe. Il y avait foule à la mairie. Hautaine, elle serra quelques mains et se dirigea vers la table où s'alignaient une bonne demi-douzaine de piles de bulletins de vote. Ostensiblement, elle n'en prit qu'un.

Il était là, debout derrière l'urne. Leurs regards se croisèrent brièvement. Ils s'étaient, l'un et l'autre, appliqués à les rendre parfaitement inexpressifs.

Et Marie, en rejoignant l'Huis Maugrit, était parfaitement malheureuse. Elle invoquait ardemment la raison pour se jurer de ne plus jamais le revoir et s'apitoyait, l'instant suivant, sur la solitude qui allait à nouveau être la sienne et que rendrait plus insupportable encore l'ardent réveil de ses sens.

Il faisait nuit lorsqu'elle entendit le bruit du moteur dans la cour. Elle était seule dans la grande salle. Victor était à l'auberge. Le Phonse était parti se coucher et Bernadette s'occupait de François. Marie eut un bref instant de panique. Comment tenir son serment de ne plus le revoir ? Comment lui signifier son choix de la solitude ?

Elle n'eut pas le temps de trancher. La porte s'ouvrit en tempête. Il apparut, hilare et superbe.

– Elu ! rugit-il.

Elle ne sut jamais comment elle était arrivée dans ses bras. Mais jamais non plus elle n'oublia le prodigieux bonheur de l'embrasement de son corps lorsqu'il avait rencontré celui de son amant et que leurs lèvres s'étaient unies.

20

Le Phonse choisit l'après-midi d'un dimanche de juin pour annoncer à Marie qu'il quittait l'Huis Maugrit.

Un printemps pluvieux avait, jusque-là, empêché qu'on commence les foins. La ferme vivait dans une sorte d'oisiveté forcée et un peu fébrile. Comme chaque année, c'était la grande folie de l'herbe. On l'avait vue pousser, on avait surveillé jalousement son lent débordement, et le foisonnement de ses flots de plus en plus épais que déglutissait la terre des prés, ivre de la vie revenue. On s'était délecté de l'ample jouissance de la fouler, à grandes enjambées, tirant des bords dans ces océans aux profondeurs d'ombre dans lesquelles le pied s'égarait avec ravissement. On s'était perdu dans la contemplation muette des moutonnements et des longs frissons qu'y éveillait la moindre brise.

On n'en dormait plus. L'herbe. La grande affaire de l'herbe occupait toutes les pensées. On attendait l'herbe comme une promise. On la caressait des yeux et de la main, sensuellement, dans l'impatience de cet instant unique où elle serait belle comme une mariée et où on la cueillerait à l'apogée de son épanouissement.

Tous les outils étaient prêts depuis longtemps. Mais c'était en soi, dans chacun de ses muscles exaspérés d'attente, que l'on ressentait cette folle impatience d'empoigner l'herbe, de la brasser en quantités énormes, à pleines mains, à pleins bras, à plein corps, avec la même fougue et la même tendresse que l'on donne à aimer.

Il faisait doux. Mais il tombait, presque sans discontinuer, une petite pluie fine, obstinée, sous laquelle la nature semblait prise d'une exubérance propre à tout engloutir. De l'herbe, il y en avait à profusion. On écarquillait les yeux pour tenter d'en envisager les énormes quantités qui roulaient en vagues épaisses dans les prés. Et elle était là, sous la pluie; on désespérait de la voir un jour au fenil.

Et puis, ce dimanche matin-là, l'Huis Maugrit se réveilla sous un grand ciel bleu que toute cette eau, durant des semaines, avait récuré jusqu'au plus profond de l'infini. A lever les yeux, on prenait le vertige. Les pieds se mettaient à douter de la solidité de leur appui sur une terre au bord du cosmos dans l'immensité duquel s'égarait la tête.

Marie, en sortant dans la cour alors que le jour se faisait à peine, eut envie de gambader comme une gamine. C'était un ciel de joie. Elle vint jusqu'au petit mur qui dominait la vallée et resta là longuement, debout, parfaitement immobile. Elle laissait toute cette lumière entrer en elle, elle la sentait l'imprégner. Et cette étrange sensation de perméabilité lui procurait un indicible bonheur. Durant tout ce temps, elle oublia le mal de vivre qui la rongeait et ne fut plus que l'enfant qui, jadis, seule dans la ferme, s'attelait dès l'aube aux plus durs travaux en se délectant, matin après matin, de la magie d'un jour nouveau.

Celui-ci était beau entre tous. Et plus rien d'autre n'importait à Marie que cette prodigieuse profondeur de l'azur. Il y avait tant d'herbe qu'il faudrait bien attendre deux jours de ce grand soleil qui s'annonçait pour qu'elle puisse sécher. Et, après, ce serait la fête de l'herbe, le dos rompu, chaque soir, la peau exaspérée de poussière, et, chaque matin, le plaisir retrouvé, toujours intact, de repartir aux foins.

Le Phonse apparut alors qu'elle était encore debout sur son petit muret. En clopinant, appuyé sur une canne dont il ne se séparait plus, il vint la rejoindre. Il avait terriblement vieilli. Les rhumatismes l'avaient cassé. Et s'il s'acharnait à vouloir se rendre utile en bricolant dans la ferme, il savait bien qu'il ne serait plus jamais qu'une charge pour ceux qui l'avaient accueilli. Jamais il n'en avait parlé. Mais Marie savait lire dans son regard à quel point cette situation lui était insupportable.

– Belle journée, pas vrai, le Phonse ? Mardi matin, si ça veut bien tenir, on s'y met !

– Ça va tenir, dit-il d'un air sombre.

– Ça n'a pas l'air de vous réjouir ?

Il tourna lentement son vieux visage buriné vers elle et la considéra longuement comme s'il pesait ses mots. Puis il renonça. Tournant le dos au spectacle de la vallée qui s'éveillait, il repartit, toujours clopinant, vers la maison. Marie n'aima pas la pitié qu'elle sentait monter en elle. « Le pauvre, pensa-t-elle. Il va s'installer sur sa chaise et il n'en bougera plus de la journée. Si ce n'est pas un malheur. Ce n'est pas bien beau de vieillir. »

Mais si elle eut l'idée de son propre âge qui avançait, ce fut très fugitivement. Les foins qui s'annonçaient, comme sa vie de femme qui exultait depuis plusieurs mois, chaque semaine, dans les bras de son amant, faisaient bouillir en elle une sève bien trop ardente pour que puisse lui venir à l'esprit la pensée claire du jour où elle perdrait son feu.

Le Phonse ne s'était pas arrêté à sa chaise désormais toujours tirée au coin du feu. Péniblement, à petits pas, il était remonté dans sa chambre, au grenier. Il y avait pris sa vielle et, discrètement, était allé frapper quelques coups légers à la porte de la chambre de François.

Le gamin se réveillait à peine. Sans bouger de sous ses couvertures, il roula des yeux sidérés en voyant le vieux venir s'asseoir au coin de son lit. Le Phonse mit un doigt sur sa bouche.

– Chut ! fit-il. Tout ça, ça doit rester entre nous.

Il s'installa mieux, tira sa vielle sur ses cuisses comme s'il allait en jouer.

– Voilà, reprit-il. Je voulais te le dire à toi, François, avant tous les autres. Je vais quitter l'Huis Maugrit.

– Tu vas...
– Chut! répéta le vieux. Ecoute-moi bien. Oui, je vais partir. Je suis trop vieux, vois-tu. Ici, je ne suis plus bon à rien.
– Mais tu peux rester. Grand-mère ne te demande pas de travailler, avec tes rhumatismes.
– Je sais. Elle est bien gentille, ta grand-mère. Sévère mais gentille. Et juste. N'oublie jamais ça. Tu m'entends bien, François? Il ne faudra jamais que tu oublies que ta grand-mère, malgré tout, malgré ses grands airs, malgré tout le travail, elle est bonne ta grand-mère. Et, quoi qu'il arrive, il faut que tu l'aimes et que tu l'aides. Tu l'aideras, dis-moi?
Le gamin, effaré, contemplait le Phonse sans très bien comprendre. Le vieux avait, dans la voix, une émotion qu'il ne lui avait jamais entendue et qui l'inquiétait.
– Pourquoi tu me racontes tout ça? demanda-t-il.
Le Phonse eut un geste vague de la main.
– Il y a des choses, vois-tu, qu'on ne peut pas dire. C'est comme ça. On ne peut pas tout dire. Mais souviens-toi bien de mes paroles. Un jour, tu comprendras. Un jour, ta grand-mère, eh bien tu vois, elle aura besoin de quelqu'un pour la défendre. Il y a... Tu vois, il y a des choses qu'elle fait et qui déplaisent. Toi, François, tu ne dois pas juger. Tu dois te dire que c'est ta grand-mère. Et qu'elle a le droit de faire ce qui lui plaît. Et puis, ce jour-là, tu te souviendras du Phonse. Tu te souviendras de ce que ce vieux fou te dit, là, en ce moment. Et tu comprendras.
François, mal à l'aise, comprenait simplement que le vieux ne lui en apprendrait pas plus et qu'il allait partir.
– Parce que, c'est vrai, demanda-t-il avec une grosse boule au fond de la gorge, tu vas partir?
Le Phonse, aussi ému que le gamin, acquiesça lentement de la tête.
– Oui, dit-il. Je vais partir.
– Mais tu vas aller où?
– A l'hospice, à Autun. Ma place est retenue. Ils m'attendent.

François roula de grands yeux épouvantés.

– A l'hospice? Mais tu vas être malheureux.

Des images menaient la sarabande, dans sa tête d'enfant, de vieux qu'on voyait déambuler, oisifs dans les rues de la ville, à peine propres, l'œil vague, les bras ballants, le regard toujours humide et noyé d'une immense nostalgie. François, tout petit, une des premières fois où sa grand-mère l'avait emmené à la ville, s'était inquiété de ces ombres tristes, perdues dans la trop grande animation de la cité.

– Ça, lui avait dit Marie avec un rien de mépris dans la voix, ce sont d'anciens paysans qui n'ont pas su prévoir. Ils sont là comme des pies qu'on aurait mises en cage. Elles ne savent plus voler, rien que jacasser. Eh bien, ces vieux-là, tu vois, ce ne sont plus des paysans. Et ce ne seront jamais des citadins. Ils ne sont plus rien du tout. On les met là en attendant qu'ils meurent.

Et le Phonse qui allait devenir « rien du tout »!

– Ce n'est pas possible, décréta-t-il brusquement. Tu peux très bien rester ici. Moi je veux que tu restes ici.

Le vieux eut un sourire un peu triste reflétant toute sa peine mais aussi le bonheur que lui procurait la gentille colère de François.

– T'es un bon gars, lui dit-il. Je te reconnais bien là. Mais ça ne sert à rien. J'ai prévu. Ça fait des années que je paie pour ça. Je ne serai pas malheureux, à l'hospice. J'ai ma place retenue. Je n'aurai plus rien à faire, rien qu'à me reposer. Il y aura des infirmières pour s'occuper de moi. Juste... Tu vas à l'école, maintenant. Tu apprends à écrire. Alors tu m'écriras, une fois, comme ça, de temps en temps. Ça me fera plaisir. Et puis, ça fera que je serai encore un peu à l'Huis Maugrit.

De grosses larmes tremblaient au bord des cils de François.

– Alors, c'est vrai. Il n'y a rien à faire, tu vas partir?

Il n'arrivait pas à admettre que ça puisse exister.

– Promets-moi que tu m'écriras.

– Bien sûr que je te le promets. Et même, j'irai te voir.

– Alors, pourquoi veux-tu que je sois malheureux puisque je sais que tu viendras me voir?

Ils eurent le même sourire mouillé de larmes et d'une consolation qui ne venait pas.

– Tiens, dit tout à coup le Phonse.

Et, vivement, il tendit les bras et se dépêcha de poser sa vielle sur les genoux de l'enfant. Ses mains se détachèrent très lentement de l'instrument et semblèrent vouloir faire glisser éternellement une dernière caresse sur son ventre rond de bois verni décoré de fins dessins.

François ne comprenait pas.

– Pourquoi tu me donnes ta vielle ?

– Parce que, là où je vais, je n'en aurai pas besoin. Tu sais, les vieux et les vieilles de l'hospice, ils ne dansent plus. Tu vois ça d'ici, s'ils se mettaient à danser ? Ça ferait du joli !

– Mais c'est ta vielle, s'obstinait le gosse.

Le Phonse agita doucement la tête de droite à gauche.

– Non, dit-il. Ce n'est plus ma vielle. Et ça me fait plaisir qu'elle soit là, sur tes genoux. Tu vois, François, longtemps, très longtemps, j'ai cru qu'après moi, plus personne n'en jouerait. Tu peux imaginer ça, toi, une vielle dont plus personne ne joue, une vielle comme on dirait morte ? Ça, alors là, vraiment, ça m'aurait fait de la peine. Alors, te dire le bonheur que j'ai eu quand j'ai compris que ça t'intéressait et que tu continuerais après moi ! Avec toi, François, j'ai confiance. Je sais que le peu que je t'ai appris, eh bien, tu le continueras. Une vielle, c'est un instrument magique, tu sais. Bien sûr, il faut en avoir le goût. Bien sûr, il y a des choses qu'il faut savoir. Je ne t'ai peut-être pas tout appris. Tu as encore beaucoup à découvrir. Mais ça viendra avec le temps. Pour le reste c'est elle-même, la vielle, et le goût que tu en as qui te l'apprendront.

Le gosse écoutait en hochant doucement la tête. Il aimait ce que venait de lui dire le vieux. Il l'aimait, cette vielle. Il aimait la musique encore hésitante qu'il en tirait. Il avait tant aimé s'appliquer à suivre les quelques conseils que lui avait donnés le Phonse lorsque, en cachette de Marie, à la ferme du bourg, dans le fenil ou au fond des prés, il réglait la sangle de l'instrument à ses jeunes hanches. Mais comment concevoir qu'elle puisse être à lui, tout seul, sans que le Phonse soit là?

– Non, dit-il d'une toute petite voix étranglée. Ce n'est pas possible. Je ne peux pas.

Mais le Phonse avait tout prévu. Il prit un air très ennuyé.

– Eh bien alors, dit-il, comment je vais faire, moi, avec cette vielle qui ne peut pas me suivre à l'hospice? Je ne vais quand même pas l'abandonner.

Il eut pitié de la véritable panique qui se lisait dans le regard de François.

– J'ai une idée! s'exclama-t-il. Tu ne veux pas que je te la donne? Très bien. Je ne te la donne pas. Ça reste ma vielle. Mais comme je ne peux pas l'emmener là où je vais, eh bien, c'est simple, tu vas la garder pour moi. Je te la confie. Et tâche d'en prendre soin!

Pour le coup, le gosse en resta bouche bée. Que répondre à ça? Surpris, il sentit la honte qu'il ressentait à l'idée d'accepter un tel cadeau se muer en une véritable fierté. Que le Phonse lui fasse cette confiance-là, alors là, pour le gamin, c'était quelque chose! C'était... Tiens, c'était comme si, à l'instant, on l'avait considéré comme un homme, un vrai, un grand. Il en était tout ébloui.

Très lentement, il osa baisser les yeux sur la vielle toujours sur ses genoux. Il leva haut la main, eut un instant d'hésitation, puis la posa doucement sur l'instrument. Il crut conjurer un interdit. Comme jamais jusque-là, il sentit l'étrange harmonie qui s'établissait entre sa paume et le bois lisse. Ils étaient faits l'un pour l'autre et une folle envie montait en lui de faire clamer aux cordes le chant prodigieux qui vibrait en lui.

– C'est bon, dit-il d'un ton très grave. J'accepte. Et je te promets de te donner régulièrement des nouvelles de ta vielle.

Une ombre de tristesse voila très brièvement le regard du Phonse. Mais il sut vite l'effacer derrière un large sourire apaisé.

– Je suis content parce que je te fais confiance, dit-il en posant rapidement une main lourde sur la jambe de François qui se dessinait sous la couverture.

Il avait soigneusement évité de toucher la vielle. Il se leva brusquement.

– Allons, dit-il, c'est l'heure de t'habiller.

Lorsque Marie rentra, elle trouva le Phonse installé sur sa chaise, au coin de la cheminée dans l'ombre noire de laquelle se perdait son impénétrable regard.

De tout le repas, il n'ouvrit pas la bouche. Il eut juste un bref sourire de connivence à l'adresse de François. Revenu sur sa chaise, après le café, il attendit que Bernadette ait fini d'aider sa mère à ranger. Lorsqu'elle fut partie et alors que Marie s'apprêtait à ressortir, il se tourna vers elle.

– Il faut que je vous parle, dit-il.

La main déjà sur la poignée de la porte, elle tourna vers lui un regard étonné.

– Allons, dit-elle. J'écoute.

Sans la regarder, le regard à nouveau perdu dans l'ombre du foyer, il lui dit l'hospice et cette place qu'il s'y préparait depuis longtemps. Elle était revenue jusqu'à la table sur laquelle elle s'appuyait distraitement d'une main.

– L'hospice, le Phonse, vous n'y pensez pas ? dit-elle lorsqu'il eut fini. Et pourquoi l'hospice ? Vous n'êtes pas heureux ici ? Vous savez bien que, pour nous, vous êtes de la maison. Pourquoi vouloir partir ?

Elle avait mis beaucoup d'émotion et de douceur dans sa voix. Le Phonse eut pour elle un regard plein de gratitude.

– Non, madame, dit-il lentement en hochant la tête. Ici, ce n'est pas ma maison. Vous avez été bonne pour moi. Vous avez tous été bons. Mais je sais bien qu'ici, ce n'est pas ma maison. Et ça, voyez-vous, je l'avais décidé depuis longtemps : le jour où je ne serais plus bon à rien, l'hospice. C'est ma place. Je l'ai préparée. J'ai payé. Ils m'attendent. J'ai prévenu que j'arrivais demain.

Elle en eut le souffle coupé.

– Mais enfin, le Phonse, pourquoi ? Qui dit que vous n'êtes plus bon à rien ? Le travail ? Bien sûr, le travail.

Avec vos rhumatismes, vous n'allez plus travailler beaucoup. Et après ? S'il n'y avait que le travail, dans la vie ! Il y a qu'on vous aime bien, le Phonse. Il y a tous nos souvenirs. Vous vous souvenez, le maquis, les douilles dans le mur de pierre ? Vous croyez que je peux oublier tout ça ? Il y a François, le Phonse. Il vous aime, le François. Pourquoi l'abandonner, nous abandonner ?

Les yeux humides et le regard toujours perdu au fond de la cheminée, il s'entêtait à hocher lentement la tête de droite à gauche.

– Ma place n'est plus ici, s'obstina-t-il.

Marie en restait sans voix. Elle sentait tout ce qu'il y avait d'inébranlable dans la résolution du vieux. Les arguments semblaient glisser sur lui sans trouver la moindre faille.

Le silence, triste et buté, s'éternisa. Puis, le vieux, très lentement, détacha son regard des ombres mouvantes du foyer, et le fit pivoter vers Marie.

– Gardez-vous bien, madame, dit-il lentement. Je serais peiné s'il vous arrivait quelque chose.

– Et que voulez-vous qu'il m'arrive ?

Il eut un geste entendu de la tête.

– Ce que j'en dis, c'est que... Pardonnez-moi, madame, mais je ne pourrais pas partir sans vous dire. Ça ne me regarde pas, je sais, mais il y en a... Pour dire...

Il y avait des mots qu'il ne parvenait pas à prononcer. Et il venait, au fond de ses yeux, comme une supplication qui montait vers Marie pour qu'elle comprenne sans qu'il ait à dire ce qui ne voulait pas dépasser ses lèvres.

– Il y en a qui quoi ? demanda-t-elle pourtant d'un ton dur, sans la moindre pitié.

Le Phonse baissa les yeux.

– C'est rapport à monsieur Philippe, dit-il rapidement. Il y en a qui ne pardonnent pas et...

– Et quoi ? fit-elle, intraitable.

Il se leva lentement et lui fit face. Il y avait dans son regard autant de froide résolution que de tristesse.

– Il y a que je serai mieux à l'hospice qu'à voir ce qui arrivera un jour ici, dit-il sèchement.

21

Les foins passèrent. Puis arriva la moisson. Il y eut encore l'arrachage des pommes de terre. Et le temps vint des stocks de bois de chauffage à reconstituer.

Les bras du Phonse manquaient. Les journées n'étaient plus qu'une lutte sans fin pour venir à bout de tout ce travail. Et les soirées n'étaient que de brefs répits où la fatigue était bien trop grande pour que l'idée vînt de parler.

Pour quoi dire? Ils étaient comme de vieux amants remâchant éternellement toutes les paroles jamais prononcées et pour lesquelles il n'est plus temps. Bernadette préférait se taire pour ne pas être rabrouée. Victor contenait à grand-peine, dans la coque rugueuse de son silence, les flots de haine qui bouillonnaient en lui. Et Marie n'avait cure des lourds reproches qui abaissaient leurs regards et les rendaient si fuyants.

François vivait sa vie d'enfant solitaire. Il partait tôt pour l'école, rentrait tard, grognait un vague bonsoir à sa grand-mère si elle était là, déposait un baiser distrait sur la joue de sa mère, et s'installait au bout de la table pour faire ses devoirs. Le jeudi, s'il faisait beau, il disparaissait jusqu'à la nuit pour de vastes expéditions dans les bois, les prés ou les rues du bourg, en compagnie des autres garnements de son âge. S'il pleuvait, il s'enfermait dans sa chambre et lisait des heures durant.

Jamais il ne demanda un timbre à sa mère. Pour être

allée voir le Phonse à l'hospice, Marie savait pourtant qu'il lui écrivait régulièrement et lui donnait des nouvelles de l'Huis Maugrit. Lorsqu'elle tenta de l'en féliciter, le gamin haussa les épaules avec dédain et lui tourna le dos. Elle finit par renoncer à s'attirer ses bonnes grâces. Ce n'était là, après tout, qu'un des tourments qu'elle avait à subir. Et ce n'était pas le pire.

Philippe de Cormot avait vite pris ses habitudes. Il avait établi qu'il fallait l'attendre presque tous les samedis. Et si aucun message n'arrivait le vendredi, Marie savait qu'elle n'avait qu'à tenir son lit ouvert.

C'était, pour elle, un effroyable déchirement. Déjà, au matin de cette folle nuit d'après les élections où elle s'était donnée à lui, au moment où il allait la quitter, en même temps qu'elle répondait avec fougue à sa dernière étreinte, elle aurait voulu gifler ce visage sur lequel se lisait trop bien la satisfaction de soi et de la victoire emportée.

Une victoire dont il avait rapidement fait en sorte qu'elle soit totale. Et elle ne l'en avait pas empêché. Il avait un art consommé de se comporter en maître absolu sans jamais, pour autant, se départir d'un sourire qu'il savait faire aussi tendre qu'enjôleur.

Il arrivait le samedi soir, souvent fort tard, et venait la rejoindre dans sa chambre comme si c'eût été là une chose normale et qui lui était due. Il ne se préoccupait absolument pas de l'état d'esprit dans lequel elle pouvait se trouver. Et, au demeurant, elle ne le lui demandait pas, trop impatiente de se perdre dans ses étreintes.

Il repartait en général le lundi matin très tôt, après une deuxième nuit d'assouvissement total. Et, à chaque fois, alors que le bruit de la voiture s'entendait dans le chemin, Marie se jurait de rompre.

Elle le haïssait autant qu'elle aimait leurs étreintes. Et elle en venait à se mépriser pour l'avoir laissé prendre sur elle un tel ascendant. Elle se faisait l'impression d'être devenue l'objet d'un homme qu'elle avait défié et contraint à la reculade, vingt ans plus tôt, pour défendre Roland.

Mais il y avait le pouvoir des sens. Et Marie avait trop longtemps souffert d'une solitude qu'elle avait crue irrémédiable pour que se trouve encore en elle la force froide qui lui aurait permis de renoncer à ses caresses. Alors, la semaine s'écoulait dans l'inquiétude grandissante du message qu'il ne manquait pas d'envoyer s'il ne pouvait pas venir. Et, le vendredi, lorsque était passée l'heure du facteur, si rien n'était advenu, c'était l'impatience, une délicieuse impatience qui prenait le pas sur tout le reste.

Des mois durant, Marie resta sans nouvelles d'Anne qu'elle n'osait plus aller voir. Si elle ignorait superbement les regards pleins de sous-entendus qui l'accompagnaient souvent au bourg, elle savait bien qu'Anne ne s'embarrasserait pas de détours. Et cela ne faisait qu'ajouter à son malaise et à sa mauvaise conscience.

– Signe là, lui dit un jour Philippe de Cormot.

C'était une demande de raccordement au téléphone.

– Qu'est-ce que tu veux que je fasse du téléphone? s'étonna-t-elle.

– Ce que tu voudras, lui rétorqua-t-il. Mais moi, au moins, je pourrai te joindre plus facilement.

Elle faillit lui jeter à la figure l'imprimé qu'il lui tendait. Cette façon qu'il avait de tout rapporter à lui et de disposer d'elle comme il l'entendait la mettait hors d'elle. Mais il eut un geste sec, poussant vers elle l'imprimé. Elle eut peur de sa réaction si elle refusait. Elle signa. Et le téléphone atteignit l'Huis Maugrit peu de temps avant que le chemin qui montait du bourg soit bitumé.

Durant plusieurs jours, elle n'osa pas toucher à l'appareil d'ébonite noire qu'elle avait posé sur un guéridon garni d'un petit napperon. Elle n'aimait pas plus cet instrument que le bitume du chemin. Ils lui semblaient de trop larges portes ouvertes avec indiscrétion sur l'Huis Maugrit.

Et puis un jour, alors qu'elle n'y pensait plus guère, le timbre fixé au-dessus de la porte se mit à grelotter. Elle resta coite un long moment, considérant l'appareil avec perplexité. Puis, comme le timbre s'obstinait, elle avança lentement la main. Elle ne put s'empêcher de la laisser un instant en suspens, grande ouverte, avant de se résoudre à la refermer sur le combiné qu'elle décrocha rapidement.

– Allô ? fit-elle timidement.

Il y eut un long silence. Puis une voix aussi hésitante que la sienne lui parvint, de très loin, étrangement déformée.

– C'est moi, entendit-elle. C'est Anne.

Un nœud se forma instantanément dans la gorge de Marie. Elle ne savait plus que faire et restait debout près de son guéridon, pétrifiée, l'écouteur collé à l'oreille.

– Allô ? insista Anne. Tu es là ?

Que dire ? Que répondre ? Pouvait-elle s'attendre à cette intrusion soudaine ? Si au moins Anne avait frappé à la porte, le temps du bonjour, du manteau qu'on ôte, de s'asseoir, on revient de sa surprise, on sait que dire... Alors que là...

– Oui, se contraignit-elle à articuler.

A l'autre bout du fil, Anne eut un petit rire nerveux.

– Tu es moins bavarde, au téléphone.

– C'est que... Je ne m'attendais pas.

– C'est monsieur Philippe qui m'a dit que tu avais le téléphone. Alors, comme il me l'a fait installer, à moi aussi, j'ai pensé...

– Tu as bien fait.

Le silence se refit. Quoi dire de si loin, sans se voir ? Et cette angoisse que soient prononcés dans cette petite boîte noire si impersonnelle les mots que redoutait Marie et auxquels jamais elle ne pourrait répondre...

– Pourquoi tu ne viens plus me voir ?

Anne s'était jetée à l'eau et sa voix avait été comme une plainte qui avait fait mal à Marie.

– Tu sais, le travail, osa-t-elle.

Cette fois, le silence fut celui de l'incrédulité d'Anne. Et Marie le sentit bien.

– Ce n'est pas facile depuis que le Phonse est parti, voulut-elle expliquer. Tu sais que le Phonse est parti ?

– Je sais, dit Anne. Et je sais pourquoi.

Cette fois, Marie se raidit. Le tour que prenait cette conversation aux tonalités de métal lui devenait intolérable.

– Qu'est-ce que tu veux dire? demanda-t-elle d'un ton sec.

– Tu le sais très bien, continua Anne. Mais ce n'est pas au téléphone qu'on va parler de tout ça. On ne se comprendrait pas. Ce serait tout de même malheureux. Mais, tu sais, Marie, ajouta-t-elle très vite, il ne faut pas que tu croies que je te condamne. Je comprends et je sais que tu dois être très malheureuse.

Des larmes brillaient au bord des cils de Marie quand elle raccrocha. Elle était bouleversée et s'en voulait de ne pas avoir su crier à Anne, au travers de cet engin glacé, toute sa gratitude pour l'avoir ainsi comprise, malgré leur séparation. Mais pourquoi fallait-il qu'elles soient si loin l'une de l'autre? Elle n'aurait pas succombé si Anne avait été auprès d'elle quand Philippe de Cormot était réapparu. Et même si elle s'était laissée aller à quelques nuits de plaisir, elle savait bien qu'il aurait suffi des mots paisibles d'Anne, de l'un des sourires dont elle avait le secret ou même de quelques-uns de ses silences, souvent plus expressifs que tous les discours, pour que l'affaire fût vite classée. Longtemps, elles en auraient ri entre elles. Le chemin n'aurait pas été bitumé et le téléphone n'aurait pas rompu la belle harmonie de l'isolement de l'Huis Maugrit.

Puis vint la grande foire de décembre. Cette année-là, pour la première fois de son existence, Marie se posa la question de savoir si elle s'y rendrait ou pas. Il y avait, bien sûr, les sous-entendus des regards. Mais il y avait plus encore les sourires salaces que certains se croyaient autorisés à lui décocher.

Comme ils l'auraient fait à une putain. Elle eut cette pensée et en frémit d'horreur.

Jamais, depuis qu'elle savait marcher, elle n'avait manqué une foire de décembre. Que serait-elle si elle n'y paraissait pas ? Son absence ferait parler. Et ce serait bien pire que ces regards silencieux qu'il lui suffisait de mépriser et d'ignorer. Elle résolut d'y descendre.

Victor et Bernadette partirent à la nuit encore faite, poussant devant eux les quelques bêtes qu'ils espéraient bien vendre. Marie prit son temps. On n'était plus à l'époque où c'était elle qui nouait la longe des taurillons et des génisses aux barres du foirail. Elle laissait ce travail à Victor et se réservait de conclure les marchandages où peu d'acheteurs pouvaient se vanter d'avoir su lui tenir tête.

Pour l'occasion, elle renonça à sa bicyclette. Elle attela la jument et se laissa porter, au doux balancement de la charrette anglaise, jusqu'au pays. Le bruit des fers sur le bitume avait quelque chose de mou qui lui déplut, et elle se prit à regretter les cahots qui donnaient une sorte de vie au voyage.

Il faisait froid. Une lourde chape grise s'était refermée sur la vallée, éteignant les ombres et jusqu'à la gelée blanche qui était terne et qui, malgré l'heure qui avançait, ne parvenait pas à quitter les prés et les branches des arbres dont elle pendait en tristes haillons. Malgré son manteau fermé jusqu'au cou, Marie sentait le froid visqueux s'insinuer et la glacer. Elle regretta son vélo. « Au moins, je n'aurais pas eu froid », grommela-t-elle.

Mais elle eut sa revanche en arrivant au bourg. Loin en dessous de l'ancienne gare, camions et voitures encombraient le bas-côté. Quelques rares carrioles comme la sienne dressaient leurs brancards au-dessus des carrosseries. Et les chevaux, dételés mais le harnais encore sur le dos, attachés long à quelque branche d'arbre, mastiquaient tranquillement la brassée de foin qu'on avait jetée devant eux. De leurs naseaux et de leur robe encore chaude de l'effort, montait une légère brume blanchâtre.

Sans ralentir sa jument lancée au trot, Marie dépassa la longue cohorte des véhicules stationnés. Elle ne mit au pas qu'en atteignant la place noire de monde. Et, à grands cris autoritaires, sans ménagement, elle se fit ouvrir un passage devant sa voiture. On la saluait au passage. Très droite sur son siège, les guides à pleines mains, elle répondait par de petits « bonjour » secs distribués au hasard, à droite et à gauche, sans détourner les yeux des oreilles de son cheval impatienté par tout ce bruit et ce monde. En dosant imperceptiblement le jeu de ses mains qui retenaient pendant que la pointe du fouet poussait, elle sut même, lorsqu'à son goût on tardait trop à lui ouvrir le passage, faire piaffer juste ce qu'il fallait pour qu'on obtempère rapidement.

Et la voiture s'engouffra triomphalement dans la cour de la ferme de l'oncle. Marie détela et prit encore le temps d'installer sa jument à l'étable, au bout du rang des vaches. Elle la bouchonna avec soin et se résolut enfin à affronter la foire.

Depuis le haut du bourg, bien au-delà de la place de l'église et jusqu'à l'ancienne gare, les rues étaient noires de monde. C'était un flot lent que canalisaient les étals multicolores rangés le long des trottoirs et les appels beuglés par les camelots dont on eût dit qu'ils étaient les bergers d'un inépuisable troupeau bercé par le ronronnement sourd des conversations. Parfois, de la troupe, fusait un rire, un cri, un juron, sans que s'interrompe le puissant et aveugle mouvement de cette masse sombre que quelques lourds remous parvenaient sporadiquement à agiter.

Marie se laissa porter vers le foirail. Chaque année, elle était prise du même malaise au contact de cette étrange et passive marée humaine que les marchands houspillaient de leurs cris et dont l'énorme mouvement irréfléchi lui semblait confusément receler une prodigieuse menace.

Immanquablement, à ce premier contact avec la foule, montait en elle le souvenir des foires des galvachers de jadis, où les rudes paysans morvandiaux venaient vendre leurs attelées de bœufs d'une saison et en acquérir de nouveaux, plus jeunes, avec lesquels ils repartaient, le printemps venu. En un inexorable mouvement annuel de flux et de reflux, ils partaient ainsi, au pas lent de leurs bêtes, labourer les plaines de Champagne ou du Nivernais et débarder les grumes des forêts du Berry ou des Vosges. La foire était le pivot de leur vie d'éternelle errance, le seul point fixe où, à peine rentré, on envisageait déjà de repartir. On s'y retrouvait pour mieux se séparer. Et ce bref instant de rencontre se parait d'une grave solennité qu'ils savaient rendre joviale. Ce n'était pas rien de revenir de six mois de galvache ; c'était plus encore d'envisager déjà le moment de reprendre la route.

Maria gardait en elle la saveur de ces foires où, dans les jupes de Julia, sa mère, elle ne quittait pas son père des yeux, Gaston, dont il lui semblait que tout, dans cette prodigieuse animation, tournait autour de lui. La Grande Guerre n'avait pas été qu'un douloureux intermède. Les foires avaient repris, par habitude, par tradition, par respect peut-être pour tous ceux, dont Gaston, qui les faisaient avant-guerre, et dont les noms, maintenant, s'alignaient sur les monuments aux morts. Mais elles n'étaient plus les mêmes. Elles ne pouvait plus être les mêmes. Trop d'hommes n'étaient plus là. Trop de ceux qui avaient eu la chance d'en revenir avaient dû renoncer, ruinés. Même les bêtes n'étaient plus les mêmes. La petite race rustique et solide des « barrés » s'était éteinte durant la guerre. Les grands bœufs blancs, les Charolais, qui les avaient remplacés, n'avaient plus longtemps trouvé preneur. Les tracteurs, dans les plaines et les forêts, avaient eu raison de leur travail lent et obstiné.

La foire, pourtant, avait perduré. Mais elle s'était progressivement muée en un grand et triste étalage d'animaux d'élevage. Les fières attelées, qui marchaient par deux, imperturbablement, et obéissaient sans broncher aux ordres gutturaux de leurs bouviers, avaient été remplacées par des bandes affolées de jeunes bêtes à peine sorties des prés, qu'on attachait court aux barres du foirail, et qui, le mufle bas, serrées les unes contre les autres, agitées de sporadiques mouvements de panique, roulaient des yeux exorbités en meuglant tristement.

Les hommes aussi avaient changé. Il y avait jadis des

professionnels qui se connaissaient et respectaient scrupuleusement les règles complexes et immuables de relations sociales aussi vieilles que le monde. Il y avait les liens entre les familles et tout autant de vieilles haines dont les raisons s'étaient perdues dans les brumes du temps sans rien leur ôter de leur vigueur. Il y avait encore le penchant qu'on avait pour les produits de tel ou tel élevage. Et s'il était de notoriété que l'un produisait des bœufs mieux faits pour le labour que pour le débardage, qui était la spécialité de l'autre, s'ajoutaient à ces certitudes techniques une foule de considérations subjectives qui faisaient que, immuablement, d'année en année, on allait plus volontiers vers l'un que vers l'autre. Et personne n'en prenait ombrage.

Et puis était venu le temps de ces bœufs d'élevage qu'on vendait « maigres » pour qu'ils aillent prendre leur gras ailleurs, dans les riches prairies du Bazois, du Charolais ou même du Brionnais. Quelle conversation pouvait-on avoir avec ces marchands de bestiaux, ces maquignons qu'on connaissait à peine ? Comment marchander quand manquait cette matière essentielle qu'était la santé de la grand-mère dont on s'enquérait, le cousin rencontré à une noce à qui l'on transmettait le bonjour ou le vieux souvenir de chasse dont on se régalait pour la énième fois ?

Alors, lorsque sonnait la cloche déclarant la foire ouverte, rencogné à la tête de ses bêtes surveillées jalousement, dansant d'un pied sur l'autre, entretenant une conversation languissante avec le voisin de barre, on observait du coin de l'œil tous ces maquignons en biaude qui défilaient presque au pas de course derrière les bêtes, noircissant des pages entières de leurs petits carnets de signes mystérieux. Puis, on les voyait revenir, un à un, affairés, sûrs de leur coup, se dirigeant sans hésiter vers les lots de bêtes qui les intéressaient. Et l'on tremblait de ne pas être du nombre.

Sans un mot, ils tournaient autour des animaux, les tâtaient, leur pinçaient le jarret, là où la peau doit être fine et bien détachée du gras. Avec indifférence, ils lâchaient un chiffre. Immanquablement, l'éleveur, l'air sombre, hochait négativement la tête, quand il ne haussait pas purement et simplement les épaules. Ils ne marchandaient même pas. Tournant les talons, le marchand filait vers d'autres lots. Et l'angoisse saisissait le cœur du vendeur. S'il ne revenait pas ? S'il ne s'en présentait pas d'autre ?

Il y avait, bien sûr, l'inquiétude du manque à gagner. Mais il y avait bien plus encore la peur du véritable affront qu'était l'obligation, pour ceux qui n'avaient pas vendu, de devoir reprendre le chemin de la ferme en poussant leurs bêtes devant eux. C'était comme une intolérable mise en doute de leurs capacités professionnelles.

Les acheteurs le savaient bien. Alors, ils revenaient, par petits paquets, sans se presser, arborant l'air satisfait et détaché de ceux qui ont fait affaire et ne s'intéressent plus que par raccroc aux lots de bêtes qui continuaient de piétiner leurs litières en meuglant doucement. Des chiffres étaient encore lancés. Cette fois, on marchandait. Il fallait attendre les dernières heures de la matinée pour que ce semblant d'animation parvienne à gagner le foirail. Pied à pied, les éleveurs se défendaient. Mais le temps était bien révolu où ces âpres discussions se faisaient d'égal à égal. Le rite du marchandage, qui, pour l'honneur, était mené jusqu'à l'extrême limite, n'était plus qu'un marché de dupes dans lequel le vendeur n'avait plus, pour seul espoir, que de limiter les dégâts.

Chaque année, ils étaient d'ailleurs moins nombreux. Et Marie, en traversant le foirail, dénombrait tristement les absents. Pour les uns, c'était la retraite qui était venue sans qu'un fils soit resté pour prendre la relève. Pour d'autres, c'était le renoncement à une vieille tradition et l'économie d'une journée de foire. Ils s'en remettaient simplement aux passages de plus en plus fréquents des marchands dans les fermes où l'on discutait le prix des bêtes autour de la table, en se partageant une chopine de rouge.

Elle atteignit la barre à laquelle Victor et Bernadette

avaient attaché la demi-douzaine de bêtes qu'ils avaient descendues juste à temps pour que s'engage la vraie négociation. Les bœufs de l'Huis Maugrit, elle le savait bien, ce n'était pas rien. Et elle prétendait, quoi qu'il en soit, garder la tête assez haute pour que les maquignons remballent, devant elle, leurs petites manœuvres et leurs airs satisfaits.

Ce jour-là, elle en fut pourtant pour ses frais. A l'air plus buté que jamais de Victor et aux yeux d'oie effarouchée que roulait Bernadette, elle comprit, du plus loin qu'elle les vit, qu'on allait lui faire payer cher sa liaison avec Philippe de Cormot. Elle ne leur adressa même pas la parole, jeta un coup d'œil rapide aux bêtes, et fit face aux quelques maquignons qui allaient de l'une à l'autre en affichant une moue trop navrée pour être tout à fait sincère.

Comme un seul homme, ils lui tournèrent tous le dos. Elle en resta quelques instants pétrifiée. Comment osaient-ils ? Victor, interrogé d'un regard impérieux, n'eut pour toute réponse, avant de lui tourner le dos à son tour, qu'un haussement d'épaules rageur.

Alors Marie, d'un pas ferme, se dirigea vers le groupe des maquignons qui faisaient mine de discuter entre eux, derrière ses bêtes. Ils se turent et s'écartèrent. Elle prit place dans leur cercle. Le silence se plomba en gagnant de proche en proche tout le foirail qui retenait son souffle en les observant. Le regard noir de Marie s'était embrasé. Très droite, la tête légèrement rejetée en arrière, elle était plus belle que jamais. Ils le pensaient tous, en avaient le souffle coupé, et souffraient mille morts de devoir s'opposer à cette femme qu'ils n'avaient jamais pu courtiser ailleurs que dans leurs rêves.

Mais ils tinrent bon. Ou, plus précisément, ils n'eurent pour seul recours que de baisser piteusement les yeux, lorsque, l'un après l'autre, ils subirent son regard planté dans le leur.

– C'est bon, dit-elle enfin d'une voix forte.

Elle se retourna vivement, eut un large geste de la main.

– Victor, Bernadette, vous me remontez tout ça à l'Huis Maugrit. Il n'y en a pas un sur cette foire qui mérite des bêtes comme celles-là. Demain, je téléphone au groupement. J'en aurai un meilleur prix avec moins de peine. Allez, ouste !

Derrière elle, les mines s'allongeaient. Le seul mot de « groupement » avait fait sursauter tous les maquignons. C'était leur bête noire, ces groupements de commercialisation que les coopératives agricoles prétendaient créer depuis quelques années. « De la concurrence déloyale », grommelaient-ils. « Et du travail mal fait », ajoutaient-ils pour faire bonne mesure.

Attachés à leurs traditions, viscéralement méfiants à l'égard de tout ce qui, de près ou de loin, pouvait porter atteinte à leur farouche indépendance, la plupart des éleveurs se rangeaient encore à l'avis des maquignons. Ils « attendaient pour voir » et prenaient garde, pour le cas où ça ne marcherait pas, de ne pas se mettre à dos ces puissants marchands de bestiaux au verbe haut et au portefeuille bien rebondi dont ils dépendaient. Ils savaient bien que ces derniers leur imposaient les prix qu'ils voulaient. Mais l'angoisse de ne pas pouvoir vendre les obligeait à les courtiser et porter devant eux la casquette bien bas comme ils avaient eu le loisir d'apprendre à le faire, des siècles durant, devant les seigneurs et tous les petits hobereaux qui leur avaient succédé.

Si Marie Courbet passait au groupement, c'était comme une large brèche ouverte dans le puissant système de défense que les marchands avaient établi et entretenaient soigneusement. Ils échangèrent des regards consternés, chacun mesurant la justesse de son affolement à l'abattement de son voisin. L'un d'eux osa s'avancer vers elle.

– Allons, Marie, dit-il. Faut pas prendre la mouche comme ça. C'était... C'était pour la forme.

Le regard dont elle le fusilla n'était que mépris.

– Alors ? rugit-elle en se tournant vers Victor et Bernadette qui, figés de stupeur, n'avaient pas encore fait un geste vers les bêtes. Vous attendez quoi ? Que je les détache moi-même ? J'ai dit : direction l'Huis Maugrit. C'est clair, non ?

Et, sans plus se préoccuper des bêtes ni des marchands pantois, fendant d'un pas décidé la foule goguenarde qui n'avait rien perdu de l'altercation, elle se dirigea vers l'auberge.

22

Ce n'était plus l'établissement opulent d'avant-guerre, du temps où les bourgeois de la ville montaient en expédition jusque-là, au volant de leurs premières voitures automobiles. Les étapes étaient désormais plus lointaines et plus méridionales. De l'auberge de cette époque révolue, il ne restait que quelques photographies jaunies et la nostalgie de l'excellente table qu'avait su proposer le patron de l'époque à ces premiers touristes. Il s'était retiré juste à temps, laissant à son successeur un établissement dont les boiseries et les dorures avaient lentement vieilli, se couvrant, avec la poussière, d'un charme un peu désuet mais encore trop pompeux et trop vaste pour la maigre clientèle locale à qui avait été rendue la grande salle. Seuls les jours de foire parvenaient encore à y faire revivre un semblant d'animation.

Marie n'aimait pas cette auberge où vivaient encore, pour elle, trop de ses souvenirs. Si elle évoquait avec émotion le vin d'honneur qui y avait été servi le jour de son mariage, et la découverte éberluée qu'elle y avait faite, à cette occasion, de la TSF, elle ne se souvenait que trop du petit groupe de fascistes qui en avaient fait leur quartier général, s'y retrouvaient autour de leur chef, Philippe de Cormot. C'était là, sur le perron de l'auberge, que l'un d'eux avait prétendu l'humilier devant Julia, sa mère. Et c'était là que Roland, un jour d'exaspération, avait copieusement corrigé le même Philippe de Cormot.

C'était là pourtant qu'elle se rendait, sachant fort bien qu'elle allait au-devant de lui. Il lui fallait relever le défi. Il lui fallait faire taire ses violents états d'âme et afficher à la face de tous ce pour quoi ils auraient voulu lui faire baisser le front.

La grande salle de l'auberge sentait la bouse de vache, l'homme, l'alcool et le tabac. Marie pinça les narines mais ne ralentit pas. Elle passa entre les tables, d'où dardait sur elle une forêt drue de regards, sans en rencontrer un seul. Elle ne voyait que la table du fond, dans l'angle, celle-là même où, à près de vingt ans de là, Philippe de Cormot avait cru pouvoir humilier Roland impunément.

Il était assis exactement à la même place, l'œil allumé par une conversation animée. Elle marchait vers lui dans la douloureuse convergence de tous ces regards qu'elle ressentait comme un cercle de feu lui oppressant la tête. Lui seul ne l'avait pas vue, trop occupé qu'il était de ses mots qu'il écoutait avec ravissement. Et elle se donnait l'impression, à chaque pas, de glisser un peu plus, volontairement, dans une fange d'indignité.

Il ne la découvrit qu'à l'instant où elle atteignait sa table. La satisfaction dont ruisselait son visage fit brièvement place, dans son regard, à l'étonnement.

– En voilà une heureuse surprise !

Il s'était plus adressé à son entourage qu'à Marie. Et elle crut même voir qu'il avait eu, pour ses amis attentifs et curieux, un rapide clin d'œil. Se poussant sur la banquette, il lui fit une place.

– Viens donc t'asseoir là. La foire s'est bien passée ?

Elle s'installa. Sans même attendre sa réponse, il avait repris le fil de son discours. Et déjà, seule au milieu de ces hommes parlant politique, elle s'en voulait de s'être ainsi jetée dans la gueule du loup. Où était sa victoire ? Qu'attendait-elle en se précipitant vers lui ? Il lui semblait que tous les regards de la salle s'obstinaient à se concentrer sur elle. Elle s'affichait et se rendait plus dépendante encore. Elle aurait voulu fuir, remonter à l'Huis Maugrit, comme il eût été raisonnable de le faire. Mais il était trop tard.

– Tu manges avec nous, décréta Philippe de Cormot.

– Il faut que je remonte, hasarda-t-elle sans conviction.

– Laisse donc ! Victor et Bernadette sont bien assez grands pour se passer de toi un jour de foire. Tu as bien vendu ?

– Je n'ai pas vendu.

Il vit enfin son air soucieux et la flamme noire de son regard.

– Qu'est-ce qui s'est passé ?

Elle eut un bref instant d'hésitation. Allait-elle lui dire, là, dans le brouhaha de cette salle où il tenait sa cour, qu'on lui avait manqué de respect parce qu'elle couchait avec lui ?

– Je n'ai pas obtenu ce que je voulais, se contenta-t-elle d'expliquer. Demain, je téléphone au groupement.

Il fronça les sourcils. Ce n'était vraiment pas le moment. Au seul mot de « groupement », la plupart de ses plus fidèles électeurs qui se pressaient autour de lui auraient été capables de tourner les talons. Il ne put s'empêcher de s'assurer, d'un rapide regard circulaire, que personne n'avait entendu.

– On en reparlera, dit-il sèchement.

Ils étaient près de vingt à la table qu'il présidait, dans l'arrière-salle. Il avait installé Marie à sa droite. Elle voulut s'échapper lorsqu'ils quittèrent l'auberge, vers seize heures. Il la retint et l'entraîna, avec toute sa suite de courtisans, sur le champ de foire qu'avaient déserté les dernières bêtes et où l'intérêt s'était porté vers les stands des marchands de machines agricoles.

D'année en année, ils étaient de plus en plus nombreux et le matériel qu'ils exposaient était toujours plus rutilant et sophistiqué. Edmond et Francis étaient encore galvachers, à l'Huis Maugrit, lorsque Marie, en leur compagnie, avait découvert les premières faucheuses exposées sur le champ de foire. A la fois attirée par ces nouveautés et effarouchée par tous les changements qu'elles induisaient, Marie n'avait pourtant pas tardé à en faire l'acquisition lorsqu'il avait fallu remplacer les bras des frères partis travailler en Champagne.

La même faucheuse remplissait toujours son office à l'Huis Maugrit. Et Marie ne voyait pas ce qui pouvait justifier de lui adjoindre l'une ou l'autre de ces machines compliquées et lourdes qui trônaient au milieu des stands et autour desquelles virevoltaient des nuées de vendeurs aussi souriants qu'entreprenants.

– Pourquoi ne t'équiperais-tu pas d'une moissonneuse-lieuse ? insistait Philippe de Cormot.

Elle haussait les épaules avec agacement.

– C'est fait pour les plaines, ces machines-là. Tu vois mes vaches remontant ça dans les travers ?

– Eh bien, il te faut un tracteur.

– Et quoi encore ? Tâche de ne pas aller mettre une idée comme celle-là dans la tête de Victor.

Il éclata de rire et passa à autre chose. Entre deux stands, il lui prit le bras et se pencha vers elle.

– Ce soir, dit-il, je préside le bal. Tu viens avec moi. On l'ouvrira ensemble.

Elle eut un haut-le-corps et s'éloigna vivement de lui.

– Tu n'y penses pas !

Il rit à nouveau bruyamment.

– Si, justement, j'y pense. Et j'y tiens.

– Et qu'est-ce qu'on va dire ?

– C'est toi qui demandes ça ?

Elle secoua vivement la tête.

– Non, s'obstina-t-elle. Ce n'est pas possible. D'ailleurs, il faut que je rentre.

Il se rembrunit et s'écarta légèrement d'elle en se redressant.

– C'est bon, dit-il. Fais comme tu veux. Remonte à l'Huis Maugrit si tu y tiens. Le bal commence à neuf heures. Tu peux toujours changer d'avis.

Et il s'éloigna à grandes enjambées. Immobile au milieu d'une allée, entre le stand d'un marchand d'engrais et celui d'une grande marque de tracteurs,

Marie, au bord des larmes, le regardait s'éloigner en calculant déjà comment elle parviendrait à abattre tout son travail du soir à l'Huis Maugrit pour être redescendue au bourg en temps voulu.

La tête lui tournait lorsqu'il la reconduisit à sa place, après qu'ils eurent tournoyé quasiment seuls sur la piste de parquet, tout au long d'une valse qui lui avait paru interminable. Marie se laissa aller sur sa chaise, eut pour son amant le bref remerciement de convenance, et se jura qu'elle ne bougerait plus de tout le bal.

Déjà les couples se bousculaient sur la piste, au son d'une autre danse. Sidérée, elle les regardait évoluer sans comprendre. Les rythmes, la lumière, le bruit infernal, plus rien ne correspondait à ses souvenirs.

Il est vrai qu'ils étaient rares et lointains. Après la Grande Guerre, Julia, en deuil de son mari, avait refusé une fois pour toutes d'accompagner sa fille dans les rares occasions renaissantes de s'amuser. Il était bien sûr hors de question qu'elle s'y rendît seule.

A vrai dire, elle n'en avait guère souffert. Anne était dans la même situation. Elles avaient rêvé, toutes les deux, à une époque, de ces fêtes de l'après-guerre. Elles s'étaient promis qu'elles seraient les plus belles. Il n'y manquait pourtant que les hommes, tous ceux restés dans les tranchées, tous ceux qui cachaient, chez eux, leurs infirmités, tous ceux qui, au plus fort de la fête, ne parvenaient plus à chasser de leur cœur et de leur regard cette ombre grise à laquelle les femmes ne pouvaient rien comprendre.

Son premier vrai bal avait été celui de son mariage, à l'ombre des grands châtaigniers, à la porte de l'Huis Maugrit. C'est là qu'elle avait appris à danser dans les bras de Roland. Ses yeux s'embuèrent à ce souvenir qui parvint, quelques brefs instants, à éteindre l'image incohérente des corps déhanchés hachés par la fulgurance multicolore des flashes.

Il y avait eu, ensuite, quelques rares occasions de se rendre au bal, très droite, très fière au bras de Roland, ignorante des regards que les hommes ne pouvaient s'empêcher de faire converger vers cette belle femme brune aux yeux de jais. Mais le travail, les enfants vite venus et le simple plaisir de vivre ensemble à l'Huis Maugrit, avaient tari l'envie de se mêler à ces fêtes sur lesquelles planait l'ombre douloureuse des absents.

Il en restait malgré tout à Marie le souvenir de grandes retrouvailles où la musique et la danse n'étaient que le prolongement naturel du plaisir d'être entre soi. C'était comme si une paisible continuité s'établissait entre ces fêtes et les rudes activités quotidiennes. Elles étaient le contrepoint du travail des champs et de la ferme. Elles en étaient le prolongement et puisaient aux mêmes sources une harmonie un peu fruste mais si rassurante. On en revenait reposé, détendu et le cœur en paix pour de longues semaines.

Quel rapport avec l'étonnant spectacle qu'elle contemplait ? Dans le déchaînement d'une musique déversée par des haut-parleurs à pleine puissance, tous les jeunes du canton tassés sur la piste se déhanchaient et se trémoussaient sans que Marie, médusée, ne puisse parvenir à discerner le rythme auquel était supposée répondre cette gymnastique sans grâce. Et comme s'il ne suffisait pas du bruit infernal de cette musique hurlante, des éclairs multicolores zébraient l'air surchauffé de la salle de danse, y matérialisant, par infimes séquences, les nuées grisâtres des cigarettes.

« Ils font tout pour s'abrutir », pensa Marie que sidérait cette espèce de volonté délibérée de s'abstraire des réalités. « Ils ont donc si peur du monde dans lequel ils vivent ? » ne put-elle s'empêcher de se demander. Elle eut pitié de tous ces jeunes qui au bord de l'hystérie continuaient de se démener devant ses yeux. « Nous, songeait-elle encore, on n'avait plus rien. La guerre nous avait tout pris. Mais nous n'avions pas peur. Bien au contraire, si on dansait, c'était pour se donner du cœur à l'ouvrage. Eux, ils ont tout. Et pourtant, ils ont peur. Alors quoi ? »

Elle se tourna vers Philippe de Cormot, comme s'il

avait pu, dans le tintamarre ambiant, deviner sa pensée et lui apporter une réponse. Légèrement allongé dans sa chaise, les jambes étendues devant lui, souriant, il rythmait de la main, sur le bord de la table, la musique endiablée. Il eut vers Marie un regard d'impuissance. Pas question de se parler dans tout ce bruit. Elle détourna les yeux. Elle n'avait pas envie de parler. Elle avait envie de comprendre ce qui leur faisait apparemment prendre plaisir à ce déchaînement sans grâce de sons incohérents, de lumières aveuglantes et de chaleur étouffante, alors qu'elle-même n'y trouvait qu'un ennui pesant.

Il y eut quelques danses plus lentes. Philippe de Cormot voulut l'entraîner sur la piste. Elle refusa tout net. Il n'insista pas. Elle resta indifférente aux quelques slows langoureux qu'il dansa avec des jeunes femmes qu'elle ne connaissait pas.

Même lorsque s'apaisait le délire des danses modernes auxquelles elle venait d'assister, il lui semblait qu'il manquait quelque chose à ce qu'aurait dû être un bal. Et elle cherchait toujours à comprendre. Il lui parut tout à coup essentiel d'aller au bout de cette réflexion dont elle sentait confusément qu'elle recelait, dans la réponse qu'il lui faudrait bien trouver à ses interrogations, une bonne part de l'explication au mal de vivre qui la rongeait depuis des mois.

Elle eut tout à coup la pensée Anne. Que ferait Anne en pareille circonstance ? D'imaginer son amie au milieu de ce tohu-bohu la fit sourire. C'était Anne, pourtant, qui attendait le retour des fêtes et des bals avec le plus d'impatience, jadis, alors que, petites filles, elles se retrouvaient sur leur rocher, au bord du plateau de l'Huis Maugrit, pour s'échanger leurs interminables confidences.

Mais le même mot ne recouvrait plus la même réalité. Elles voulaient, à l'époque, continuer de vivre, faire éclater leur joie d'être. Quelles raisons auraient-elles eu de se déchaîner ainsi ? Elles voulaient fêter leur réalité quotidienne, non s'en abstraire. S'amuser, danser étaient pour elles le moyen de prouver leur bien-être. Ceux-là, qui se trémoussaient furieusement devant Marie, semblaient fuir, se dérober aux réalités en se saoulant de bruits et de lumières exacerbés.

« Ils fuient, ils s'échappent », pensa Marie. Un mot lui revint à l'esprit. Un de ces mots à la mode qui l'étonnaient et dont le sens, jusque-là, lui avait paru bien obscur. « Ils se défoulent ! » dit-elle tout haut, sans grand risque d'être entendue ni vue dans le déchaînement des décibels et le déchirement des flashes.

Dans la nuit, elle remontait à pied vers l'Huis Maugrit en poussant sa bicyclette.

– Reste, lui avait dit Philippe de Cormot. Je te remonterai en voiture.

Elle avait tenu bon. Et elle avait quitté le bal bien avant que n'apparaissent les premiers signes d'épuisement des danseurs.

« Est-ce que j'ai besoin de me défouler, moi ? se demandait-elle en respirant à pleins poumons la fraîcheur de la nuit. Est-ce que Anne a besoin de se défouler ? » Elle marchait en hochant gravement la tête. « Voilà, grommelait-elle en suivant le bas-côté que blanchissait une vague lueur tombée des étoiles. Aujourd'hui, il y a ceux qui ont besoin de se défouler... et les autres. Et les anormaux, ce sont les autres. On n'est pas normal quand on mène une vie tranquille. Il faut courir, se démener, faire beaucoup de bruit. On n'a plus le choix. Et celui qui refuse, on le laisse là, sur le bord du chemin. On est condamné. On ne sert plus à rien parce qu'on n'a pas besoin de se défouler ! Alors, quoi faire ? »

L'argent fondu de la lune montait derrière les collines en ciselant le jais des futaies qui les coiffaient. Les châtaigniers jumeaux de l'Huis Maugrit naquirent de la nuit. Marie ne les quittait plus des yeux. « Pourquoi ? se demandait-elle intensément, pourquoi je n'aurais pas le droit de continuer à vivre en donnant plus d'importance à ces deux châtaigniers-là qu'à tout leur progrès ? »

23

François avait emballé la vielle du Phonse dans une vieille toile à matelas. Il la tenait étroitement serrée contre son flanc et marchait à grands pas, le front barré d'un pli soucieux.

Descendre au bourg par le petit sentier de la planche avec un tel paquet sous le bras présentait un risque certain. Des dizaines, des centaines de fois, il avait dévalé la ravine en volant littéralement d'une pierre à l'autre et sans le moindre souci de leur équilibre précaire. Un bain forcé dans le petit torrent, qui faisait souvent lit commun avec le chemin, n'était pas, d'ordinaire, pour lui faire peur. Sauf aujourd'hui où il n'osait pas imaginer les conséquences de la catastrophe que serait la chute de son trésor, si une seule pierre venait à manquer sous son pied.

Il avait pourtant préféré choisir la difficulté. C'était, pensait-il, un moindre risque. Sa grand-mère, qu'il redoutait par-dessus tout de rencontrer, avait renoncé depuis bien longtemps à emprunter ce chemin-là.

Cela faisait des mois qu'il ne vivait plus. Il fallait en finir. Il avait d'abord caché la vielle au-dessus de l'armoire de sa chambre. Mais ce n'était qu'un pis-aller. Il était trop clair qu'on mettrait la main dessus, tôt ou tard. Il fallait trouver mieux. Il chercha au grenier, ne trouva rien de satisfaisant et n'en récolta que des cris et des hurlements parce qu'il traînait là-haut sans autorisation et sans qu'on sache pourquoi. Une vieille jarre à salaison, à la cave, l'avait un moment intéressé. Mais un bout de bois sec qu'il y avait glissé était bleu de moisissures deux semaines plus tard. Il avait fouiné dans tous les bâtiments de la ferme, ressortant couvert de poussière et de toiles d'araignés, sans jamais trouver l'endroit idéal.

Faute de mieux, il avait fini par jeter son dévolu sur une niche qui se dissimulait derrière quelques vieux sacs de son, tout au fond du fenil. Cela faisait des années qu'ils vieillissaient là sans que personne ne s'intéresse à eux. Et ce serait bien le diable si on venait à les redécouvrir.

Eh bien, le diable s'y était mis ! Et François, effaré, avait entendu par hasard et juste à temps la décision qu'annonçait sa grand-mère à sa mère de la réquisitionner dès le lendemain pour aller nettoyer le fenil et le débarrasser de ces vieux sacs qui moisissaient là depuis la guerre.

– Le temps où il fallait tout stocker, tout mettre de côté ! commentait Marie. Des réserves qu'on a faites, avec Anne ! Ce n'est pas Dieu croyable tout ce qu'on a pu amasser ! Des jours, il y en avait pour des régiments entiers ! Mais, après le maquis, il n'est plus rien resté que ces sacs-là. Depuis le temps... Demain, on liquide tout ça.

François n'avait pas trop fermé l'œil de la nuit. Il avait provisoirement résolu le problème de la vielle en se glissant hors de la maison endormie. A tâtons, il alla récupérer l'instrument derrière ses sacs de son, lui fit réintégrer sa chambre, le hissa à nouveau au-dessus de l'armoire et se remit sous les couvertures avec au ventre l'angoisse de la nouvelle cache à découvrir.

Il ne trouva pas le sommeil. Et le lent défilé, dans son esprit, des lieux où mettre en sûreté son trésor y fut pour beaucoup moins que l'allusion de sa grand-mère au maquis. De sa naissance et de son père, malgré ses questions parfois pressantes, on n'avait rien voulu lui dire. Mais il avait vite pressenti qu'il y avait un rapport étroit entre ce mystère-là et celui qui entourait toute la période de la fin de la guerre. Il savait qu'il y avait perdu son grand-père. Il savait par le Phonse que tous ceux qui s'y étaient battus n'étaient pas des soldats et que sa grand-mère elle-même avait été mêlée de très près à tout cela.

C'était, pour lui, quelque chose de proche en même temps que de flou. Il y avait des personnages qu'on n'évoquait que par sous-entendus. Et ceux-là, dans son esprit d'enfant, prenaient une importance quasi mythique.

Quelque chose lui disait que c'était parmi eux qu'il lui fallait chercher ce père qui lui manquait et dont on lui refusait l'existence.

Que ces sacs de son poussiéreux, valeureux mais temporaires, gardiens de la vielle, aient été d'ultimes vestiges de cette époque, le plongeait dans un univers de songes et les érigeait en vénérables reliques dont il se désespérait de les savoir promis à la destruction. Depuis le fond de son lit, les yeux grands ouverts dans l'obscurité, il finissait par se persuader que sa vielle, du fond de la niche où il l'avait enfouie, avait côtoyé et peut-être – qui sait? – reçu en garde quelque chose de ce grand mystère dans l'ombre duquel se mouvait l'être aux contours indéterminés et surtout sans visage qui était son père.

Il fut réveillé par les cris de sa mère.

– Mais qu'est-ce qu'il a encore fabriqué? D'où tu nous rapportes tout ça? Mais ce n'est pas Dieu possible, il nous fera tous tourner chèvre!

Eberlué, encore au plus profond du lourd sommeil dans lequel il avait sombré au petit matin, il roulait de gros yeux effarés sans comprendre ce qui lui arrivait.

– Allez, ouste, gronda Bernadette, debout! Regarde-moi ça. Regarde comment tu as arrangé ton lit. Où est-ce que tu es encore allé traîner? Tu t'es relevé, hier soir? A la fin des fins, tu me le diras, dis, où tu es allé traîner?

Elle le secouait comme un prunier en l'extirpant de sous ses draps et en lui donnant la distance nécessaire avec son lit pour qu'il comprenne enfin. Il avait ramené de son expédition nocturne, soigneusement tartinée sur tout son pyjama d'où elle s'était complaisamment étendue sur la literie, l'épaisse couche de poussière grise que des années de somnolence au fond du fenil avaient accumulée sur les sacs de son. Toujours soumis aux énergiques trépidations que lui transmettait le bras maternel, sortant peu à peu de sa léthargie, il eut un rapide regard vers l'armoire. Par chance, il ne s'y était pas trop frotté et les quelques traces de poussière qu'elle portait pouvaient à la rigueur être mises au compte d'un ménage quelque peu délaissé par la faute des tâches de la ferme.

Il tint bon. Face à la redoutable alliance de Marie et de Bernadette, il se souvint du maquis. On torturait, lui avait-on dit, en ce temps-là. Et les hommes ne parlaient pas. Il serait donc un homme. Et il ne parla pas. Il en fut quitte pour un départ vers l'école le ventre creux et la promesse de sévices à venir qui lui faisait un horizon bien bouché.

Il n'en avait cure. Car, pendant qu'il résistait, l'idée, fulgurante, lui était venue de la cache idéale pour sa vielle. La menuiserie, bien sûr ! Que n'y avait-il pensé plus tôt ! Sous les cris et les coups, il en était à rêver de s'enfuir, de se réfugier dans un monde bien à lui où ne pourraient pas l'atteindre ces ridicules complications des grands. Un monde juste fait de ses chimères et des gestes qu'il aimait. En existait-il d'autre que la menuiserie ?

Depuis que le Phonse ne l'emmenait plus à la ferme du bourg, il n'y était plus retourné. Il lui arrivait souvent d'en rêver. Mais, avec le temps, l'univers de bois, d'outils aux manches polis par l'usage, de poussière et de douce lumière s'était nimbé du voile de nostalgie que revêt le souvenir des choses et des êtres devenus inaccessibles.

Dans l'univers de solitude qu'il s'était peu à peu forgé, il y avait ainsi le classement presque méthodique de ce qui a existé mais dont on ne sait rien d'autre que ce que l'on imagine. Il y rangeait pêle-mêle son père, le maquis et quelques noms ou mots dont le sens lui échappait mais qu'on avait prononcés à voix assez grave et basse pour que son imagination s'en saisisse. Et puis il y avait les choses et les gens sur lesquels pouvaient être mis une image, un portrait, mais qui n'en restaient pas moins inaccessibles et donc livrés, eux aussi, au champ sans limite du rêve. C'était son grand-père dont une belle photographie était encadrée au-dessus de la cheminée, le Phonse, qui lui faisait froncer les sourcils lorsqu'il cherchait à se remémorer ses traits, et la menuiserie dont le souvenir s'enlisait doucement dans ce qui représentait déjà pour lui son passé.

Eh bien, c'était là, dans ce royaume à l'échelle de son imaginaire, que la vielle reposerait en sûreté. Restait à en organiser le transfert. Et ce n'était pas la moindre affaire. Malgré l'angoisse qui le dévorait, il attendit patiemment les prochaines vacances scolaires. Il n'était pas à la ferme de deux ou trois jours qu'on l'oubliait un peu ; la vigilance mesquine, à laquelle ses allées et venues du jeudi devaient inévitablement rendre des comptes, s'émoussait vite. Il lui restait à faire correspondre cette liberté relative à un jour où sa grand-mère serait occupée.

Il saisit l'occasion d'un camion du groupement qui venait prendre livraison d'un lot de jeunes bêtes. La vieille toile à matelas était prête depuis longtemps. Il n'eut qu'à la sortir de sa cachette, à l'épousseter rapidement et à traverser la maison vide pour aller chercher la vielle, au-dessus de l'armoire de sa chambre.

Restait à espérer que l'embarquement des bêtes dans le camion soit émaillé des fugues, des cris, des coups et des colères habituels. Même Marta, que l'affaire passionnait, ne le vit pas traverser la cour en trombe et filer sur le plateau en direction du petit sentier. Il regretta de ne pas voir la chienne bondir de joie devant lui. Mais aller la chercher était trop risqué. Il s'engouffra seul dans la ravine, vers le village.

Il y avait peu de monde dans les rues lorsqu'il y parvint. Sans ralentir le pas, il passa devant l'ancienne gare, remonta la rue principale et s'engouffra vite dans la cour de la ferme de l'oncle. Victor était venu affourager les bêtes aux premières heures du jour et était remonté à l'Huis Maugrit pour aider au chargement des bovillons. François n'eut pas à se cacher.

Les battements effrénés de son cœur, lorsqu'il se glissa dans la porte de la menuiserie entrouverte, n'avaient pas pour seule cause sa course échevelée. Tout en veillant bien à ne pas trop trahir son passage en écrasant les herbes folles qui encombraient le pas de la porte, il était attentif à l'émotion qu'il sentait monter en lui et qui lui nouait la gorge. Retrouver sa menuiserie, c'était, pour lui, renouer avec des jours de bonheur dont il avait d'autant plus souffert de les voir s'éteindre qu'il n'avait pu partager son chagrin avec personne.

Sa vielle toujours sous le bras, il s'immobilisa sur la marche qu'il fallait descendre pour atteindre l'atelier assoupi. De là, il dominait le banc de sciage, l'établi et les empilements de planches qui n'avaient pas bougé depuis que l'ongle Gagnaire n'y travaillait plus. Il semblait à François que le paradis s'ouvrait à nouveau devant lui. L'envie lui vint de se poster là, devant l'établi, de se saisir de tous ces merveilleux outils et de se mettre au travail. Ses bras ne seraient pas trop petits, ni ses mains trop faibles pour faire de tout ce bois, de ces planches dressées dont le fil dessinait de si belles arabesques, tous les objets merveilleux que caressait son imagination.

Mais il y avait la vielle. Rien d'autre, pour l'instant, n'importait que de lui trouver la plus belle cachette possible. Il la fallait sèche, il la fallait bien douillette, il la fallait douce. Il la fallait parfaite pour qu'il puisse, dans le secret de ses lettres, rassurer le Phonse et lui dire que son bel instrument n'attendait que le jour où, à nouveau, il pourrait faire danser.

A pas lents, auscultant soigneusement l'atelier du regard, il longea le banc de sciage, fit le tour de l'établi, revint sur ses pas. Il s'arrêta devant le bâti d'un meuble resté là, inachevé, se retourna lentement. La fenêtre se trouvait juste en face. Si quelqu'un avait, un jour, l'idée malheureuse de venir dégager ses carreaux de leur gangue de poussière et d'y coller le nez, la vielle serait là, droit devant. Il reprit son lent cheminement, contourna à nouveau l'établi, dépassa un faisceau de belles planches de chêne dressées contre la rampe de l'escalier.

L'escalier... Jamais il n'avait osé le gravir jusqu'au sommet. Tout au plus avait-il risqué un œil prudent, au ras du plancher, sur cet univers étrange, ce capharnaüm gris empli de coins d'ombre et de formes inquiétantes. « C'est parce que j'étais petit », se dit-il pour se rassurer. Et, à pas lents, il se hissa jusqu'au grenier.

En cessant de battre, le ressac des générations qui avaient déposé là, par flots successifs, un bric-à-brac entremêlé de vieux meubles, de malles, de chaises boiteuses et de planches mises à sécher, avait livré la longue nef, qui courait sur toute la longueur de la maison, aux tentures grises d'étonnantes toiles d'araignée. Elles pendaient, pelucheuses de poussière, depuis les lourdes membrures de la charpente jusqu'à cet empilement hétéroclite. Elles tissaient d'étranges filets, souples et inquiétants, qui s'étaient saisis de tout l'espace disponible.

« Personne ne viendra ici », décréta François pour se donner du courage. Et, résolu, il avança. De sa seule main libre, à grands gestes, il tentait de se défendre des toiles d'araignée. Celles qu'il écartait en libéraient d'autres qui se collaient à lui, se prenaient dans ses cheveux, lui caressaient hideusement la figure. Il gesticulait, levait de petits nuages de poussière grise qui formaient autour de lui une multitude de fumerolles. La lumière grise tombant des lucarnes les animait de nuances sans cesse changeantes.

Il était terrorisé mais n'en avançait pas moins, pas à pas, dans l'étroit couloir laissé libre entre les empilements d'objets disparates qui encombraient le grenier. En arrachant brutalement, avec un frisson d'horreur, une toile d'araignée qui s'était collée sur son visage, il accrocha un broc à l'émail écaillé posé en équilibre sur quelques vieux meubles dépareillés. Le bruit qu'il fit, en rebondissant du coin d'une table à un dessus de commode au marbre fendu, avant d'atterrir dans la cuvette ébréchée d'une fontaine, lui parut si énorme qu'il lui arracha un bref sanglot.

Glacé d'effroi, il s'immobilisa, tendit l'oreille. Il n'était pas possible qu'on n'ait rien entendu depuis la rue. Il resta longtemps figé, redoutant le bruit de la porte qu'une rude poussée allait nécessairement faire battre. Rien ne vint. Debout au milieu de l'étroit couloir, François luttait contre sa panique. Allons, encore deux pas, puis trois. Dans l'ombre du fond du grenier à laquelle ses yeux avaient eu le temps de s'habituer, les toiles d'araignée se faisaient plus rares, moins agressives.

Il s'arrêta à nouveau et, sidéré, prit encore le temps de laisser se préciser les détails du décor qui s'offrait à lui. Contre le pignon, au fond du grenier, une causeuse semblait l'attendre. Elle était entourée de grandes et souples tentures dont les teintes passées, à peine perceptibles dans la demi-obscurité, suggéraient d'étranges fantasmagories. François avança encore de deux pas et fut sous les tentures, juste devant la causeuse. Il n'y avait plus de toiles d'araignée.

Pouvait-on imaginer meilleure place pour la vielle ? Il la fit glisser de sous son bras, la prit à deux mains et la déposa délicatement sur les coussins, dans l'angle de la causeuse. Toujours immobile, il contempla longuement sa vielle ainsi installée. Il eut un regard circulaire sur les tentures tombant de la charpente comme pour s'assurer que leurs plis ne recelaient aucun piège. Puis il s'accroupit contre la causeuse et se mit à épousseter ses coussins à petits gestes délicats.

– Dis, tonton, c'est quoi, ça ?

François brandissait sous le nez de Victor une petite bille métallique qu'il tenait entre le pouce et l'index. Il venait de la retrouver au fond de sa poche où il l'avait enfouie lorsqu'elle était tombée de la causeuse, dans le grenier de l'oncle Gagnaire.

Attablé à sa place habituelle, au bout de la table, Victor leva brièvement les yeux sur l'objet.

– Une bille, fit-il laconiquement.

François eut l'air déçu.

– Drôle de bille, dit-il. Je n'en ai jamais vu de semblable.

– Montre un peu!

Marie, qui passait dans le dos de son petit-fils, lui avait prestement subtilisé la petite boule qu'il faisait imprudemment rouler entre ses doigts.

– C'est à moi. Rends-la-moi! voulut-il se défendre.

Mais Marie, d'un geste vif, le repoussa.

– Où as-tu trouvé ça?

Le ton était celui des mauvais jours. François, qui ne s'attendait pas à ce que sa trouvaille soit la cause d'une tempête, regretta d'avoir cédé à la curiosité en la sortant de sa poche. Mais il était trop tard. Déjà sa grand-mère s'impatientait.

– Alors? Tu es muet? Où as-tu déniché ça? Tu me le diras, à la fin?

Pétrifié, François sentait avec horreur le rouge lui monter aux joues.

– C'est... c'est un copain... balbutia-t-il.

– Ce n'est pas vrai. Tu mens. Si c'était un copain qui te l'avait donnée, tu n'aurais pas hésité comme ça.

– Laisse donc, grogna Victor. Quelle importance?

– Quelle importance? Toi non plus, tu ne sais pas ce que c'est. C'est un schrapnel. Ça date de la Grande Guerre. Une invention des Boches. Avec ça, ils ont tué des mille et des mille d'hommes, ton grand-père, peut-être...

– Et alors? persista Victor. Il aura trouvé ça dans une verse. Il est toujours à traîner.

Mais Marie n'en démordait pas.

– Moi, je veux savoir, gronda-t-elle. J'ai mes raisons. Où as-tu trouvé ça?

François, écarlate, cherchait désespérément une explication plausible. Marie l'avait saisi par l'épaule et le secouait violemment.

– Tu as la langue mieux pendue, d'ordinaire. C'est que tu as quelque chose à cacher. Me le diras-tu, à la fin des fins, où tu as ramassé ça?

– C'est... C'est... A... À la ferme du bourg, lâcha enfin l'enfant complètement affolé.

– A la ferme du bourg... C'était donc ça.

24

Sous la suspension qu'elle avait descendue bas, Marie laissait courir ses doigts à quelques travaux de ravaudage. C'était l'heure paisible, qu'elle aimait entre toutes, où la maison dormait. A veiller seule ainsi, à percevoir le souffle ténu du vent sur le plateau, au-delà du tic-tac régulier de l'horloge, il lui semblait que se renouait à chaque fois, entre sa maison et elle, cette vieille amitié secrète qu'occultait, dans les heures du jour, l'activité fébrile et aveugle de ceux qui l'entouraient et seraient à jamais insensibles à ces connivences du cœur.

Les soupirs de Marta, sous la table, le museau posé sur son pied, les craquements sourds de la charpente, le hululement discret d'un oiseau de nuit saluant la porte devant laquelle il glissait sur l'aile, tout était, pour Marie, signe de reconnaissance et d'amitié.

Elle était pourtant, ce soir-là, partagée entre le regret de s'être mise en colère, la nostalgie des souvenirs remontant en vagues oppressantes, et l'amertume de l'échec de ses rapports avec son petit-fils qu'il lui fallait bien constater.

Qu'y avait-il de dramatique à ce qu'il soit allé fouiner dans le grenier de la menuiserie ? Elle s'en voulait d'avoir fait un drame de ce qui aurait pu n'être que l'évocation nostalgique d'une autre époque. Pourquoi avait-il fallu qu'il trouve ce schrapnel que, petite fille, elle avait un jour montré, là-haut, à Anne ? Il était plus attendrissant qu'autre chose qu'il ait trouvé cette causeuse ; gamines, elles l'avaient elles-mêmes installée au fond du grenier décoré de toutes les vieilles tentures découvertes au fond des malles et, des heures durant, loin de tout et protégées par la bienveillance souriante de l'oncle Gagnaire travaillant dans son atelier, elles s'y échangeaient mille confidences et toutes leurs rudes découvertes du monde.

Ce schrapnel, cette petite bille d'acier, c'était son frère Edmond qui, durant une de ses rares permissions, l'avait donné à Marie. Et elle n'avait pas résisté à l'envie de le montrer à Anne et d'en profiter pour lui faire peur. Elle ne l'avait jamais retrouvé et avait fini par l'oublier. Pouvait-elle se douter que son petit-fils renouerait les fils du souvenir en remettant la main dessus ? Mais qu'allait-il faire là-haut ?

Tout en s'en voulant d'avoir dramatisé l'affaire, Marie ne pouvait pas s'empêcher de s'inquiéter de cette intrusion de François dans un domaine qui restait totalement lié à son passé... Qu'était-il allé faire là-haut ? Ses rapports avec son petit-fils restaient, pour elle, une angoissante énigme. Elle ne parvenait pas à comprendre cette indifférence et parfois même cette hostilité qu'il lui marquait. Et le plaisir qu'elle aurait pu prendre, grâce au prétexte que venait de lui fournir l'aventure de François, à lui raconter tous les souvenirs qui s'y attachaient, pour Anne et elle, se transformait en angoisse d'être une nouvelle fois en butte à son incompréhension et à son mépris.

Que ne s'était-elle tue lorsque la brutale conviction lui était venue que cette petite bille d'acier, entre les doigts du gosse, était bien celle qu'elle avait égarée, voici tant d'années, dans le grenier de l'oncle...

Mais qu'allait-il faire là-haut ? Marie ne pouvait pas se défaire de cette lancinante question. « Il faut que je sache », se dit-elle. « Cela m'aidera peut-être à comprendre », ajouta-t-elle sans conviction.

Les petites traces de pas qui s'inscrivaient nettement dans la poussière recouvrant les marches de l'escalier la firent sourire. Marie était descendue au bourg en prétextant quelque course. Mais son premier soin, après avoir garé sa bicyclette dans l'entrée de l'étable, avait été de traverser la cour de la ferme et de pousser la porte de la menuiserie.

Elle ne l'avait plus franchie depuis que l'oncle avait renoncé à ses outils, posés une fois pour toutes sur l'établi, quelques mois après la guerre dont les derniers jours avaient vu la mort de son fils. Le cœur serré, Marie traversa vite l'atelier. Il lui semblait côtoyer un fantôme, un spectre glacé sans couleur et surtout sans cette douce odeur de sciure un peu sucrée qui s'associait, dans son souvenir, au bon sourire un peu triste avec lequel l'oncle les accueillait lorsque, avec Anne, elles venaient lui dire un rapide bonjour avant de gagner leur nid de confidences, au grenier.

– Les pipelettes ! disait-il en riant. Vous l'aimez, mon grenier. Allez donc jacasser, pies que vous êtes !

Il suivait des yeux, toujours souriant, les deux frêles silhouettes qui escaladaient vivement l'escalier en se poussant.

François l'avait gravi seul. Et à pas comptés, la netteté de ses traces en témoignait. Marie dut bien écarter encore quelques toiles d'araignée avant d'atteindre le fond ombreux du grenier. Elle vit d'abord les tentures, toujours là, telles qu'Anne et elle les avaient installées. Puis ses yeux, en s'accommodant à la demi-obscurité, retrouvèrent la causeuse.

Elle allait s'abandonner à l'émotion du souvenir et se laisser tomber sur les vieux coussins aux couleurs passées. Au dernier moment, elle vit la toile à matelas vierge de poussière et aux couleurs qui paraissaient fraîches dans ce décor fané. Elle y porta la main et, d'un geste vif, découvrit le bel instrument qu'elle protégeait.

– La vielle du Phonse !

Pour le coup, tous les souvenirs s'étaient envolés. Marie était revenue à la réalité.

– Mon Dieu, bredouilla-t-elle, il l'aura volée. Voilà ce qu'il venait faire ici. Ça explique tout.

Se penchant vivement, elle prit la vielle. Son geste sembla déclencher un tonnerre de pas précipités dans l'escalier. Elle eut à peine le temps de se retourner. François était devant elle.

– Tu n'as pas le droit! Pose ça! hurla-t-il.

Il bondit pour la lui arracher des mains. Elle fut plus rapide que lui et leva l'instrument haut au-dessus de sa tête, hors d'atteinte du gamin. Il n'insista pas et recula de deux pas. Il était blême et ses lèvres tremblaient de colère.

– Je le savais, gronda-t-il. Je savais que tu viendrais ici. C'est plus fort que toi. Tu ne peux pas t'en empêcher. Il faut que tu surveilles. Il faut que ce soit toi qui décides. Tu ne me laisseras rien faire seul, jamais.

Marie n'en croyait pas ses oreilles. Elle avait baissé les bras. Il ne fit rien pour reprendre la vielle.

– Le Phonse me l'a confiée, dit-il en martelant les mots de ses poings qui battaient ses hanches. Mais je l'ai cachée parce que je savais que tu n'accepterais pas. Tu n'acceptes jamais rien.

– François, tenta-t-elle.

– Quoi, François?

Il était à la fois déchaîné et parfaitement résolu. Sa grand-mère avait passé les bornes. Et, dans ce grenier au-dessus de « sa » menuiserie, il se sentait capable d'oser lui tenir tête.

– Tu veux qu'on cause? Assieds-toi, proposa Marie.

Et, en signe d'apaisement, tout en s'installant dans la causeuse, elle posa la vielle sur les coussins, à sa portée. Il eut un instant d'hésitation. Sa première et furieuse colère était retombée mais il sentait sa résolution intacte. Il consentit à s'asseoir du bout des fesses, à l'extrémité des coussins.

– Vas-y. Je t'écoute.

En se faisant conciliante, sa grand-mère le désarmait. Pour mieux se heurter à elle, il l'eût voulue sèche et autoritaire, comme d'habitude. Mais que pouvait-il savoir des flots d'émotion qui la submergeaient? Dans la colère de son petit-fils, elle avait tout de suite senti la naissance de ce dialogue dont elle souffrait tant qu'il n'ait jamais pu s'établir entre eux. Et que cela se passe là, dans ce grenier, auprès de cette causeuse dont il ignorait tout ce qu'elle représentait pour elle, la bouleversait plus encore.

Distraitement, il caressait du bout des doigts la vielle posée à côté de lui. Il ne savait plus par quel bout commencer.

– Je t'écoute, répéta Marie. Tu as des choses à me dire ? Eh bien, c'est le moment. On est seuls, ici. Tu peux parler tranquillement.

Sans quitter des doigts le bois verni de la vielle, il leva brusquement un regard ardent sur Marie.

– Voilà, grand-mère, dit-il. Plus tard, je ne serai pas agriculteur. Je serai menuisier, comme ton oncle Gagnaire. Et je jouerai de la vielle, comme le Phonse.

Il avait mis tant de conviction dans ses mots que Marie en eut le souffle coupé. Jamais elle n'aurait pu imaginer que s'effondreraient ainsi, comme un château de cartes, les plus fermes résolutions qui avaient guidé toute son existence et toute sa lutte, depuis la naissance du gamin.

– L'oncle Gagnaire, dit-elle comme pour elle-même, bien sûr, il était menuisier. Mais il était aussi agriculteur.

– Ça ne m'intéresse pas.

Elle considéra son petit-fils avec stupéfaction. Il avait dit ça très calmement, très froidement, avec un accent de sincérité qui la laissait sans voix. Elle ne pouvait pas concevoir que l'offrande du travail acharné qu'elle lui apportait quotidiennement, depuis tant d'années, soit ainsi niée, effacée d'une phrase si brève.

– Quand tu seras grand, hasarda-t-elle, tu seras tout de même bien content d'être le plus gros agriculteur du pays. Et, si tu le veux, tu feras revivre cette menuiserie, en plus.

Il eut une moue un peu triste et hocha lentement la tête.

– Ce n'est pas ça, grand-mère. Tu ne comprends pas. C'est que je ne veux pas être agriculteur. Pas du tout. Je veux être menuisier, rien que menuisier, avec juste la vielle, en plus, pour faire rire et danser les gens.

– Allons, voulut-elle se rassurer, tu as encore le temps d'y réfléchir et de changer d'avis.

– Non, dit-il fermement. Je ne serai pas agriculteur. Je serai menuisier.

Il s'obstinait avec tant de détermination qu'elle ne parvenait pas à se persuader qu'il puisse encore changer d'avis.

– C'est bon, fit-elle à contrecœur. On aura l'occasion d'en reparler. Pour l'instant, prends donc cette vielle et remonte-la dans ta chambre, à l'Huis Maugrit. Et prends-en bien soin. C'est un bel objet.

Un large sourire avait illuminé le visage du gamin.

– Tu m'autorises à la remonter?

– Puisque je te le dis.

L'instant d'après, il était pendu au cou de Marie et la couvrait de baisers. Il lui fallut lutter pour refouler les larmes qui lui venaient aux yeux, pendant que, éperdue de bonheur, elle rendait à son petit-fils ses premières caresses.

– Va, maintenant.

Prestement, il emballa sa vielle dans la toile à matelas et la cala sous le bras.

– A ce soir, grand-mère.

– C'est ça, à ce soir.

Elle le vit disparaître dans l'escalier mais ne bougea pas de la causeuse. Marie se sentait lourde, étonnamment lasse. Et l'envie lui venait de ne plus lutter. Entre l'amère déception née des propos de François et l'immense bonheur du dialogue retrouvé avec son petit-fils, elle n'avait même plus envie de choisir. Il lui paraissait tout à coup si vain de lutter et si réconfortant de se laisser glisser sur la pente douce des sentiments faciles.

A quoi bon continuer de se battre? Que resterait-il de tout son acharnement à se montrer, toujours et en toutes circonstances, la meilleure et la plus forte? La jalousie, l'envie et la haine, qui l'avaient environnée mais qu'elle avait superbement ignorées, lui faisaient tout à coup horreur. Puisque le but de toute son existence disparaissait, il ne resterait donc que ce ramassis de bassesses, au bout du chemin ?

Alors, à quoi bon?

Pesamment, Marie s'extirpa des coussins. Elle gagna la cour de la ferme puis la rue. Elle allait lentement, à pas lourds, indécise. Les mille raisons qu'elle avait, chaque jour, depuis tant d'années, de courir du matin au soir, la laissaient tout à coup indifférente. Elle n'en trouvait pas une qui vaille de donner un but à son errance par les rues du village.

Elle atteignit ainsi l'entrée de l'allée de la mine. Elle pensa à Anne, dans sa petite maison de gardienne du château. Elle y monta. Anne était occupée dans sa cuisine. Il ne lui fallut pas longtemps, après les effusions des retrouvailles, pour deviner le malaise de son amie. Elle la fit asseoir, s'activa à la préparation du café. Le silence était comme du cristal qu'allait inévitablement rompre la trop forte vibration des mots qui libéreraient Marie.

– Parle-moi de toi, tenta Marie, comme pour s'échapper.

– Moi? Les jours qui se suivent, tous pareils. Mais toi? L'Huis Maugrit? François?

On n'y échapperait pas.

– François, justement.

Anne versait le café. Elle en prit prétexte pour faire à nouveau durer le silence. Il fallait le temps que viennent les mots. Distraitement, le regard de Marie suivait les gestes de son amie.

– Il ne sera pas agriculteur, lâcha-t-elle enfin d'une voix infiniment lasse.

– C'est lui qui te l'a dit?

Marie acquiesça.

– C'est un enfant. Il changera d'avis.

– C'est ce que j'ai pensé d'abord, dit Marie. Maintenant, je ne le crois plus.

Elle raconta tout à Anne, le schrapnel, la vielle, la causeuse.

– Elle est encore là-haut, celle-là!

Les yeux d'Anne brillaient d'émotion. Mais l'heure n'était plus, pour Marie, à l'évocation attendrie des souvenirs.

– Voilà, continua-t-elle sans relever la remarque de son amie. Je me suis battue des années pour rien. Et maintenant...

Anne posa sur son amie un regard surpris.

– Et maintenant quoi ?

– Maintenant, demain, qu'est-ce que je vais faire ? Je ne vais tout de même pas continuer à me tuer au travail pour une ferme qui va mourir de toute façon ?

Anne refusait de se laisser prendre à la morosité de Marie. Il fallait la secouer.

– Eh bien, pour une fois, laisse donc Victor et Bernadette se débrouiller. Repose-toi un peu, viens me voir plus souvent.

Marie haussa les épaules.

– Les laisser se débrouiller ! Tu imagines ça sérieusement ? Tu me vois accepter sans rien dire que ma ferme devienne la risée du pays ?

– Comme tu y vas. Tu vois comme tu es. Jamais tu n'as voulu leur laisser la moindre initiative. Fais au moins l'essai.

Marie, butée, hochait doucement la tête.

– Je les connais trop. Je sais bien comment ça se passerait. Je ne veux pas voir François vivre sur un tas de fumier.

Anne écarta les bras en signe d'impuissance.

– Alors ! Que veux-tu que je te dise ? Tu veux renoncer, mais tu ne veux rien lâcher. Il faudra que tu te décides !

Toujours debout devant Marie qui gardait les yeux baissés sur sa tasse de café, elle contemplait son amie avec, dans le regard, plus d'amusement que de pitié.

– Ma pauvre Marie, dit-elle. Tu ne changeras donc pas. Qu'est-ce que tu me racontes ? Que tu veux t'arrêter ? Allons ! Faite comme tu es, tu te battras toute ta vie. Tu as une tête pour user deux corps ! Tiens, tu sais à quoi tu me fais penser ? Tu te souviens de la fin des galvachers ? Tu te souviens comme tu tournais en rond ? A ne plus produire tes fameux bœufs, tu pensais que le monde allait s'arrêter. Tu t'étais même mis dans la tête de trouver du travail à l'auberge. Tu n'as jamais voulu me le dire. Mais tu crois que je n'avais pas compris ? Tu tournicotais tellement qu'on te montrait du doigt. Il y en a même qui ont dit que tu étais devenue folle ! Tu te souviens de ça ? C'est Roland qui t'a sortie d'affaire. En ce temps-là, tu ne voulais pas en entendre parler, de Roland. Ce que tu as pu faire ta tête de lard ! Et lui, bonne pâte, qui acceptait tout, et qui prenait encore soin de vous ! C'est bien lui qui t'a mis dans la tête de faire des veaux d'embouche ? Il t'a même trouvé les premières bêtes. Il n'avait pas eu une si mauvaise idée que ça, reconnais-le.

– Roland n'est plus là. Et les veaux, de nos jours, ça ne vaut pas plus que les bœufs quand les tracteurs ont tué les derniers galvachers. Peut-être bien qu'il a raison, le François. Notre métier est fini. Pourquoi s'acharner ? Tous les jeunes renoncent. Ils préfèrent partir à la ville que vivre comme des miséreux, les mains dans le fumier. Bientôt, sur le pays, il n'y aura plus d'agriculteurs. Ça a commencé avec l'arrêt du tacot. Après, la mine a été fermée. Maintenant, ce sont les fermes qui sont de trop. Encore quelques années, et ce sera le désert, par ici. Ils pourront y amener leurs touristes, comme ils disent.

– Eh bien, tu n'as qu'à travailler pour les touristes !

Marie leva sur Anne un regard chargé d'incrédulité. Elle se fichait d'elle, ou quoi ? Elle haussa les épaules.

– C'est bien temps de dire des bêtises.

Anne, vivement, s'installa à la table et s'y accouda, penchée vers son amie.

– Et si ce n'était pas des bêtises ? dit-elle.

– Qu'est-ce que tu veux que j'en fasse, de tes touristes ?

– Tu as bien su t'adapter une fois. Tu pourras recommencer, si c'est nécessaire.

– Et je vais mettre des touristes dans mes étables, à la place de mes veaux ? Tu crois que c'est ce qui le retiendra, le François ?

– Et pourquoi pas?
– Arrête, tu veux. Ce n'est pas le moment.
Mais Anne avait son idée. Sans tenir compte de l'air exaspéré de Marie, elle la poussait tranquillement devant elle, sûre d'amener son amie à ses fins.
– Tu devrais demander à monsieur Philippe. Sûr qu'il pourrait t'aider.
Pour le coup, Marie s'était vivement redressée.
– Laisse Philippe où il est, tu veux. Celui-là, je ne veux rien lui devoir. Je n'ai rien à lui demander.
Anne marqua le coup. Elle ne s'attendait pas à celle-là ! Elle apprécia tout de même. Marie était donc moins dépendante qu'elle ne l'avait craint.
– Pourtant, persista-t-elle, je sais qu'ils y vont souvent. Et ils apprécient. Mme de Cormot en parle pour un oui ou pour un non. C'est la mode, qu'est-ce que tu veux!
– La mode de quoi?
– Des fermes-auberges, pardi! Tu ne connais pas?
Il y eut très brièvement, dans le regard de Marie, une petite flamme d'intérêt qu'Anne se garda bien de souligner.
– Tu cuisines bien, insista-t-elle. Ça pourrait marcher. Et ce serait certainement plus rentable que tes veaux dont les marchands te donnent trois sous.
Marie s'était renfermée dans son air morose et buté. Elle haussa les épaules.
– Tu me vois faire la boniche pour les gens de la ville?
– Et qui te parle de faire la boniche? Demande à Mme de Cormot. Tu serais surprise de l'entendre parler. On dirait le monde à l'envers. Tu ne peux pas imaginer l'estime, presque le respect qu'elle a pour les gens qui font ça. Avec ton caractère, tu les aurais tous à ta botte.
– Tous ces Parisiens à ma table? Jamais!
Anne eut un sourire amusé. Marie faisait la bête. Elle connaissait trop son amie pour ne pas sentir tout son intérêt derrière ses remarques acerbes.
– Et pourquoi tu n'utiliserais pas la maison de ton oncle Gagnaire? Elle est fermée depuis sa mort. Mais tu

en as bien l'usufruit, comme du reste? Tu te rends compte, l'auberge que tu pourrais y faire? Ce sera superbe! Je viendrai t'aider!

Marie fit celle qui ne remarquait pas à quel point Anne s'y voyait déjà. Elle grogna encore quelques vagues objections. Mais l'idée était semée. En revenant chercher sa bicyclette à la ferme, elle eut un long regard pour la grande façade grise de la maison dont les volets étaient clos depuis plus d'un quart de siècle. C'était pourtant vrai qu'elle pouvait en user, ainsi que des terres et des bâtiments que l'oncle et la tante lui avaient laissés. Mais, comme par respect pour eux, jamais, jusque-là, l'idée ne lui était venue d'en tirer profit.

Elle remonta à pied, poussant sa bicyclette, perdue dans ses réflexions. « C'est trop bête, se dit-elle. Depuis le temps.... C'est vrai qu'on devrait en faire quelque chose, de cette maison-là. » Mais, l'instant d'après, les objections prenaient le dessus : « Et si Lucienne et Vincent revenaient? »

Depuis la guerre, elle n'avait plus eu aucune nouvelle. Mais, maintenant qu'elle savait, ce n'était plus la même chose. Il lui semblait que sa cousine, chassée par l'oncle en 1917, s'était rapprochée. Sans qu'elle veuille se l'avouer, elle pressentait, au fond d'elle-même, qu'il était inévitable qu'ils reviennent, un jour ou l'autre.

Marie marchait lentement, le nez au sol, indifférente à la côte et au froid humide d'un jour d'hiver attardé. Dans les sous-bois encore clairs, on voyait, depuis la route, les semis jaunes des coucous et les taches mauves des clochettes. Les prés commençaient à se piqueter de pâquerettes et des touffes de primevères s'abritaient au pied des haies. On sentait le puissant souffle de vie du printemps prêt à déferler.

Mais un méchant vent d'ouest persistait, depuis plusieurs jours, à pousser au-dessus de la forêt les ondes grises de nuages qui noyaient le pays de leur crachin glacé. Aux branches des arbres, les bourgeons, déjà poisseux de sève, s'obstinaient prudemment à ne pas faire éclater leur douillet cocon.

Marie allait, perdue dans ses seules pensées. Mais elle sentait, elle aussi, l'ardeur du renouveau qui bouillait en elle. Tout à coup, elle s'arrêta net au milieu du chemin. « Bien sûr, grogna-t-elle. Si je laisse la maison comme ça, le jour où ils reviendront, ils me la reprendront comme ils voudront. Si j'y fais des aménagements, il faudra bien qu'ils me les paient. Pour le coup, ça sera une autre affaire ! »

25

Ce fut une grande affaire.

Malgré ce qu'elle en avait dit à Anne, Marie avait tout de même testé l'idée sur Philippe de Cormot. Il avait adhéré avec enthousiasme. Se réjouissant à l'avance de la formidable tribune que lui offrirait la table attitrée que Marie ne pourrait pas lui refuser, il prit en charge tous les dossiers et obtint jusqu'au dernier centime d'aides possibles.

Marie, qui n'en espérait pas moins, laissa faire. Elle attendit tout de même que l'affaire soit suffisamment engagée pour en faire l'annonce à l'Huis Maugrit. Ils étaient réunis tous les quatre autour de la cheminée, un soir d'hiver. Dehors, sur une neige accumulée, nuit après nuit, depuis plus de quinze jours, il gelait à pierre fendre sous un ciel si pur qu'on croyait s'y perdre à seulement y lever les yeux. La douce chaleur de la grande pièce était comme un piège où Marie savait qu'elle allait sans peine plier son fils et sa fille à sa volonté.

– Voilà, dit-elle, j'ai une chose importante à vous annoncer.

Ils avaient fini de manger depuis longtemps. Bernadette l'avait aidée à faire la vaisselle. Elle était assise devant le feu, les mains posées bien à plat sur ses genoux, le regard vide. Victor, au bout de la table, tenait compagnie à sa bouteille et à son verre, comme tous les soirs. Seul François avait levé le nez de ses devoirs auxquels il s'appliquait, sous la lampe, et s'était brièvement étonné de voir sa grand-mère tirer une chaise vers la cheminée et s'y installer. Ne pas la voir aller et venir, toujours active, toujours affairée, lui semblait stupéfiant. Son regard s'alluma de curiosité. Bernadette ne bougea pas. Victor eut une moue indifférente et un vague haussement d'épaules. Ce fut pourtant par lui que commença Marie.

– Victor, dit-elle, je te laisse la ferme.

Et elle se tut. L'intéressé, manifestement, n'avait pas encore saisi le sens et encore moins la portée de ces quelques mots.

– Tu me laisses quoi ? grogna-t-il.

Malgré toute l'envie qu'elle en avait, elle veilla bien à ne pas le rabrouer.

– Tu as bien entendu, continua-t-elle sur un ton engageant. Je te laisse la responsabilité de la ferme.

– Et toi, tu ne fais plus rien ?

Elle préféra ne pas relever.

– Et toi, Bernadette, tu viens avec moi.

– Où ?

Il était difficile d'être à la fois aussi bref et aussi précis.

– Tu pars, grand-mère ?

Il y avait, dans cette jeune voix-là une inquiétude qui fit plaisir à Marie. Celui-là, au moins, tenait un petit peu à elle.

– Et c'est moi qui vais me taper tout le boulot tout seul ? grogna encore Victor, du bout de la table.

Soignant ses effets, Marie, souriante, les dévisagea tous les trois, l'un après l'autre. Ignorant la remarque de Victor, elle s'arrêta sur François.

– Non, dit-elle, je ne pars pas. Pas loin, en tout cas. J'ouvre une ferme-auberge dans la maison de l'oncle Gagnaire.

La nouveauté de l'idée fit bondir de joie son petit-fils, hausser les épaules à son fils, ouvrir des yeux en billes de loto à sa fille.

– Une auberge ! Et quoi encore ? ronchonna Victor. Tu n'as pas assez de travail ici ? Compte pas sur moi pour tout faire tout seul.

– On réduira le nombre de bêtes et, s'il le faut, on achètera un tracteur.

L'idée du tracteur alluma une vague lueur d'intérêt dans l'œil de Victor qui n'en continua pas moins de grommeler dans son verre.

– Quant à toi, Bernadette, tu ne me demandes pas ce que tu vas faire ?

Elle eut un vague haussement d'épaules et une moue qui se voulaient indifférents.

– Tu tiendras les fourneaux, lui annonça tout de même Marie. De la bonne cuisine, comme ici, rien qu'avec les produits de la ferme. Tu vas voir, les Parisiens, comme ils vont rappliquer.

– Et moi, grand-mère, je pourrai y venir ?

– Si tu ne nous empoisonnes pas. Sûr qu'on aura pas le temps de rire. Ça va en donner, de l'ouvrage !

Le verre de Victor, enfin vide, claqua sur la table.

– Le tracteur, fit-il, c'est pas dans cent sept ans. C'est tout de suite qu'il le faut.

Marie ne releva pas. A elle seule, cette idée-là occuperait suffisamment l'esprit de son fils pour qu'il ne se mêle pas de l'auberge et qu'il ne vienne pas se mettre en travers de ses projets.

Le chantier alimenta les conversations de tout le pays durant plus de six mois. La résurrection de la maison d'Armand Gagnaire, décidée et mise en scène par Marie Courbet, fut un événement considérable. On épilogua, on critiqua, on se déchira à son sujet, bien plus que de raison. Mais il est vrai que les sujets de conversation étaient assez rares pour qu'on ne laissât pas passer une si belle occasion.

Marie, indifférente, était à tous les détails. Rien ne se fit sans son accord. Elle dessina elle-même l'essentiel des plans et fit le siège des entrepreneurs pour qu'ils s'attaquent au chantier dès que les dossiers seraient revenus, acceptés.

Elle supervisait tout, passait ses journées sur le chantier, exaspérant les ouvriers, les houspillant, n'hésitant pas à faire refaire si ce n'était pas à son goût, si ce n'était pas assez beau, ou même si une nouvelle idée lui passait par la tête.

– Il faut que je passe mon permis de conduire, décréta-t-elle un soir, en rentrant trempée jusqu'aux os.

Inlassablement, elle faisait à bicyclette le voyage du bourg deux ou trois fois par jour. Elle s'ébroua énergiquement en ôtant son manteau et vint se sécher devant la cheminée.

– Demain, dit-elle, je me renseigne pour des leçons de conduite.

François faisait des bonds de cabri autour de la table.

– Chouette alors ! On va avoir une voiture. Une grosse, grand-mère ? Hein que tu en prendras une grosse ?

– Une voiture ? Et puis quoi encore ? voulut tempêter Victor. Le tracteur d'abord. Sinon, ta ferme, je ne m'en occupe plus, et certainement pas tout seul.

– Et tu feras quoi ?

Au deuxième essai, Marie obtint son permis de conduire. Le soir même, avant de reprendre l'autocar, elle passa chez le concessionnaire Citroën et commanda une 2 CV.

– Tu ne crois pas que tu vas un peu vite en besogne ? s'inquiéta Anne lorsqu'elle vint la voir, au volant de sa nouvelle acquisition.

– Qui m'a lancée dans cette affaire ? C'est bien toi ? Ma petite, quand on veut réussir, il faut s'en donner les moyens. Tu vas voir. Ça va marcher !

Imprévisible Marie ! Attendrie, Anne observait son amie qui sortait des tas de paquets de l'arrière de sa voiture.

– Tiens. Ça, c'est pour toi. Je suis allée faire des achats pour l'équipement de l'auberge. J'ai trouvé des trucs... Je me suis dit que ça irait bien dans ta cuisine. Et puis, ce n'est pas tout. J'ai tout arrangé avec Philippe. Tu restes ici, bien sûr. Mais je t'embauche tout de même à l'auberge. J'aurai besoin de toi. Ce n'est pas ma gourde de Bernadette qui me suffira. Leur château, il n'a pas besoin d'être gardé à longueur de journée. Il ne se sauvera pas.

La ferme-auberge ouvrit ses portes le jour de la Pentecôte. Alertés par le conseiller général, les journaux locaux avaient fait un battage raisonnable autour de l'événement. On vint pour voir. Et Marie fit en sorte que l'on vît! Le menu n'avait rien d'extraordinaire. Ce n'était rien d'autre que ce que l'on mangeait tous les jours, autour de la grande table de l'Huis Maugrit. Mais il y avait la quantité et un fumet de simple authenticité campagnarde qui fit faire la fine bouche aux voisins et enthousiasma ceux des premiers clients qui avaient fait le déplacement de la ville.

Debout aux aurores, partout à la fois, houspillant Bernadette écarlate devant ses fourneaux, ne ménageant même pas Anne qui trottait entre les tables, des plats fumant à bout de bras, aussi débordante d'activité et de plaisir qu'elle avait été, à six mois de là, découragée et prête à l'abandon, Marie se sentit tout de suite à son affaire.

– Les clients, c'est comme les vaches, décréta-t-elle le soir même de l'ouverture. Il ne faut surtout pas se laisser impressionner. Si tu leur montres que tu as peur, tu es perdue. Si tu cries plus fort qu'eux, sûr qu'ils te donneront raison et qu'ils fileront doux!

La façon à la fois bon enfant et autoritaire qu'elle avait de mener son monde ne fut pas pour rien dans la réputation que se fit rapidement la ferme-auberge à l'enseigne de l'Huis Maugrit. Les rôtis et les pot-au-feu de Marie Courbet attiraient leur monde. Mais qu'auraient-ils été sans la faconde de la patronne et le sel que son francparler et ses rudes apostrophes ajoutaient aux charmes de la table?

Rapidement, après la période des travaux, ce furent les files de voitures encombrant, chaque dimanche, les trottoirs du bourg qui nourrirent les conversations. Et elles n'étaient pas toutes aimables pour la nouvelle aubergiste.

L'habitude, il est vrai, n'était pas à la réussite. Depuis le grand espoir des campagnes brisé par la Grande Guerre, depuis l'arrêt du tacot, la fermeture de la mine et l'épuisement de la première veine de touristes qui avaient fait la réputation de l'auberge de la gare, entre les deux guerres, depuis que les fermes, les unes après les autres, s'éteignaient, entreprendre avait fini par devenir suspect. Réussir n'était même plus de l'ordre du concevable.

Marie, en quelque sorte, transgressait allégrement les règles les plus élémentaires du savoir-vivre local dont le dogme voulait que rien, ici, ne puisse marcher. Le nier, prétendre entreprendre et réussir était un véritable affront fait aux innombrables augures qui, forts d'une si longue expérience, avaient cru de bon goût de prédire un échec total.

Ceux-là se réunissaient essentiellement autour du zinc de l'auberge de la gare. Rapidement, sans que Marie ne daigne lui prêter la moindre attention, se créa un véritable parti acharné à annoncer sa perte et enragé de ne pas trouver la prise par laquelle il aurait pu la précipiter. Les mots entraînant les mots, le ton montait chaque soir, redonnant curieusement à la vieille salle une animation un peu dérisoire qui faisait songer, sous les vieux lambris poussiéreux, à ce rose fané qui monte aux joues des vieillards évoquant les frasques de leur jeunesse.

Victor avait gardé là ses habitudes. Il y descendait chaque soir, s'installait au même coin de bar et ressassait indéfiniment, pour les mêmes auditeurs facilement compatissants, son amertume d'être laissé seul à la ferme et toujours sans tracteur ! Et, chaque soir, après qu'on eut jugé suffisant le nombre de canons ingurgités, les mêmes comparses n'avaient qu'à pousser légèrement sur son entendement embrumé pour attiser sa rancœur contre sa mère, l'amant de sa mère et cette maudite auberge où ils gagnaient tant de sous pendant qu'il trimait comme un malheureux à l'Huis Maugrit.

Marie n'était pas dupe. Il lui suffisait de lire dans le regard de son fils lorsqu'il rentrait, souvent fort tard, le pas mal assuré et l'air éternellement furibond. Elle avait mesuré la lente évolution. Elle avait vu l'amertume se muer lentement en haine. Elle savait qu'incapable de saisir l'opportunité de l'indépendance qu'elle lui offrait, il ne voyait dans tout cela que le travail qu'on lui avait abandonné et dans lequel il ne savait pas s'organiser. Elle mesurait toute la rancœur qu'il nourrissait à son égard. Mais elle savait surtout la haine de plus en plus féroce qu'il vouait à Philippe de Cormot à qui il n'avait pas pardonné d'avoir séduit sa mère et qu'il rendait responsable de tous ses malheurs.

Mais elle n'en avait cure. Elle tenait son fils dans un trop grand mépris pour attacher de l'importance à ses états d'âme. Il lui suffisait qu'il exécute les ordres qu'elle lui donnait. L'humeur qu'il y mettait la laissait parfaitement indifférente.

Plus rien ne comptait pour elle que le nouvel univers qu'elle s'était bâti. Dans cette idée un peu folle, elle avait tout retrouvé, sa raison de vivre et de lutter, son amie Anne auprès de qui elle passait ses journées, et une animation qu'elle appréciait d'autant plus qu'elle en était le centre et l'autorité.

Durant toute la saison d'été, l'auberge n'eut guère de jour de relâche. Dans la grande salle que Marie avait fait aménager au rez-de-chaussée de la maison des Gagnaire et dont elle n'avait conservé que l'imposante cheminée, elle veillait au service jusqu'à ce que la porte se soit refermée sur le dernier client. En fin d'après-midi, avant que les tables n'accueillent à nouveau les convives du soir, il y avait un moment de calme qu'Anne et Marie mettaient souvent à profit pour se retrouver.

Elles débarrassaient les tables, dressaient le couvert du soir, sauf sur une petite table, dans un coin de la salle. Marie sortait son livre de comptes. Elles s'installaient l'une en face de l'autre et retrouvaient avec délice leur complicité de toujours.

– Et si on remontait là-haut ? proposa un jour Marie.

Anne, si loin de tout cela, ne comprit pas tout de suite.

– Là-haut ? Qu'est-ce que tu veux qu'on y fasse ?

– La causeuse !

Anne éclata de rire.

– La causeuse ! Tu y penses encore ! Ce n'est plus de nos âges, tout ça.

Marie était déjà debout.

– Et pourquoi donc ? Viens. Il ne faut pas perdre ces choses-là.

L'escalier qui montait directement de la salle au grenier n'existait plus. Il leur fallut faire le tour par la ferme et la menuiserie. Rien n'y avait changé.

– Tu l'as laissée intacte, s'étonna Anne.

– Je n'avais pas envie de me faire arracher les yeux par François !

« Tiens donc ! » pensa Anne.

Elles durent écarter les toiles que les araignées avaient retissées.

– Voilà ! dit Marie en atteignant l'ombre du fond du grenier dans laquelle elles devinaient la causeuse immuablement environnée de ses tentures.

Elles se tenaient debout, côte à côte, soudain saisies d'une gêne qui les retenait au moment de se jeter dans les coussins aux couleurs fanées, comme elles l'eussent fait jadis. Et la voix de l'oncle résonnait à leurs oreilles comme si, depuis son établi, il riait encore de leurs jacassements de pies et les traitait de « pipelettes. »

– On s'assied ?

– Tant pis pour la poussière !

Elles s'installèrent sans parvenir à se défaire d'une étrange raideur. Il leur semblait jouer un vieux rôle.

– Voilà, répéta Marie.

– Ouais, fit Anne.

Elles ne savaient plus quoi dire. Mais elles n'avaient pas envie de se relever. Il y avait, en fait, tant de choses à dire. Mais quel mot prononcer qui libérerait le flot de leurs pensées ?

– François ? prononça enfin Anne.

Marie acquiesça gravement.

– Oui, dit-elle. C'est là qu'il m'a tout dit. D'abord, il

était dans une colère noire. Après, il s'est calmé. Il s'est assis là où tu te trouves et il m'a parlé d'un ton très grave. Je crois qu'il était sincère.

– Alors, dit Anne, la ferme ?

Marie eut un haussement d'épaules fataliste.

– Peut-être, dit-elle. C'est peut-être la fin. Quoi faire ? Au fond, c'est peut-être aussi bien comme ça.

Elle glissa un rapide coup d'œil vers Anne et eut un petit rire de gorge nerveux.

– Eh oui, continua-t-elle, c'est moi qui parle comme ça. Il n'y a que les ânes qui ne se trompent pas. Qu'est-ce que je cherchais à prolonger, coûte que coûte ? Certainement pas la ferme que j'ai continuée après mon père. Les bâtiments, les terres, le pays sont les mêmes, bien sûr. Mais le reste... Quel rapport entre les bœufs bien dressés qu'il vendait à l'époque et les taurillons qu'on s'échine encore à produire ? Les bœufs, c'étaient des outils de travail bien au point, qu'on recherchait parce qu'on en avait besoin et qu'on n'en trouvait pas ailleurs de si bons. Nos taurillons... On nous les achète encore pour dire qu'on coûte moins cher là qu'au chômage. Personne n'en a plus besoin, de ces pauvres bêtes-là. On produit les mêmes ou même mieux, à moins cher, un peu partout. Et on en a trop. Alors, s'acharner ? Faire de François un second Victor ? Merci !

Les coudes aux genoux, les mains jointes, Marie parlait en laissant son regard se perdre dans les voiles arachnéens dont les plus compliqués nouaient aux chevrons de la charpente tout le bric-à-brac du grenier.

– Tu vois, Anne, continua-t-elle, c'est François, c'est toi, c'est cette auberge, qui m'avez fait comprendre. J'ai rendu mes enfants malheureux. Mais est-ce que j'avais le choix ? Il fallait vivre. Il y a eu la guerre, la mort de leur père. Tout est venu de là. Lui aurait su. Il aurait été assez fort pour admettre que le monde n'est plus ce qu'il était. Il leur aurait laissé leur place, une place nouvelle dont je n'ai pas compris qu'elle ne ressemble en rien à celle que j'ai eue. Parce qu'il n'était plus là, parce qu'il m'a fallu le remplacer, je n'ai rien voulu céder de peur de tout perdre. Et ce sont eux que j'ai perdus. Je le sais bien, va. Et j'en souffre, tu peux me croire. Mais le passé est ce qu'il est. L'erreur, c'était de s'obstiner, de s'acharner à continuer comme avant. La roue a tourné. Peut-être que je verrai mourir ma ferme. Et j'en serai malheureuse. Mais ce n'est pas une raison pour que François le soit.

– Tu le laisseras devenir menuisier ?

– Si c'est vraiment ce qu'il veut.

– Et sa vielle ?

– Il en joue !

Au mépris de la poussière qui les couvrait, Marie s'était brusquement jetée dans les coussins du dossier de la causeuse. Elle arborait un large sourire.

– Il en joue même bien. Je ne sais pas comment il fait. Le Phonse lui a un peu montré, jadis. Alors, il répète cent fois la même chose, jusqu'à ce qu'il ait compris. Il nous casse les oreilles, si tu savais ! Mais il s'en sort. Peu à peu il retrouve des airs, je ne sais pas d'où. Et ce n'est pas mal.

– Un jour, il nous fera danser.

– Pourquoi pas ?

Elles laissèrent se faire le silence, perdues dans des rêves de fêtes comme elles n'en avaient jamais connu.

– L'auberge, demanda enfin Anne, tu la lui laisseras ?

– Qui sait ? Qui sait si ça l'intéressera ? Qui sait seulement si ça durera ? Qui sait si nos pays de travail n'ont plus vraiment, pour seul avenir, que d'amuser les gens ? On verra. Peut-être. Mais, tu vois, je préférerais encore la menuiserie. C'est un métier, ça.

– Pourquoi pas les deux ?

Marie acquiesça énergiquement.

– Ce serait bien, dit-elle. Le menuisier-aubergiste. Comme l'oncle élevait des vaches en même temps qu'il rabotait ses planches. Ça s'est perdu, le temps où les gens avaient deux métiers. L'un aidant l'autre, ils arrivaient à s'en sortir. Et ils n'étaient pas plus malheureux pour ça. Enfin, c'est lui qui décidera.

26

Avec la fin des beaux jours, la clientèle se fit plus rare autour des tables de l'auberge. Marie laissa passer la Saint-Michel. Puis elle décida de ne plus ouvrir que le samedi et le dimanche.

Anne retrouva le calme de sa petite maison de gardienne. Bernadette reprit sans états d'âme ses tâches à l'Huis Maugrit où Marie entreprit de réorganiser la production de fond en comble. Il n'était plus besoin de s'échiner à produire, pour un revenu dérisoire, des bêtes qu'emmenaient les marchands ou le groupement. Tout, désormais, devait passer dans le grand congélateur pour l'achat duquel elle avait, une fois de plus, remis celui du tracteur à plus tard. La rentabilité de tous les produits se calculait désormais sur les notes de restaurant.

Victor n'y vit que son tracteur encore oublié et un insupportable chambardement de ses habitudes. Il prétendit se rebeller.

– Trop facile, clama-t-il. Pendant tout l'été, tu me laisses seul avec la ferme sur le dos. Et quand tu reviens, c'est pour tout chambouler. C'est simple, je ne marche pas. Tu as bien dit que tu me laissais la ferme ? Eh bien, tu me la laisses totalement ou pas du tout. Tu t'en débrouilleras seule, de ta ferme.

Une fois de plus, Marie crut pouvoir s'en sortir en le traitant avec le mépris.

– Comme tu voudras, dit-elle d'un ton glacé.

Il blêmit. Elle le vit se tasser légèrement et serrer les poings.

– Ce qui veut dire?

– C'est clair, non? Tu es majeur? Je ne peux pas te forcer à faire ce dont tu n'as pas envie. A toi de décider.

Elle crut qu'il allait la frapper. Sans la table qui les séparait, peut-être l'aurait-il fait. Les traits durcis par la haine, il chercha longtemps ses mots. On sentait qu'il souffrait le martyre de tout ce qu'il aurait voulu jeter à la face de sa mère et dont la force était bien trop vaste pour qu'il puisse l'exprimer.

– C'est bon, se contenta-t-il de lâcher enfin. Toi et cette ordure de Philippe de Cormot, vous l'aurez voulu.

Il partit en claquant la porte. Malheureuse et peu fière d'elle, Marie l'attendit toute la soirée. Lorsqu'elle se décida enfin à aller se coucher, il n'était toujours pas rentré. Le lendemain matin, il n'était pas là. Sans un mot, Bernadette et elle se mirent au travail. Mais il y avait tant de reproches dans le regard de sa fille que Marie, mal à l'aise, finit par l'envoyer à la ferme du bourg.

– Et le pansage? s'étonna-t-elle. Il n'est pas fini.

– Laisse, dit Marie en lui tournant le dos. Je m'en occupe.

Elle en fut tirée par la sonnerie du téléphone. C'était la gendarmerie. Victor avait été ramassé ivre mort dans un fossé de la route d'Autun.

Elle alla le chercher en voiture. A peine dégrisé, sale et hâve, il était pitoyable. Murée dans sa gêne et sa colère, furieuse de s'être ainsi donnée en spectacle aux gendarmes, Marie ne desserra pas les lèvres pendant tout le trajet du retour.

– Va te laver et dormir, dit-elle sèchement. On parlera quand tu iras mieux.

Il ne réapparut que le lendemain matin.

– Attends, lui dit-elle alors qu'il se dirigeait vers la porte.

Elle attendit que Bernadette l'eût refermée sur elle.

– Assieds-toi.

Docilement, il obéit. Elle vint s'installer en face de lui.

– Voilà, reprit-elle. Je n'ai pas besoin d'un ivrogne pour travailler avec moi. Si tu recommences une fois, une seule, je te fous dehors, pour de bon. C'est compris ?

Le nez baissé, ni plus ni moins qu'un gamin pris en faute, il ne réagissait pas. Et elle s'exaspérait de son atonie.

– Pour la ferme, ce sera comme j'ai dit. Il n'y a pas à en revenir. On réduira de moitié le nombre de mères. Et on engraissera les veaux. On produira aussi quelques porcs. Il va falloir du grain, beaucoup de grain. Et puis, il faudra des pommes de terre, des choux, des carottes, des navets, des poireaux, tout ce qui peut se conserver, tout ce qu'on n'aura pas à acheter pour l'auberge. A les écouler comme ça, on gagnera deux fois ce que ça nous rapporterait chez les marchands. Je sais, tout ça, ça fait beaucoup de culture. Et alors ? On s'y mettra, voilà tout. Ton tracteur, tu l'auras. Pour le grain et pour les légumes, c'est indispensable. Maintenant, tu sais. Tu peux aller raconter tout ça, si ça te chante, à tes traîne-misère de l'auberge de la gare. Ils vont encore dire que je suis folle, que c'est Philippe qui me met de telles idées dans la tête et mille autres balivernes. Tu crois que je ne le sais pas ? Mais je n'en ai rien à faire. Seulement, tu es averti, si tu te laisses encore faire et s'ils continuent à te faire boire, c'est la porte. Maintenant, tu peux aller.

Il partit sans un mot. Marie resta effondrée sur son banc. Elle se serait laissé arracher la langue plutôt que de retirer un seul mot de ce qu'elle venait de dire. Et pourtant, elle en était profondément malheureuse. Ce fils qui se dressait contre elle et qui noyait sa misérable révolte dans l'alcool, c'était sa croix. Elle savait sa responsabilité. Mais rien ni personne n'aurait pu lui faire admettre que c'était pour avoir trop sacrifié à son travail qu'ils en étaient arrivés là.

Elle était de cette race, la dernière, peut-être, pour qui il n'était pas d'autre bonheur possible que celui qu'on tire du labeur acharné de la terre. Une vie n'y suffisait pas. Il fallait que celle des autres, nécessairement, sur l'instant, pour assurer la continuité, se plie à cette même impitoyable rudesse qui était leur inébranlable règle de vie. La pitié pour ceux qui craquaient était bien là. Mais elle devait rester enfouie au plus profond du cœur. Jamais au grand jamais, au risque de se perdre et de se briser soi-même, elle ne devait fuser jusqu'aux paroles.

Et le cœur de Marie saignait.

Elle était encore assise sur son banc lorsque François vint prendre son petit déjeuner avant de partir à l'école. Le gamin, étonné de la trouver là, se pencha sur la table pour la dévisager.

– Grand-mère, dit-il, ça ne va pas?

Elle lui sourit et se secoua.

– Si, si, ça va. Allez, ouste, dépêche-toi de déjeuner. Sinon tu vas être en retard.

Sortir le bol, la cuillère et la confiture, préparer le café et les tartines fut un jeu entre eux. François, ravi, s'y laissait prendre sans se poser de questions. Marie s'y laissait aller en sachant très bien qu'elle se donnait bonne conscience à bon compte.

– Tu as fait tes devoirs?

– Bien sûr.

C'était encore trop grave, trop sérieux.

– Et la vielle?

Le gosse eut un sourire radieux.

– Ça marche! Je retrouve tout, tout ce que jouait le Phonse. Un jour, j'irai lui faire écouter. Tu m'emmèneras, dis?

– Un jour, on verra. Mais, dis, pourquoi tu ne viendrais pas jouer à l'auberge, un dimanche? Sûr, les clients, ça leur ferait plaisir.

Interloqué, François, la tartine en l'air, leva un regard plein d'incrédulité sur sa grand-mère.

– Tu crois que ça leur ferait plaisir?

– Et toi, ça te ferait plaisir?

Il se mit à tremper sa tartine dans son bol et à mâcher en réfléchissant.

– Faut voir, dit-il enfin d'un air très grave. Tu crois que je pourrais?

– Pourquoi pas? Ce serait bien. Je suis sûre qu'ils aimeraient.
– Et toi, tu aimerais?
– Bien sûr.
– Alors, je viendrai.

L'hiver, cette année-là, n'en finit pas de s'éterniser. Il y eut de la neige, raisonnablement. Il gela beaucoup et très longtemps. Puis, aux premiers jours de mars, s'installa un temps gris, humide et froid. Des semaines durant, il plongea toute la vallée dans la désespérance des horizons bouchés et des grandes futaies aux ombres éteintes accrochant leurs branches nues aux épaisses nuées qu'un vent d'ouest obstiné poussait nonchalamment devant lui, en flots drus.

À la foire de décembre, tenant parole, Marie avait vendu la moitié de ses bêtes et passé commande d'un tracteur. Son arrivée à l'Huis Maugrit fut une fête triste. Marie n'aimait pas cet engin aux couleurs trop vives et criardes. Il lui semblait une véritable injure à sa ferme et à ses champs. Son aveugle puissance mécanique rompait, à ce qu'il lui semblait, une vieille connivence entre la terre et elle.

Et Victor fut comme un enfant. Il eut l'objet de ses plus ardents désirs mais ne put cacher la déception que lui occasionnait la confrontation de la réalité au rêve. Il exaspéra Marie à tourner toute une journée autour du tracteur sans oser le toucher. Elle dut le garer elle-même, le soir venu, dans l'aire de grange. Et le mauvais temps l'y immobilisa plusieurs semaines, objet inutile et encombrant qui montrait déjà ses limites.

Marie, à vrai dire, se désintéressait de la ferme. A chaque fois qu'elle le pouvait, sous le moindre prétexte, elle sautait dans sa 2 CV et filait vers le bourg. Il ne se passait plus guère de jour sans qu'elle vînt chez Anne. Puis elle allait à l'auberge. Il y avait toujours à faire, à décorer, à préparer la salle pour le dimanche suivant.

Car la clientèle se montrait plus fidèle qu'elle ne l'avait espéré. La neige avait attiré des touristes, parvenant même, certains jours, à donner au bourg une allure cocasse de petite station de ski. Mais le mauvais temps lui-même servait de prétexte à venir passer un bon moment devant la grande cheminée au coin de laquelle Marie avait installé une vieille chaise à bascule soigneusement nettoyée et cirée. C'était celle de l'oncle Gagnaire, retrouvée au grenier. Anne l'avait reconnue. Et il leur arrivait, durant le service, même aux heures de plus grande affluence, de s'échanger des regards complices en passant près de cette chaise dont elles ne manquaient pas de caresser le bois.

Ce fut cette chaise que Marie tendit à François, un dimanche d'avril, lorsqu'il arriva avec sa vielle. Ce jour-là, elle recevait de vieux habitués.

– Je vous réserve une surprise, leur avait-elle annoncé lorsqu'ils avaient téléphoné pour réserver, deux jours auparavant.

Ils avaient voulu savoir. Sans quitter François des yeux, elle avait feint la cachotterie et tenu bon. Le gamin avait levé le nez des devoirs qu'il faisait sous la lampe et surveillait sa grand-mère en fronçant les sourcils.

– C'est quoi, ta surprise? avait-il demandé, mi-curieux, mi-inquiet, dès qu'elle avait raccroché.

– C'est toi! avait-elle répondu d'un ton primesautier. Toi et ta vielle. Tu es toujours d'accord?

– Ben...

– Ah, mon gars, ce n'est plus le moment d'hésiter. Tu m'as bien dit que tu viendrais?

– Oui mais...

– Mais quoi? Tu as la frousse, voilà l'affaire!

– Non, je n'ai pas la frousse!

– Alors quoi?

– C'est que... Et si ils n'aimaient pas?

– C'est qu'ils seraient bien bêtes! Ne te fais pas de souci. Je me charge de leur faire aimer.

– Tu seras bien, là?

François acquiesça gravement. En jouant des fesses, il

se cala bien dans la chaise à bascule et, sous l'œil attendri de sa grand-mère, se mit en devoir d'assujettir la sangle de son instrument. Marie se redressa lentement. Trois tables de l'auberge étaient occupées. Tous les convives s'étaient tus et observaient avec curiosité ce gamin et son instrument d'un autre âge. Anne servait la table des habitués à qui Marie avait promis la surprise. Leurs regards se croisèrent. Et nul autre qu'elles ne put mesurer l'intensité du bien-être que leur procurait l'émotion.

– Gigue ! annonça François d'une petite voix où perçait l'émotion.

Sa grand-mère lui posa doucement la main sur l'épaule et il se mit à jouer. Ce fut un succès. Il fallut l'arrêter au troisième morceau. Les clients avaient besoin de commenter et de reprendre leurs conversations. On s'enthousiasma, on le félicita, on félicita la grand-mère pour le talent de son petit-fils et pour avoir eu la bonne idée d'offrir ce divertissement. Et on passa à autre chose.

François, lui, ne quittait pas le petit nuage d'extase auquel il avait accédé à la troisième mesure, dès que son appréhension l'avait quitté. Il encombra sa grand-mère tout l'après-midi et la serina pour qu'elle le laisse recommencer. Elle tint bon et ne céda que pour une brève aubade aux derniers clients, au moment de leur départ.

– C'était bien de l'avoir installé dans la chaise de l'oncle Gagnaire, ne put s'empêcher de dire Anne lorsqu'elles se retrouvèrent toutes les deux dans la salle, à remettre de l'ordre.

Marie laissa retomber sur ses bras croisés les longs pans souples d'une nappe qu'elle pliait. Debout au milieu de la salle, la tête légèrement rejetée en arrière, elle laissa son regard se perdre loin au-delà de la fenêtre qui s'ouvrait sur la place de l'église. « Le demi-siècle bien passé, et elle n'a rien perdu de son charme », pensa Anne en observant, admirative, la grande femme aux cheveux noirs à peine surlignés de quelques fils d'argent et dont le léger embonpoint gagné avec les ans ne faisait qu'affirmer la plénitude et l'épanouissement de la silhouette.

– J'ai fait exprès, dit Marie, de l'installer là. Ça n'avait de sens que pour nous. Même lui, François, ne peut pas comprendre.

Anne posa lentement la pile d'assiettes qu'elle allait distribuer sur les tables.

– Qu'est-ce que tu veux dire ?

Marie eut un élégant mouvement de tête qui fit ondoyer son épaisse chevelure noire qu'elle avait dénouée.

– Voilà, dit-elle.

Et Anne, stupéfaite, vit monter aux joues de son amie le rose d'une émotion bien proche de la timidité.

– Ce que je vais dire, continua Marie, peut paraître bête. Je ne le dirais à personne d'autre qu'à toi. Mais voilà il y a quoi ? un an, pas plus, j'en étais à penser que tout était fini pour nous, que notre race n'avait plus qu'à s'éteindre. Tu sais, ça me fait penser aux arbres qu'on coupait jadis, pour le bois de moule, pour le chauffage des Parisiens. Sur la souche, on laissait pousser des rejets. Les meilleurs, c'étaient les surgeons qui grandissaient et, vingt ou trente ans plus tard, faisaient à leur tour du bois de chauffage. Parfois aussi, la souche mourait. Les surgeons séchaient sur pied. Longtemps, j'ai cru que notre souche était en train de mourir. Et voilà qu'elle revit. Et voilà qu'un surgeon, le plus inattendu, celui de l'inceste, se dresse plus énergique que jamais. Oh ! pas dans la direction prévue. Mais est-ce que ça compte ! Ce surgeon-là, te rends-tu compte, il y a en lui du Gaston Laniaud et de l'Armand Gagnaire. Ça pouvait être le plus difforme, le plus tourmenté, le plus dégénéré, le plus inutilisable des taillis. C'est le fût le plus droit, le plus vigoureux qui soit. C'est le miel.

« Ce surgeon-là, tu vois, Anne, bien sûr qu'il ne sera pas agriculteur. Il vaut bien mieux que ça.

TROISIÈME PARTIE

27

L'air flambait. Et bien que le soleil ait entrepris sa lente descente vers le couchant, sa poigne de feu maintenait les choses et les êtres dans une lourde et silencieuse immobilité. On en était à cette heure du jour où l'attente exaspérée d'un premier signe de fraîcheur se fait si longue qu'on en désespère et que l'idée vient du monde entier basculé à tout jamais dans cette insupportable fournaise.

Seuls, au loin, le ronronnement lancinant du tracteur et le hoquet de la moissonneuse-lieuse avaient osé, tout l'après-midi, défier la canicule d'août.

Après le départ d'Anne, Marie n'avait pas quitté l'ombre fraîche de sa salle. Elle n'aimait pas ce bruit lointain et il lui venait une sorte de mauvaise conscience à l'idée de ces moissons sans âme dont elle ne se mêlait plus. Un vieux du pays à qui l'on donnait trois sous suffisait bien, maintenant, avec toutes ces mécaniques bruyantes, à seconder Victor et Bernadette.

L'envie, malgré tout, tenaillait Marie de se saisir d'une fourche et d'aller, comme par le passé, endurer à longueur d'après-midi la brûlure du soleil d'août, la poussière et la fatigue, pour le plaisir de voir s'ébranler vers la ferme ces énormes charrettes de foin ou de blé, chargées haut au-dessus des fourragères et qui tanguaient doucement, au rythme du pas des vaches, sur la houle dorée du chaume.

Il lui avait fallu en prendre son parti. Tout cela était des images du passé. Si elle gardait la haute main sur la gestion de la ferme, elle s'abstenait le plus possible d'y côtoyer son fils que des vagues de haine brûlaient chaque jour un peu plus, à la merci de la moindre étincelle qui les ferait inévitablement déferler. Elle tentait de les endiguer en lui laissant l'illusion d'une certaine indépendance dans son travail. Mais elle n'aimait pas tous ces engins sans âme qui avaient, à la suite du tracteur, envahi la ferme et son travail.

Marie souffrait de se sentir étrangère à l'Huis Maugrit. Mais elle savait que sa place, désormais, était à l'auberge. Et c'était là une large compensation. Depuis le printemps, elle était à nouveau ouverte à longueur de semaine. Et l'affluence était telle qu'il avait été raisonnable d'instaurer un jour de fermeture hebdomadaire.

Marie le passait ordinairement dans le calme et la fraîcheur de sa maison, tout au plaisir de s'adonner aux mille petits travaux que son activité débordante laissait pour compte le reste de la semaine. Comme si ne lui suffisait pas de travailler tout le reste du temps avec Marie, il n'était pas rare qu'Anne prenne prétexte de la détente que lui procurait une promenade pour monter jusqu'à l'Huis Maugrit.

François, par contre, n'aimait pas ces mardis de fermeture de l'auberge. Il avait vite pris goût aux petites prestations de vielle dont Marie, débordante de fierté, proposait régulièrement le divertissement à ses clients. Un jour sans ces succès faciles mais surtout sans l'ineffable bonheur du sourire échangé avec sa grand-mère, lorsqu'il reposait son instrument, était pour lui un jour gris !

Ce matin-là, comme tous les mardis ou presque, il avait filé, l'œil sombre, vers le village. Marie ne s'en était pas inquiétée. Son absence, pourtant, depuis qu'elle attendait Vincent Gagnaire, la laissait mal à l'aise. Il allait lui falloir livrer bataille. Elle n'en doutait pas. Elle ne le redoutait pas plus pour elle-même. Mais tout cela lui semblait faire planer tant de danger sur la tête de son petit-fils qu'elle aurait voulu le savoir là, auprès d'elle, dans l'ombre rassurante de sa protection.

Dehors, la chaleur était à son paroxysme lorsque lui parvint le bruit de moteur que son oreille espérait et redoutait tout à la fois, depuis le matin. Marie se posta au coin de sa fenêtre, dans l'ombre. Elle n'eut pas à attendre longtemps pour qu'apparaisse une grosse voiture rutilante dont elle remarqua tout de suite l'immatriculation parisienne. Elle ne bougea pas.

Vincent était seul. Lorsqu'il sortit de la voiture, il lui parut étonnamment grand. Le blue-jean délavé et la chemisette au col ouvert préservaient pourtant une silhouette bien conforme à son souvenir. C'est à peine si l'âge mûr lui avait apporté un peu plus d'épaisseur. Mais, avant même qu'il ait fini de contourner le long capot de sa voiture, Marie avait noté sans plaisir, dans sa démarche comme dans sa façon de se tenir, une sûreté de soi bien proche de la suffisance.

En elle, s'éteignit sèchement le plaisir un peu attendri de le revoir qui le disputait, l'instant d'avant, à la crainte de l'inévitable explication.

Prestement, elle s'écarta de son coin de fenêtre et tourna le dos à la porte. Il dut frapper. Elle se retourna lentement, fit celle que le contre-jour empêchait de reconnaître le visiteur.

– Qu'est-ce que c'est?

Elle était parvenue à ne pas laisser transparaître son émotion dans sa voix.

– Marie! dit-il simplement en s'avançant, les mains tendues vers elle. Quel plaisir de vous revoir!

– Vincent! Pour une surprise! Depuis le temps, on te croyait mort! Qu'est-ce qui t'amène? Assieds-toi donc. Mets-toi à l'aise.

Ils se firent face, de chaque côté de la grande table. Elle ne lui avait rien offert.

– Alors? dit-elle d'un ton enjoué. Depuis le temps, raconte-moi qu'est-ce que tu es devenu?

Il eut un bref rire de gorge un peu nerveux.

– Tant de choses! dit-il. Ce serait trop long à raconter.

– Mais tout de même, quand tu es parti, quand tu as suivi l'armée...

Il avait la tête ailleurs. C'était évident. Il n'était pas venu là pour évoquer les vieux souvenirs. Il s'exécuta tout de même.

– Ça m'a emmené jusqu'au cœur de l'Allemagne cette histoire-là. Avec, en cours de route, l'Alsace, Strasbourg, le passage du Rhin. Enfin, j'ai été démobilisé fin 1946. Et j'ai repris mes études. Ça n'a pas été facile. On ne s'y remet pas à près de 30 ans comme on y est à 20. Surtout qu'il me fallait gagner ma vie et aider ma mère. Mais, tout de même, au point où j'en étais avant la guerre, je n'ai pas voulu tout perdre. J'ai galéré. Me voilà chirurgien.

Marie eut une petite moue admirative.

– C'est bien, dit-elle. Et ça marche ?

Elle n'aima pas le petit sourire satisfait qu'il arbora.

– Ma foi ! dit-il.

– Tu es marié ?

– J'ai deux enfants.

– Et ta mère ? Et Lucienne ?

Il parut un instant désarçonné. Il ne s'attendait pas à ce qu'on en vînt si vite au cœur du problème. Marie poussa son avantage.

– Pourquoi ne m'as-tu pas amené Lucienne, ta femme, tes enfants ?

– Parce qu'on a à parler d'abord.

Il était tout à coup très grave et son front s'était creusé de rides profondes.

– Alors, parlons, fit Marie.

Son ton froid, très détendu, le surprit. Il leva brièvement sur elle un regard sombre dans lequel elle se plut à lire tout le regret de ce qu'il allait lui falloir dire.

– Je sais tout, dit-il comme on se jette à l'eau.

– Ah bon ?

Elle se tenait très droite sur son banc et arborait un petit sourire presque narquois qui finissait de le mettre mal à l'aise.

– Oui, dit-il. C'est ma mère qui m'a tout dit. Remarquez bien, elle ne le voulait pas. Jamais, jusque-là, elle ne m'avait dit la raison pour laquelle elle m'avait envoyé par ici, quand il s'est agi de ne pas tomber dans les filets des Boches. Au retour, sans savoir, sans me douter, je n'arrêtais pas de lui parler du pays comme si elle ne le connaissait pas. Et puis, un jour, un soir, on parlait de la Libération. J'en suis venu à évoquer le maquis. Je venais d'être démobilisé. Tant que j'avais été dans l'armée, je ne lui avais pas tout dit, loin de là. Ce soir-là, en somme, on tournait la page. Alors j'ai raconté. J'ai parlé de Roland, de sa blessure, de la cabane, de votre venue, de sa fin. Elle tricotait sous la lampe de notre salle à manger. J'ai bien remarqué son trouble. Elle avait posé son ouvrage sur ses genoux et elle m'écoutait les sourcils froncés. A plusieurs reprises, elle m'a fait répéter le nom de Roland. « Et Marie, m'a-t-elle demandé. C'est Marie Laniaud ? C'est ça ? » Je ne me souvenais pas de votre nom de jeune fille. J'ai simplement dit que vous étiez de l'Huis Maugrit. A ma grande stupéfaction, je l'ai vue se lever et venir s'agenouiller devant moi, des larmes plein les yeux. Elle m'a pris les mains, les a serrées très fort. « Mon pauvre enfant, m'a-t-elle dit, c'est ton père qui est mort devant toi, dans cette cabane. »

Il y avait de sourds grondements d'émotion mal contenue dans la voix de Vincent. Devant Marie impassible, il fit un violent effort sur lui-même pour se ressaisir.

– Il m'a fallu longtemps pour comprendre les raisons de votre silence, continua-t-il. C'est bien après la fin de mes études, quand j'ai commencé à pouvoir regarder autre chose que mon travail, que j'ai voulu savoir. Ma mère ne voulait rien ajouter. « C'est de la vieille histoire, disait-elle. On n'en parle plus. » En classant des vieux papiers, j'ai tout de même trouvé le nom et l'adresse d'un notaire d'Autun. Sans avertir ma mère, je me suis mis en rapport avec lui. C'est comme ça que j'ai appris comment elle a été chassée par mon grand-père, et les clauses du testament qui vous laissent tous ses biens en usufruit et en toute propriété pour vos enfants, si ma mère n'a pas reparu avant votre décès. J'ai compris pourquoi vous vous êtes tue, cette nuit-là, dans la cabane de chasseurs, alors que vous aviez deviné qui j'étais.

Marie l'avait écouté sans sourciller. Elle attendait. C'était à lui d'aller au bout de sa pensée et des questions qu'elle sentait venir.

– Je l'ai dit à ma mère, reprit-il. Et je lui ai dit mon intention de récupérer son bien.

Il y eut juste une ombre un peu plus noire dans le regard de Marie.

– D'abord, continua-t-il, elle n'a rien voulu savoir. C'était une affaire classée, elle ne voulait plus en entendre parler. Et puis, elle prenait prétexte de la mort de Roland. Remuer tout ça, à ce qu'elle disait, c'était porter ombrage à sa mémoire. Il m'a fallu plusieurs années pour la décider.

Il laissa se prolonger un silence en levant sur Marie un regard résolu.

– Nous avons rendez-vous demain chez le notaire, dit-il.

On eût dit que Marie n'avait rien entendu.

– Je t'offre quelque chose ? proposa-t-elle du ton le plus détendu et naturel qui soit.

Vincent en fut époustouflé. Et lui ne s'en cacha pas. Il y eut tout de même dans son regard beaucoup d'admiration.

– Vous n'avez pas changé, dit-il.

– C'est pas ce que je te demande ! Qu'est-ce que tu veux boire ? Par cette chaleur, une bière bien fraîche ?

Il vit le réfrigérateur tout neuf qui trônait près de la cuisinière.

– Eh bien, remarqua-t-il, on s'équipe, à l'Huis Maugrit.

– Fallait bien.

– Et j'ai vu que vous rouliez voiture.

– Enfin, si l'on veut. Une 2 CV. Ce n'est pas comme la tienne.

Il s'esclaffa. Mais il y avait, dans ce rire-là, trop d'orgueil. Marie déboucha la canette de bière, prit un verre au passage et vint la déposer, toute dégoulinante de buée, devant Vincent. Elle reprit sa place en face de lui.

– Et ta femme ? demanda-t-elle pendant qu'il remplissait son verre en le penchant. Tu ne m'as pas parlé de ta femme.

Il la considéra un long moment en silence. Il sentait venir le piège. Pourquoi détournait-elle ainsi la conversation ? Et pourquoi ce brusque intérêt pour son épouse ?

– Ma femme, dit-il, ma femme, eh bien... C'est ma femme. Je vous l'amènerai un de ces jours.

– Avec tes enfants ?

– Oui, bien sûr, avec les enfants.

– Garçons, filles ? Ils ont quel âge ?

Vincent se sentait de plus en plus mal à l'aise. Chacune de ces questions avait, bien sûr, un but précis. Elles étaient, l'une après l'autre, le cheminement inexorablement fixé par Marie vers la chausse-trape qu'elle avait préparée de longue date et si habilement dissimulée qu'elle n'aurait même pas à l'y pousser.

– Un garçon, une fille, dit-il d'une voix tout à coup éteinte.

– Le choix du roi ! décréta Marie. Mais tu ne m'as toujours pas dit leur âge.

– Le garçon a un peu plus de quatre ans. La petite a deux ans et demi.

– Et leur nom ? Comment tu les as appelés ?

– Lui, c'est Romain. Elle, c'est Françoise, mais on l'appelle Fanfan.

– Françoise ! Tiens donc, c'est curieux.

Il eut l'air aussi inquiet qu'intrigué. Qu'y avait-il là-dedans de curieux ? La question lui brûlait les lèvres mais il eut tout à coup la certitude que le piège était là. Il se tut. Marie, l'air goguenard, laissa s'éterniser le silence sans le quitter des yeux.

– C'est curieux, dit-elle enfin, parce que lui, c'est François.

– Qui, lui? demanda tout de même Vincent.

Au point où on en était, mieux valait en finir.

– François, c'est mon petit-fils, reprit Marie en se redressant et en dardant un regard noir sur Vincent. Le fils de Bernadette, continua-t-elle. De père inconnu... Du moins, pour l'état civil.

Cette fois, le silence fut de plomb. Vincent préférait encore ne pas comprendre.

– Finis ta bière : elle va être chaude.

Sans réfléchir, il obéit et vida son verre d'un trait. Elle attendit qu'il l'ait reposé.

– Voilà, dit-elle enfin, tu sais tout. François est ton fils.

Il voulut se rebeller.

– Qui me dit...

Elle l'interrompit d'un geste.

– Tu ne vas tout de même pas nous la faire, celle-là? Non, Vincent, ce serait indigne. François est bien ton fils. Tu sais toi-même qu'il n'y a pas à en douter. Il est né neuf mois moins huit jours après la Libération.

Il était blême et semblait s'être rapetissé de dix centimètres, sur son banc.

– Qu'allez-vous faire?

Marie prit un air outré.

– Moi? dit-elle. Que crois-tu que je compte faire? Rien du tout, bien sûr. S'il y a quelque chose à faire, c'est à toi de voir, maintenant que tu sais.

– Et que voulez-vous que je fasse? Vous savez bien...

– Je sais bien quoi? Je ne sais rien du tout. Du moins, autant que tu le voudras.

Il eut l'air surpris.

– Comment ça?

– C'est pourtant simple. Tu viens là me dire que tu comptes me reprendre le bien de ta mère pour l'entretien duquel je m'échine depuis tant d'années. Et quand je te parle de ton fils que nous avons élevé, tu me réponds que tu ne peux rien faire. Il y a là quelque chose qui ne va pas, Vincent. Tu ne trouves pas?

Légèrement penchée au-dessus de la table, elle parlait d'une voix sèche, en détachant bien ses mots.

– Il faut choisir, reprit-elle. Tu veux tout me reprendre ? D'accord, allons-y. Mais alors, mon petit, il faudra l'assumer, cet enfant que tu as fait à ta demi-sœur.

C'était là, apparemment, un aspect du problème que n'avait pas encore envisagé Vincent. Il bondit sur son banc comme sous l'effet d'un coup violent. Horrifié, il devint écarlate.

– Vous savez bien que c'est impossible.

Il bredouillait, l'air totalement égaré.

– Ah, Vincent, là, ça ne va plus, éclata Marie. Tout ce que tu sais me dire, c'est que c'est impossible. Je te croyais plus décidé que ça. Il faudra pourtant bien qu'il y ait quelque chose de possible. A toi de voir.

Le plantant là, elle se leva et, lui tournant le dos, elle alla jusqu'à la porte. Enfin, l'heure la plus chaude était passée. L'air était redevenu respirable et un semblant de vie agitait doucement le feuillage des grands châtaigniers, au bout de la cour. Marie prit un broc, sur la pierre du seuil, alla le remplir d'eau au robinet de l'évier et se mit en devoir d'arroser les pots de géraniums qu'elle avait alignés sur son appui de fenêtre. Elle prit son temps.

Quand elle revint, Vincent n'avait pas bougé. Les yeux perdus dans le vague, il triturait machinalement son verre vide. Elle se lava les mains, les essuya longuement à un grand torchon en vichy rouge et blanc, et revint enfin s'asseoir en face de lui. Il parut ne pas la voir.

– Alors, dit-elle, tu as pris une décision ?

Il haussa énergiquement les épaules.

– Quelle décision voulez-vous que je prenne ? Vous rendez-vous compte de la situation dans laquelle je me trouve ?

Elle éclata de rire.

– Mon pauvre Vincent ! Mais tu sais que je ne te reconnais plus. Où il est le petit gars décidé et déluré qui venait nous voir, pendant la guerre ? Ah, bien sûr, il n'était pas chirurgien, le petit réfractaire, en ce temps-là. Un enfant semé en cours de route, bien avant le mariage, passe encore. Par les temps qu'on vit, ce n'est plus un drame. Madame arriverait peut-être à comprendre. Mais l'enfant de l'inceste... L'enfant fait à la demi-sœur... La réputation du chirurgien, ça ne l'arrangerait pas, une histoire pareille. Peut-être même qu'elle n'y résisterait pas du tout, la réputation du chirurgien. Voilà le problème. Pas vrai!

Elle parlait vite, sur un ton ironique, assenant ses arguments comme des coups. Elle l'exaspérait, c'était visible. Mais il n'avait rien à répondre. Alors, elle continua.

– Mais ce n'est pas tout, dit-elle. Il y a tout ce bien dont on a clamé haut et fort qu'on allait le reprendre vite fait bien fait. Et, maintenant, il va falloir trouver une explication pour justifier que ce n'est plus si simple que ça. Et là, vois-tu, Marie elle ne peut rien pour toi. Tout ce que je peux faire, c'est de te dire comment ça va se passer. A toi, après, de prendre tes responsabilités. Tu veux les terres? Pas de problème, je te les laisse. Pour ce qu'elles rapportent... Remarque que je ne vois pas très bien ce qu'un chirurgien va faire de quelques hectares de prés et de terres du Morvan dont plus personne ne veut. Mais puisque tu y tiens, tu feras comme les autres, tu les planteras de tous ces maudits sapins de Noël au milieu desquels on finira bien par mourir étouffés. Par contre, les bâtiments, la menuiserie et la maison, pas question de les reprendre. Tu les laisses à ton fils, à charge pour nous de les valoriser jusqu'à ce qu'il ait l'âge de s'en occuper. Ce sera ta contribution à son éducation. C'est ça ou rien. Ou, plutôt, c'est ça ou tout. Si tu préfères, je te rends l'ensemble, le gamin en prime, la réputation de moralité du chirurgien en moins. A toi de décider.

– C'est du chantage, grommela-t-il.

Elle parut sidérée.

– Du chantage? répéta-t-elle. Et puis, après tout, appelle ça comme tu veux. Ça m'importe peu. Tout ce qui compte, maintenant, c'est que tu te décides.

Le regard rivé sur le verre qu'il triturait toujours du bout des doigts, il sembla hésiter longuement.

– On est là pour plusieurs jours, dit-il enfin en se redressant. Je vous donnerai ma réponse avant de repartir.

Il s'était levé et marchait vers la porte.

– Si vous êtes là pour plusieurs jours, venez donc manger à l'auberge, dit Marie. Je vous invite. Je serais heureuse de revoir Lucienne et de faire la connaissance de ta femme et de tes enfants.

Sur le pas de la porte, il se retourna et fouilla le regard de Marie. Plus rien d'autre ne s'y trouvait que l'expression d'un désir sincère.

– C'est bon, dit-il. Je vous les amènerai.

28

Depuis le matin, obsédant, monocorde, l'étrange duo du ronronnement du tracteur et du cliquetis de la moissonneuse-lieuse avait éteint tout autre bruit, loin alentour. Avec une crispante régularité de métronome, la machine vomissait régulièrement ses gerbes que Bernadette ramassait inlassablement et rassemblait en moyettes. Le champ, petit à petit, s'était ainsi couvert de ces étranges petites huttes coniques que coiffait une gerbe posée en biais sur le tout, la pente au vent de la pluie et les épis en bas.

Enfin, le duo monotone s'interrompit. Ce fut d'abord le bruit de crécelle de la machine qui mourut d'un coup lorsque Victor immobilisa son tracteur au bout du dernier tour. Toute la récolte était en gerbes. Il coupa le moteur et les pépiements d'une volée de passereaux affairés au glanage parut une étonnante et reposante bouffée d'air frais.

Le soleil, en route vers l'occident, allongeait les ombres et dorait le chaume. L'insupportable canicule de la journée cédait peu à peu la place à la douceur vespérale. Un imperceptible souffle d'air tiède parvenait à rendre vie aux feuillages de la forêt qui bordait le champ.

– Laisse, dit Victor à sa sœur en venant vers elle. Je vais finir. Rentre donc. Tu en as assez fait pour ton jour de repos.

Bernadette ne put réprimer une grimace en se redressant. Elle se tenait les reins à pleines mains.

– C'est bon, dit-elle. Je vais m'occuper des bêtes.

Victor traînait déjà deux gerbes vers la moyette qu'avait commencée sa sœur.

– Laisse, je te dis, insista-t-il. Je m'en occuperai en rentrant.

– Ce qui sera fait sera fait.

Elle parlait sans joie ni peine. Sa vie était faite de ces fatigues et de cet incessant travail dont elle ne pouvait pas imaginer de l'interrompre pour se reposer. L'air éternellement grave et soucieux, comme si elle redoutait à chaque instant que s'abatte sur eux le pire des cataclysmes, elle allait sans autre état d'âme apparent, attelée sans rémission aux tâches qui s'enchaînaient l'une à l'autre.

Elle se pressa sur le chemin de la ferme. C'est à peine si la grosse voiture garée au milieu de la cour la surprit. Ce n'était pas son affaire. Il y avait les litières à faire et les bêtes à nourrir. Elle s'y attela. Ce n'était pas une mince affaire que de s'occuper des cinq porcs qu'on élevait désormais pour approvisionner les assiettes de l'auberge. En regard, s'occuper des poules, même si elles aussi étaient beaucoup plus nombreuses que par le passé, était un jeu d'enfant.

Bernadette passait ensuite à l'étable. Elle allait d'abord ouvrir la porte du pré, où le troupeau passait la journée, et revenait en suivant les bêtes. Elles connaissaient parfaitement le chemin et chacune allait se ranger sans hésitation à sa place. Le nombre de mères avait été diminué de moitié. Mais elles avaient été remplacées par des bovillons à l'engrais dont la destination était, là aussi, l'approvisionnement de l'auberge. Ils étaient l'objet de tous les soins et leurs râteliers ne devaient jamais être vides.

Du fenil, Bernadette, à grands coups de fourche, insensible à l'irritante poussière qu'elle soulevait, passait par la trappe d'impressionnantes quantités de foin qui s'accumulaient en couches souples derrière les bêtes.

C'était, pour elles, le signal d'une grande agitation. En quelques instants, l'étable jusque-là paisible et juste occupée de bruits étouffés de mastication et de piétinements, retentissait d'appels impatients, du tintement des chaînes agitées, de coups sourds contre les bat-flanc ou de ceux que, par jeu, les bœufs se portaient entre eux.

Bernadette n'y prenait pas garde. Toute son attention était retenue par sa tâche, qu'une autre à entreprendre tout de suite après rendait toujours pressée. Elle planta sa fourche dans le tas de foin et redescendit. Une autre fourche l'attendait au pied de l'échelle. Elle allait s'en saisir lorsqu'une ombre passant devant la porte de l'étable lui fit lever les yeux.

Vincent traversait la cour. Elle crut rêver. Figée dans la position où l'avait prise cette apparition, elle le vit marcher vers sa voiture, la contourner et y monter. Et elle ne douta plus. Elle ne l'avait vu que de dos. Mais la grosse voiture et la mise élégante n'y pouvaient rien changer. La démarche, la silhouette à peine étoffée, les gestes étaient bien ceux de Vincent. La tête se mit à lui en tourner. Alors que la voiture faisait demi-tour dans la cour, elle se redressa lentement et s'adossa au mur de l'étable.

Vincent ! Vincent à l'Huis Maugrit. Que venait-il y faire ? Et voilà qu'il repartait sans même avoir cherché à la revoir. A moins... A moins que sa mère... Déjà des idées noires tournaient dans la tête de Bernadette. Elle se remit lentement à son travail sans que la quitte l'idée obsédante de ce brutal retour du passé. Pourquoi ne s'était-elle pas montrée ? Trois pas ! Elle n'avait que trois petits pas à faire pour jaillir dans la lumière de la cour et attirer son attention. Elle s'en voulait. Et puis, tout de suite, lui venaient des scrupules. Où était la Bernadette qu'il avait aimée ? Qu'aurait-il dit en voyant apparaître cette forte fille de ferme, rougeaude, en tablier gris maculé ?

Son regard se mouillait tout à la fois de regrets et d'amertume. Elle sentait confusément que sa vie, prise, jadis, par un jeune va-nu-pieds, ne comptait même plus pour le monsieur à la grosse voiture qu'elle venait d'entrevoir. Et le sentiment, jamais ressenti jusque-là, de sa grande détresse lui nouait la gorge.

Elle fourchait encore le foin dans les râteliers lorsque Victor vint la rejoindre.

– Va, dit-il. J'ai fini de relever les gerbes. Je vais terminer ici.

Elle s'acharnait à continuer, le front bas. Il vit ses yeux rougis.

– Qu'est-ce qui s'est passé? demanda-t-il. Ça ne va pas?

Elle eut un moment d'hésitation, s'obstinant à répéter inlassablement les mêmes gestes. Puis il lui fallut parler.

– Victor, dit-elle en laissant retomber sa fourche qui tinta sur le pavage, il faut que je te dise, Vincent était là, tout à l'heure.

– Vincent? Quel Vincent?

– Tu sais bien. Vincent... pendant la guerre.

– C'est pas possible! Vincent le...?

Elle acquiesça doucement.

– Oui, Vincent, le père de François.

Elle lui raconta la grosse voiture et le peu qu'elle avait vu de son départ.

– Tu es sûre de ne pas t'être trompée?

– Certaine.

– Qu'est-ce qu'il est venu foutre là? Sans même demander à te voir.

Elle eut un moment d'hésitation. Mais c'était dans sa tête, comme une obsession.

– A moins...

– A moins quoi?

Il y avait une lueur d'affolement dans les yeux de Bernadette. Il lui fallait pourtant aller au bout de ce qui, depuis que la voiture avait disparu, était au fond d'elle, comme une grande brûlure.

– A moins qu'elle n'ait pas voulu.

Il y eut dans le regard de Victor cette flamme mauvaise qu'elle ne connaissait que trop et qui la glaça d'épouvante. Elle s'en voulait déjà d'avoir parlé.

– Non, Victor, ne dis rien. Ce n'est rien. C'est moi. J'ai des mauvaises idées. Il ne faut pas.

Elle lui prit le bras, fit le geste de le retenir. Il se dégagea sèchement.

– Attends voir, dit-il. Tu restes avec moi. On finit ici et on rentre ensemble. Il faudra bien qu'elle nous dise.

Depuis le départ de Vincent, Marie se sentait mal à l'aise. Elle n'avait pas faibli au jeu qu'elle avait décidé de jouer. Elle savait bien qu'elle lui avait mis en main un marché impossible. Elle ne doutait pas qu'il soit contraint d'en passer par où elle l'entendait. Mais lui restait tout de même à l'esprit une sorte de mauvaise conscience, un regret diffus de n'avoir pas eu le choix. Un vague sentiment lui venait d'avoir dû se livrer à une profanation. A l'image de son bon droit se superposait sans cesse celle du Vincent qu'elle avait vu un jour déboucher des bois et dont la seule pensée, un peu attendrie, durant toute la guerre, jusqu'à cette nuit dramatique où ils avaient veillé ensemble les derniers moments de Roland, l'avait profondément troublée.

Il lui avait fallu trahir ce Vincent-là. Mais pouvait-elle faire autrement ? Pour François, pour cette prolongation de ce même Vincent comme d'elle-même et de Roland, dans l'imbrication glauque de ces accidents dont était né ce qui lui restait d'espoir, elle l'avait fait et en tirait une sorte de trouble fierté. Mais il restait le regret, l'incontournable amertume qu'il lui faudrait subir pour longtemps.

Elle vaquait ainsi à ses occupations, sans que la quitte la sensation désagréable d'avoir commis une inévitable forfaiture, lorsque Victor et Bernadette rentrèrent.

– C'est fini ? demanda-t-elle.

Victor confirma d'un vague grognement dont le ton, à lui seul, mit Marie en alerte. Comme tous les jours, il sortit une bouteille et un verre du placard et alla s'installer au bout de la table. Bernadette, dont le regard fuyant n'avait pas échappé à Marie, fit le geste de s'éclipser vers les chambres.

– Reste, dit brutalement Victor.

Elle s'immobilisa, sembla hésiter, puis, les yeux baissés, revint vers Marie, se saisit fébrilement d'un torchon et chercha désespérément à quoi l'occuper. Marie, perplexe, observait leur manège sans mot dire. Victor se servit un verre de vin et prit le temps de le vider.

– Vincent est venu cet après-midi, attaqua-t-il enfin.

C'était donc ça.

– Oui, dit simplement Marie.

- Et Bernadette ?

– Quoi, Bernadette ?

– Il n'a pas demandé à la voir ?

– Non.

– Alors, qu'est-ce qu'il est venu faire ?

Cela, Marie ne l'avait pas prévu. Elle sentit au ton de Victor qu'il ne suffirait pas de lui assener, comme d'habitude, que ça ne le regardait pas. Elle chercha une demi-vérité.

– Ils sont au pays pour quelques jours, dit-elle. Il est venu dire bonjour. C'est tout.

– Qui, « ils » ? Ils sont plusieurs ?

Marie pinça les lèvres. Elle avait la désagréable sensation de s'être fait piéger. Mais, après tout, puisqu'ils le voulaient. Elle eut tout de même un regard rapide pour Bernadette qui s'était réfugiée au coin de la cheminée et lui tournait le dos.

– Il est... avec sa femme et ses enfants

Elle eut mal pour sa fille dont elle vit les épaules s'affaisser et dont elle devina qu'elle s'était pris la tête dans les mains. Victor avait bondi.

– Avec sa femme et ses enfants ! hurla-t-il. Elle est bien bonne celle-là. Et tu le reçois ici ?

– Je reçois qui je veux.

Marie avait crié encore plus fort que lui. Mais il s'était tout à coup dressé en tapant des deux poings sur la table.

– Tu reçois qui tu veux pendant que nous, on bosse pour payer. Des années qu'on paie pour ce gamin-là. Et lui, pendant ce temps-là, qu'est-ce qu'il fait ? Il paie quelque chose, pour celui-là ? Lui as-tu dit, seulement, qu'il était de lui, cet enfant-là ?

– Ce que je lui ai dit ne te regarde pas.
– Si !
Cette fois, Marie comprit qu'elle ne s'en sortirait pas avec quelques remarques cinglantes. Victor avait encore assené sur la table deux violents coups de poing.
– Si, ça nous regarde, hurla-t-il. Tu ne vas pas prétendre qu'il est venu juste comme ça, pour dire bonjour, après tout ce qui s'est passé. Tu nous caches quelque chose !
– Victor !
– Et alors ? Sûr que tu nous caches quelque chose. Et je saurai bien te le faire dire.
– Je n'ai rien à te dire.
– Si. Parce que, maintenant, c'est comme ça.
Tout à coup, il avait contourné la table et il venait vers elle, l'air menaçant. Bernadette se retourna vivement et Marie, affolée, vit dans son regard comme une jubilation et un violent désir d'encourager son frère. Celui-ci vint se planter devant elle. Il tenait le bras droit légèrement écarté, le poing serré. « Il n'osera pas frapper », pensa Marie.
– Je n'ai rien à vous dire, répéta-t-elle sur un ton méprisant.
Et elle tourna ostensiblement le dos à Victor. Mais il la contourna vivement et vint à nouveau se planter devant elle, toujours aussi menaçant.
– Si, tu as quelque chose à nous dire. Tu nous caches quelque chose, s'obstina-t-il. Et moi, je sais quoi. Il est venu reprendre son gamin. Et toi, tu n'as rien voulu savoir. Parce que, pour ce gosse-là, tu ferais n'importe quoi, même nous dépouiller.
Il parut tout à coup aussi surpris de l'idée qui lui était venue à la tête, que convaincu qu'elle était la bonne.
– C'est bien ça, gronda-t-il. La voilà, la vérité. Tu lui as acheté le gamin. Avoue-le, que tu l'as acheté. Qu'est-ce que tu lui as donné, en échange ? De quoi tu nous as dépouillés ? Tu vas parler à la fin ?
Il se dressait devant elle, brandissant les poings, l'œil injecté de sang. Mais il ne lui faisait plus peur. Seuls les

mots nourrissaient sa hargne dont elle sentait bien qu'elle retomberait comme un soufflé dès qu'il les aurait épuisés. Il lui faisait plus pitié qu'autre chose alors que Bernadette, les poings serrés devant la bouche, l'air égaré, partagée entre une peur panique et le sentiment veule d'une vague vengeance, l'exaspérait.

Elle eut tout à coup une folle envie d'en finir.

– Vous voulez savoir ? dit-elle enfin. Eh bien non, je n'ai pas acheté François. C'est tout le contraire. Je lui ai dit qu'on avait assez payé comme ça pour lui. Et que s'il voulait le prendre, c'était son affaire.

– François ! Jamais...

Cette fois, Bernadette sanglotait en accrochant sur sa mère un regard suppliant. Marie eut des envies de paires de claques.

– Jamais, jamais... Sais-tu seulement ce que tu dis, ma pauvre fille ? gronda-t-elle. T'en es-tu jamais occupée, de ce gamin-là ? Et maintenant tu dis « jamais ». Et toi, avec tes airs à tout casser. Est-ce que tu sais seulement ce que tu dis ? De quoi veux-tu que je vous dépouille puisqu'ici vous n'avez rien ? Rien, répéta-t-elle durement. Vous n'êtes rien sans moi. Il faudrait voir à ne pas trop vous sortir ça de la tête.

Elle s'était éloignée de Victor et, calmement, était venue s'asseoir au bout de la table. Ils n'avaient pas bougé et ne savaient déjà plus très bien quelle contenance prendre. Elle en profita.

– Arrête de geindre, grinça-t-elle à l'adresse de Bernadette. François restera ici. Il n'ira pas le mélanger à ses enfants légitimes, tu peux me croire. Pour le reste, il pourrait bien avoir quelques droits sur les terres Gagnaire. Mais ça, c'est mon affaire.

Victor était à nouveau prêt à regimber.

– Des droits ? Quels droits ?

– Je t'ai dit que c'était mon affaire. Les terres Gagnaire, c'est moi qui en ai l'usufruit et personne d'autre.

– Elles doivent bien nous revenir...

– Peut-être, quand je serai morte. Et tu as encore le temps d'attendre.

Il voulut s'obstiner.

– N'empêche, dit-il, pourquoi il aurait des droits sur ces terres-là ?

Elle avait envie d'en finir.

– Quand il sera temps, tu demanderas au notaire. Tu verras bien ce qu'il te répondra.

Il allait insister. Elle eut un geste las et le prit de vitesse.

– Bernadette, mets le couvert. On a déjà perdu trop de temps.

29

– Ce qu'elle est mignonne, cette gamine!

Petit bout de femme blonde papillonnant et gazouillant sans cesse, Fanfan fut la dernière à quitter la salle. Sa mère, déjà dans la rue, s'était retournée. Elle avait eu un bref sourire de convenance pour Marie et avait appelé sa fille en tendant la main vers elle. La petite, qu'avait retenue un bouquet de fleurs des champs sur une table, s'était échappée vers la main tendue en jacassant. Ils s'étaient éloignés.

Et Marie, déjà, sentait peser sur elle le regard d'Anne.

– Tu n'aurais pas dû, dit-elle aussitôt qu'ils furent hors de portée de voix.

Lorsqu'elle se tourna vers son amie, le sourire de Marie était las.

– Je n'aurais pas dû quoi?

Anne s'activait déjà à débarrasser. Une pile d'assiettes sur les bras, elle passa devant Marie.

– François, dit-elle. Pourquoi tu l'as fait jouer de sa vielle? Tu n'aurais pas dû.

Cette fois, Marie eut l'air sincèrement sidérée.

– Et pourquoi donc je n'aurais pas dû?

Anne attendit pour répondre d'être revenue de la cuisine où s'activait Bernadette.

– Je ne sais pas, dit-elle. Ça m'a gênée pour lui. On aurait dit un singe savant. Devant son père... Devant son demi-frère et sa demi-sœur...

Marie haussa les épaules.

– Des idées que tu te fais, dit-elle. Parce que tu sais. Eux ne savent pas.

– Sauf Vincent.

– Lui, ça lui fait les pieds. Il faut bien qu'il se le mette dans la tête, cet enfant-là, qui ne fait pas des simagrées mais qui joue de la vielle pour les clients d'une auberge de village. Mais, de toute façon, ce n'était pas à lui que je pensais.

Le regard de Marie s'était adouci. Il s'était fait presque attendri.

– Viens, dit-elle à Anne. Laisse tout ça. On rangera après. Viens là-haut.

Sans honte, elles avaient retraversé la menuiserie et étaient remontées au grenier où elles avaient retrouvé leur causeuse. Elles s'étaient bien calées au fond des vieux coussins aux couleurs devenues indéfinissables à force d'être passées, et étaient restées un long moment silencieuses, le regard perdu dans le hallier vaporeux des toiles d'araignée sous lequel s'étirait, très droit, le sentier tant de fois parcouru, en tant d'années, entre l'escalier et leur coin d'ombre.

– Ça n'a pas eu l'air de l'émouvoir, dit enfin Marie.

– Quoi donc ?

– Ben, Lucienne. Si on y réfléchit bien, elle était là en étrangère dans une salle qui n'est rien d'autre que celle de la maison où elle est née.

– Ça fait si longtemps...

– Tu oublierais, toi ?

– Sûr que non ! Mais, va savoir...

– A se demander si, nous aussi, elle ne nous a pas oubliées. Ah, bien sûr, des embrassades ! Tu en as eu ton compte. Mais tu as remarqué ? glacées, comme par pure politesse.

Anne glissa un regard goguenard vers son amie.

– Eh, fit-elle, mets-toi à sa place. Elle a peut-être ses raisons. Tu lui as piqué son amoureux. Tu lui as piqué tous ses biens ! Faut comprendre.

Marie faillit bondir. Elle comprit juste à temps et se

contenta d'un long regard de reproche un peu amuse vers Anne.

– Je ne lui ai rien pris du tout, tu le sais bien. Tu me l'as assez répété quand je ne voulais pas épouser Roland à cause de ça. N'empêche, continua-t-elle, bien conservée, la Lucienne. Elle a encore de l'allure.

– Et toi, tu crois que tu n'en as pas gardé ?

Marie eut un geste agacé.

– Arrête de tout ramener à moi. Et la femme de Vincent, qu'est-ce que tu en dis ?

Anne eut une moue dubitative.

– Ah, il n'y a rien à dire, une belle femme. Mais pour le reste... Une citadine à sang de navet. Ne va pas lui demander de faire la moisson, à celle-là.

Marie ne put s'empêcher d'éclater de rire.

– Parce que tu trouves ça drôle, toi ?

– Sûr ! Tu imagines les terres de l'oncle Gagnaire, le chirurgien et sa femme très parisienne en train de les cultiver eux-mêmes !

Anne ne goûta pas la plaisanterie.

– Rigole, rigole, fit-elle, très grave. Et si ça le prenait de vouloir tout récupérer, François avec ?

Marie balaya l'hypothèse d'un geste.

– Tu sais bien qu'il ne peut pas. Si encore ce n'était pas à sa demi-sœur qu'il avait fait cet enfant-là.

– Tu l'as nargué, en mettant François à sa vielle.

Pour toute réponse, Marie eut un léger sourire un peu narquois.

– Tu joues avec le feu, insista Anne.

– Non, dit Marie fermement. Je lui montre ce qui est. A lui de comprendre qu'il ne suffit pas d'avoir trois bouts de papier chez le notaire pour être dans son bon droit. A-t-il le droit de se mêler de notre vie, comme ça, brutalement, après tant d'années ? François est à nous. François est notre espoir. Il n'a pas le droit de nous le retirer. Et il a encore moins le droit de lui prendre ce qui est son bien.

– L'auberge, pour toi, c'est déjà le bien de François ?

– L'auberge et la menuiserie. C'est là sa vie, à ce

gamin-là. De quel droit Vincent viendrait tout flanquer par terre ?

– Et Victor ? Et Bernadette ?

– Victor restera vieux gars. C'est une branche morte. Il aura toujours du travail à la ferme. Mais, après lui, il n'y aura plus rien. Bernadette, c'est la mère de François, non ? Elle, au moins, aura assumé, vaille que vaille, sa charge de mère. François la continuera. Cette auberge et cette menuiserie, d'une certaine façon, c'est aussi pour elle.

– Es-tu bien sûre de tout ça ?

Marie porta un regard étonné sur son amie.

– Je n'ai pas à en être sûre. C'est l'évidence. Ce que j'en pense, ce que je ressens importe peu. Je dois me battre pour que ce soit.

– Et tu te battras jusqu'au bout, je te fais confiance !

– Tu peux !

Elles goûtèrent encore quelques instants en silence le calme reposant de leur coin de grenier. Puis elles se levèrent d'un même geste.

– Allons, dit Marie. Il y a à faire.

Dans le lacis grisâtre des grandes tentures diaphanes pendant en longues formes souples depuis la charpente, la lumière du soir, tamisée par les soupiraux obscurcis de poussière, joua à donner aux deux silhouettes, qui s'éloignaient de la causeuse, d'étranges allures juvéniles. L'espace d'un instant, l'illusion naquit et mourut d'une image un peu jaunie qu'on eût sortie du tiroir de la commode où le temps se range dans les boîtes à chaussures, par strates successives d'instantanés mélancoliques.

Marie se figea si soudainement sur le seuil qu'Anne, qui la suivait, buta sur son dos. Elle s'écarta légèrement et désigna le fond de la salle d'un geste du menton. Vincent Gagnaire et Philippe de Cormot étaient attablés l'un en face de l'autre et apparemment plongés dans une conversation animée. Philippe de Cormot, qui leur faisait face, vit tout de même les deux femmes qui entraient.

– Marie ! lança-t-il d'un ton jovial, viens donc t'asseoir un peu avec nous. J'ai rencontré ton ami Vincent Gagnaire. Je l'ai décidé à venir goûter une de tes petites réserves maison. Viens donc !

L'hésitation de Marie fut très brève. Ce tête-à-tête ne lui disait rien qui vaille. Mais elle n'avait aucune raison de refuser. Et mieux valait peut-être en prendre la température. Elle saisit au passage un verre sur la desserte, et vint s'installer au bout de la table. Philippe de Cormot semblait aux anges et plus volubile encore qu'à l'accoutumée.

– C'est à ne pas croire ! dit-il en remplissant le verre de Marie. Sais-tu qu'on a des souvenirs communs, tous les deux ? On croit qu'on ne se connaît pas et pourtant ! Et pas n'importe lesquels, n'est-ce pas, Vincent ? Vous permettez que je vous appelle Vincent ? La Libération, bien sûr ! En somme, sans le savoir, nous avons combattu côte à côte, Vincent dans le maquis et moi à la tête de mes chasseurs alpins.

Marie réprima un soupir de soulagement. Tant qu'ils refaisaient leurs campagnes, ainsi attablés, elle ne craignait rien.

– C'est bien, dit-elle en reposant le verre dans lequel elle avait à peine trempé les lèvres. Vous êtes bien, là, pour discuter. Vous m'excusez. J'ai du travail.

Sans prêter attention à leurs protestations de pure forme, elle se leva prestement et disparut dans la cuisine. Victor venait d'y arriver et empilait sur la table les cageots de viande congelée et de légumes qu'elle lui avait demandé de descendre de l'Huis Maugrit. Elle s'assura rapidement que tout y était.

– Pendant que tu y es, dit-elle, tu n'as qu'à ranger tout ça dans le congélateur et à la cave.

Et elle repartit vers la salle où Anne dressait le couvert du soir.

– Comme si je n'avais que ça à faire, grogna Victor dès qu'elle eut le dos tourné.

Pour toute réponse, Bernadette, qui s'affairait devant son évier, eut un geste brutal et presque paniqué vers la salle.

– Tu as vu qui est là? dit-elle.

Surpris, Victor se pencha et risqua un œil prudent vers la table d'où montait le bruit d'une conversation.

– Mince alors, fit-il. Avec le Cormot! Et il n'est même pas venu te voir?

Elle haussa vivement les épaules.

– Tu penses! dit-elle.

– Les salauds! gronda Victor en même temps qu'une lueur mauvaise s'allumait dans son regard.

Du congélateur qu'il avait ouvert et où il rangeait les paquets qu'il sortait de ses cageots, il voyait, par la porte de la salle restée ouverte, les deux hommes penchés l'un vers l'autre qui discutaient âprement.

– Allons donc! disait Philippe de Cormot, vous n'allez pas me dire que vous connaissez mieux la mine que moi. N'oubliez pas que c'est notre famille qui l'a créée.

– Et pourtant! répondait Vincent. Moi je vous affirme qu'il y a des coins que vous ne connaissez pas.

L'autre avait un hochement de tête incrédule et un peu vexé. Lui faire croire à lui, le fils d'Antoine de Cormot, qu'un Parisien connaissait mieux « sa » mine que lui! Il ne pouvait pas l'admettre mais restait tout de même prudent. Après tout, il y avait bien peu travaillé, dans cette mine fermée depuis si longtemps. Et s'il y avait beaucoup suivi son père, lorsqu'il était enfant, il devait bien reconnaître au fond de lui qu'il n'en avait qu'une pratique modeste. Mais comment faire autrement que de maintenir le contraire devant cet étranger?

Vincent, lui, s'enthousiasmait.

– Si vous saviez! disait-il. Je ne me rappelle plus qui nous a indiqué tous ces coins perdus des tailles. C'était peut-être Roland Courbet. Ou alors ce type extraordinaire, ce garde forestier, comment vous l'appeliez? Marie, vous ne vous souvenez pas?

– Labourdette, Roger Labourdette, lâcha Marie, sans même se retourner, depuis la table qu'elle débarrassait.

– C'est ça, Roger Labourdette. Merci Marie, reprenait Vincent. Il en connaissait, des coins, celui-là. Il n'a jamais vraiment fait partie du maquis. Jamais il n'a participé à une action. Mais, sans lui, qu'aurions-nous fait? Peut-être bien que c'est lui, ou alors un ancien ouvrier de la mine, je ne sais plus. Toujours est-il qu'à la fin, on évoluait là-dedans comme chez nous. On y avait de ces planques! Les Boches pouvaient toujours chercher!

– Vous aviez tant de choses que ça à planquer?

– Tiens!

Il s'y revoyait, le Vincent! Et Marie, qui les observait à la dérobée, crut fugitivement revoir le grand gamin à l'éternel sourire qu'elle avait si souvent accueilli et qui la troublait tant, à l'époque.

– Les parachutages, continuait-il. On ne pouvait pas tout distribuer tout de suite. Il fallait stocker au plus vite et au plus sûr pour mieux répartir après. Des armes, des munitions, des provisions et même des fonds, peut-être des millions qu'on a emmenés là-bas au fond.

– Et ça ressortait comment?

– Ça... mystère! La plupart du temps, quand on y revenait, ce qu'on avait apporté la fois précédente n'y était plus. On ne posait pas de questions. Ce n'était pas la mode! Il n'y a que le dernier parachutage qui n'a pas pu être apporter là, les Boches nous ont attaqués le jour où il devait avoir lieu.

En parlant, il s'était lentement tourné vers Marie et posait sur elle un regard lourd et un peu triste.

– On a voulu l'emporter loin, au nord, vers un autre maquis... C'est en cours de route que c'est arrivé.

– Quoi? fit maladroitement Philippe de Cormot.

Vincent, l'air gêné, ne quittait plus Marie des yeux. Il s'en voulait de s'être laissé aller à évoquer ces jours terribles.

– L'accrochage, dit-il d'une voix blanche. L'accrochage au cours duquel Roland a été blessé.

Philippe de Cormot n'eut qu'un rapide regard pour Marie qui pliait des nappes avec Anne. Elle leur tournait le dos et continuait imperturbablement à enchaîner ses gestes sans laisser paraître le moindre signe d'émotion. Seule, la gravité du visage d'Anne qui leur faisait face témoignait de ce qu'ils étaient écoutés.

Mais Philippe de Cormot avait l'esprit ailleurs. Cette histoire de stocks du maquis dans « sa » mine le captivait.

– Et alors, demanda-t-il, tout ce qu'il y avait dans la mine, qu'est-ce que c'est devenu?

Vincent haussa les épaules.

– Allez savoir? dit-il. Peut-être... Peut-être y a-t-il encore des armes, des munitions, des fonds?

Philippe de Cormot n'en revenait pas.

– Ça alors! Si je m'étais douté! Dangereux de laisser tout ça là-bas, au fond. On ne sait jamais. Vous pourriez m'y emmener?

La question prit Vincent de court. Evoquer tout ce passé, sagement assis devant une table garnie d'une bonne bouteille, était une chose; s'y replonger et aller le regarder dans les yeux, au fond d'une taille de mine à l'accès acrobatique, en était une autre. Il se donna le temps d'observer François qui venait d'entrer et allait embrasser sa grand-mère.

Son fils! Il ne parvenait pas à se reconnaître dans cet adolescent d'une quinzaine d'années, longiligne, aux traits encore juvéniles. Il aimait pourtant le regard tranquille et décidé, juste un peu trop grave, que François posait sur le monde.

L'envie le prenait de se détourner de ce Philippe de Cormot trop sûr de lui, trop calculateur, dont il pressentait l'ambiguïté des rapports qu'il entretenait avec Marie, pour faire asseoir près de lui ce grand gamin dont il était le père. Il aurait aimé l'entendre lui raconter ses plaisirs, ses espoirs, lui dire les illusions de son âge. Mais il savait que c'était là pour lui un jeu interdit.

– Alors? insistait Philippe de Cormot. C'est d'accord? Vous m'y emmenez?

Vincent dut faire un effort pour détacher son regard du dos de François qui entrait dans la cuisine.

– Si vous y tenez, dit-il sans conviction. Si je retrouve. Après tant d'années...

Philippe de Cormot n'en demandait pas plus. Il exultait.

– Formidable! s'exclama-t-il. On y va demain, vous

voulez ? François, tu veux venir avec nous ? Une expédition dans les galeries de la mine, ça te tente ?

– Non ! François ne peut pas.

Marie était intervenue sèchement avant que son petit-fils, qui venait de passer le nez à la porte de la cuisine, puisse donner son avis.

– Demain, dit-elle, tu sais que j'ai un repas de quinze personnes. Je compte sur toi et ta vielle. Tu me l'as promis.

Le regard de François, étonné, alla de la table des deux hommes à sa grand-mère. Il ne s'attendait pas à être ainsi mêlé à une conversation qui ne l'intéressait pas. Il n'avait pas attendu ces deux-là pour aller explorer la mine. Que gagnerait-il à les suivre ?

– C'est vrai, dit-il. Tu m'en avais parlé. Ce n'est pas grave, ajouta-t-il d'un air détaché. La mine, je la connais par cœur.

Et il disparut à nouveau dans la cuisine.

Victor finissait d'y ranger ses paquets. Lentement, il se redressa et osa affronter le regard de sa mère qu'il sentait peser sur lui depuis de longues minutes. Debout au milieu de la salle, juste en face de la porte de la cuisine, tournant toujours le dos à la table qu'occupaient son amant et Vincent, elle n'avait pas cessé de plier ses nappes.

Il y avait tant de haine et de folle résolution dans le regard de Victor que Marie en resta brièvement le souffle coupé. Elle eut, un instant, la tentation d'intervenir. Et puis, à quoi bon ! Déjà, sous le poids du formidable mépris par lequel elle lui avait silencieusement répondu, il avait baissé les yeux. Même Anne, qui lui faisait face, n'avait rien remarqué.

Alors, à quoi bon ?

30

Philippe de Cormot parut devant la ferme-auberge, le lendemain matin, bien avant l'heure convenue, au volant d'une vieille jeep de l'armée américaine rachetée aux surplus. Il avait entassé à l'arrière tout un matériel hétéroclite dont Marie, complaisante, se laissa présenter un inventaire exhaustif.

Il y avait là, pêle-mêle, des échelles de corde, des lampes torches ou de mineur, des cordes de montagne, des pelles, des pioches et, moins visibles sous l'amoncellement, quelques flacons aux belles couleurs ambrées qui firent sourire Marie.

– Vous ne partez pas sans biscuit, ironisa-t-elle.

– Jamais ! fit Philippe de Cormot d'un ton sentencieux. Il ne faut jamais partir sans biscuit !

– Tu es bien un gamin, dit Marie, faussement grondeuse, en lui caressant la joue.

Il fut tout surpris. Elle ne l'avait pas habitué à de telles gestes de tendresse, et surtout pas en public. Mais elle ne lui laissa pas le temps d'en tirer avantage. Comme si elle regrettait déjà, elle fit prestement demi-tour et fila vers la cuisine.

– Tu me serviras un petit coup de blanc ? lança-t-il avant qu'elle ait disparu.

– Un café, à la rigueur, répliqua-t-elle sans se retourner.

Il s'en contenta et finissait de le déguster, à petites lampées, lorsque Vincent survint.

– Vous prenez aussi un café? demanda-t-il.

Vincent ignora la question. Il restait pantois à la vue de la jeep garée devant l'auberge et de son chargement qui débordait quelque peu de l'étroit compartiment arrière.

– C'est pour nous, tout ça? hasarda-t-il.

– Il faut ce qu'il faut, trancha Philippe de Cormot. Ce ne sera pas rien de descendre là-dedans.

– Ah bon, fit Vincent.

– Il vous fallait bien des échelles, au temps du maquis, pour y accéder?

– Des échelles?

Vincent avait l'air de tomber de la lune.

– Non, dit-il simplement. Nous n'en avions pas.

– Ben alors, comment vous faisiez pour descendre?

– On ne descendait pas.

Ce fut au tour de Philippe de Cormot d'afficher un air sidéré et quelque peu dépité. A quoi allait donc servir tout son beau matériel?

– Comment ça, vous ne descendiez pas?

– Il y a, sous le Chatelet, une petite entrée qui donne directement accès au fond des tailles. Vous ne la connaissez pas?

Cette ignorance que devait admettre Philippe de Cormot, avant même qu'ils ne soient en route, l'assombrit.

– Sous le Chatelet, grommela-t-il, facile à dire mais, depuis le temps, comment on va la retrouver votre entrée, dans la broussaille?

– Allons, dit Vincent en montant dans la jeep. Montez-moi là-haut. Sur place, ce serait bien le diable si je ne reconnaissais pas le terrain.

Il n'eut aucun mal à le retrouver. Il fut lui-même surpris de la mémoire qu'il avait gardée des lieux, et il pilota sans hésiter Philippe de Cormot sur un chemin encore visible, sous la futaie de hêtres, malgré l'épaisse couche de feuilles mortes qui le couvrait et qu'aucun passage n'avait déchirée depuis bien longtemps.

– C'est là, dit-il enfin, après que la vieille jeep eut peiné pendant vingt bonnes minutes sur des pentes de plus en plus raides.

Il n'en revenait pas. Le passage était là, devant eux, étroit mais bien ouvert dans le flanc de la colline, et si peu encombré de broussailles qu'on eût dit qu'il était encore couramment fréquenté.

– Il y a du monde qui vient par ici, s'étonna Vincent.

– Qui voulez-vous ?

– Et ça ?

Il montrait dans le taillis, quelques jeunes pousses récemment coupées. Philippe de Cormot eut l'air aussi étonné que lui.

– Des gosses, dit-il. Vous avez entendu François ? Ils y viennent tous, en bande, malgré l'interdiction.

Ils n'y attachèrent pas plus d'importance. Philippe de Cormot s'arma d'une machette qu'il tira du volumineux outillage entassé à l'arrière de la jeep. Et ils s'engagèrent dans la taille.

Tout de suite, ils furent pris entre les deux parois qui s'élevaient en biais au-dessus de leurs têtes. Les mineurs, durant des dizaines d'années, s'étaient contentés de suivre les longues veines de fluorine qui s'enfonçaient loin dans le sous-sol, entre de solides murailles de granit qui les avaient dispensés de tout étaiement, et qui laissaient ainsi la montagne zébrée de profondes et dangereuses crevasses.

En étendant les bras, ils touchaient facilement les deux parois et il leur arrivait de devoir prendre appui sur l'une d'elles pour éviter quelque bombement de l'autre. Une maigre végétation d'herbes jaunes et d'arbrisseaux aux formes tourmentées entravait leur marche malgré les énergiques coups de machette que distribuait Philippe de Cormot. Une trace à peine visible trahissait les visites sporadiques que recevait encore le lieu.

Longtemps, ils cheminèrent à peu près à plat. Mais la pente de la colline qui s'élevait rapidement au-dessus d'eux étirait considérablement la hauteur des parois qui les dominaient et ne laissait plus parvenir jusqu'au fond de la taille qu'une lumière diffuse.

– C'est une lampe électrique que vous auriez dû prendre, ironisa Vincent.

– Il est encore temps. Vous voulez que j'aille en chercher une ?

– On s'en passera. Autant que je m'en souvienne, on n'en utilisait pas. Il y a toujours ce demi-jour. On va s'y habituer.

Ils marchèrent encore longtemps en silence. Puis il atteignirent une sorte de patte d'oie dont les deux autres branches avaient été creusées plus loin vers le cœur de la montagne.

– C'est par là, dit Vincent sans hésitation.

Et, la main gauche sur la paroi, il s'engagea dans un escalier rudimentaire dont les marches arrondies par l'usage avaient été taillées à même le roc.

Le fond de la taille dans laquelle ils s'engagèrent était encore plus étroit et le jour y était à peine perceptible. Ils devaient marcher le dos voûté et le corps légèrement déporté vers la gauche pour ne pas se heurter à la paroi de droite. De la main posée à plat sur le rocher, ils rétablissaient à chaque pas leur équilibre.

– Si mes souvenirs sont bons, ça s'élargit plus loin, dit Vincent.

Ils durent parcourir ainsi plusieurs centaines de mètres avant de déboucher, effectivement, dans une sorte de salle étroite dont le sol était encombré de branches et de pierres tombées des bords de la taille que quelques surplombs leur dissimulaient, très loin au-dessus d'eux. Il y faisait nettement plus clair.

Vincent s'arrêta un instant. Deux tailles s'éloignaient de cette sorte de carrefour. Il hésita.

– Pas le moment de se tromper ! dit-il. Après, je me souviens, ça remontait assez fort. Puis ça se remettait à descendre, plus raide encore. Notre principale cache était au bout. On va bien voir.

Et il s'engagea dans la taille de gauche. Ils y retrouvèrent ce jour gris et terne auquel leurs yeux parvenaient mal à s'accoutumer. De place en place, il leur fallait patauger dans une boue épaisse née des suintements gras qui marbraient les parois.

– Encore heureux qu'on vienne traîner là en été, dit Vincent. Quand il pleut, ce doit être un vrai torrent, ici.

Philippe de Cormot ne releva pas. Il marchait en silence derrière Vincent et regrettait d'avoir suggéré cette expédition.

Le chemin se mit vite à monter.

– On a dû choisir la bonne, dit Vincent. On n'est plus bien loin.

Ils atteignirent une sorte de palier, sur le côté gauche duquel une profonde niche avait été ménagée dans le roc. Son trou noir et béant leur lâchait à la figure une vilaine haleine glacée.

– Ça, dit Philippe de Cormot, c'était un départ. Aux points les plus hauts, les plus proches de la surface, on construisait des échafaudages couronnés d'une sorte de gros palan. C'est par là qu'on remontait le minerai.

– Nous, nous y faisions halte. Avec les charges qu'on avait sur le dos au sommet de cette côte, ce n'était pas de refus.

Vincent fit encore quelques pas au-delà de la niche.

– A partir d'ici, vous ferez attention, dit-il. Ça descend fort et c'est glissant.

Philippe de Cormot n'aimait pas cette semi-obscurité qui ôtait tout relief aux choses. Il vit sans plaisir Vincent s'engager dans la descente. Et il se fit violence pour le suivre. La pente devenait en effet très raide et le sol gluant d'humidité n'offrait pas la moindre prise. Il fallait avancer à pas prudents, poser les pieds bien à plat, tenir les bras en croix et les mains solidement appuyées aux parois de granit.

La descente leur parut d'autant plus interminable qu'ils ne voyaient pas le fond. C'est à peine si Philippe de Cormot devinait le dos mouvant de Vincent, quelques mètres devant lui.

– N'allez pas tomber, plaisanta tout de même Vincent. Vous m'embarqueriez avec vous !

– Je n'en ai aucune envie, croyez-moi.

Le ton était pour le moins crispé.

– Ça y est, voilà le fond, dit enfin Vincent. Maintenant, c'est de la rigolade.

– Et pour remonter ?

Philippe de Cormot était venu le rejoindre sur une sorte de petite corniche accrochée au flanc d'une des parois. Sous leurs pieds s'enfonçait encore un boyau noirâtre. Vincent eut un haussement d'épaules insouciant.

– On se cramponnera aux parois. C'est ce que nous faisions à l'époque.

Philippe de Cormot considérait gravement le trou noir qui s'ouvrait devant lui.

– Si on s'était loupé... fit-il d'un air lugubre. C'est profond ?

– Je n'en sais rien du tout. On n'y est jamais allés voir.

Vincent était déjà reparti. La vire débouchait rapidement sur une petite sente qui se faufilait au pied de deux parois de granit semblables à celles qu'ils avaient suivies plus haut.

– On y est presque, dit-il.

Depuis qu'il était entré dans cet étrange univers minéral, la prudente répugnance qu'il avait d'abord éprouvée à l'idée de s'aventurer à nouveau dans les tailles l'avait abandonné. Il se sentait habité d'une folle excitation. Il ne se serait pas cru capable de retrouver ainsi, d'un instant à l'autre, ses sensations et ses ardeurs de jeune maquisard. C'étaient ses pas qu'il retrouvait et il lui fallait, à toute force, aller jusqu'au bout de sa trace.

– Voilà.

La taille s'était légèrement élargie et en rejoignant Vincent, il sembla à Philippe de Cormot qu'ils se trouvaient tout au fond d'un gigantesque entonnoir. En comparaison de celle des boyaux étroits dont ils débouchaient, la lumière lui parut presque aveuglante. En levant les yeux, ils voyaient, très haut au-dessus d'eux, en contre-jour sur une tache de ciel bleu parfaitement circulaire, se découper le foisonnement des taillis qui bordaient le trou.

– Il n'y a rien, s'étonna Philippe de Cormot en jetant un regard autour de lui.

– Là !

Vincent avait fait deux pas sur sa droite et Philippe de Cormot, sidéré, le vit disparaître dans une étroite anfractuosité quasiment invisible depuis l'endroit où il se trouvait.

– A mon avis, expliqua Vincent lorsqu'il l'eut rejoint, vos mineurs, à l'époque, ont dû se heurter, ici, à la fin de la veine de fluorine. Ils ont tenté d'en rejoindre une autre en creusant cet étroit passage perpendiculaire. Ça n'a pas marché. Ils ont renoncé, laissant cette sorte de galerie étroite où on enfilait tout notre matériel. Tenez ! Regardez.

Dans la pénombre du trou, les formes régulières de caisses en bois venaient de leur apparaître. Vincent voulut en saisir une. Elle s'effondra, laissant se répandre sur le sol du boyau, avec un grand bruit métallique que se renvoyèrent longuement les échos des galeries, de longues formes grisâtres. Vincent en prit une et la tira au jour.

– USM1, dit-il. Vous connaissez?

- Si je connais !

Philippe de Cormot s'était lui aussi saisi d'une arme. Il la débarrassa des lambeaux de toile qui l'entouraient encore. Enduites de graisse, les petites carabines automatiques de l'armée américaine avaient mieux résisté à l'humidité que leurs emballages. Il fit jouer la culasse. Le mécanisme n'eut pas le moindre craquement.

– Si je me doutais, dit-il.

– Si ça tombe, ce n'est pas tout.

Sans lâcher son arme, Vincent se glissa plus avant dans le boyau.

– Qu'est-ce que je vous disais !

Bien qu'il fût à trois pas de Philippe de Cormot, sa voix résonnait comme du fond d'une cave.

– Tenez, attrapez.

Il tendait à bout de bras une boîte de métal blanc qui ne présentait pas la moindre trace d'oxydation. Philippe de Cormot l'attrapa mais n'eut pas le temps de l'ouvrir.

– Ce n'est pas tout ! disait encore la voix excitée et de plus en plus caverneuse de Vincent.

Piochant dans les emballages qui s'éventraient tous les uns après les autres, il passa ainsi à Philippe de Cormot une série d'objets hétéroclites qui s'alignaient sur le sol irrégulier de la taille. Il y avait là de petits conteneurs couverts d'inscriptions encore parfaitement lisibles, des chargeurs rouillés, des grenades et même un obus de mortier.

– Allez-y avec précaution, dit Vincent en sortant de son boyau. Si ça pète ici, on se transforme en fumée!

Dédaignant les munitions, ils se mirent en devoir d'ouvrir les boîtes métalliques. Ils mirent ainsi au jour quelques cartouches de cigarettes américaines dont ils s'empressèrent d'ouvrir un paquet, des boîtes de rations et surtout une quantité impressionnante de billets de banque.

– Vous voyez que j'avais raison. Si je me souviens bien, le maquis chargé de récupérer le dernier parachutage planqué ici n'a pas pu venir. Il s'est fait accrocher par les Boches. Ça doit être sa part qui est restée là.

Assis au milieu de leur butin, la cigarette au coin des lèvres, ils contemplaient l'insolite étalage qui encombrait tout le fond de l'entonnoir. L'un après l'autre, ils se saisissaient de tous ces objets tant convoités à l'époque, et aujourd'hui dérisoires. Ils les observaient soigneusement, détaillant les inscriptions. Puis ils les reposaient, laissaient leur attention se porter ailleurs, et recommençaient le même manège.

– Vous savez ce qu'on va faire? dit tout à coup Philippe de Cormot. On va prendre une grenade, une seule. On va sortir de là. On va monter là-haut. Et on la balancera dans le trou. Ça fera tout sauter. On n'en parlera plus.

– Vous croyez? s'inquiéta Vincent.

– Bien sûr. Après tout, je suis chez moi. Vous rendez-vous compte du danger? Si jamais des gosses tombaient là-dessus... Allez! On y va.

– On se prend chacun une carabine, en souvenir?

Le sourire amusé de Philippe de Cormot n'eut pas le temps de fleurir.

Tout là-haut, là où la pierre couronnée de broussailles rejoignait le ciel, il y eut un craquement sinistre dont l'écho tonna longuement dans les galeries. Un grondement sourd sembla naître des entrailles de la terre. Il fallut encore que l'éboulement prenne toute sa force pour que les bras tentaculaires des racines arc-boutées sur la terre cèdent les uns après les autres. Alors, lentement, la montagne entière, suspendue par les hommes au bord de ce gouffre qu'ils avaient creusé, sembla vouloir s'y laisser glisser.

Terre, roches, arbres, tout bascula dans le gigantesque entonnoir, de plus en plus vite, en paquets de plus en plus monstrueux, dans l'infernal tintamarre d'une sorte de fin du monde. Longtemps, les échos des galeries et de la montagne roulèrent ce prodigieux tonnerre. Lorsqu'ils se turent enfin, le silence sembla naître de l'épais nuage de poussière qui montait des centaines de tonnes de pierres, de terre et de végétaux qui dissimulaient désormais à tout jamais les vains trésors que deux hommes étaient venus chercher là.

Il y eut encore comme une détonation seche. Une dernière racine, peut-être, qui cédait. Et, d'un coup, un dernier pan de montagne glissa dans le gouffre, réveillant, pour quelques instants, les échos.

On entendit un objet métallique faire résonner les parois de granit de la taille en rebondissant, dérisoire, de l'une à l'autre. Puis le silence, indifférent, se refit, dont ne tarda pas à s'emparer le gazouillis affairé d'une mésange.

31

Au-dessus des toits du bourg hérissés d'antennes de télévision, plus jamais ne montaient les appels claironnants du bétail. Seuls, quelques coqs, au fond du jardin de paisibles retraités, parvenaient encore, aux matins d'été, à troubler le sommeil des vacanciers.

Indifférents au bruit des camions et des voitures qui encombraient la rue, ces derniers s'en plaignaient bien haut, chaque année, avant de refermer, pour onze mois, les volets de la maison de famille. Le grand-père, dont ils l'avaient héritée, ne l'eût point reconnue, sous son crépi trop lisse et ses garnitures de fenêtre en fer forgé.

Exilées au fond des plus lointains hameaux, les dernières fermes, encombrées de volumineux et coûteux matériels dont on avait cru qu'ils remplaceraient les bras défaillants, n'en finissaient pas de mourir d'inutilité et d'ennui.

Triomphant, les sapins de Douglas et la friche refermaient peu à peu leur triste étreinte sur le pays dont les vieux murs de granit et les toits d'ardoise sombraient lentement dans la montée de cette marée verte et dans l'oubli.

Seul, comme un roc indifférent aux coups du temps, au carrefour de la route d'Autun, loin en dessous du pays, un grand panneau publicitaire aux couleurs vives proclamait bien haut les grands mérites de la ferme-auberge de l'Huis Maugrit.

Et nombreuses, en toute saison, étaient les voitures chargées de familles endimanchées qui montaient vers la table qu'avait rendue célèbre l'accueil de Marie Courbet.

Saison après saison, dimanche d'hiver après dimanche d'automne, la vie du bourg semblait se rassembler autour de l'auberge. Les voitures encombrant les trottoirs, les allées et venues de clients parlant haut et fort parvenaient à réveiller les vieux échos et à entretenir, depuis la place de l'ancienne gare jusqu'à celle de l'église, l'illusion de la permanence de l'ancienne vie. Puis elle se diluait, au long des interminables semaines sans touristes, et se recroquevillait entre les formicas des cuisines bien chauffées des retraités et l'œil bleuté de leur téléviseur qui scintillait presque sans discontinuer.

Un regroupement pédagogique aveugle avait eu raison de l'école dont on avait fait une salle des fêtes. Le club du troisième âge en avait la jouissance quasi exclusive, et ne la cédait, à regret, qu'à quelques rares occasions annuelles, tels le bal du 14 juillet ou celui, maintenu malgré tout, sans lequel ne pouvait se clore l'antique foire de décembre.

Pourtant, depuis quelques années, François s'efforçait de battre en brèche cette espèce de monopole du renoncement. Au retour de son service militaire, il avait rassemblé autour de sa vielle quelques amateurs d'instruments traditionnels. Les cornemuses avaient fleuri plus dru qu'il ne l'espérait. Et les accordéons diatoniques avaient profité de ce terreau inespéré pour entreprendre une énergique levée.

C'était là un de ces grands souffles contradictoires qui naissaient d'on ne sait où, prenaient à rebours les plus formelles des évidences, heurtaient les uns, enthousiasmaient les autres, brouillaient toutes les cartes et rendaient plus impénétrables encore les desseins du monde.

Les vieilles, entre les cageots et les piles de boîtes de conserve de l'épicerie, et leurs vieux, accoudés au bar crasseux de ce qui restait de l'auberge de la gare, regardaient passer avec plus d'inquiétude que de colère tous ces jeunes dont les rythmes n'étaient pas coulés au moule stéréotypé de ce que leur montrait et leur faisait entendre la télévision.

Il y avait, pour ceux-là, quelque chose d'inconcevable et presque d'inconvenant à prétendre nier, comme le faisaient tous ces jeunes, l'évidence d'une page tournée. En réveillant la musique de leurs jeunes années, ils les mettaient mal à l'aise. Ils y voyaient comme un reproche d'avoir renoncé, de s'être laissé porter tout à la fois par les voix menteuses du progrès et par celles faciles du renoncement.

Il leur semblait qu'en venant de plus en plus nombreux aux réunions et aux fêtes organisées par François Courbet, tous ces jeunes leur faisaient l'affront de proclamer qu'ils avaient eu tort de prédire la mort définitive de ce pays.

C'était, dans le gris des cendres d'un monde éteint, la petite flamme guillerette d'un renouveau dont ils se méfiaient d'autant plus qu'il ne se manifestait pas par le travail mais par la fête.

François, pourtant, travaillait dur. Au retour de son service militaire, il avait osé rouvrir la menuiserie de l'oncle Gagnaire. C'était, là encore, comme un affront à tous ceux qui proclamaient bien haut qu'il n'y avait plus rien à faire au pays.

Encouragé et aidé par sa grand-mère, il avait raisonnablement modernisé l'outillage et avait vite réussi à capter une partie du marché que représentaient l'aménagement et l'entretien des innombrables anciennes fermes transformées en résidences secondaires.

Lorsqu'il avait eu la bonne idée d'épouser une accordéoniste, accessoirement bonne cuisinière et travailleuse, Marie s'était empressée de passer la main. Le temps de former cette perle inespérée à la gestion d'une auberge et de lui transmettre son savoir-faire en matière d'accueil, et, sans déplaisir, elle avait repris le chemin de l'Huis Maugrit au volant de sa vieille 2 CV.

Anne l'y avait précédée. Le drame de la mine avait éloigné une fois pour toutes la famille de Cormot du pays. On l'avait remerciée. Elle avait donc quitté sa petite maison de gardienne. Et une camionnette avait fait faire à ses quelques meubles le chemin inverse de celui qu'ils avaient parcouru, bien des années auparavant, sur le char à foin traîné par les vaches du Phonse et de Victor.

Elle avait rouvert la maison de l'Huis Maugrit et y avait reconstitué presque à l'identique le décor au milieu duquel elle avait vécu toute sa jeunesse puis les longues années passées auprès de son père impotent.

Des années encore, jusqu'à ce que François et sa jeune épouse prennent la relève, Marie était venue chaque matin chercher Anne et elles étaient descendues ensemble à l'auberge.

Puis, pendant que Bernadette persistait à maintenir en vie une ferme de l'Huis Maugrit réduite à quelques vaches et à une petite basse-cour, elles s'étaient retirées, ensemble, comme elles avaient vécu ensemble.

L'été de la Saint-Martin célébrait avec faste, sur les collines du Morvan, les brèves épousailles de la plus éclatante des lumières estivales et du somptueux chatoiement des couleurs de l'automne.

– Cette année, dit Marie en s'installant sur le banc de pierre, à droite de la porte de l'Huis Maugrit, il n'y aura pas d'hiver.

– Voire! fit Anne en s'asseyant auprès d'elle.

– Non, s'entêta Marie, il n'y aura pas d'hiver. Quand les feuilles restent comme ça attachées aux arbres, c'est que l'hiver a jeté ses feux trop tôt. Il a déjà perdu la moitié de ses forces.

Un coup de gel précoce avait figé les feuillages sur les branches avant qu'ils ne s'en détachent. Les forêts, à perte de vue, gardaient une étrange opacité et persistaient, après le grand embrasement d'or, d'ocre et de feu d'octobre, à faire flamber sur tous les coteaux une palette étonnamment variée de bruns et de beiges que veinaient par place les reflets mauves de hêtres en robe d'hiver.

Bien que le soleil n'eût plus la force d'escalader le ciel

comme aux plus beaux jours d'été, il gardait une ardeur suffisante pour dispenser, au milieu de la journée, une chaleur douce et vivifiante.

Marie avait posé à côté d'elle une bassine pleine de châtaignes qu'elle épluchait à petits gestes rapides. Anne avait sorti son tricot et ne quittait pas des yeux le preste ballet de ses doigts.

Sans un mot et sans que leurs mains, un seul instant, ne sachent arrêter de s'occuper, elles goûtaient au simple plaisir d'être là, côte à côte, sans que les pressent mille tâches à accomplir.

Ce fut Marie qui rompit le silence d'un grand éclat de rire. Anne, brièvement, leva sur son amie un regard étonné.

– Qu'est-ce qui te fait rire ?

– Tu nous as vues ? Tu as vu à quoi on ressemble, là, toutes les deux ? Nous voilà comme des petites vieilles. Cette fois, il n'y a pas à dire, notre temps est bien passé.

Anne avait replongé le nez dans son tricot. Elle hochait tristement la tête.

– Il n'y a pas de quoi en rire.

Mais Marie n'était pas d'humeur à dramatiser.

– Et après, dit-elle. Ma pauvre Anne, je te reconnais bien là. Souviens-toi, quand on était gamines, il fallait toujours que je te sorte de tas de problèmes. Tu as toujours eu le don de voir le plus mauvais côté des choses.

– Tu en as de bonnes, toi. Ça ne me réjouit pas, moi, de me dire que mon temps est passé.

Sans perdre son sourire, Marie avait levé les yeux de ses châtaignes et laissait un regard rêveur se perdre loin dans le paysage.

– N'empêche, dit-elle, on l'a eu, notre temps. Il a été dur, plus souvent à la peine qu'aux joies. Mais quoi regretter ?

– Ton mari, ton fils...

Cette fois, le sourire s'était éteint.

– Oui, bien sûr. Roland... Il a fallu qu'il meure, pour que je mesure tout ce qu'il était. Toujours, il y a eu, entre nous, sans qu'il le sache, cette affaire de Lucienne.

Jamais je n'ai su m'en défaire. Et après, c'était trop tard. Ce qu'on est bête, tout de même.

– Et Victor?

Marie, tout à coup, sembla prise d'une grande lassitude. Elle se laissa aller contre le mur, les bras ballants.

– Victor, dit-elle. Victor et Bernadette... Tu crois que je ne regrette pas?

Elle eut un bref sourire un peu contraint.

– Quand je te dis que c'est un don, chez toi! Tu vas toucher juste où ça fait mal.

– Marie! Je ne voulais pas...

– Laisse. Tu as raison. Pour ces deux-là, j'ai tout raté. Si leur père avait été là... Ce n'est pas que je n'aie pas cru bien faire, au contraire. J'ai fait tout ce que j'ai pu. Mais je l'ai fait de travers, voilà tout. Je le sais bien, va. J'aurais voulu qu'ils soient comme moi. J'aurais voulu qu'ils continuent la ferme comme par le passé. Je me suis aveuglée de ce que je voulais. Je n'ai pas su les regarder, regarder le monde, voir qu'ils étaient eux, et pas moi, que le monde changeait. Si seulement... Si seulement leur père avait été là. Ça voit ces choses-là, un père. Alors que moi, toute seule...

Anne n'en revenait pas. Se gardant bien de relever le nez de son tricot, elle écoutait sans mot dire. Marie avait donc raison. Il fallait bien qu'elles soient devenues des petites vieilles pour que naissent de telles paroles dans la bouche de son amie.

– Tu as fait ce que tu as pu, risqua-t-elle tout de même.

– J'ai fait ce que j'ai cru devoir, reprit Marie. Et je me suis trompée.

– Mais il y a eu François.

– François! Pour celui-là, il s'en est fallu de peu pour que je ne m'obstine, comme pour Victor et Bernadette. C'est lui qui m'a fait comprendre, là-haut, dans le grenier de l'oncle, sur la causeuse.

Elles eurent toutes les deux un sourire attendri, un peu triste.

– Eux n'ont pas su te faire comprendre, voilà tout, tenta encore Anne.

– Je n'en porte pas moins la faute de leur malheur, dit Marie.

– Comme tu y vas!

– C'est pourtant la vérité. Bernadette ne sera jamais qu'une fille de ferme. Et Victor est mort dans la haine.

– Qu'est-ce que tu en sais?

Marie se redressa lentement. Elle posa une main sur le genou d'Anne qui leva les yeux et resta interdite devant l'étrange lueur qui brillait au fond du regard de son amie.

– Te souviens-tu de ce soir où Philippe et Vincent ont décidé d'aller dans la mine?

La voix de Marie avait pris des intonations très graves, pleines d'une émotion si profonde qu'elle fit frissonner Anne.

– Te souviens-tu de ce que nous faisions, toutes les deux?

– Bien sûr, que je m'en souviens. Ce n'est pas difficile. Comme tous les jours à la même heure, on débarrassait le service de midi et on préparait celui du soir.

Marie acquiesça d'un battement de cils.

– C'est ça, dit-elle. Et nous avons plié les nappes. Tu t'en souviens bien? Tu te souviens où nous étions?

Pour le coup, Anne eut une moue dubitative. Qu'allait donc chercher Marie?

– Eh bien, moi, je vais te dire où nous étions. Nous étions dans l'allée, entre les tables. Toi, tu faisais face à Philippe et Vincent. Moi, je leur tournais le dos. Et donc, je me trouvais face à la porte de la cuisine. Elle était ouverte; je voyais tout ce qui s'y passait.

Dans le silence que Marie laissa planer, il sembla à Anne que se rassemblaient toutes les tensions accumulées depuis tant d'années dans l'ombre sournoise des non-dits.

– Et je voyais surtout Victor, reprit Marie. Victor qui rangeait des paquets dans le congélateur. J'ai vu son regard. J'ai vu l'attention qu'il portait à la conversation entre Philippe et Vincent. J'ai vu la haine lui déchirer le visage et le rendre comme fou. Une vraie folie de tuer comme jamais je ne lui en avais vu dans le regard.

– Mais alors, interrompit Anne, pourquoi était-il avec eux dans la mine?

– Il n'était pas avec eux.

Anne parut choquée : Marie en rajoutait...

– Allons, dit-elle. Pourquoi dis-tu ça?

– Parce que je le sais.

– Comment ça?

– Pourquoi, d'après toi, a-t-on retrouvé son corps sous quelques rochers alors qu'on n'a jamais pu sortir ceux de Philippe et de Vincent?

– Je ne sais pas, moi. Peut-être parce qu'ils n'étaient pas tout à fait ensemble.

– C'est ça, fit Marie. Ils n'étaient pas ensemble. Il y en avait deux au fond et un en haut.

– Tu n'as pas le droit d'affirmer ça. D'ailleurs, si Victor est resté en haut comme tu le dis, pourquoi l'a-t-on trouvé enseveli, lui aussi?

– Parce que tu ne sais pas tout, dit calmement Marie.

Elle se leva lentement. Sous le regard étonné d'Anne, elle traversa la cour, entra dans un petit appentis et en revint, portant à bout de bras une lourde barre à mine.

– Qu'est-ce que c'est que ça?

– Ça, poursuivit Marie du même ton froid et déterminé dont elle usait depuis le début de son récit, c'est une barre à mine qu'on m'a rapportée. Tu n'as pas besoin de savoir qui l'a trouvée. Elle était au fond à côté de l'éboulement, comme si elle était tombée là après qu'il se soit produit.

– Ça ne prouve rien.

– C'est vrai. Sauf que, cette barre à mine vient de l'Huis Maugrit. Moi-même, je m'en suis servie souvent pour planter des piquets de pré. Et ce n'est pas tout. J'ai vu moi-même, au bord du trou, la trace qu'elle a laissée sur les poutres vermoulues que Victor a rompues pour déclencher l'éboulement.

Il y avait des larmes et de la terreur dans les yeux d'Anne. Laissant tomber son tricot, elle s'était tournée vers Marie et se tenait très raide, à l'extrême bord du banc de pierre.

– Mais alors, prononça-t-elle d'une voix blanche, pourquoi l'a-t-on retrouvé lui aussi sous l'éboulement?

– Parce qu'il n'y a pas eu un, mais deux éboulements. Il ne s'est pas reculé assez vite. Ou il a voulu venir constater, au bord du trou, le résultat de son geste. Et il s'est fait prendre.

Anne sanglotait doucement. Deux grosses larmes creusaient un sillon d'argent sur chacune de ses joues. Il lui fallut de longues minutes pour admettre, pour tout reprendre depuis le début et parvenir à accepter l'évidence.

– Marie, dit-elle soudain d'une voix à laquelle la peur de trop comprendre donnait des accents hystériques. Marie, tu savais!

Marie acquiesça gravement d'un signe de tête. Mais Anne craignit de s'être mal fait comprendre.

– Tu savais depuis le début, depuis la cuisine. Tu savais qu'il allait les tuer!

Elle eut, de la tête, un lent mouvement de dénégation.

– J'ai vu qu'il était fou de haine et que l'idée de tuer lui était venue, dit-elle. Mais je n'ai pas cru qu'il irait jusqu'au bout. Jamais il n'était allé jusqu'au bout.

– Ton mépris t'a aveuglée.

Des larmes dans les yeux, Marie dut admettre.

– Et tu n'as rien fait, rien dit!

– Ce n'est pas si simple, se défendit Marie. D'abord je n'ai pas cru. Et puis, après... Sait-on jamais? J'ai tout de même empêché François d'y aller.

– Pourquoi? parvint encore à articuler Anne, horrifiée.

– Tu en as de bonnes, toi! dit Marie, stupéfaite. Pour qu'il ne se fasse pas prendre, pardi.

– Ce n'est pas ce que je voulais dire, bien sûr. Pourquoi tu as laissé faire? Tu aurais pu empêcher Victor...

– Empêcher quoi? Tant de fois, au long de toutes ces années, j'ai lu la même détermination haineuse dans son regard sans qu'il en naisse rien d'autre qu'une bonne cuite. Tant de fois, il ne s'est rien passé parce que je me suis bien gardée de relever. Est-ce que je pouvais me douter que, ce jour-là, il irait jusqu'au bout? Et puis, après tout, est-ce qu'on empêche le monde de tourner?

Marie plantait droit devant elle un regard à la fois dur et las. Elle rassemblait ses mots. Anne, figée, le souffle court, attendait avec, dans les yeux, l'expression d'une indicible douleur.

– C'est peut-être ce que je me suis dit, au fond de moi, reprit enfin Marie d'une voix sourde que l'émotion hachait légèrement. J'ai senti que c'était écrit. Que j'intervienne ou pas n'y aurait rien changé. Depuis tant d'années, c'était écrit, répéta-t-elle. Il fallait en finir. Les temps sont révolus, Anne. Empêcher, encore et toujours, que s'accomplisse l'inévitable? Continuer, pour les temps des temps, à se mettre en travers du destin? Permettre que se perpétuent, à jamais, les vieilles tensions, les rancœurs non dites, les intérêts sans objet? Pourquoi?

Anne hocha vivement la tête.

– Je ne te comprends pas. Qu'est-ce que tu dis là?

– Ce que je dis, reprit Marie en se penchant en avant, comme sous l'effet d'un effort violent, c'est que rien ne compte que demain. On ne vit pas d'hiers.

– Et alors?

– Ils étaient hier.

– Ni plus ni moins que nous tous. On a tous un passé.

– Je n'ai pas dit le contraire. Mais leur passé à eux empêchait l'avenir.

– Marie, tu déraisonnes?

Elle sembla ne pas avoir entendu. Pas un muscle de son corps ne bougeait. Les traits de son visage gardaient la même tension extrême et son regard, dur, restait planté sur l'infini.

– Anne, souviens-toi, dit-elle enfin. C'était... La Grande Guerre n'était pas finie. Tu es venue m'aider. Même que tu n'en menais pas large! J'ai mis le feu au grand pré. Tu te souviens?

– Bien sûr que je me souviens. Mais qu'est-ce ça vient faire là-dedans?

– Attends. Ce grand pré, on avait dû l'abandonner

depuis le début de la guerre. Ce n'était plus que ronces et mauvaises herbes. Tu te souviens? insista-t-elle.

– Mais oui, je me souviens. Et après?

– On y a mis le feu, Anne. Une fameuse flambée! On a même cru, un moment, que tout allait y passer. Rappelle-toi le grand pommier. On l'a vu complètement embrasé.

Sourcils froncés, toujours aussi raide, Anne cherchait désespérément à comprendre où Marie voulait en venir.

– Quel rapport? demanda-t-elle.

Marie eut un geste d'impatience.

– Arrête de m'interrompre. Ce n'est pas si simple. Puis le feu s'est calmé, enchaîna-t-elle. Il est resté des cendres. C'était noir de cendres. Ce n'était pas bien beau à voir. L'automne et l'hiver sont passés là-dessus. Et au printemps, Anne, est-ce que tu te souviens de l'herbe qui est venue? Cette herbe, Anne! Drue, haute, d'un beau vert foncé. Je marchais dedans, Anne, et je sentais sa caresse sur mes pieds, sur mes mollets, d'une douceur infinie... Les bœufs en avaient jusqu'au ventre. Les bœufs d'Edmond et Francis...

Réduite au silence, Anne attendait. Une étrange lueur brûlait dans le regard de Marie. Il vint à l'esprit d'Anne qu'elle devait être de celles, indéfinissables, qu'allume la foi quand elle est démesurée.

– Les bœufs de l'espoir, reprit Marie. La guerre s'éternisait. Mes frères étaient encore dans les tranchées où venait de mourir mon père. Et pourtant nous avons eu ce geste d'espoir. Anne, je te le demande, qu'aurait-il été sans ces cendres? On a fait bien plus, ce jour-là, que brûler des ronces et de la mauvaise herbe. On a cru à l'avenir.

Anne croyait commencer à comprendre. Stupéfaite, bouche bée, elle dévisageait son amie en ouvrant de grands yeux.

– Tu veux dire...

– Oui, dit Marie sans la laisser finir sa phrase. Je veux dire qu'il faut savoir parfois brûler les ronces pour sauver l'espoir.

– Quelles ronces ? demanda Anne.

Marie eut un imperceptible sourire de soulagement. Il lui semblait que les mots, enfin, par un long et pénible cheminement, devenaient dociles et parvenaient à s'ordonner pour traduire tout ce qu'elle ressentait au plus profond d'elle-même sans jamais avoir su l'exprimer.

– D'abord, dit Marie, je n'ai pas cru que Victor irait au bout de sa haine. Je le méprisais trop. Je ne le croyais pas capable d'une telle résolution. Quand j'ai compris, il était trop tard. C'est alors que m'est revenue cette idée du feu rédempteur. C'était pendant l'autre guerre, la dernière, la nuit où on est venu t'arrêter. J'ai allumé un feu, un feu gigantesque, dans les prés de Jaquette Troche, au nez et à la barbe des Boches. Je voulais avertir le maquis qu'ils étaient à ses trousses. C'est cette nuit-là aussi que Roland a été blessé. Mais le surlendemain, nous étions libres. Et je suis remontée, l'année suivante, jusqu'aux prés de Jaquette Troche. J'ai marché jusque là-haut pour le seul plaisir de fouler la belle herbe verte née de mon feu et de la sentir me caresser les chevilles.

Marie se tut soudain. Mais il y avait, sur son visage et dans son regard, une telle fixité qu'Anne sut que d'autres mots étaient encore là, en suspens.

– Ce que nous brûlions, jadis, dans ce grand pré, reprit-elle enfin, ce que j'ai brûlé cette nuit-là, dans ce vallon perdu, tout là-haut, c'était moins des ronces que la guerre elle-même. Nous conjurions son horreur. J'ai brûlé des ronces, Anne, en laissant faire. En me taisant, quand j'ai enfin compris que Victor irait au bout de sa folie, j'ai fait un choix entre l'espoir et les ronces.

– Quelles ronces ? persista Anne.

– Tu sais, dit Marie, parfois, tu crois avoir dépassé de plusieurs mètres un pied de ronces. Et il y en a encore une qui rampe jusqu'à ton pied pour que tu t'y prennes et que tu t'y déchires. Un monde s'est éteint, Anne. Notre monde, celui pour lequel nous nous sommes battues. Mais tout le monde ne l'a pas admis. Un monde s'est éteint, comme un pied de ronces qu'on a dépassé. Mais il tend encore, inextricables, ses nœuds de haines et de folles tensions qui entravent ce qui doit naître à sa suite.

– Philippe de Cormot?

– Le temps n'est plus où l'on disait « mon bon maître ».

– Vincent?

– Il ne savait pas que le droit que donnent trois bouts de papier chez un notaire n'est pas nécessairement celui de la vie.

– Victor?

– Le monde qui va naître n'a que faire des branches mortes.

– Devaient-ils mourir pour ça?

Marie marqua une hésitation. Son regard soudain moins aigu parut chercher la réponse loin, très loin au-delà d'elles-mêmes.

– Non, dit-elle enfin. Ils n'auraient pas dû mourir.

– Alors?

– Ils se sont mis eux-mêmes sur le chemin de leur mort.

– Tu n'as rien fait pour les en écarter.

– Les ronces, Anne. Les ronces sur les cendres desquelles pousse l'espoir.

Anost, le 27 novembre 1995

Les labours d'hiver

Tome 1

Août 1914. C'est l'époque de la fenaison pour le hameau de l'Huis Maugrit, dans le Morvan. Soudain résonne le tocsin, lugubre héraut de la guerre. Les hommes partis au front, les femmes n'ont d'autres ressources que d'embaucher à la mine voisine. A douze ans, l'énergique Marie, qui voulait devenir institutrice, doit se résigner à prendre en charge la petite ferme familiale. Avec son inséparable amie, Anne, elle traversera les dures épreuves de la guerre.

Trois années passent. En 1917, un camp de prisonniers – dont la majorité sont des insoumis – est installé à la mine. L'un d'eux, Roland, noue des liens d'amitié avec les deux adolescentes et d'autres, bien plus tendres, avec la cousine de Marie, Lucienne. Mais celle-ci disparaît et seule Marie sait pour quelle raison.

Avec l'après-guerre viennent la désillusion et l'exode rural. Nombreux sont ceux qui partent travailler en usine. Mais Marie résiste et s'accroche à sa terre. Un jour, Roland, qui avait quitté le pays, réapparaît...

En compagnie de Marie, Anne et Roland, Didier Cornaille nous fait découvrir ces gens de la terre, farouchement conscients de leur valeur et pourtant voués à un inexorable déclin.

DANS LA MÊME COLLECTION

Jean Anglade,
Un parrain de cendre
Le Jardin de Mercure
Ya pas d' bon Dieu
La Soupe à la fourchette
Un lit d'aubépine.
La Bête et le bon Dieu (Essai)
Jean-Jacques Antier,
Autant en apporte la mer
La Croisade des innocents
Marie-Paul Armand,
La Poussière des corons
Le Vent de la haine
Le Pain rouge
La Courée
tome I *La Courée*
tome II *Louise*
tome III *Benoît*
La Maîtresse d'école
Edouard Axelrad,
Au fil du fleuve
Erwan Bergot,
Les Marches vers la gloire
Sud lointain
tome I *Le Courrier de Saigon*
tome II *La rivière des parfums*
tome III *Le Maître de Bao-Tan*
Rendez-vous à Vera-Cruz
Mourir au Laos
Alice Collignon,
Les Jonchères
Didier Cornaille,
Les Labours d'hiver
Georges Coulonges,
Les Terres gelées
La Fête des écoles
La Madelon de l'an 40
Anne Courtillé,
Les Dames de Clermont
Florine
Dieu le veult
Alain Dubos,
Les Seigneurs de la haute lande
Alain Gandy,
L'Escadron
Adieu capitaine
Quand la Légion écrivait sa légende
Michel Hérubel,
La Maison Gelder
Denis Humbert,
La Malvialle
Un si joli village
La Rouvraie
La Dent du loup
Michel Jeury,
Au cabaret des oiseaux
Jean Mabire,
Opération Minautore
Henry Noullet,
Sur la piste de Samrang
Michel Peyramaure,
Les Tambours sauvages
Pacifique Sud
Louisiana
Claude Riffaud,
Mékong Palace
La Crique de l'or
Annie Sanerot-Degroote,
La Kermesse du diable
Le Cœur en Flandre
Jean-Michel Thibaux,
La Bastide blanche
Le Secret de Magali
Violaine Vanoyeke,
Les Schuller
Le Serment des 4 rivières
Brigitte Varel,
Un village pourtant si tranquille
Claude Veillot et Jean-Michel Thibaux,
L'Enfant qui venait du froid

Cet ouvrage a été réalisé par la
SOCIÉTÉ NOUVELLE FIRMIN-DIDOT
Mesnil-sur-l'Estrée
pour le compte des Presses de la Cité
12, avenue d'Italie, 75013 Paris
en avril 1996

Imprimé en France
Dépôt légal : avril 1996
N° d'édition : 6457 – N° d'impression : 34025